パウロの弁護人

G・タイセン［著］

大貫隆［訳］

Der Anwalt des Paulus

Gerd Theißen

教文館

わたしの孫たち
パウラ、アヌーク、
フェリックス、ベラ、ミロに献ぐ

Der Anwalt des Paulus

by

Gerd Theißen

Published by arrangement through Meike Marx Literary Agency, Japan

はじめに

本書はパウロについての小説です。何がパウロを駆り立て、動き回らせることになったのか。そのことが分かるようにパウロの神学と生涯を描き出すことが、本書の目指すところです。わたしは本書でパウロについて語り、書くことが、歴史的にもそのとおりであったと主張する者です。ただし、出来事の時間的な順番についてはいささか自由にしています。物語は紀元後一世紀六一年のローマを舞台としています。この年、ローマ市の警察長官が暗殺されました。その後の六四年には、ローマ市は大火に見舞われ、皇帝ネロによるキリスト教徒の迫害が起きました。パウロが囚人としてローマに到着したのは、まさにこの時期のことでした。本書の物語はこれら三つの事件を時間的に一つに束ねながら展開して行きます。三つの事件は関連する原史料に即して物語られます。そのつどどのような原史料のどの箇所に即しているかは、巻末の注に記してあるので、そちらを参照していただければ幸いです。それらの原史料に照らせば、本書のフィクションの部分を事実から区別することができます。

物語全体の枠組みを構成するあら筋は、一人の法律家がローマでパウロの弁護を引き受けるというものですが、これはフィクションです。この法律家は同時にストア派の哲学者ムソニウスを囲むサークルの一員ということになっています。ムソニウスは婦人たちをも哲学の営みへと鼓舞した人物とされ、そのサークルには何人かのユダヤ人も加わっています。これは本書が歴史を眺めるために虚構した窓です。もっとも、この枠物語の中には、前述の原史料から取られた歴史的な出来事と経緯も組み込まれています。その役割は、何よりも当時の時代状況の一般的な趨勢をできるだけ活き活きと描き出すことです。

研究者であるわたしが、自分の認識したことを広めるために小説を書くということ、これはわたしが学術研究というものに対して、今流行のポストモダンの立場からの懐疑を共有していることを表すものではありません。この小説執筆を背後で支えているのは、むしろ啓蒙主義が発したインパクトです。すなわち学術研究の成果を、普段は聖書の歴史的・批判的研究を読むことがないようなすべての人々にも届けようという意図です。わたしはすでにペトラ・フォン・ゲミュンデンとの共著で『ローマ書簡――宗教改革者パウロの釈明』(Der Römerbrief—Rechenschaft eines Reformators, Göttingen 2016)という専門書を著しています。そこで専門研究の観点から明らかにしたパウロ像が本書の物語の基になっています。本書の物語でわたしが目指すものは、わたしが得た歴史的認識を読者の方々と共有したいということだけではありません。パウロがたどった歴史と物語には、今日もなお、わたしたちの実存に語りかけるものがあります。それと対話することによって、人々は今日もなお、自分たちが何を信じ、何を為すのか、何を想起し、何を望むのか、何を愛し、何を憎むのかを言葉にしていくのです。そのようにして、現代と古代という二つの時代の間で、「地平の融合」が起きて行きます。

わたしはこの小説の最初の草稿を批判的に読んで吟味してくれた方々すべてに感謝しています。それはウールリッヒ・ルッツ（ベルン）、大貫隆（東京）、アネッテ・メルツ（クローニンゲン）、ドリス・ヴァルヒーパウル（ボン）、ザビーネ・ファルタシュ（アウグスブルク）、そしてわたしの妻です。この方々から受けた啓発をわたしは本書に組み込みました。また多くの点で新たに表現し直し、強調点を置き換え、逆に削除も施しました。ギュータースロー出版社のディートリッヒ・シュテーエン氏は本書の小説形式の企画のそもそもの推進者であり、往復書簡を物語に組み込むというアイデアの立案者でもあります。マルティン・ペッター氏（ハイデルベルク）は、親切にもわたしの校正作業を手伝ってくれました。

わたしはこの書を五人の孫たちに献げます。彼らは成長した暁に、自分たちの祖父が一生にわたって何に携わってきたのか、それが宗教の歴史とその批判の問題、神と世界の問題、信仰と理性の問題、愛と正義の問題であったことを、きっと分かってくれることでしょう。

ハイデルベルク　二〇一七年七月一五日

ゲルト・タイセン

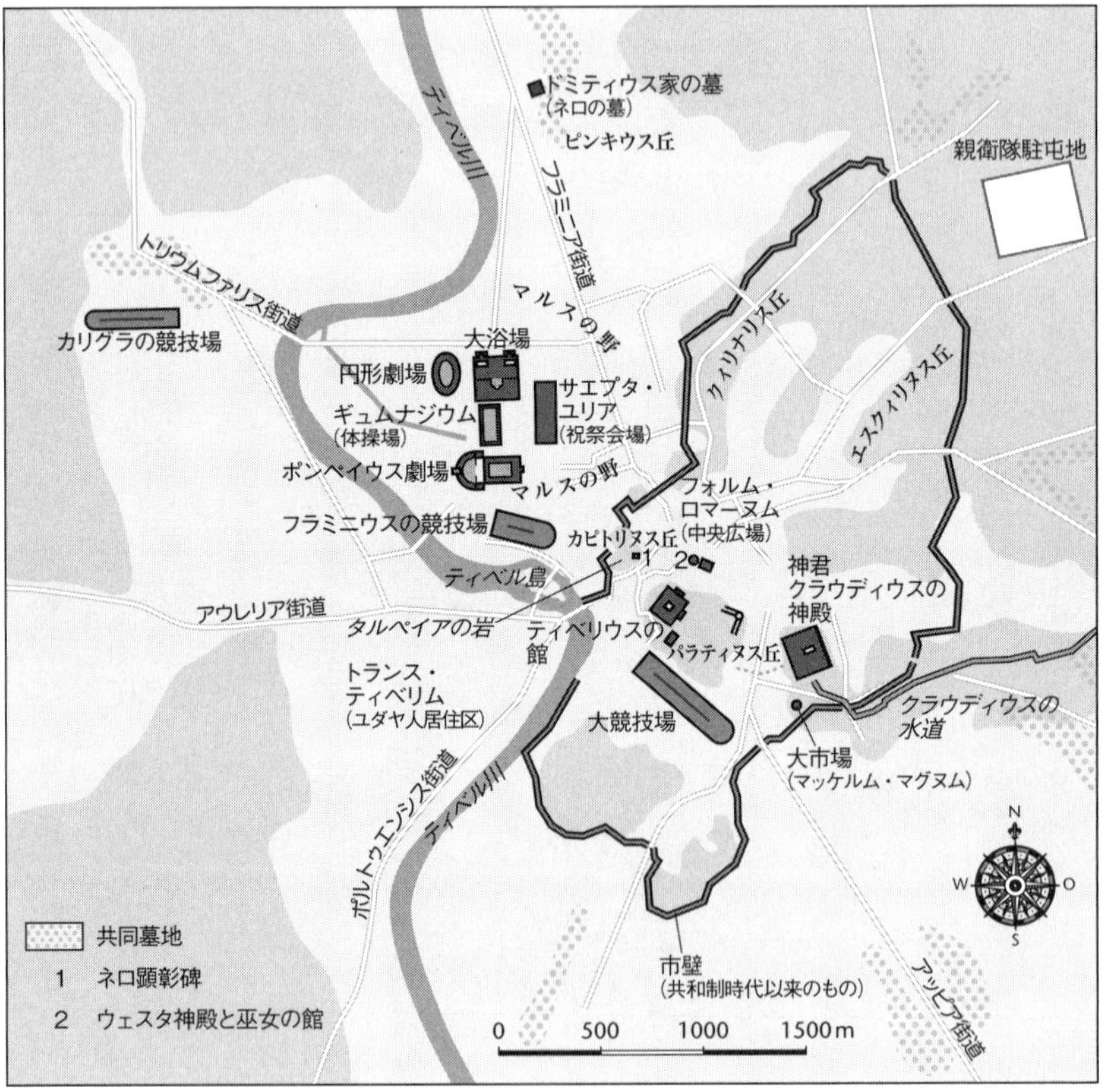
ドミティウス家の墓
(ネロの墓)
ピンキウス丘
ティベル川
フラミニア街道
親衛隊駐屯地
トリウムファリス街道
カリグラの競技場
マルスの野
大浴場
円形劇場
サエプタ・
ユリア
(祝祭会場)
ギュムナジウム
(体操場)
クィリナリス丘
エスクィリヌス丘
ポンペイウス劇場
マルスの野
フォルム・
ロマーヌム
(中央広場)
フラミニウスの競技場
カピトリヌス丘
1
2
ティベル島
神君
クラウディウスの
神殿
アウレリア街道
タルペイアの岩
ティベリウスの
館
パラティヌス丘
トランス・
ティベリム
(ユダヤ人居住区)
クラウディウスの
水道
大競技場
大市場
(マッケルム・マグヌム)
ポルトゥエンシス街道
ティベル川
N
W
O
S
共同墓地
1 ネロ顕彰碑
2 ウェスタ神殿と巫女の館
市壁
(共和制時代以来のもの)
アッピア街道
0
500
1000
1500 m

ネロ時代のローマ市街

目次

凡例

訳注　＝　翻訳者による注。
〔　〕＝　翻訳者の判断による説明。注では訳者による補注を表す。
（　）＝　原文を敷衍するもの。
聖書書名略記は『聖書　新共同訳』（日本聖書協会）に準じる。

第*1*章　危険な依頼

天にも湯気が立つかと思われるような猛暑の中、ローマは流れる汗にうだっていた。笠松が投げる木陰も何の涼にもならなかった。太陽の炎熱を和らげる一片の雲もなかった。いつもは活気に溢れている街並みも、だるそうに生気を失っていた。だれもができる限り家に引きこもり、生気の戻る夕方を待ちわびていた。家の中にいれば、家壁が太陽を遮って作る薄暗がりの中で、息がつけたのである。

エラスムスがそうした日に好んでしたのは、何もしないことだった。その日もそうだった。無為とは集中的な実存の一つの形である。そう教えてくれたのは、エラスムスよりも年下の友人フィロデームスだった。彼はエピクロスの信奉者だった(1)。余暇の自由時間にはこの友人の生の喜びの哲学に準じるが、仕事となれば義務の遂行こそが最も肝要だとするストア派の哲学(2)に従うのが、エラスムスの信条だった。これはそうでしかありえなかった。というのは、彼は弁護士として、全体としては正直忌避したいような人物でも被告となれば弁護しなければならなかったからである。そういう場合には、自己規制が要求されたのである。しかし、今日ばかりは仕事上の依頼人のことは考えたくなかった。何もしないのが最上だった。エラスムスは自分の内側で友人フィロデームスの語る声を聞いた。曰く、

「君を不安にするあらゆるものを遠ざけるのだ。そして純粋に今この時に集中しろ。そうすれば、君はほんのしばらくとは言え、神々のように自分自身の内に安らぎ、世界の中の何事にも不安を覚えることはないだろう。」ただし、エラスムス自身が神々について考えるところは、それとは違っていた。彼が信奉するストア哲学は、神性はただ一つだけ存在する、と言うのである。それは宇宙のいたるところに遍在し、彼の良心の中にも住んでいて、彼がなすべき義務が何であるかを告げるのである。その良心と合致することこそが、彼にとっては、その他のあらゆる享楽に勝って重要だった。もちろん、そうは言っても、義務の遂行と生の喜び、この二つのことが互いに一致してくれないものかと、夢見ることがあったのも当然である。

エラスムスが修辞学と法律の勉強のためにローマにやってきたのは、十六歳の時だった。今では弁護士として自立してもう数年になる。彼はカピトリヌス丘の北に位置するクィリナリスの小高い丘にある戸建ての家に住んでいた。それはもともとは彼の家族の持ち家だった。そのことは、家賃の高いローマ市内では、社会人としてのスタートにはこの上なく恵まれた条件だった。その家は明るい日射しが入る内庭付きのアートリウム(3)式の家で、小さかったが、弁護士として仕事の依頼人たちを応接するには格好のものだった。ただし、同時に地味で控え目のものであることも、見れば直ぐに分かった。最上層の金持ちたちのだれ一人住もうとはしないことも、すぐに感じられる家だった。その家にエラスムスは家僕のテルティウスと一緒に住んでいたのである。テルティウスは家事を取り仕切ると同時に、すでに書記としての訓練も受けていた。エラスムスが弁護士として仕事上取り交わす手紙の遣り取りを処理したり、契約書、手紙、申請書などを認めたりするのであった。二人は互いの幼少時からの知り合いだった。二人はエラスムスの父親がローマ市の南方のラティウムに持っていた土地で一緒に育ったのである。それは港町のタラッキーナからそれほど遠くない土地だった。アッピア街道を使えば、歩いて二日でローマの家に着いた。子供の頃の二人は、自分たちの間にある身分の違いにはまったく気づかなかった。エラスムスの両親は自分たちの家に生まれた奴隷をわが子のように扱い、逆に成人前のわが子は小さな奴隷として扱ったからである。奴隷と自由人の間に何の違いもないというのが、両親の確信だった。というのも、彼らは哲学者ムソニウスを囲む友人のサークルに属していたからである。[4] そのムソニウスがストア派の哲学者として説いたところによれば、奴隷も人間として扱わねばならない。彼らは本性としては自由なのであって、ただ巡り合わせから奴隷となっているのである。それゆえ、奴隷たちから、いつか自分も自由になれるという希望を奪ってはならないというのである。ローマでは、奴隷は通常は三十歳前後で解放されたが、その後も引き続いて、それまでの主人に奉仕する義務を負うのが普通であった。

　エラスムスが法学の研鑽を積んだのは、当時最も良く知られていた法律家で、同時に元老院議員でもあったガイウス・カッシウス・ロンギーヌスのもとであった。この法律家がエラスムスに叩き込んだことは、法の秩序によって安寧を保ち、種々雑多な人間たちの共生を可能にすることこそ、ローマ帝国の責務だということだった。そのカッシウス・ロンギーヌスは、ブルートゥスと共謀してカエサルを暗殺したあのカッシウスと血縁関係にあった人物である。そして、内面の信条としては共和制の支持者であって、法が人間による専制支配にも対抗するものであることを誇りとしていた。(5) エラスムスはカッシウス・ロンギーヌスと並行して、彼の両親と同じように、ムソニウスの講話を聴講してきた。そしてストア派の哲学を信奉するようになっていた。現在は、法律家として自立した活動を始めて数年が経ち、すでに何件かのむずかしい事案の裁判でも勝訴を収めてきた。

しかし今の彼は、これまでの経歴のことを考えたくはなかった。目下の彼は目一杯現在にかかわらねばならなかったのである。ところが、それがむずかしかった。彼の思考はむりやり、これからのことに引っ張られて行った。数週間すると、彼の両親、すなわち父親のコルネリウスと母親のコルネリアが、それぞれ四十五歳と四十歳の誕生日を祝う予定になっていたからである。二人の誕生日はほんの数日違いだったのである。その祝いの席では、エラスムスとしては、修辞学を学んだ成果のほどを披露せずにはすまないだろう！　参列者はだれもが彼の祝辞を期待していたのである。しかし、一体何を話せばいいのか。たしかに、テーマは結婚ということであるべきだ。そこにムソニウスの思想も織り込まねばならない。ムソニウスの教えでは、夫婦は互いに親友であらねばならない。そしてすべてのものを共有し、すべてにおいて支え合い、好んで一緒にいるべきなのである。ただ問題は、エラスムスの両親にとっては、これは別段新しいことではないことだ。二人はもう何度もムソニウスのもとでそう聞いてきているからだ。来るべき彼の祝辞には、それ以外の何か特別に新規なものがなければならない。そしてそれは両親自身はもちろん、エラスムスと彼らの関係も浮き彫りにするものでなければならない。

祝辞の冒頭では、まずは両親への感謝の思いを述べたいと思っていた。両親は彼を「エラスムス」と名付けたが、それはローマでは滅多にない名前であった。両親は敢えてそうしたのである。それはもともとギリシア語の「エラスミオス」（Erasmios〔Ἐράσμιος〕）から来ていて、「愛しい者」、「望まれた者」という意味である。両親は彼の誕生を望んでいたのである。両親はエラスムスに、自分は望まれていたのだという思いを贈ったのである。これに優る名前を人は自分の子に贈ることはできない。(6)

祝辞の中心部では、ムソニウスの結婚哲学を自分の両親にあてはめてみようというのが、エラスムスの思惑だった。彼の父親は現実主義の実務家だった。彼の意見では、われわれが信奉する哲学者たちの説く理想はたしかに実にすばらしい。しかし、その実行はしばしば覚束ない！　人は自分自身にとって過大な要求となるようなことを、他のだれにも求めるべきではない――これこそが彼にとっては、ローマ法の最も重要な原則であった。(7)たとえば、ストア派の人々が魂の平安、あらゆる情念の克服、怒りと欲望の根絶を賞賛するとき、たしかにそれは高邁な理想ではあるが、それを実行できる人間は数世紀に一人出るか出ないかであろうと言うのである。妻のコルネリアの考えもまったく同じだった。エラスムスの意図は、彼らのこの結婚哲学をいくつかの基本原則に要約して、二人を驚かせることだった。ただし、それは今のところ、まだおぼろなアイデアの段階だった。

まず、第一の基本原則を、「男と女で別々の道徳はない」と表現してみてはどうだろうか。「あなたはだれも傷つけてはならない」、「人それぞれにそれぞれのものを返しなさい」、「あなたの生き方は、あなた自身が敬意をもって扱われることになるようなものでなければならない」(8)。これらはすべての人間にあてはまる。だからかえって陳腐で、改めて口にするまでもないことではないか。道徳というものは、本来、自ずから了解されるものなのだから。

あるいは、「あなたは他の人に接する時、あなた自身がその人からしてもらいたいと思うように、接しなさい」(9)という公理があるが、これを結婚に応用するのはどうだろうか。その場合は、「あなたのパートナーに、達成しがたいことを求めてはならない。そうすればパートナーもあなたに達成しがたいことは求めないだろう」ということになるだろう！　しかし、これではあまりに控え目に過ぎるのではないか。

それとも、エラスムス自身の処世訓、「あなた自身と折り合って過ごしなさい」を持ち出すのが最善だろうか。「もしあなた自身が自分に我慢できないなら、他人にとって、そういうあなたに耐えて行くのは、もっと迷惑千万だ。」エラスムスはこれまでに何度も、どうして未だに結婚していないのか、と聞かれるたびに、この処世知でもって切り抜けてきていたのである。ただし、このアイデアも本格的に点火するには、まだほど遠かった。

目下のところで、彼に最善と思われている考えはこうだった。つまり、望み得る最良の結婚のパートナー同士とは、次善の相手と一緒にうまくやって行ける者たちのことなのだ。人生では、あっちの方がもっと善かったのにと思うような相手に後から出くわすことが何度もある。では、本当にそっちの方が善かったのかどうか、試してみるか。そんな面倒を省いてくれるのが、この原則である。

この考え方を少しだけ変えるとこうなるだろう。最良のパートナー同士であれば、お互い好き合った時に「愛は盲目」の経験をすでにしているわけである。その二人にとっては、結婚がその盲目を効果的に癒してくれる。もし結婚したパートナー同士が、再び視力を回復して、愛をもって互いを見つめ合えるようになるならば、二人は仕合せな夫婦である。

　さて、この祝辞については、もう一つやっかいな問題があった。エラスムスが結婚に関する哲学を繰り広げて両親を納得させればさせるほど、両親には、いったい何時お前は結婚するつもりなのか、と問い質すきっかけを作るに違いないのである。もしそうなったら、彼としてはどうすればよいのか。いや、実は目当ての若い女性が一人いるのだけれど、少々問題が残っているのだ、と打ち明けるべきだろうか。そうすれば、両親はその女性とはだれなのか、エラスムスほどの腕の良い弁護士がその女性をわがものにできない困難はいったい何なのか、と知りたがるに違いない。そのとき、エラスムスの中には、彼女の姿が浮かび上がった。そして彼の思いはローマの小路を縫って、彼女が住んでいる家に飛んで行った。今、この瞬間、彼女はどうしているだろうか。彼女の方でも彼のことを思っていてくれるだろうか。今この時に彼が彼女のことを考えていると彼女の方でも思っていてくれるだろうか。しかし、もしそうでなかったら、彼はどうしたらいいのか。どうすれば、彼女は彼のことをもっとしばしば考えてくれるだろうか。彼は夢を見始めていた。彼が彼女に恋しているのは、間違いなかった。ただし、彼女はローマ市内によく見かける彫像のような美形では決してなかった。彼女には、見た目には少しとり澄ましたところがあった。しかしそれも彼女の瞳が輝くとき、柔らかな光に変わるのだった――決してウェヌス〔ローマ神話の美の女神〕でもなければ、人形でもなく、いちゃつき好きの子猫でもなかった。しかし、すばらしい人間だった。その言葉は彼の内面に深く入ってくるのである。

その時突然、彼の思考は引きちぎられた。家の玄関から大きな物音が聞こえてきたのである。彼にはナタンの声のように思われた。ナタンはローマにあるユダヤ教の会堂の指導者だった。エラスムスは彼とムソニウスのサークルで知り合いになっていた。エラスムスはすでに二年前に、ナタンの依頼で、ユダヤ教の祭司たちをめぐる裁判で彼らの弁護を引き受けたことがあった。その祭司たちというのは、エルサレムで拘束されてローマに送られてきていたのであった。そのことがあって以来、ナタンとエラスムスは友達になっていた。そのナタンが今日のような炎天下にエラスムスを訪ねてきたというのは、何事かが起きたに違いなかった。そう思う間もなく、テルティウスが部屋にやってきて、ナタンの来訪を告げた。ナタンは吹き出る汗を拭き拭き、部屋に入ってきた。いつもなら言葉を重ねて挨拶するところだが、今回はすぐさま用件を切り出した。

「エラスムス、突然飛び込んできて、申しわけない。われわれは君の助けが必要なのだ。もう一度、ユダヤ教の集会のために弁護を引き受けてもらえないだろうか。」

エラスムスは心の中でため息をついた。こうなったら、それまでのロマンティックな夢から義務の遂行にスイッチを切り替えなければならなかった。彼は自分の向かい側にある長椅子に座るようにナタンに奨めると、テルティウスに水と絞りたての果汁を持ってくるように命じた。それから、不機嫌そうに、こう言った。

「エルサレムの山の上の君たちの神殿ときたらどうしようもないな。また、何かもめ事が起きているのか。」

ナタンは頷いた。

エラスムスは呻くように言った。「おお、何ということだ。わたしはもう二度とそういうことには係りたくないのだ。君たちが神殿をめぐって繰り広げる争いは、もう狂気の沙汰だ。」

エラスムスにはそれまでに繰り返しナタンと話す機会があった。二人とも、神殿をめぐる争いにはぞっとするという点で、意見が合致していた。かつてエラスムスが祭司たちを弁護したのも、同じように神殿をめぐる争いに関してであった。(10) 当時、ローマ側はエルサレム神殿に対する監視をユダヤ人の王であるアグリッパ二世に委託していた。エルサレムを含むユダヤを実効支配していたのはローマ軍であり、アグリッパ二世に統治を任せていたのは、北方の領域とユダヤの東部地域に限られていたにもかかわらず、そうしていたのである。そのエルサレムでは、王の宮殿は神殿のすぐ横に隣接していた。そこで王は神殿の境内で起きることを漏らさず覗き見るために、自分の宮殿の邸内に、しかも神殿に隣接させて高い塔を建てたのである。それは神殿での務めに当たる祭司たちとの権力闘争の一環であった。祭司たちは、それに対抗して、さらに高い隔壁を神殿の周りに張りめぐらせたのである。その際、問題の核心となったのは、その隔壁の所為で神殿に駐留していたローマ軍の兵士たちには、神殿区域の全体に監視の目が届かなくなってしまい、万が一の騒擾が起きたときに、直接介入することができなくなったことであった。そのために、ローマ総督《プロクラトール》――当時のユダヤ州に送り込まれたローマの官吏はこう呼ばれていたのである――はその隔壁の建設に抗議し、その建設の責任者であった祭司たちを裁判にかけるためにローマに送ったわけである。祭司たちにとって、この裁判にもともと勝ち目はなかった。ローマ側と王アグリッパ二世の利害は一致していたから、それに逆らって祭司たちが勝訴するチャンスは皆無だったのである。あらゆる状況に照らして、祭司たちはローマの敵として処刑されるだろうと思われた。それにもかかわらず、エラスムスは彼らの無罪判決を勝ち取ったのである。にもかかわらず、実はエラスムスは祭司たちが根本的に好きになれなかった。彼は、神殿を他の人間たちからバリケード封鎖するような輩を好まなかったからである。これはナタンも同じであった。このことがエラスムスとナタンの二人をそれだけますます近づけていたのである。

それに続く日々、エラスムスはナタンの家族を頻繁に訪問するようになっていた。とりわけ、ナタンの妻のサロメと娘のハンナを訪ねることが多かった。この家族は全員がムソニウスのサークルに属していた。そのことが彼らの結びつきを強めていた。全員がそろって哲学好きだった。そこでエラスムスも家族全体の友人になっていたわけである。エラスムスが信奉する義務の哲学と、律法に準じるユダヤ教の生活態度は互いによく調和していたのである。

ナタンが続けて報告した。「たしかに今度もまた神殿が問題だ。ただし、今回は事情がまったく違う。今回われわれが弁護人を捜そうとしているユダヤ人は、隔壁を建設しようというのじゃない。むしろそれをぶち壊そうと言うのだ。彼は神殿をすべての国民に向かって開放したいのだ。目下のところは、非ユダヤ教徒は神殿の境内の内庭に立ち入ることが許されていない。それを彼は撤廃しようというのだよ。そのために彼は鎖に繋がれて、ローマへ送られて来たわけだ。ローマにいるわれわれユダヤ教徒にとっては、これは非常事態だ。そこで君のような経験のある弁護人が必要というわけなのだ。」

　エラスムスは首を振って言った。「祭司たちは神殿をバリケードで封鎖したかったのだ。今度はそれを開放しようというユダヤ人を、何で同じわたしが弁護できるんだ。そんなことをすれば、わたしは信用を失うばかりだ。」

　ナタンも譲らなかった。「わたしには分かっているが、君はわたしと同じように、すべての人間は同じ一つの都市の市民だ、と考えているはずだ。この世界全体がわれわれの住む都市なのだ。われわれは『世界市民』なのだ[11]。今話題になっているユダヤ教徒は主観的には世界市民としてのユダヤ教徒なのだ。そういう男なら、君は完全なる確信に基づいて弁護できるはずではないか。」

　エラスムスは反論して言った。「わたしはあの祭司たちも確信に基づいて弁護したのだ。彼らの確信そのものには共感しなかったにもかかわらずそうしたのだ。こう言えば、逆説のように聞こえるだろうが、それは見かけだけのことだ。わたしの行論はこうだった。だれであれ伝統に違反する者は、宗教の平和を乱す。宗教の平和を乱したのはアグリッパ王であって、祭司ではなかった。まさにこの論が法廷を納得させたのだ。ところが、今度のわたしはその逆の見解を唱えるべきだとでも君は言うのか。君が言うそのユダヤ人某は神殿をめぐる平安を乱すことになるのだ。そういう輩をわたしは断じて弁護するわけにはいかないよ。断じてだ。」

「ノーを言う前に、まずわたしの言うことを聞いてもらいたい。その男の命取りになったのは、彼がパウロというローマ名を持っていたことなのだ。その男はローマ市民なのだ[12]。その彼を救い出す血路を、君はこう言って切り開くことができる。一人のローマ市民が狂信的なユダヤ教徒から告発されている。その廉は、エルサレム神殿をローマ人にも開放しようと思っていることだそうである。ローマ帝国としては、そのように世界に向かって開かれた態度のユダヤ教徒を是非とも支援しなければならないはずではないか、と。たとえばこういう行論で、法廷を説得することができるに違いない。」

ナタンはこう言って、期待に満ちて友達の顔を窺った。

しかし、エラスムスは切り返した。「そうは思わないね。神殿の領域で騒擾の種を蒔くようなローマ市民がいるならば、彼はローマの宗教政策の大原則を損なうことになるのだ。それは、宗教上の争いを避けるために、われわれはそれぞれの伝統を尊重し合い、決してその更新を試みないという原則のことだ。」

「しかし、皇帝ガイウス・カリグラの場合はそうは言えなかったぞ[13]。奴は意識的に宗教の伝統を蔑ろにしたからな。君は目下のパウロをカリグラのその宗教政策の犠牲者に仕立てることができる。カリグラは今から二十年ほど前に、ユダヤ教の神殿をローマの国家聖廟に作り替えて、すべての民族に開放しようと思ったのだ。それで自分自身を象った立像を神殿の内部に建立しようとしたわけだ。彼は自分を神だと思い込んでいたからね。それで当時は一触即発で叛乱というところまで行ったのだが、驚いたことに、その直前に当のカリグラが暗殺されてしまったのだ[14]。しかし、その後もユダヤ教徒の間では、カリグラの後継者も同じ計画を継承するかも知れないという不安が生き続けたんだよ。[15] まさにその不安こそがパウロにとっては、命取りになったのだ。ローマ市民権を持つ一人の男が神殿の内部で何事か改革を試みて、それをユダヤ教以外の国民にも開放しようというわけだから、それはもうすぐに、だれもがあのカリグラの狂気の沙汰を思い出したのだ。きっとローマ人たちはあのカリグラがやり損ねたことをもう一度繰り返そうとしているに違いないと恐れたわけだよ。つまり、ユダヤ教の神殿をすべての国民のための神殿に作り直そうという企みのことだよ。」

ナタンは舞い上がってしまっていた。一気にこうまくしたてながらの身振りは激しくて、まるでエラスムスが裁判官で、ナタンがパウロの弁護人であるかのようだった。エラスムスは懐疑にかたまりながら、それを眺めていた。

「君は議論で論証するということに信頼し過ぎているよ。例のユダヤ教の祭司たちの場合は、わたしはたしかに成果を上げることができた。しかしそれは論証の成果ではなく、実は皇室とのコネのお陰だったのだよ。つまり、ネロの愛妾で夫人ともなったポッパイアがユダヤ人好みだったのだ。[16] 彼女はユダヤ教で言う『神を畏れる者』の一人だったと見做す人たちもいるくらいだよ。……」

そこでナタンがエラスムスを遮って言った。「君もその『神を畏れる者』の一人だよな。君はわれわれの会堂の集まりに出入りしているし、われわれが神を信じる信仰も共有しているのに、割礼だけは受けようとせず、食べ物についての戒めも守ってはいないよな。残念だけど！」

「そうだよ、わたしが君たちに興味を引かれるのは、どちらかと言えば、哲学の面からだ。しかし、割礼のような儀礼となると、君たちの哲学をすばらしいと思うローマ人の男にとっても、正直ショックなんだ。君たちに同調するのが、ポッパイアのように、教養のある女たちに多いわけはそこなんだよ。女たちは、仮にユダヤ教に改宗することにしても、割礼を受ける必要がないからね。二年前のわたしにポッパイアを動かすことができたのは、わたしの友人でフィロデームスという名の人物の仲介があったためなのだ。その上で、あの祭司たちのために、彼女からネロに取りなしてもらったわけだ。それが功を奏して、裁判の行方が一転したのだ。しかし、今度の事案では、そういう梃《てこ》がわたしにはまったくない。ユダヤ教の伝統を蔑ろにするような者には、ポッパイアを使っても何のチャンスもないのだよ。」

「しかし、パウロはユダヤ教の大昔からの伝統に従っているんだよ。その日がくれば、すべての国民が打ちそろって、エルサレムの神殿で神を讃えるようになるだろう(17)、と彼が言う場合、特にそうなんだよ。これこそは、すべての神を畏れる者たちが抱いている夢じゃないか！　やがて時がくれば、彼らもすべてのユダヤ人と同じになるというんだよ！」

エラスムスはナタンを優しく見ながら、力を込めて言った。「ナタン、それはわたしの夢でもあるよ。それでも、わたしはこの事案を引き受けられないよ。あの神殿のある山はスズメバチの巣窟だ。近づく者はすぐに刺される。わたしは何度も刺されてきたから、もう十分だ。わたしが祭司たちのために血路を開くことができたのは、知略というよりは幸運の賜物だったのだ。おまけに、ただ勝訴しただけではなかった。イシマエルとヘルキアスという名の二人の祭司が、『人質』としてローマにとどまることになったのだ。(18)二人をローマに『人質拘留』することで、エルサレムにいる他の祭司たち全員を威嚇して、もう二度と同じように、ローマ側が握っている実権を恥知らずにも挑発することがないようにさせようという腹なのだ。もし今再び神殿をめぐって裁判沙汰になれば、皇帝の堪忍袋の緒も切れるだろう。」

エラスムスはここで一息入れた。そっけなく拒絶したものの、気持ちが晴れていないことは直ぐに見て取れた。ナタンは彼にとって友人であった。エラスムスはその求めに何か応じてやりたかった。「君のためにわたしに最大限できることは、今回の事案を法に照らして整理することだ。その上で、どこまで勝機があるか。その判断は君ができるだろう。」

ナタンは、しばしの間思いに沈んでいるように見えた。それからナタンは座り直した。二人は机の上にあったグラスにチビチビと口をつけながら、ぶどうの実とナッツを摘んでいた。エラスムスが区切りをつけながら、「パウロはどういう法律に違反したのか」と切り出した。

ナタンは頷いて言った。「人々が非難して言うには、彼は一人の非ユダヤ教徒をどさくさに紛れて、神殿の内庭にまで連れ込んだそうなのだ。君も知っているとおり、外庭にはだれでも入ることができる。だから、そこは『異邦人の前庭』とも呼ばれるわけだ。しかし、供犠と讃美歌を伴った本来の神礼拝が行われる神殿の境内（内庭）とその前庭の間には仕切りがあって、その仕切りの前に、ヘブライ語、ギリシア語、ラテン語の三つの言葉で書かれた警告板が掛けられているのだよ。その警告というのは、ユダヤ教徒ではない者がこの仕切りを越えるならば、その者は自己責任で死罪となる、というんだ⑲。」

エラスムスは首を振って言った。「何度も君に言ってきたとおり、その警告板は私刑(リンチ)の要求に他ならないのだ！ 法的手続きなしで処刑するというのだからな！ ローマの『プライフェクトゥス』か『プロクラトール』⑳のどちらなのか分からないが、いったいどういう馬鹿者がそんな警告板を許可したのか！ ローマ法は帝国中のどこでも妥当しなければならないはずだ。わたしの法律家としての理性に照らせば、そのような治外法権の空間を認めてはならないのだ。と同時に、そのパウロという男が、たとえローマ法には反するとは言え、その警告に逆らって、異教徒をどさくさ紛れに神殿の内庭にまで連れ込んだことは、わたしの人間としての健全な理性に照らせば、狂気の沙汰だと言わざるを得ない。」

ナタンは力んで反論した。「ところが、パウロ自身はそのことを否認しているのだよ。わたしはこの点について、パウロに直接質すことができたのだ。確実なのはただ、彼が一人の異教徒を神殿の内庭にもぐりで連れ込んだ、という噂が立ったということだ。その噂が立ったわけは、それ以前にパウロがエルサレムの市中を異教徒を連れて歩いているところを見た者がいたためなのだ㉑。」

エラスムスが口を挟んで言った。「だからと言って、人を逮捕できるもんじゃないじゃないか！」

ナタンは続けた。「その噂はそれだけ凄いものだったのだ。それにはわけがある。パウロはただ単に、いつの日か神殿が異教徒にも開かれるだろう、と漠然と予言したのではないのだ。それが間もなく実際に起きるとまで予告してしまっていたんだよ。そういうことを、神殿の近くで、おまけに異教徒を引き連れて口にする人間に出くわしたら、そうりゃあもう、われわれの間の狂信的な連中にとっては、あいつは自分の未来への妄想を実行しようとしている、と受け取られることになるんだよ。」

　エラスムスはもう一度法律家にもどって、こういう物言いをした。「ということは、何人かの者たちがパウロのそうした未来待望を犯罪行為を準備するものだと見做し、しかもその準備行為それ自体が犯罪行為そのものと同じように処罰対象となり得ると解釈したわけだ！　なんという馬鹿げた法理だ！　ただし、そう考える馬鹿どもが多いのも事実なのだ。」

「彼の未来妄想については、もう少し言わなくちゃならないことがある」と、ナタンが困り顔でつけ加えた。「パウロは神殿の開放をただ夢見ているというわけではないのだ。彼はそれをすでに一通の手紙に書き下ろして、このローマにいる『キリストを信じる者たち』に宛てて、文書の形で知らせているのだ。わたしは、その集会の参加者たちがその一部をくれたので、それを読んでみた。すると、そこでパウロが予告しているのは、もう一度エルサレムを訪ねて『自分は祭司として、異邦人たちを供犠として捧げたい[22]』ということなんだ。彼の目指すところは、異教徒と一緒になって『理性による礼拝[23]』を捧げることなのだよ。」

　エラスムスは聞き耳を立てていた。「『理性による礼拝』というのは、すばらしいねー。それにしても、神殿に係る法律に違反することを手紙で大っぴらに予告してしまうとは。どうすればそこまで非理性的になれるんだ！」

「パウロの言葉は比喩ともとれるよ」というのが、ナタンの意見だった。「もしそうなら、彼が言いたいのは、自分が神への信仰へ導いた人間たちこそ彼が神に捧げる供犠だということに過ぎないだろう。その彼らも供犠を捧げるというのは、彼らの生活と思考のことであって、必ずしも彼らが物理的に神殿での礼拝に参加するということではないのかも知れない。」

エラスムスは首を振りながら言った。「そのためにわざわざエルサレムまで旅するまでもないではないか。君が最初に言った解釈の方がわたしには納得がいく。もしパウロがエルサレムにやって来たのが、異教徒を供犠として供えるためであったのなら、もうそれだけで彼ら異教徒が礼拝に参加すべきことを告げているわけだよ。彼がそうだとはっきり公言はしなかったのは、まだ理性を完全には失っていなかったということを示しているよ。犯罪を犯そうとしている者はだれでも、前もって人前でラッパを吹いて公言はしないものだ。ただし、パウロはいささかナイーブだったということだな。彼は自分の作戦どおりで行くと、死刑の危険に身を曝すことになるのが分かっていなかったのか。」

その点、ナタンには確信があった。「もちろん、彼はそれは分かっていたのさ。彼の手紙に、はっきりそう書いているよ。彼はエルサレムでは敵対者たちの手にかかって殺されるかも知れないと恐れているのだ。だから、そうならないように、彼のために祈って欲しいと言うのだよ。(24)」

エラスムスは暫時、考えに沈んだ後、あらためて口を開いて中間総括を始めた。「わたしはこの事案を差し当たって、こう評価するな。神殿が異教徒にも開放されるということについてパウロが曖昧なことを口にしていたことが因になって、彼はきっと異教徒を神殿の内庭にまで連れ込むつもりだ、という噂が立っていたのだろう。その結果、彼が一人の異教徒と一緒に神殿の境内の外側に足を踏み入れただけで、騒ぎに発展してしまったのだ。公の秩序が危うくされたわけだ。そうなっては、ローマ総督《プロクラトール》としては介入せざるを得ない。その場合、総督は警察力の全権を持っているから、だれかを緊急処分で死刑に処すこともあり得るのだ。しかし、パウロの場合、総督はそうはせずに、彼を逮捕してローマに移送した。どうして総督はパウロを略式裁判にかけなかったのか。」

「事実はこうなんだ。当時の総督フェリックスはパウロを二年間にわたって、海のカイサリアにある総督官邸に監禁していたのだ。[25]どうして彼はパウロを無造作に処刑してしまわなかったのか、と君は思うだろう。おそらくフェリックスは、パウロから保釈金をせしめたかったのだ。それは汚職慣れした総督の場合は、よくある手なのだよ。フェリックスはおそらく風の噂に、パウロがキリスト信奉者たちを支援するために大金を携えてエルサレムに来ていることを耳にしていたのだ。パウロは彼の手紙の中で、そう書いているよ。すなわち、フェリックスは、その金は一体どこにあるんだ、と自問したんだよ。彼は何としてもその金を手に入れたかった。ところが、そのうちに、彼は総督職を解かれてしまった。後任者はフェストゥスだった。この総督は、もういい加減にパウロを裁判にかけたかったのだ。彼は事実すでに死刑判決を宣告してしまっていたか、またはそう脅迫していたのだろう。いずれにしても、パウロはそのフェストゥスに向かって、自分はローマ市民だからというので、皇帝による直轄裁判を受ける権利を行使したのだ。その結果、彼は拘禁囚としてローマに送られて来たというわけなのだ。」

エラスムスはこの説明を聞いても完全には満足しなかった。「われわれ二人にはもう分かっていることだが、フェリックスとフェストゥスはローマへ経過を報告した際に、二年にわたってパウロを拘禁していた理由として、まさか自分たちが彼から金を脅し取ろうとしていたなどと言ったはずはない。建前上、何か別の事柄が理由とされたに違いない。二人の総督は、それにかこつけてパウロに対するそれまでの措置を正当化できるような理由を挙げたはずだ。」

ナタンは頷いた。「わたしにも一つの推測がある。パウロは神殿の開放ということについて、イエスという預言者、別名『キリスト』という男を引き合いに出したのだ。これは新しい神殿が建てられることを予言した人物だ。その神殿はすべての国民の祈りの家となるというのだ。(26) 他でもないこの人物により頼んだことが、禍の因だった。彼はほぼ三十年前に別のローマ総督が十字架に架けて処刑していた男なのだ。パウロは犯罪者として処刑されていた男を引き合いに出して頼ったわけだ。そういうことをする人間なら、どんな犯罪でもやってのけるだろうと思われても仕方がないだろう。」

「キリスト？　イエス？　まったく聞いたことがないぞ！」

ナタンが説明した。「『キリスト』というのは『塗油された者』という意味で、われわれユダヤ人の言葉では『メシア』とも言うんだ。その昔、王たちは即位に際して塗油されたんだよ。多くのユダヤ教徒が新しいメシアの到来を待っているのだ。そのメシアがユダヤ人の手にもう一度世界支配を取り戻してくれるはずなのだ。」

これを聞いてエラスムスは驚愕した。そして上ずった声で言った。「事情は悪くなる一方だな。今の話だと、ローマ帝国への反逆ではないか！　国家転覆の企みだよ！　君はやっと今頃になって、それを白状したわけか。」

　ナタンは汗ばんで言った。「いや、われわれユダヤ人の間では、頭の狂った連中が立ち現れては、自分がメシアだと言って誇大に見せびらかすのだよ。しかし、それを真面目に受け取る者は一人もいないのだ。正気のユダヤ人はだれだって、歴史の目下の段階では、神がローマ人に世界支配を委ねていることを知っているよ。」

　エラスムスは首を振って言った。「パウロについて話を聞けば聞くほど、その手の人物の弁護はできないことが、はっきりするばかりだな。いつの日か、ユダヤ人の王が世界を支配するのを夢見て言い広める男！　そんなことが知れれば、パウロはもう終わりだよ。」

　しかし、ナタンもあきらめない。「しかし、エルサレムのローマ人たちは、その手のメシアの夢想に早々に介入して、若芽のうちに摘み取ってしまうかと思いきや、そうはしなかったのだ。確かに介入はしたのだが、パウロにリンチを加えようといきり立った群衆から守るために、彼の身柄を保護したのだ。そしてその後も保護し続けたのだ。パウロが直接このわたしに話してくれたのだが、ユダヤ教徒の中で彼に敵対する者たちが彼の暗殺を企てていたそうだ。すなわち、彼が監禁されていた獄舎から尋問の場へ移動する途中で『殺《や》る』段取りだった(27)のだ。ローマ帝国としては、自分の市民を保護せざるを得ないのではないか。」

　エラスムスは不機嫌になった。それが声に出るのをやっとのことで押し隠して言った。「事の全体を今の内に教えてもらって助かった。その手の依頼人を弁護するなど、あり得ないことだよ。」

ところがナタンの方は一段と声を高めて、友人に向かって話し続けた。「パウロの所為でとんでもないことになるのは、何よりもローマにいるわれわれユダヤ人の方だよ。もしわれわれの内のだれかが騒ぎを起こせば、ただちに、ユダヤ人はどいつこいつも反抗的だ、ということになるのは目に見えているよ。同じことを仕出かしても、もしそれがローマ人なら、あいつは例外だよ、とだれもが言うだろう。われわれユダヤ教徒は、だれか一人がしたことでも、その尻拭いを全員がしなければならないのだ。しかし君は、われわれに対してそういう偏見を持たない数少ない弁護士の一人だ。だからこそ、われわれは君を頼ってきているのだ。いろいろあるだろうが、パウロの弁護を引き受けてはくれないか。われわれには経験豊かな弁護人がどうしても必要なのだ。なぜなら、他でもない、これがもの凄く厄介な事案だからこそだ。」

「ナタン、わたしは君のことが大好きだよ」、とエラスムスが話し始めた。その態度はひどく決然としていた。「しかし、パウロのような種類の人間の弁護はできない相談だ。それはもう明々白々だよ。君が今まで話してくれたことをすべてひっくるめてみると、パウロは訴訟の依頼人としては躓きの石だということだよ。その手の人間は、こちらがどんな弁護戦略を立てても、端から全部台無しにしてしまうんだ。その手の連中は自分の周りの人間全員を挑発し、どいつもこいつも俺たちの敵だ、と言って不平を鳴らすのだ。賭けてもいいが、そのパウロという男の挑発は神殿だけではすまないぞ。」

ナタンもそれを認めて言った。「たしかに、彼はユダヤ人の間でも好かれてはいないのだ。わたしの友達のバルクに言わせると、パウロがわれわれにとって一番害になるのは、異教徒は割礼を受けなくてもよい、と説いていることなのだ。」

「割礼」という単語が出て来たとき、エラスムスは身をすくめた。そしてしばらくの間、ナタンの顔を窺うように見つめ続けていた。このキーワードを聞くや否や、エラスムスの全身に電流が走るのだった。エラスムスはそのことをナタンに気づかれないように必死で押し隠しながら、ただこう言った。「君たちから見て、パウロが腹立たしい点は他にもあるのか。」

ナタンはエラスムスを観察していた。どうやら、エラスムスの内部で起きたことを、ナタンもなにがしか見て取ったようだった。ナタンは頷くと、「食物規定について彼が繰り広げる批判もわれわれには厄介だよ。食べ物を清いものと汚いものに分けるのは、人間が造り出した区別に過ぎないと言うのだ。(28) さらに彼の主張では、異教の神々に献げられた肉でも、異教の神々を拝むためでなければ、食べても構わない、と言うのだ。(29)」

その瞬間、エラスムスはまるで別人になったかのようだった。もつれた声で、叫ぶように言った。「しかし、もしそういう考え方が広まれば、そりゃもの凄い進歩じゃないか。割礼と食物規定こそユダヤ教徒と異教徒を分けているんだ。それがなくなれば、ユダヤ教徒と異教徒の間の軋轢も乗り越えられるじゃないか！　そもそも、割礼などというものは、だれにも無理強いすべきものではないんだよ！　それがなければ、ユダヤ教徒と非ユダヤ教徒の間の結婚も容易になるだろう！」

これに対するナタンの反論は慎重だった。「たしかに、どちらも外面にかかわることだ。それよりもっと大事なことがたくさんある。しかし、われわれがユダヤ教徒と見られるのは、安息日、割礼、食物規定を含む生活様式があればこそなのだ。つまり、われわれユダヤ教徒が内面で信じることは、だれもそれを目で見ることができない。しかし、われわれが人々の目の前で行うことなら、だれでもそれを見て取ることができる。われわれは自分たちの儀礼を通してこそ、自分たちがユダヤ教徒であること、またそうでありたいと思っていることを、互いに確かめ合っているわけなのだ。そういう儀礼がわれわれから取り上げられるとすれば、それはわれわれの故郷の一部が奪われるということなんだ。」

「しかし、君たちはあまりに多くの規則に服し過ぎているのじゃないのか。ユダヤ教では、そのことが生きることの重荷になっているのじゃないか。」

「たしかに、他と比べると、われわれには守らねばならないことが多い。七日ごとに集まって、神の戒めを学習して、それに準じて生活を形作っていかねばならない！　しかも、神の戒めはやさしいものではない。だれが好き好んで、そこまで多くの食べ物を断つだろうか。他の国民が割礼を拒否している中で、だれが好き好んで自分は割礼を受けていると告白するだろうか。それにもかかわらず、われわれの生活様式が要求するこの労苦こそ、一人一人がユダヤ教徒であることを真面目に考えているかどうかの試験なのだ。」

エラスムスは圧倒されて黙っていた。それから低い声で言った。「パウロには、好ましい面もあるね。わたしは原則としては、その面は好きだな。というのは、哲学的、抽象的にということだけどね。つまり、パウロのユダヤ教って、大いに世界に開かれているということだろう？」

ナタンは機を逃さず、鎌をかけて聞き返した。「弁護するかどうか、もう少し考えてみたらどうかな？」

「わたしが言ったのはそういう意味じゃないよ。わたしはただパウロのことをもっと知らなくてはならないと思うのだ。わたしは以前弁護を引き受けた祭司のイシマエルとヘルキアスに相談してみたい。この二人なら、ユダヤで起きている争い沙汰のことは何でも分かっているからね。君はさっき、友達のバルクもパウロのことを批判していると言ったね。わたしはそのバルクとも是非とも話さなくてはならない。弁護士というのは、訴訟を依頼してくる者のすべての弱みを承知しておかねばならないのだよ。非難に値するような点も含めてすべて。」

「ということは、パウロの弁護を引き受けてもいいということだね。」

「もしこの場で即答しろというのなら、わたしの返事は『ノー』だよ。しかし、そのパウロという人物には、いささか興味を引かれるな。さっき言ったように、哲学的な理由からだけどね。彼が体現しているユダヤ教の方が、隔壁を建設したあの二人の祭司のユダヤ教よりも、弁護したい気にはなるな。しかし、パウロのような人物は身に危険をもたらすものなのだ。自分自身にのみならず、他者にとっても、ましてやその弁護人にはなおさら危険なのだ。」

ナタンはさらに追い打ちをかけた。「たしかに、彼の考えはローマ人とギリシア人には愚かで、われわれユダヤ人には躓きに他ならない(30)。しかし、それが彼の考えに対する反証になるだろうか。君たちの間にも、仲間の市民を挑発した所為で追放処分になった哲学者がいるではないか。ソクラテスの場合は、おまけに死刑に処されたよ。われわれユダヤ人の間では、預言者たちが繰り返し人々の拒絶に出合ってきた。おそらくパウロの新しい考えは、そういったアウトサイダーに属するものなんだよ。」

エラスムスは答えた、「そうかも知れない。しかし、そうだからといって、その分、弁護が楽になるわけじゃない。そこで提案だが、数日後にもう一度、今度は君の友達のバルクと一緒に来てもらいたい。わたしは彼がパウロのどこを批判するのか、知らねばならない。イシマエルおよびヘルキアスとも話してみよう。パウロの弁護を引き受けるかどうかは、それから改めて考えよう。目下のところ、わたしの心の中に聞こえて来るのは、この事案に手を染めるのはやめておけ。おまえは何の助けにもならない、と警告する声だけだ。」

ナタンは帰路に就くために挨拶しながら、できるだけ早い時期にバルクを連れてもう一度やって来ることを約束した。エラスムスは家僕のテルティウスに、ナタンを家まで送りながら、道々陰を作って、燃えるような太陽の熱を遮るように命じた。しかしナタンはその申し出を丁重に断って言った。「いや、テルティウスはここに残ってください。わたしは一人でまちがいなく家まで戻れます。家僕も人間です。家僕に無理をさせるのなら、わたしが自分にそうしなければならない。」

意表を突かれたエラスムスが言った。「おお、何を言うのか。テルティウスはわたしときわめてうまくやってるよ。わたしは時々は嫌な仕事も彼に命じなければならないほどだ。そうしないと、彼は自分が奴隷じゃないみたいな気がするらしいから。奴隷は気が進まない仕事でも言われたことを果たすように、訓練する必要がある。そうされてこそ、逆にやりたい仕事を命じられたときには、感謝の気持ちになるんだよ。」

ナタンは言葉を返そうとした。しかしエラスムスがそれを遮って言った。

「君を送りとどける仕事は、やりたい仕事に入るんだよ。道すがら、彼と話してみるといい。彼もきっと喜ぶよ。彼は賢い青年だよ。」

ナタンはやっと折れて、「君がそこまで言うなら、送ってもらおうか。」

エラスムスは付け加えて言った。「それでは、君の奥さんと娘さんにわたしからよろしく言ってくれ。われわれ二人はまたすぐあえるね。バルクも一緒に。」

ナタンとテルティウスは日射しが弱り始めた黄昏の中へ消えて行った。太陽は紅く染まり始めていた。もうしばらくすれば、日射しはさらに柔らかくなって、温かな夕暮れの光に変わるだろう。エラスムスの思いは、道を急ぐ二人の男とともに、ハンナの住む家に向かっていた。ハンナはまだ若かった。エラスムスは以前から彼女に恋していたのである。彼女と結婚するのが彼の夢だった。彼女はムソニウスの信条の下で育てられてきた。ムソニウスは、女性たちも男性とまったく同じように、哲学に勤しむ機会を与えられるべきだと説いていた。そのために、ナタンと妻のサロメは、ハンナの教育にたくさんの金をつぎ込んできていた。ハンナには教養があって、ユダヤ人の言語はもちろんのこと、ギリシア語とラテン語にも通じていた。彼女となら、哲学の話も弾んだ。エラスムスは彼女と知り合って早々に、これほどの女性とは生涯に一度出合うチャンスがあるかどうかだということを了解した。

ところが、彼女はユダヤ人なのだ。そこに結婚にとっての障碍があった。その一つは割礼だ。パウロの考え方ならば、この障碍を取り除いてくれるだろうか。その上さらに、食物規定もなくなれば、エラスムスにとっては、社会の中で制限なしにユダヤ人と付き合っていくことができるだろう。それは弁護士にとっては、大事なことだった。

それからエラスムスはテルティウスのことを考えた。彼はエラスムスと一緒に住んでいた。周りのほとんど人々が、このまだ年若い奴隷はエラスムスの同性愛の相手に違いないと思っていた。エラスムスの方でも、すでにそのことを一点の曇りもなく認識していた。彼には、同性愛の関係に対して反対するところは、原則として何もなかった。彼の親友のフィロデームスもフィランドロスとそういう関係で暮らしていた。二人はペアだった。しかし、フィロデームスのその友達は奴隷ではなかった。二人はエピクロスの説いた哲学が好きで、それがもとで同棲することになったのである。二人は愉しい時も苦しい時も、互いに助け合っていた。そのように互いに対等なペアの関係はローマでは例外だった。エラスムスはそういう二人を受け容れることができた。なぜなら、以前ムソニウスのもとで学んでいたからである。自分に従属する立場の人間を愛人にしてはならないと。当時のローマでの同性愛関係はそのほとんどが奴隷との関係であった。ムソニウスが同性愛の関係を厳格に拒んだのは、おそらくそのためであった。この点では、エラスムスの考え方はより寛容だったのである。

テルティウスとの関係は、それとは少し違っていた。エラスムスは彼とまるで兄弟のように育ってきた。そのことが二人の関係を中性化していた。それどころか、エラスムスは繰り返し、テルティウスは自分と異父兄弟ではないかと疑ったことがある。そう言えば、彼の顔つきにはエラスムスと似たところがあるのじゃないか。二人はまるで兄弟みたいに互いに分かり合ってきたではないか。エラスムスの父親が女奴隷のリュディアにテルティウスを産ませたというのは、あり得ないことだろうか。エラスムスの方からは、テルティウスの父親のことについて聞いたことは一度もなかった。テルティウスの母親のリュディアは、エラスムスをテルティウスと一緒に、まるで二人とも自分の子であるかのように育ててくれた。テルティウスの父親の名前が知れないままであったのは、よくあることだった。奴隷には法律上父親がいなかったのである。同じ屋根の下で奴隷の子として産まれた子供が実は家父長の血を引く子である場合も、そのことによって覆い隠されることがあったのである。そうした結婚の枠外の性関係は、決してムソニウスの結婚観に沿うものではなかった。他方で、エラスムスの父親は、哲学者たちが唱える厳格な原則は人間には過大な要求だという意見であった。そしてそれには、きっと一理も二理もあったのだろう。その意見の背後には、父親の個人的な経験が潜んでいたのだろうか。しかし、これは来るべき結婚三十周年での祝辞で取り上げるわけにはゆかなかった。それのみならず、実際のところ何が起きたのか、彼には分からなかったのである。母親なら、もっと多くのことを知っていたかどうか、あるいは、推測していたかどうか、それも分からなかった。いずれにせよ、エラスムス自身の推測では、そこに自分の家族の秘密が潜んでいた。しかし、そういう秘密があるからと言って、いったい何が変わるだろうか。彼の両親はとても仲良くくらしてきた。テルティウスと彼は彼の両親およびリュディアと仕合せにやってきた。そのことだけが決定的に重要なのだ。

その同じ晩の内に、エラスムスはフィロデームスに宛てた手紙を認めた。その中では、パウロの弁護を引き受けてくれないかと問い合わせを受けていることについても書いた。フィロデームスは、かつての例のユダヤ教の祭司たちの弁護に当たっても、エラスムスを助けてくれていた。テルティウスがその手紙をフィロデームスに届けた。二日の後、返事がやってきた。それはパウロの弁護を引き受けないようにという警告だった。二人はいつも、手紙の遣り取りで哲学上の問題を論じ合うのが常であった。今回のテーマは生の喜びと悲観主義だった。

生の喜びと悲観主義

フィロデームスからエラスムスへ

拝啓

その後も変わりないだろうね。今回君が書いてきたことには、わたしは正直驚いている。そのユダヤ人の頭のおかしい男の弁護を引き受ける前に、ぜひもう一度すべてを吟味し直すべきだ。その男はエルサレム神殿を梃《てこ》にして、全世界を混乱に陥れようとしているそうではないか。以前のユダヤ教の祭司たちの裁判も、なんとも厄介だった。もしわたしがポッパイアを動かして裁判に介入させなかったら、とんでもない破局で終わっていただろう。

今日はわたしも一つ聞かせてもらいたいことがある。それは相手が親友でなければできない質問だ。君がこの事案を引き受けるかも知れないという動機は、事柄に即したものなのか。君が書いていると
ころでは、そのユダヤ人の頭のおかしい男は割礼を廃止したいと考えているわけだ。君がその男に興味を引かれるのもそのためだ。君はハンナに心を寄せている。君は以前わたしに、彼女のような女性なら結婚してもいい、と言っていた。そうなるとそれはユダヤ人と非ユダヤ人の結婚になる。しかしそこに、割礼という障碍が入ってくる。世界に向かって開かれたユダヤ人の家庭でも、義理の息子になる男性が非ユダヤ教徒だとなると、その男性にも自分たちの宗教を受け入れさせて、割礼を受けさせたがるのだ。しかし、君はそのためにあそこを手術されるのには、ゾッとしている。わたしには君のショックがよく分かる。わたしだったら、そんな要求は絶対に受け入れないだろう。ところが、その頭のおかしいユダヤ人の男は君に一つの逃げ道を教えてくれるわけだ。曰く、割礼はもう不要だ、信仰のみで十分なのだから、と。君が奉じるストア派の神信仰はユダヤ教のそれと近いのだ。ストア派の神もいろいろむずかしい戒律を立てて、それを人間につきもののもろもろの性向に逆らって貫徹するよう要求するのだ。その神は人間の良心に現れるのだ。そこで、君はユダヤ教の神信仰に同意するかもしれないわけだ。もしそのパウロという男の考えが押し通って、割礼は受けなくてもよいということになれば、君の結婚を妨げるものがなくなるわけだ。わたしは友人として忠告するが、今回の事案が裁判になるとして、それが法律上かかえる問題と君の今見たような人間的な動機を互いに切り離すべきだ。そうしなければ、君は判断を間違うことになる！

君はよくよく承知しているべきだが、君が結婚して組み込まれることになる家族は、ほとんどの人々から拒絶されている国民の一部なのだ。もし仮に割礼がなくなっても、儀礼としてのそれはその国民の心性そのものが悲観主義であることの象徴だ。ユダヤ教の信仰によれば、生まれたままの人間というものは、それだけで十分善良というわけではない。厳しい戒律に準じた生活こそが、人間の尊厳に相応しい生き方なのだ。そのために彼らは自分たちに象徴的な意味での「割礼」を施すのだ。つまり、欲望とその喜びを放棄することだ。彼らの良心が彼らの生を暗いものにしている。死後には裁きがあると考えている。それが不必要な不安を掻き立てている。これらはどれも生を喜び友情を尊ぶ哲学の反対物だ。わたしがエピクロスとルクレティウスを賞賛するのは、他でもないこの哲学のゆえなのだ。君も彼らの哲学に即して生きてみたらどうだ。その方が君にはもっとよく似合うよ。反対に、ユダヤ教は一つの哲学だというにとどまらない。それは一つの国民でもあって、君はその一員になろうとしているのだ。そのことを肝に命じておくべきだ。その歴史はさまざまな破局と禍にまみれたものなので、君はそれを自分の歴史とすることになるのだ。

人生を暗くするだけのそうした信仰からは離れていた方がよい。君がストア派の哲学を信奉していることが、君をその手の信仰に感染しやすくしているのだ。君たちストア派も厳格な戒律で人生の喜びを破壊している。わたしは君が人間として健全な理性を保っていること、そしてわれわれの間にある友情を信頼している。

敬具

フィロデームスより

エラスムスからフィロデームスへ

拝啓

君の生活が喜びで満ちたものであるように！　ただし、一点だけ、わたしは君に反論せざるを得ない。ユダヤ教は決して生に敵対的ではないのだ。ギリシア人とローマ人の間に見られる生活態度はすべて、ユダヤ教にも見られるものだ。彼らも「喜びの人生哲学」を知っているのだ。彼らはそれをソロモン王にさかのぼらせている。この王には、エピクロスの哲学に影響されている節がある。彼は、たとえば神は人間に永遠とこの世を喜ぶ心を与えたと書いているのだ[31]。永遠は彼に自分自身がはかなく過ぎ去ることを思い知らせ、喜びはそのはかなさを忘れることを助けてくれる。人は妻と一緒に人生を享受すべきだと言うのだ。だから、ユダヤ教徒の間にも、人生を肯定する哲学の系譜があるわけだよ。ただ、彼らはその哲学を遠慮がちに「知恵」と呼んでいる。件のパウロはタルソス出身だ。この都市からも何人か哲学者が輩出している。パウロが世界に向かって開かれた姿勢とギリシア的な教養を身につけているのは、おそらくそこから説明がつくだろう。そしてハンナだが、彼女は以前わたしに、そのソロモン王が書いた書物を教えてくれたことがある。その中にわたしは次のような愛の歌を見つけたのだ。これはわたしが今まで読んできた中で最高に美しい詩行だと思っている。

わたしを刻みつけてください、あなたの心に印章として。
あなたの腕に印章として。
愛は死のように強く
情熱は陰府《よみ》のように逆らいがたい。
愛は燃え盛る火
その炎は君主のようだ。
大水も愛を消すことはできず
大河もそれを押し沈めることができない。
愛のためには、家中の財産を差し出しても
なお足りない。(32)

エピクロスに与《くみ》する者にとっても、愛は強烈だ。君も愛のそうした強さを知っているはずではないか。君の例の友人に対する情熱のことだよ。それはわたしがハンナに抱いている愛と同じではないか。わたしはストア派に与する者として、行き過ぎた愛には疑義を呈さざるを得ない。それでもわたしはハンナとこの詩には夢中なのだ。おそらくわれわれ〈ストア派〉はわれわれの立場からの喜びの哲学をもう少し建て増すべきなのだ。その際、ユダヤ教徒から学ばずして何としよう。まさしく彼らからこそ、歴史と人生のもろもろの破局のただ中で、心の中に喜びの火花を保ち続ける術を学ぶべきではないか。そしてそこに一片の永遠を体験することを学ぶべきではないか。

敬具

君の友達のフィランドロスにもよろしく

エラスムスより

第2章　パウロをめぐる論争

四日の後、エラスムスはナタンとバルクの来訪を待っていた。また猛暑の夏の一日が終わろうとしていた。少しずつ人々の生活に生気が戻り始めていた。ぎらつく太陽は温かな紅色に変わっていた。そうした夕暮れはまるで魔法の言葉のようである。それは未知の深みに通じる戸を開けてくれるかのようだ。あたかも今死に行く一日が、日中炎熱の下に押し隠してきたものを開示したくてたまらないかのように。

エラスムスの内側でも戸が開かれた。今日開かれたのは、幸運の「エピクロス的」瞬間ではなく、「ストア的」な瞬間であった。「ストア的」瞬間に現れるのは、世界を意味で満たそうとする神である。今この瞬間を幸運の啓示として享受すること、同時にその中に一つの促しを聞き取ること。この二つのことを合体させることができるだろうか。彼はパウロの弁護を引き受けるべきなのか。この依頼は神からの呼びかけだったのか。それとも、彼を迷わせようとする悪霊の誘惑だったのか。

エラスムスは落ち着かず、部屋の中を行ったり来たりしていた。ナタンとバルクは会堂《シュナゴーグ》を中心として成り立つユダヤ教の複数の集会[33]の指導者だった。それらの集会はその昔戦争捕虜だったユダヤ人によって礎を築かれたものだった。彼らは奴隷としてローマに連れて来られていたのである。彼らは自分たちの集会にパトロンたちの名前をつけた。パトロンとは彼らを一度は奴隷としたが、その後解放した有力者たちのことである。解放された者は、大変限られたものではあったが、自由を享受したのである。ただし、解放奴隷は生涯にわたって、もとのパトロンたちへの義務を負い続けた。そのために、そのユダヤ人たちの集会は、アウグストゥスとその友人アグリッパに因んで、「アウグストゥスに属する者の集会」および「アグリッパに属する者の集会」と称したのである。(34)それらの集会は相互にゆるやかな連合体を形作っていた。ローマのユダヤ教は多数の傾向と葛藤を内包していたのである。それにもかかわらず、すべてのユダヤ人が一つにまとまっていた。彼らは信仰と生活態度の点で、他のすべての人々と違っていたからである。

ところが、このところはその紐帯がほころび始めていた。それは一番新しい集会によく現れていた。それは自分たちのことを「キリスト信奉者」の集会《エクレーシア》(35)と呼んでいた。この名前は、どうやら「キリストに属する解放奴隷たち」を指したらしい。アウグストゥスに属する解放奴隷とアグリッパに属する解放奴隷という言い方と同じである。しかし、「キリスト」はローマの支配者ではなかったし、戦争でユダヤ人を奴隷化して、ローマへ拉致してきた人物でもなかった。「キリスト」はむしろ一人の預言者であって、人々が期待していたのは、彼がやがてメシアとして自分たちの土地からローマ人を追い出してくれることだった。まさにそれゆえに、時のローマ総督がその「キリスト」を死刑に処したのであった。ところが、彼は死んだ後も、信奉者を結集していたのである。彼を信奉する者たちの

「集まり」（シュナゴーグ）では、ユダヤ教徒と非ユダヤ教徒が互いに何のわだかまりもなく一緒にいることができた。

エラスムスはその「キリスト信奉者」たちと接触したいとは思わなかった。彼は何よりも先ずは、パウロの弁護を引き受けるかどうか決断しなければならなかった。それ以前にその弁護を引き受けるかのような不用意な期待を抱かせておいて、後でそれを断って失望させることはしたくなかったからである。彼には、この依頼はひょっとすると自分の生涯をめちゃめちゃにするかも知れないという予感があった。それほど危険な依頼だったのだ。しかし彼は同時に、ローマ中の法律家と修辞家たちの間を捜しても、自分と同じようにユダヤ教の事情によく通じた人物がいないことも承知していた。いったい他のだれがこの事案を引き受けられようか。それゆえ、目下彼に向かって転がってきている任務から、自分が逃げることは許されないのではないか。反対にその任務は、間に合う内に避けないと、巨大な岩石のように彼を粉々に打ち砕いてしまうのではないか。エラスムスはもう一度目を上げて、沈んでゆく太陽を眺めた。すると、その紅の色は、突然、生命を一瞬にして焼き尽くす猛火のように見えてきた。それまでの太陽はいつもの夕暮れの平安を広げていた。しかし、今はその揺らめきが彼の中に大きな不安を掻き立てていた。彼は落ち着かずに、歩き回っていた。

その時、やっとナタンとバルクがやって来た。準備は万端整っていた。何種類かの果物、干しぶどう、橡《とち》の実、そして飲み物が用意されていた。そのすべてが、歓迎の意を示していた。ナタンは繊細で痩せた顔つきだったが、バルクはごつい感じで、濃い眉の奥から世界を眺める目は反抗的だった。

ナタンが彼を紹介して、「こちらがバルクです。彼のことは、もう君には少し分かっているね。彼はあの気が狂《ふ》れたガイウス・カリグラがエルサレム神殿を異教の国家聖廟に作り替えようとしたとき、ちょうどそこにいたのだよ。」

エラスムスは喜びながら同意して言った。「たしかに、奴の狂気はひどかった。何せ、元老院議員たちに無理強いして、自分の玉座を空のまま立てておいて、それに跪拝させたのだからな。彼は自分を神だと思い込んでいたのだ(36)。おそらく彼は君たちユダヤ教徒のことを嘲ってそうしたのだ。のは、人々は、君たちがエルサレム神殿の至聖所に空の玉座を置いて拝んでいる、と言って誹《そし》っていたからね。カリグラは、このわたしもお前たちの神と同じように人間の目には見えないのだ、と言いたかったのではないか。いずれにしても、そのときの元老院議員たちは、すべてのユダヤ人に勝るとも劣らず、腰を抜かしたものだ。」

「わたしたちには絶対的な限界があるんだよ」、とナタンは賛同しながら言った。「わたしたちは神が人間になることはあり得ると思う。しかし人間が神になることはあり得ないのだ(37)。」

この点でもエラスムスは喜んで同意した。「君たちは実に哲学的な国民だね(38)。神はただ一人であって、人間は何人も自分を神だと考えてはならないし、神に等しいものは何もない。これらのことを初めて認識したのは君たちだ。君たちにとって、宗教とは神々に犠牲を捧げることではなくて、むしろ戒めを行うことなのだ。」エラスムスはその先を少し言い淀んだが、さらに続けた。「ただし、君たちがエルサレム神殿でしていることは少し遅れているよ。君たちが会堂でしている礼拝には、だれもが出席することができるじゃないか。祭司たちの位階はなく、供犠も行われない。ところがエルサレム神殿では、それとはまったく事情が違う。そこには祭司がいて、供犠も行われている。祭司と一般信徒が区別されている。ユダヤ教徒でない者は締め出される。君たちの中に、神殿をすべての人に開かれた会堂に変えたいと思う者たちがいるのは、よく分かる話ではないか。供犠もなく、祭司の身分もなく、すべての国民に対して開かれた神殿にね。これこそ君たちの間で神殿をめぐって争いが絶えない本当の理由なのではないか。ユダヤ教徒でない者としては、その争いはまったくもって理解しがたいよ。」

ナタンが口を挟んだ。「しかし、君にはわれわれのことが分かっているじゃないか。われわれの預言者は、やがてわれわれはすべての人間と一緒に神殿で神を拝むようになると予言しているのだよ。[39] 何人かの者たちは、すでに今この時にこの予言を実現させようと猛進している。しかし祭司たちは現状を維持したいのだ。彼らは神殿から利を得ているからだ。あらゆる現状変更には、彼らの実権を損なう危険がある。実は、君自身がかつて彼らの内の数人を弁護しているんだよ。彼らは神殿の区域を巨大な隔壁で囲んで、自分たちはその中に身を隠そうとした者たちだよ。」

エラスムスはそれに反論して言った。「たしかに、わたしは彼らの弁護を引き受けた。しかし、そうできたのは、彼らの隔壁の建設がやむを得ない対抗措置だったからだ。ところが、今君たちがわたしに尋ねているのは、神殿からあらゆる『隔壁』を取り除いて、それを非ユダヤ人にも開放しようという人間を弁護してくれないか、ということだ。この際、単刀直入に言わせてもらうが、わたしはパウロの弁護を引き受けることができない。彼は祖先からの伝統に逆らっている。そのことによって、ローマ帝国の宗教政策にも反している。しかし、わたしは最後通告の『ノー』を言う前に、君たちの意見を聞いてみたい。わたしにできることは、せいぜいそのパウロという頭のおかしな男が引き起こす損害を抑制することだけだ。もっとも、その損害はもう起き始めてしまっているかも知れない。」

バルクとナタンは消沈した面持ちで下を向いていた。二人は失望の色を隠せなかった。エラスムスも仕方なく黙っていた。彼の拒絶はまったく正直なものというわけではなかった。彼自身にも、まだ弁護を引き受けるかも知れない可能性が残されていた。しかし、当面は、可能な限りパウロについて知ることが肝要だった。しばらく間を置いてから、彼は切り出した。「正直に言ってくれないか。そもそもパウロのために骨を折るのは意味があるのか。彼はただ頭がおかしいだけの男で、君たちには害を及ぼすだけではないのか。彼のことは放っておく方が得策ではないか。」

それに答えて、ナタンは本当は最後までとっておきたかった議論を早々に切り出した。「その点では、バルクとわたしで意見が違うのだ。わたしはパウロの唱える方向へ行って欲しいと思っている。そうすれば、われわれは割礼を象徴的な意味に解することになる。われわれが自分たちの欲動を制御して行くことの象徴ということだ。もし仮にユダヤ教徒ではない男性がユダヤ教の女性と結婚したいと思う場合には、今でもほとんどのユダヤ人家庭が、その男性に割礼を受けるように要求する。(40) そのことが妨げになって、われわれはローマおよびその他どこでも、同化されないままでいる。互いに通婚できなければ、心底受け入れ合うことにならないからね。」

ナタンのこの言葉は、雷光のようにエラスムスを貫いた。ひょっとすると、これはナタンがエラスムスに向けて発したメッセージだったのか。彼は自分の娘にエラスムスが思いを寄せているのを感じ取っていたのか。もしそうなら、エラスムスの結婚願望は割礼を受けなくてもうまく行くことになるのか。それとも、今しがたのナタンの考えは、エラスムスに弁護を引き受けさせる算段に過ぎなかったのか。

ナタンはエラスムスの内面の興奮には何も気づかぬ振りをして、話を先へ進めた。「また、どうしてわれわれは食物の禁令についても比喩的に解釈して、飲食に節度を守ることの象徴と受け取らないのか。もしそうすれば、われわれにとっては非ユダヤ人との付き合いがはるかに楽になるだろうに。そうなれば、だれもわれわれのことを人付き合いが悪いなどと烙印を押さないだろう。」

エラスムスは困った顔で、自分が準備した食べ物を眺めた。それからこう漏らした、「わたしはまたしても君たちの食物規定のことを忘れてしまっていたのかな。君たちはわたしが準備したものを食べられるのかい?」

その時、バルクが低い声で口を挟んだ。「心配は無用です。食事の際に、これは禁じられたものですと、わざわざ断言する者がいない限り、何を食べてもよいのです。一番善いのは、その話をしないことです。」

ナタンが頷いた。彼の話はまだ終わっていなかった。「最後に言えば、わたしもなぜわれわれが神殿をすべての人に開放すべきではないのか、自問しているところなのだ。もしわれわれが自分たちをすべての他の人間たちから区別するもの、つまり、ただ一人唯一の神への信仰さえ否まなければ、他の国民からの遮断を緩める方がユダヤ教にとっては得策ではなかろうか。」

ここでバルクが割って入った。「ナタンの言うところには、当たっている点があります。それはわたしたちにはすべての国民へのメッセージが託されていることです。すべての人間がわれわれの神に改宗して帰依するべきなのです。たしかにすでにこれまでにも、何人かのギリシアの哲学者が唯一神の存在に気づいてきています。しかし、一つの民族をまるごとただ一人唯一の神に帰依させる離れ業をやってのけたのは、わたしたちに法を宣布したモーセだけです。このことがわたしたちを他の国民から際立たせているのです。[41] そしてそれは良いことです。もしわたしたちが今直ぐにでも他の国民に対する違いをすべて撤廃してしまったら、わたしたちには特徴がなくなってしまい、やがてはユダヤ教として発信するメッセージもなくなってしまうでしょう。そうなれば、子供たちがわたしたちにこう言うでしょう――かつて割礼と食物規定によって他の国民から自分たちを区別することが良くないことであったのなら、今はどうして神への信仰によって彼らから区別されることが良いことなのかと。他の国民はたくさんの神々を拝んでいる。どうしてわれわれもそうしてはいけないのかとも言うでしょう。だからこそ、割礼という目に見える標識がわたしたちには大変重要なのです。わたしたちは自分たちを際立たせてくれる儀礼を堅持していかねばなりません。それがわたしたちの信仰を守ってくれるからです。」

ナタンはこれに異を唱えたが、その声は融和的だった。「バルクよ、わたしがそれとは違う意見であることを、君は分かっているよな。わたしの意見では、もしわれわれが目に見えるものを過大に評価するなら、われわれは自分たちのメッセージを自ら否定してしまうことになる。神は目に見えないのだよ。何人もその神への崇拝を目に見える徴に縛り付けてしまってはいけないのだ。とりわけ、人間と人間を分断するような外的な事物にそうしてはならないのだ。万物が創造された時に、割礼が存在しただろうか。それははるか後になって初めて導入されたものだ。あの楽園に、清い食べ物と汚い食べ物の区別が存在しただろうか。すべてが清かったのだ。選ばれた者たちだけに神を拝むことが許されるような神殿が存在しただろうか。神はすべての人間の近くにおられたのだ。神は世界の内側にあるどんな物とも同じではないのだ。もしその神を割礼、食物規定、そして神殿と度を超して同一視するなら、それはわれわれの神信仰の紛う方なき特徴を放棄するということだよ。わたしとしては、われわれがこれらすべてを実行して行くことに別段反対はしない。しかし、決定的に重要なことは、それらすべてがやがて消えてなくなることを、承知しておくことだ。」

エラスムスはほとんど調停者の役割を担うことになってしまった。彼は言葉を返して言った。「君たちは、わたしが哲学的には君たちの神信仰に同調していることを知っているね。そのわたしがもう長いこと自問してきたのは、多くの神々がいるけれども、そのすべては唯一の神が違った形で現れているに過ぎないのではないか、ということだよ。その見方に立てば、素朴な人間たちはそのまま自分たちが信じる神々を拝んで行けばよくて、ただ教養のある者たちだけが多くの神々の中に唯一の神を認めて行けばよいことになる。彼らの唯一神の認識は時間をかけて徐々にすべての人間の間に浸透して行くだろう。そういう考え方のパウロがいてくれたら、わたしにははるかに身近に感じられるんだがね。」

ところがバルクは首を振って、反抗的な声で言った。「パウロは『あれか、これか』しか知らないのです。それがわたしたちの伝統なのです。わたしたちには、唯一の神に結ばれたままで行くか、それとも多くの神々に帰依するか、この『あれか、これか』しかないのです。二つのことが一つになることはありません。パウロは教養のある者たちに向かって、哲学的な信仰を説いているのではなく、教養のない者たち、貧しい者たち、この世では何の価値もないとされている者たちに向かって、ただ一人の神を説いているのです。(42) 彼の説教は教養のある者たちには、挑発であり、愚かに他ならないのです。(43) だから、パウロが行くところ、いつでもどこでも争いが沸き起こるわけです。」

ナタンがこれを訂正しようとして言った。「しかし、パウロは平和を願っているのだよ。彼は終わりの時には、神がすべてにおいてすべてになることを願っているのだ。(44) その時には、それと並んで他の神々が崇拝されることはもはやないと言うのだよ。そうなれば、どのような『あれか、これか』もなくなり、争いもなくなるわけだ。どうしてわれわれはその平和をすでに今ここで実現してはならない理由があろうか。」

エラスムスは打つ手もなく二人を眺めていた。やがて口を開いたが、その声にはいささかの軽蔑が込められていた。「パウロは争いを和らげる、とナタンは言い、バルクはその逆だと言う。わたしとしては、どう考えればいいのか。」

バルクがエラスムスを宥めて言った。「あなたはわたしたちの諺を聞いたことがありますか。『ユダヤ人が二人いれば、意見は三つ、争いは山ほど』という諺ですが。」

ナタンも賛同して言った。「いつでも第三の意見がある。これはわれわれも承知しているよ。だれもがその第三の意見に対して開かれた態度でいなければならない。いつもこの点では、われわれの間に再び合意が成り立つのだ。」

「それじゃあ」、とエラスムスが口を挟んだ。「目下の場合、その『第三の意見』はどういうものなんだ？」

するとバルクが声を強めて言った。「その第三の意見とは、あなたがパウロの事案を引き受けることです。」ナタンもすかさずそれを支持して言った。「わたしもそう思う。そうすることで、君はわれわれを困難な状況から解放してくれることになるんだ！　目下の状況はわれわれにとって危険なものになりかねないのだ。」

「君たちにとって危険だって？」とエラスムスは笑いながら言った。「パウロという人物は、さしあたり自分自身にとっての危険だよ。彼は命の危機に瀕しているよ。」

バルクが説明して言った。「パウロはローマにいるすべてのユダヤ人にとって危険なのです。彼の所為でわれわれのつながりが危うくなっているのです。われわれの間の争いは危険なのです。そうした争いが因で、すでに一度何人かのユダヤ教徒はローマから追放の憂き目に遭っています。もう一度そんなことになっては困るのです。それは今から七年前のことでしたが、その時にも、キリストの信奉者たちが事の原因だったのです。[45]追放された者たちの中には、コリントへ向かった者がいました。彼らはそこでだれの支援を受けたと思いますか。それがパウロなんです。それが彼らのシンパだったのです。騒ぎの首謀者たちは彼のシンパだったのです。それ以来、ローマではパウロは禍の元凶と見られているわけです。」

ナタンは低い声で、それに賛同しながら言った。「おまけにパウロは自分のプログラムを教養人の間での議論に供したのではなく、公衆の面前でラッパを吹いて、『今わたしがこうして告知している間にも、新しい世界が始まっているのだ』と言ってのける始末だったのだ。もし割礼がもはや無効になって、男か女の違いもどうでもよくなれば、まさにそのとき新しい創造が始まるというわけだ。[46]こうなれば、争いが起きるわけだよ！　なぜなら、一方では、われわれの内の何人かが、キリストの信奉者たちと同じように、今直ぐにもユダヤ教をすべての人に向かって開放したいと考え、それこそがユダヤ教の成就だと思っている。ところが他方では、それでは万事休すだと考える者たちがいるからだ。わたし自身は第三の立場に立って、何よりも争いを避けたいと念じている。これらすべての立場が、それぞれ非ユダヤ教徒の友人たちの間に賛同者を持っているのだ。そのために、その友人たち自身の間にまで争いが広まっている始末だ。われわれは自分たちの内側での争いを、それぞれがその支援を最も頼りにしている街の人々のサークルにまで持ち込んでしまっているわけだ。役所の者たちも怪しがっているよ。パウロが十字架で処刑された一人の犯罪者に依拠していると聞くときには、とりわけそうだ。しかし、われわれには世間から信頼されることが必要なのだ。」

その時、バルクが低い声で議論をまとめながら、こう言った。「パウロはその信頼をぶち壊しているのです。パウロはわたしたちにとって禍の因なのです。」

エラスムスは苛立って、二人を眺めながら言った。「パウロが祝福なのか、呪いなのか。君たちの意見は一致していないわけだ。それでどうしてわたしが彼のために骨を折るべきだ、ということになるのかね。」

バルクが言葉を強めて説明した。「わたしたちは二人とも、彼が有罪になるのを望んでいないのです。わたしたちはこの頭のおかしな男の及ぼす影響というものを、すでに一度遠方から体験したことがあるのです。それは例のガイウス・カリグラが数年前に、わたしたちの神殿を異教の神々のための神殿に作り替えようとした時のことでした。彼は突然暗殺されてしまいました。それを見て、その当時の多くのユダヤ人は、これはきっと神が介入して、ご自分の神殿を守られたのに違いないと信じて疑いませんでした。だから、群衆はガイウス・カリグラの死を祝ったのです。それはローマでも同じでした。そのために、ガイウスの後を継いだクラウディウスは、われわれローマのユダヤ教徒が公の場所に集まることを禁止したほどです。ただ、われわれの宗教の伝統を引き続き遵守して行くことを許しました。それどころか、その伝統を何も変更しないことを義務としてわたしたちに負わせたのです。(47) そうすることで、クラウディウスは彼らにシグナルを送ったのです。『もしお前たちが自分たちの伝統を遵守するならば、わたしもそれを尊重しよう。しかし、もしお前たちが今後も騒ぎばかり引き起こすなら、わたしはお前たちをこの街から追放処分にする』というシグナルです。それ以来、この追放の脅しがわたしたちローマのユダヤ人の頭上にいつも掛かっているのです。わたしたちは父祖の伝統にとどまれば守られる。しかし、一旦それから外れれば、以前の脅迫が生き返るというわけなのです。」

ナタンは頷くと、さらに説明して言った。「今まさにそうなろうとしているのだ。パウロはわれわれの伝統を変えようとしている。それは短期的には争いにつながるだろう。しかし、長期的には世間との和合に役立つだろう。」

「君は本当にそう言い切る自信があるのか？」とバルクがナタンを遮った。彼は明らかに興奮していた。「先の話には、まだその先があるのです。ローマにキリスト信奉者たちが最初に現れたのは、それから〔ユダヤ人追放令の宣布から〕九年経ってからのことでした。それは、ユダヤ教に好意を寄せる人々には喜ばしいメッセージがある、という触れ込みでした。つまり、『もしあなたがたがユダヤ教徒になりたいとして、もはや割礼を受ける必要はない』というのです。しかし、実はそのほんの直前まで、キリスト信奉者たち自身の間でさえ、割礼の是非が争われていたのです。というのは、アンティオキアのキリスト信奉者たちはそれを放棄したかったのですが、エルサレムの仲間たちはその保持にこだわり続けたのです。それでエルサレムで会議が開かれることになったのですが、そこではアンティオキア派の主張が通る結果になったのです。彼らの論客の筆頭がパウロでした。[48] この結果が、あらゆる異邦人のもとへ出掛けて行って、よりリベラルなユダヤ教の信徒を増やそうという運動に、強力な推進力を与えたのです。ローマもその目標でした。その時彼らが宣べ伝えた新しいメッセージは、ローマ人の手によって処刑された一人のユダヤ人がまもなく世界支配者になるだろうという考えに基づくものでした。わたしたちユダヤ教徒の多くが、それには腰を抜かしてしまいました。その手のメシア待望を公衆の前で言い広めたりすれば、それは禍の渦中に飛び込むようなものなのです！もちろん、わたしたちの中に、メシアの到来を待ち望む者がいることは本当ですが。彼らの言い広めたことは、わたしたちの集会でも不安を掻き立てました。ちょうどその時に、皇帝クラウディウスがかつて宣布していたあの脅迫、すなわち、新たな騒ぎを引き起こせば、すべてのユダヤ人をローマから追放するという例の脅迫を、実行に移したのです。ただし、その時彼が追放したのは、最も主立った首謀者たちだけでした。彼らの何人かはコリントにいるパウロのもとへ逃げ延びたのです。しかし、今やその皇帝クラウディウスが死んで早くも数年。キリストの信奉者たちは、これを機会にまたもやローマで自分たちの信じるところを言い広めて、また新たな禍の種を蒔こうとしているのです。」

エラスムスが口を挟んだ。「ということは、すべてひっくるめると、わたしはパウロの弁護を引き受けるべきではないということだな。もし彼がユダヤ出身のメシアがやがて新しい世界支配者になると言い広めているのであれば、それはローマ帝国に対する攻撃だよ。君たちは、われわれローマ側から見ると、パウロは有罪となるべきだという見解のように見えるのだが、自分でもそうは思わないのかね。パウロが永遠に消えてなくなることが、君たちの意にも適ったことではないのかな？」

ナタンが解説した。「たしかに、バルクはパウロの敵だ。しかし、彼もわたしもユダヤ教徒の間に平和が続くことに心を砕いているのだ。バルクの意見でも、パウロは場合によっては、その役に立つかも知れないのだ。つまり、パウロはこの間に自分の主張を見直しているのだ。」

バルクが今度は落ち着いた声で、こう付け加えた。「そのとおりです。パウロ自身をして自分自身に対する最大の反証者にする。これがわたしの考えです。もしわたしたちが彼が自分の考えを変えたこと、そしてもう反抗を説くのではなく、むしろ平和をもたらしたいと思っていることを証明できれば、彼に追随する者たちを間違った信条から連れ戻すチャンスが生まれるでしょう。彼らを平和への道に連れ戻せるのは、パウロしかいないのです。そのためには、彼は生きていなければなりません。」

エラスムスが遮って聞き返した。「しかし、どうしてあなたは、パウロが自分の考えを変えたということに、そこまで自信があるのですか。」

そこでバルクは自分のリュックサックから小さな巻物を取り出した。「彼自身の言葉から、そう言えるのです。これは彼がローマにいるキリストの信奉者たちに宛てて書いた手紙の写しです。ここに彼は自分の哲学を総括しています。」

ナタンが口を挟んで言った。「この手紙は彼の弁護のためには願ってもない基礎になるものだよ。君がこの上なく危険だと言った点、つまり体制への反抗を焚き付けるのではないかという点についてもそう言えるのだ。パウロはたしかにこの手紙の初めの方では、キリストを新しい世界支配者だと呼んでいる。しかし、それも先に進むにつれて、そのキリストが人間を解放するのはローマ人からではなく、むしろ罪と死と律法からだ、ということをはっきり述べているんだよ。」

エラスムスは慄然とした。「何？　彼は法からも解放したいのか。それじゃあ、アナーキズムではないか！　そういうことには、わたしはローマの法律家として公然と反対しなければならない。法こそはあらゆる秩序の基盤なのだ。法なしにどんな平和もあり得ないのだ。」

ナタンが急いで説明した。「パウロが言っているのは法律すべてということじゃあないのだ。そうではなくて、人間を抑圧する梃《てこ》になるような法のことなのだ。」

エラスムスは動揺していた。「もう一度言うが、わたしは弁護士だ。もし泥棒を捕まえて法律と対決させたら、泥棒は当然、法律はこの自分を抑圧するものだと見做すだろう。法は無法を抑圧しなければならないからだ。法について先ほどのように曖昧な言い方をする者は、わたしには信用できないのだ。その手の輩は絶対に善良な市民ではあり得ないんだ。」

ナタンがそれに答えて言った。「まあ、とにかく一度聞いてみるがいい。パウロは国家に対する関係について、何を書いているのか。」

「人はだれでも国家の権威に従うべきです。
神に由来しない国家の権威はないからです。
今ある権威は神によって定められたものです。
それゆえ、国家の権威に逆らう者はだれであれ、
神の定めに逆らうことになるのです。
神の定めに逆らう者たちは
自分の身に裁きを招くでしょう。[49]」

「これはあらゆる反抗を断念するということだよ」、とナタンが言った。「こういう言い方をする者は、国家の法律を尊重しているということだよ。」

「しかし、どうしてわざわざ人見よがしに、あらゆる反抗を断罪する必要があるのか」とバルクが疑念を呈した。「ひょっとして彼は自分について、パウロは今なお本当は反逆者だという噂がつきまとっているのを知っているのではないのか。わざわざそう書いて、その噂に反論しようという狙いなのだろう。彼が見ているのは、ローマ在住のわれわれユダヤ人だけであって、そのわれわれに秋波を送り、『いや、あなたがたのご心配には及びません。わたしは決して政治的な騒ぎを持ち込みませんから』と言って、安心させようとしているのではないか。」

エラスムスは冷静になって言った。「バルクの見方が正しいのではないか。わたしが気づいたのは、パウロは顕著なことに、複数形で国家の役職について語っていることだ。それもおまけにローマに宛てた手紙の中でそうしているのだ！　しかし、このローマで支配しているのが皇帝ただ一人であることは、だれでも知っていることではないか。」

それにはナタンが反論した。「パウロはこの手紙を牢獄から書いたのだ。その段階では、やがて解放されて自由の身になったら、ローマを訪ねたいと思っていたのだ。その当時、皇帝ネロはまだ若年だったので、明瞭に後見役の監督下にあったのだ。ネロに代わって支配の実権を揮っていたのはセネカとブッルスだった。ローマには事実、複数の支配者がいたのだよ。」

「それにもかかわらず、その当時のローマ帝国も公式にはただ一人の支配者によって統治されていたのだ」、とエラスムスが反論して言った。「ただし、ただ一人の皇帝が同時に護民官であり、執政官であり、最高軍司令官でもあったのだ。その点はその通りだ。そこにあったのは明らかに一つの専制君主制だったのだが、未だに共和制が継続しているかのように取り繕うために、ただ一人の人間にもろもろの役職を押し被せていたわけだよ。だから、形式的にみれば、パウロの複数形は当たっているわけだ。たくさんの職制を具えた共和制がまだ続いているというわけだ。しかし、だからこそパウロが皇帝については黙って通り過ぎているのが目立つのだよ。したがって、彼は本当に君たちが考えるほど国家に対して忠実だったのかどうか。それが疑わしくなるのは、正当だよ。」

ナタンがそれに言い返した。「パウロは『人はだれでも国家の権威に従うべきです。神に由来しない国家の権威はないからです』、と書いているのだから、国家に対する忠誠を明瞭に言い表しているのだよ。もちろん、わたしならば、『もし力ある者たちがその力を間違って用いれば、神は彼らを退けられる』と付け加えるところだがね。そうしてこそ、ユダヤ教の確信に沿ったものになるのだよ。」

「おそらくその点では、パウロは善良なユダヤ教徒なのだろうな」とエラスムスが議論を始めた。「君たちは気が付いたどうか分からないが、彼は筆を進めるに当たって、実に微妙な限定を加えているんだよ。すなわち、『少なくとも、目下の権威者たちは神によって定められている』と言いたげなのだ。この言い方は、パウロが他方でこれから来る未来、あるいは過ぎ去った過去の権威者たちのことを念頭に置いていて、その権威者たちは神から定められた者たちではない、ということでないと、意味をなさないのだよ。」

　その時、バルクが割って入った。彼には何かがひらめいたかのようだった。「分かりました、パウロが何を考えているのか。彼の念頭には、ガイウス・カリグラのことがあるんですよ。エルサレム神殿を異教の神々の神殿に作り替えようとした例の瀆神者のガイウスのことです。わたしは事件当時、そのエルサレムにいました。当時ガイウスのその瀆神行為を実行するように命じられたローマ軍の指揮官はペトロニウスという人物でした。そのペトロニウス自身にとってさえ、はたしてガイウス・カリグラが正当な支配者であるかどうか、疑わしかったのです。そこで彼は計画の実行をわざと遅らせたのです。そして結果として、一大破局となるのを防ぐことになったわけです。[50] エルサレムにいたわれわれ全員は、ガイウス・カリグラの権威は神から来たものではなかったという点で、一致していました。彼は自分のことを神だと思い込んでいたのです。それはわれわれにとっては、考え得る最大の罪なのです。」

　エラスムスも頷いた。「われわれローマ人にとっても、ガイウス・カリグラのことは、考えるだけでぞっとするよ。奴は本当に気が狂《ふ》れていたな。もし彼の記憶をすべて消し去れれば、それがきっと最善だっただろうね。事実、元老院は『記憶からの抹殺』（*damnatio memoriae*）の是非について議したそうだ。ただし、ひたすらガイウスが血を引く王朝の面目を配慮して、それは遂に断念されたのだ。しかしながら、彼が出した法律は撤廃され、彼の立像は撤去され、彼が発行した貨幣は改鋳された。今も、だれもが彼と係るのを忌避している。ローマ人の見方によれば、彼も神々によって定められた人間ではなかったのだ。ところで、わたしとしては、パウロがそのガイウスのことを言っていると思しき箇所を自分でも見てみたいのだが。」

エラスムスはパウロの手紙を受け取ると、件の箇所を探した。しばらくして、彼は言った。「ここで事実パウロはカリグラのことを考えながら、それをわざとぼかしているな。というのは、彼はこう書いているからね。『国家の権威に逆らう者はだれであれ、神の定めに逆らうことになるのです。神の定めに逆らう者たちは、自分の身に裁きを招くでしょう。』これはまさにカリグラにぴったりだよ。彼は国家の基本法の定める秩序に背いたのだ。つまり、元老院議員たちに、むりやり自分の空の玉座の前で跪拝させたのだからな。[51] 最期には、近衛兵の軍団指揮官だったカッシウス・カレイアスによって殺害されたのだが、そのカッシウス・カレイアスは基本法の定める秩序の擁護者だった。[52] だから、カリグラは裁判なしで殺害されたものの、自分で自分の身に裁きを引き寄せたことになる。パウロが書いていることは、彼にぴったり当てはまるわけだ。」

ナタンが再び声を強めて言った。「その箇所に書かれていることは、どう解釈するにしても、とにかくパウロを政治的反抗の疑いから解き放つにはもってこいだよ。」

しかし、エラスムスは自問した。もしバルクが言うとおり、パウロはその噂に対しては自己弁明ができるとしても、それならばどうしてそもそも政治的な嫌疑をかけられることになったのか。この点は、後からさらに追跡してみなくてはならない。おそらく、あの祭司たちが手助けしてくれるだろう。二人にそのことを聞いてみなくてはならない！　しかし、今この場では、エラスムスはさらに多くのパウロの弱みを探り出しておかねばならなかった。そこで彼はこう質問した。「パウロが厄介な問題になっているのには、それとは別の理由はないのか。君たちは今しがた、割礼と食物規定のことを話していたね。もしわたしが彼の弁護をするとしたら、わたしはそれらのこともすべて正確に知っておかねばならない。」こう言ってから、エラスムスは舌を咬んだ。これではほとんどもう、自分はパウロの弁護を引き受けると言ってしまっているようなものだった。

「それこそが問題の核心なのです」、とバルクが言った。「その点で、パウロはさきほど出た言い方をすれば、『第三の見方』に到達しているのです。だからこそ、わたしとしてはあなたに彼の弁護をしてもらいたいのです。そして彼には生き続けてもらいたいわけです。なぜなら、もし彼が処刑されてしまったら、彼は殉教者ということになってしまい、彼に同調する者たちは、やっぱりパウロが正しく、他の連中はどいつもこいつも間違っていた、と思うに違いありません。しかし逆にもしパウロが生きて動き回ってくれれば、わたしたちは彼を同調者たちに逆らう最大の反証者にすることができるのです。彼がこの手紙で説いている『第三の見方』を持ち出せばよいわけですから。」

「それじゃあ、食物規定はその『第三の見方』ではどうなるんだ?」とエラスムスは質した。もし自分がハンナと一緒に暮らせることになったら、二人は食物規定とどう向き合えばよいのか、そう彼は考えていたのである。エラスムスにはその食物規定は合点が行かなかった。タブーには従うべきだとする根拠は、それが今までずっと守られてきたからだという言い分しかないものだ。しかし、エラスムスは、ただ一言こう口にした。

「パウロの『第三の見方』は、人は自分が何を食べているのか気にしないですむ限り、何を食べても構わない、とでもいうのじゃないのか。」

それを受けてバルクが言った。「『知らぬ振り』というわたしのやり方のことを、パウロも当然承知していますよ。ところが彼はさらにラディカルなのです。つまり、清いとか汚いとかの区別は人間によるものだというのです。それを汚いと思うことがそれを汚くする。しかもそれはそう思う者だけにあてはまるというのです。[53]」

エラスムスは質問を続けた。「それで君たちの争いの解決になるのか。汚いと清いの区別が思い込みに過ぎないと信じて疑わなければ、それは『迷信』だと言うことだから、それを実行している人々全員を正面から侮辱することになるはずだ。」

そこでナタンが割って入った。「それこそパウロが避けようとしていることだ。彼の意見では、食べ物に関することでは、われわれは他の人の立場を尊重するべきなのだ。よしんば、他の人々のしていることが、われわれには迷信だと思われても、そうするべきだと言うのだよ。だれであれ他の人に無理強いして、その人の良心に反することをさせてはならないんだ。自分自身の意見を他の人に逆らって貫き通すことは、愛をもって断念すべきだと彼は言うのだ。」

エラスムスはそれを聞きながら、自分はハンナへの愛ゆえに、ユダヤ教徒にとってタブーとされる食べ物をすべて断念できるだろうかと自問していた。何か今目の前にあるものがそれ自体で汚いから食べてはならない、とだれかに要求されたとしよう。それに比べたら、ハンナへの愛ゆえに断念する方が、おそらく自分には容易だろう。しかし、疑問がある。どうして他の人たちの方では譲歩してこないのだ。迷信を信じる人間たちだけが、他の人たちから気を回してもらう特権に恵まれるのか？ハンナの方からも、愛ゆえにこのわたしに気を遣ってはくれないのか。エラスムスは声を高めて言った。「君たちは、以前のパウロはこの点で違う意見だったと言っていたね。」

「もし彼が初めから今の意見を口にしていたら」とバルクが語り始めた。その声にはいささかの憤りが感じられた。「われわれにははるかに手間が省けたことでしょう！かつてシリアのアンティオキアでは、彼はかたくなにどこまでも自分の意見にこだわるあまり、その地のキリスト信奉者の集まりを分断してしまったのです[54]。その集まりでは、初めのうち、ユダヤ教徒も異教徒も一緒に食事をしていました。そのユダヤ人たちは異教から来た仲間たちが準備してくれた食卓についたとき、これらは全部『規定どおり《コーシェル》』ですかなどと、野暮なことは聞きませんでした。おそらくは、『知らぬ振り』のやり方だったのです。しかし、そこへエルサレムから別のキリスト信奉者たちがやって来たわけです。そしてこう言ったんです。『あなたがたの食事が規定通りでないと、わたしたちは家に戻って困ったことになる。わたしたちのことを慮って、食物規定を尊重してください！』そこで、すべての者たちが『汚い』食事を断念してしまったのです。ただ一人パウロはそうしませんでした。そのときの彼の振る舞いは、まったくの頭でっかちで、つける薬がないほどでした。彼はすべての人がそろって食べられるように、食物規定の方を根本的に放棄するべきだと要求したのです。彼の主張はさらに高じて、そうしなければ集会の一致は保てないとまで言ったのです。しかし実際のところは、集会を割ったのは彼の方だったのです。」

ナタンが落ち着いた声で、その先を続けた。「ところが、現在彼が取っている立場は、その当時の論敵たちからもらってきたものなのだ。この手紙での彼は、(55)食物規定を全部遵守しようとする弱い者と、何でも食べられる強い者を区別しているのだ。強い者たちは弱い者たちに気を遣うようにと彼は要求しているのだ。」

エラスムスはすかさず聞き返した。「どうして、食物規定を全部守ろうとするのが『弱い者』なのだ？　逸脱してでも他人と違う行動ができるのは、本当のところは、『強い』のではないのか。」

ナタンが説明した。「もちろん、その『弱い者』たちも自分のことを実は『強い』と思っているのだ。彼らは菜食主義なのだ。それによって、彼らはわれわれの律法の戒めをはるかに超えてしまっているのだ。彼らは禁欲主義者として他の者たち全員を凌駕したいんだ。」

「ところが、その彼らは社会の中では弱者に入るのです」、とバルクが補足した。「彼らは借家住まいです。借家で肉は調理できません。火を炊く竈がないからです。だから彼らは普段は大衆食堂《タベルナ》でしか、温かい食事にありつけないわけです。それもほとんどいつも、穀物の粉にミルクを入れた粥と野菜ばかりです。肉は彼らには高すぎるのです。肉が出るのは、多くの人が集まる何かのお祭りや誕生祝いに招かれた時だけです。ところが、皇帝たちは庶民が肉をそういうかたちで消費することも禁じてしまいました。(56)多くの人が集まることに怯えたからです。皇帝たちはそういう人だかりには、叛乱の臭いを嗅ぎ付けるのです。しかし、彼らも肉の禁止令を貫徹することは出来ませんでした。今や、庶民たちの祭りでは、大衆食堂でひそかに肉が食べられています。クラウディウスの治世もすでに九年目になり、ユダヤ教徒の間のキリスト信奉者たちの首謀者はすでに追放になっています。しかし、現にまだユダヤ教徒の間にいるキリスト信奉者たち全員が、もし皇帝の出したお触れに違反して目立ったりすると、自分たちも追放の憂き目に遭うのではないかと怖がっているわけです。そのため、彼らは肉禁止令を厳格に守ろうとしているのです。それどころか、肉を食べることも原則として放棄しているのです。というのも、彼らは庶民ですから、肉料理には大衆食堂でしかありつけないのです。もちろん、彼らは自分たちは今述べたことが怖いから肉を断念しているなどと、自分からは言い出しません。むしろそれを模範的な禁欲業として様式化しているのです。ところが、同じようにキリストの信奉者でも、もともと異教から来ている者たちは、追放のお触れにたじろぐ理由がありません。だから、彼らは大衆食堂で肉を喰い続けたわけです。彼らの多くが社会的にもうまく行っている身分なので、自分の家を持っていて、そこで肉料理もできるのです。先に述べた方のキリスト信奉者たちは根本的には追放を怖がって菜食主義になっているわけですが、その彼らのことを後の方の者たちは馬鹿にして、連中には信仰と勇気が足りないと言って、なじっているということなのです。」

エラスムスはまたもや空想を逞しくして、やがてハンナと一緒に送る生活のことを思い描いた。彼には自宅で肉料理を準備することができる。肉を食べることには何の問題もないだろう。しかし、それとは別の問題が残っていた。そしてそちらの方こそが、根本的にはエラスムスの気がかりだった。彼はこう質問した、「ところで、割礼については、パウロはどういう解決策を提案しているんだ?」

ナタンが答えて言った。「彼がこの手紙で言っているのは無造作で端的だよ。割礼は重要じゃないというのだ。神の前では、ただ律法を守ることだけが決定的に大事だというのだ。[57]」「なぜなら」と、ナタンはその先をパウロの文章を引用して言った。「表向きのユダヤ人がユダヤ人ではなく、隠れた心の内に割礼を受けている者、文字によってではなく、霊による割礼を受けている者こそがユダヤ人なのです。そういう者こそ神からの誉れを受けるのです。[58]」

エラスムスはこれには納得した。だからこそ、彼はもっと知りたくなった。そして改めてナタンに向き直って言った。「そこからまた何か新たな争いが起きて来るのか。生まれたばかりの赤子が戒めを守って割礼に代えることはできないよ。戒めを行うことが割礼よりも重要だというパウロのスローガンは大人にしか当てはまらないぞ。」

今や、ナタンの口から出る言葉の一つ一つが決定的に重要だった。ナタンが言った。「パウロが言うには、割礼を受けている者も受けていない者も、同じ一つの家族なのだ。どちらもアブラハムの子孫だからだ。決定的なことは、どちらの者もアブラハムと同じようにただ一人の唯一の神を信じることなのだ。その信仰だけが、その神の家族の一員であるかどうかを測る唯一の規準だと言うのだよ。[59]」それからナタンは正面からエラスムスを見つめた。それは、あたかも彼の内面で起きていることを感じ取ったかのようだった。それともナタンはその時、何の思惑もなくただそう言っただけなのか。しかし、ナタンはそこまでナイーブな人間でもないだろう。すなわち、彼はこう言ったのである。「もしわたしの娘が来て、一人の異教徒と結婚したいと言い出すとしたら、このわたしにとって一番重要なのは、その男がただ一人の唯一の神を信じるかどうかだ。もしその男がそれを信じれば、わたしは二人を祝福するだろう。」

これはもう、エラスムスへの明らかな目配せではなかっただろうか。「もし君がわたしの娘を欲しいと言ったら、あげてもいいよ。」ナタンはそう言いたかったのではないか。しかし、エラスムスは、ナタンに娘を異教徒と結婚させる用意があるかどうか、敢えて直接尋ねはしなかった。彼は籠った声でただこう言った。「バルクとナタン、本当にありがとう。パウロが手紙の中で寛容な哲学を披瀝しているのが、わたしにも分かったよ。彼の考えのいくつかは悪くないと思う。そこで一つお願いだが、君たちが今持っているその手紙の写しをわたしに貸してくれないか。テルティウスに頼んで、わたしのためにもう一つ別の写しを作ってもらいたいのだ。そしてそれを落ち着いて読んでみたい。写しができたら、手紙は君たちに返すよ。ただし、パウロの手紙はこれ以外にもあるかどうか、気になるのだが。」

ナタンはそれに答えて言った。「そういうものがあるとは、わたしには思えないね。そもそもわれわれユダヤ人には、神学や哲学に関する自分の考えを手紙に書き記すという習慣がないのだよ。」

エラスムスが言葉を返して言った。「しかし、パウロのこの手紙は手紙としては普通の長さではないよ。これはむしろ手紙の形式を借りて書かれた論説だよ。たとえば、プラトンやエピクロスがそうした手紙で彼らの哲学を開陳しているのと似ているね。われわれローマ人の間では、そうした教説の論述を書簡集と称するのだよ。それと似た意味の書簡集がパウロの場合にもあるだろうとわたしは推測するね。」

バルクとナタンは、周りの者たちに聞いてみることを約束した。ローマのユダヤ人の間では、自分が属する集会以外の集会とも行き来がある者が多かった。パウロが教えていた集会ともそういうつながりを持っているユダヤ人が少なからずいたのである。

エラスムスは「もちろん、わたしの方では、例の祭司たちにも聞いてみよう」と、付け加えた。さらにナタンにはこうも言い足した。「その上で、わたしはいずれにしてももう一度、君のところへ行くことにするよ。そのとき、お互いにパウロについて知っていることを出し合って、彼の事案をどうするか、ゆっくり検討できるだろう。」

ナタンとバルクは安心して顔を見合わせた。「ということは、君はどっこい弁護を引き受けるということだね。」

エラスムスは自分の本音よりも先へ出てしまったことに気がついた。本音のところでは、彼はこの件を断りたかったのである。この弁護をしたところで、弁護士としての自分の評価は決して高まらないだろう。仮にその裁判で勝訴してもそうだろう。むしろ、ほどなく彼はユダヤ人専門の弁護士と見做されることになるだろう。それは必ずしも自分のキャリア・アップにはつながらない。しかしそれとは別に、ハンナへの思いがあった。その思いが割り込んできた。そして彼にまとわりついて離れなかった。その結果、彼はただ一言こう呟いた。「そのことは、わたしは一晩考えてみなくてはならない。とにかく、われわれの今日の話し合いは新しくて重要な情報をたくさん与えてくれた。その情報をわたしはもう一度整理し直さなくてはならない。」

エラスムスはバルクにも挨拶した。そして別れ際には和解の意を込めて言った。「今日のわれわれの話し合いでは、まるで『ローマ人が三人いても、意見は一つ』という原則が成り立っているかのようでした。ローマにいるすべてのユダヤ人が平和に暮らせるように――これがわれわれ三人の共通の願いだね。わたしは君たちの集会のため、そのメンバー全員の方々のために、とりわけ、サロメとハンナのために、万事うまく行くように願っています。サロメとハンナの二人のことは、わたしはナタンを通して知っています。どうか二人にも、わたしからよろしく伝えてください。」

エラスムスは家の戸口まで二人に同行した。そして急速に深まっていく夕闇の中へ二人が消えていくのを見つめていた。二人はなお互いに言葉を交わしていた。なおも「第三の見方」を探し続けていたのだろうか。二人の足取りが遠ざかって行った。二人の声も低くなって行った。二人の姿が消え去っても、エラスムスは迫り来る夕暮れに身を任せていた。彼の中では、思考の透過性が高まっていた。内なる世界と外なる世が浸透し合っていた。そのとき、夕闇とともに恐ろしい考えも迫ってきた。法廷でパウロの弁護のための最終弁論に立っている自分の姿が見えたのである。そこに現れたのは、弁護に頓挫する自分の姿だった。なんとも曖昧模糊とした東方からの宗教を宣べ伝える人間をローマで弁護するなどということは、そもそも容易なことではなかったのだ。もし挫折すれば、その後長期間にわたって人々は自分のことを避けて、もう仕事の依頼が来なくなってしまうのではないか。エラスムスは打ちのめされた思いで、小路と家々の上に深まり行く暗闇の中に残された最後の聖なる輝きを眺めていた。

しかし、彼が夢見るように天に思いを馳せ、最後の聖なる輝きを自分の中へ吸収していたそのとき、彼の中ではその輝きが次の日への予感に変わって行った。気づくと、彼は突如としてハンナと会話しているのだった。彼には彼女の声が聞こえ、その微笑みが見えた。彼女はすぐそこにいるようでいて、そこにはいなかった。彼女は遠くて、近かった。彼女が存在するということ、そのことを考えるだけで彼は幸福になった。エピクロス派の人々はそうした愛の体験をこそ、神々への信仰に変えていたのではなかろうか。エラスムスにはそう思われた。彼らによれば、神々は永遠の浄福の中に生きているのだった。しかし、人間はその神々の姿に、しばしば思考や夢の中で触れてきた。神々が存在するということ、そのこと自体が人間にとっては幸福であり、浄福であったのだ。しかし、エラスムスがその幸福を体験するには、神々の必要はなかった。ハンナへの愛だけで十分だった。彼女は今この瞬間にも、どこかにいてくれる。そう考えるだけで、彼は温かな光で満たされるのだった。外の世界が暗がりを増して行けば行くほど、それだけ明るく彼女の姿が輝くのであった。彼女は決して女神ではなかった。しかし、彼を彼女と結びつけていた愛の中に、何がしか彼女の神が現れていた。それは光と闇を包括する神だった。その神はユダヤ人と異教徒を結び合わせ、悦びと義務を一つに合体させていた。エラスムスはランプの油に灯を点した。彼はフィロデームスに返事を認めるのに最適の心境になっていた。フィロデームスは今朝方、テルティウスを通して一通の手紙を届けてきていたのである。それは神々について書かれた手紙だった。

哲学と宗教

フィロデームスからエラスムスへ

拝啓

わたしはエピクロス派の一員として、「君に神々の祝福あれ」と言うことができない。われわれエピクロス派は神々が人間の生活に介入するとは思わないからだ。そうするには、あまりに悲劇が多すぎるのだ。それを神々の責任に丸投げしてなすりつけるわけにはゆかないのだ。神々は存在する。それだけでもう十分だ。神々は永遠の至福の中に生きておられる。そのことで神々はわれわれを支えてくれる。なぜなら、われわれには幸福の瞬間というものが体験できるし、その瞬間に神々に近づくことができるからだ。ところで君は、例のユダヤ人の喧伝家の弁護だけは、引き受けないように気を付けるべきだ。彼が喧伝していることは、哲学とは相容れない。哲学はその手の宗教からわれわれを解放しなければならない。われわれ哲学者はあらゆることを疑ってみる。ところが信心深い人間は何でも信じてしまう。われわれ哲学者は真理を探究する。信心深い連中は、それをもう見つけたと言い張る。われわれ哲学者は洞察に基づいて判断する。ところが連中は啓示に基づいてそうするのだ。われわれ哲学者は言葉で議論する。しかし連中は作り話を物語る。君は哲学者であり続けなければならない。あらゆることに批判的であり給え。

敬具

フィロデームスより

エラスムスからフィロデームスへ

拝啓

君に神の祝福があるように。われわれストア派の人間はわれわれが生きている世界には意味があり、しかもその意味はわれわれが自分で造り出したものではないと考えている。だから、われわれは神を信じているわけだ。君にとっては、宗教と哲学は互いに排除し合うものだ。しかし、わたしがユダヤ教徒から学んだのは、第三の道があるということだ。哲学とは知恵を愛することだ。人は愛するものを欲しがる。しかし、欲しがるものを人は持っていないのだ。哲学とは、われわれがたしかに知恵を探し求めているものの、それを持ってはいないことを承認することに他ならない。ユダヤ人も同じように知恵を愛している。『ソロモン王の知恵』という書物では、知恵はたしかに哲学と区別されているが、その違いは、知恵が宗教における比喩を神を尋ね求めよという呼びかけとして受け取っていることだけなのだ。今触れた知恵の書の中には、次のような一節がある。

神を知らない人間たちには、
目に見える善きものと完全なるものから
真に存在する方を推論することができなかった。
彼らは作品は見たけれども、その造り手を認識しなかった。
彼らはその代わりに、火、風、大気、
星々、水、そして天で光るものを神々だと思い込んだ。
彼らはそこまでそれらの美しさに魅了され、
それらこそが神々だとまで思い込んだ。そのときどうして彼らには分からなかったのか、
万物を創られた主がそれよりもどれほど高くにおられるかを。
それでも彼らを厳しく咎めるには当たらない。
なぜなら、たしかに彼らは道に迷ったものの、どうしても神を見つけたかったのだから。
彼らは神を探したが、神が創った作品にぶらさがったままで終わってしまった。
見た目の外観が彼らを欺いたのだ。それほどに目に見える世界は麗しいのだ。
ただし、彼らにも罪がないわけではない。もし彼らに全世界を探求して
さほどに多くの認識を獲得する力があったのであれば、
世界の主たる方も、見つけてしかるべきではなかったのか。(60)

神について言われている文言は、現実の中に神を発見するようにという促しなのだ。神についてのもろもろのイメージは検索プログラムに他ならない。それらは何が現実に統一性を付与し、何が現実に意味と価値を付与し、なぜ全体がすべての部分を足した合計以上なのかを検索するものだ。それらが問うのは、われわれの認識の彼方にあるものだ。われわれは決して、遂に見つけたぞ、とは言えないのだ。遂に神を認識したぞ、とも絶対に言えないのだ。もし汝は如何なる神の像を刻んではならない、と言う宗教があるとすれば、その宗教は哲学的なのだ。

わたしの意見はこうだ。たしかに信じる者たちは神を見つけては来なかった。しかし、それは哲学者も同じことだ。しかし信じる者たちは一つの確信に到達したのだ。それは神の方から彼らのことを見つけてくれたということだ。神が彼らの心の中に、真の命への探求を活性化してくれていること、そこにこそ彼らは神が自分たちを見つけてくれた証を見たのだ。ただ、その真の命がどこに在るのか、それは未決だが。

そこでわたしにとっての第三の道はこうなる。宗教的なイメージおよび物語というものは詩作なのだ。それはわれわれの内部に検索プログラムを起動させて、この世界の内側に神の痕跡を探求させる。そしてわれわれがその痕跡をたどりながら、真の命を見つけに行くとき、神はここかしこで一つの秘密のままだ。なぜなら、われわれが神について、そして真の命について発見するものはすべて、われわれをさらなる探求へ誘って、問いを発し続けさせるものだからだ。(61)

神は究めがたい。われわれもまた究めがたい。神についてわれわれは如何なる像も、似たものを作ってはならない。それはわれわれ自身についても同じだ。われわれは神の似像なのだ。エピクロス派も承知している通り、われわれは幸福の瞬間には神々の似像であり、その似像はそれ自体で幸福なのだ。ところがわたしはユダヤ人から学んだのだ。われわれは福者の島でだけ神の似像なのではない。そうではなくて、義務を果たすことにおいてもそうなのだ。人生の得意の局面のみならず、失意の深みでもそうなのだ。首尾よく成功した時のみならず、挫折の時にもそうなのだ。神は至るところにいるのだ。そして至るところで、われわれが憶測したり、認識したりするものすべてを超える存在なのだ。

神は検索プログラムだ。われわれが何を見つけるのか分からない。しかし、われわれが見つけることは、神に見つけてもらうには十分なのだ。もしわれわれが神を見つけるならば、それはそのずっと前から、われわれをして彼を探求するように促してきた神を見つけるということだ。彼はすべてを創造した神だ。われわれが彼を見つけるために働かせる思考もまた、彼が創ったものなのだ。

敬具

君にはたくさんの福者の島が見つかるように！
君の友達のフィランドロスにもよろしく。

エラスムスより

第3章　脅　迫

その後しばらくしたある日の朝早く、エラスムスはテルティウスを祭司のイシマエルとヘルキアスのもとへ使いに出した。二人はトランス・ティベリム（*trans Tiberim*「ティベル川の向こう側」）と呼ばれる街区で、建前上の「人質」生活を送っていた。彼らはそれぞれエルサレムでは神殿に仕える大祭司と金庫長であった。ローマ在住のユダヤ人の間で二人は大いに尊敬されていた。そのためにエラスムスもこの二人との接触をその後も保ってきたのである。しかし、彼らはかつての「隔壁建立者」であったから、エラスムスにとっては親近感が持てる人物ではなかった。彼らに見られるユダヤ教は、ナタンとその妻サロメのような世界に向かって開かれた「ディアスポラ」（散在のユダヤ人）のユダヤ教とは違っていた。しかし、この期に及んでは、この二人がエラスムスの役に立つかも知れないのだ。なぜなら彼らはエルサレムでの権力争いの情勢によく通じているどころか、今もってその渦に巻き込まれていたからである。まずこの二人と話した後は、その結果がどうであれ、いずれにしても絶対にナタンともう一度協議しなければならない。そうエラスムスは思っていたのである。彼はナタンには信頼を置いていたからである。ところがそのナタンが彼の予測を裏切って、驚いたことに午前中の後半に、もうやって来たのである。ナタンは見るからに興奮した様子であった。

「何か起きたのか」、とエラスムスが尋ねた。

「昨日の晩、バルクとわたしが家に帰ってみると、一通の手紙が届いていたのだ。それはユダヤから出されてローマにいる会堂長たち全員に宛てられたもので、パウロと彼を支援する者たちに対する脅迫で満ちているのだ。君はどうしてもそれを読まなきゃならない。」そう言うとナタンは一枚のパピルスを取り出して、声を出して読み始めた。

ピネハス誓約団(62)から
ローマにいるすべての会堂長たちへ
平和と祝福が君たちの上にあるように

われわれは君たちが全世界に知れわたったユダヤ教の信仰に忠実であることを承知している。君たちが今後もますますその信仰に固く立ち続けていくように祈っている。しかし、君たちも知っているように、パウロはいたるところでユダヤ教徒を躓かせて、割礼と食物規定を蔑ろにするように教えている。彼はすでに囚人としてローマへ送られている。他方で、われわれが承知しているところでは、君たちは同じユダヤ教の信仰仲間が牢獄に囚われると、きわめて熱情的に支援するのが普通である。そのため、われわれはこれをもって君たちに警告するが、パウロはわれわれの信仰を裏切る者である。彼の行方は運命に委ねればよい。彼はもし皇帝に直訴していなければ、とうの昔にカイサリアで総督フェストゥスによって死刑に処されていただろう。神の御意志は、彼がローマでも正義に適った処罰を免れないことである。君たちはこのことを肝に銘じておかねばならない。彼の身には、ローマ人が加えたいと思う処罰を加えさせよ。そうでなければ、われわれの手でそうしなければならないだろう。聖所と律法に対する熱情がわれわれにそうすることを強いるのである。それゆえ、彼にはいかなる支援も行ってはならない。君たち自身がわれわれのその熱情を思い知る羽目にならないように、気をつけてもらいたい。それはアブラハム、エリヤ、そしてピネハスの熱情である。その熱情に背く者は呪われるがよい！

ピネハス誓約団

息災を祈る

「おお、何と言うことだ」、とエラスムスが思わず叫んだ。「こういうことから始まるのは、まずは法の支配の及ばぬ領域を造り出すことだ。その後は、無法者たちがその領域を広げようと企むのだ。始めは神殿の中の境内だけが法の及ばない区域だが、やがてエルサレムの街全体、引いては今やローマの街全体がそうなるわけだ。しかし、ローマの負っている使命は他でもない、恣意ではなく法こそが普く支配するべきだということだ。このことをわれわれに叩き込んでくれたのはカッシウス・ロンギーヌスだ。」

ナタンが言った。「バルクとわたしは信じているが、君はこんな脅しに怯んで、パウロの弁護から手を引くなどということはないね。ただ、君はイシマエルおよびヘルキアスと話す前に、この手紙のことを承知しておく方がよい、われわれはそう考えたのだ。たしかに、この手紙はユダヤ教の会堂長たちにだけ宛てられているが、その脅しはパウロを助けようとしている者すべてに向けられている。」

「そういう脅しをする奴らには刃向かわねばならない」、と決然としてエラスムスは言った。「君には、いったいだれがその背後にいるのか、推測がつくか。」

ナタンが答えた。「パウロの例の手紙の結びに一つのヒントがあるよ。」

エラスムスは急いでその手紙を取ってきた。ナタンが問題の箇所を探して、すぐに見つけた。「ここだよ。結びでパウロはローマにいる友人たちに、こう求めているよ。『どうかわたしがユダヤにいる不信仰な者たちの手から救われるように、わたしのために祈ってください。』」(63)

ナタンは言った。「わたしはこの脅迫状を読んだとき、すぐにこの文章を思い出したのだ。パウロはエルサレムに向けて旅立ったとき、彼の地で自分の命が危ういことを承知していたのだ。ということは、ローマ人の所為ではなく、ユダヤ人の中にいる敵の所為で危ういということだよ。この脅迫状はおそらくその敵たちのサークルから出たものだ。彼らはパウロをユダヤで亡き者にはできなかった。それで今やパレスティナの外まで彼を追いかけて、このローマにまで手を伸ばし、われわれが彼を保護して然るべき処刑を免れさせるのを防ごうというわけだ。」

「もしパウロがすでにエルサレムへ旅立つ前から、その敵たちのことを懸念していたのであれば」、とエラスムスが自分の考えを述べた。「彼はその敵たちと以前から顔見知りだったに違いない。」

「それは、わたしもそう思うよ」、とナタンが答えた。「そのため、わたしは今朝早く再びパウロを牢獄に訪ねて、こういう手紙で彼のことを追いかけ回すのはいったいどこのどいつか分かるか、と聞いてみたのだ。すると、彼は彼に敵対する者たちのことを話してくれた。それによると、彼がエルサレム神殿の境内に現れたとき、何人かの者たちが彼のことを待ち伏せしていたに違いない。それは、彼がどさくさ紛れに一人の異教徒を神殿の内部に連れ込もうと企んだという理由を捏《でっ》ち上げて、彼を抹殺するためだったのだ。モグリでそういうことをする者がいれば、その者は警告板に刻まれているとおり、リンチに処せられても仕方がない。しかもその場合の殺害者には処罰なしで済むだろう。そういうことに仕立てるためには、パウロへのその人身攻撃がたまたま起きた突発事件、つまりパウロが神殿法を破ったことを見た者たちが即座に反応した事件だったという演出が必要だったのだ。事実、パウロの敵たちは、首尾よく神殿の前庭で騒ぎを焚き付けることができた。しかし、彼らが実際にパウロを殺害する前に、ローマ兵たちがパウロの身柄を拘束して保護下においたのだ。その結果、敵たちが試みた最初の殺害計画は頓挫したというわけだ。(64)」

「ということは、第二の殺害計画もあったのか。」

「彼の敵たちも怯まなかったのだ。パウロが逮捕された後、その敵たちの中の四十人以上の者がパウロに反対する徒党を組んだのだ。パウロを抹殺するまでは、何も喰わず、何も飲まないというやつだ。彼らは、パウロがやがて尋問のために大祭司の館へ移されることになるから、そのときに牢獄とその館の途中で殺してしまおうと計画したのだ。(65)」

「その計画もうまく行かなかったのか。」

「パウロは事前にその臭いを嗅ぎ付けたのだ。エルサレムには彼の姉妹が住んでいた。その息子がパウロにその噂を伝えて警告したのだ。パウロはローマの軍団長を説得して、自分の保護を強化させたのだ。」

エラスムスは話を遮って言った。「いったいどうやって、そのパウロの甥は彼に対する暗殺計画の情報を入手したのか。その甥はテロリスト集団と通じていたのではないのか。」

「間違いなく、だれかがその甥に情報を流したに違いない。」

「その甥自身がサークルのメンバーだったかも知れないではないか?」エラスムスが訊いた。しかし、すぐにその憶測を打ち消して言った。「叔父に当たる人物を殺そうという計画にその血縁の人間を加えるとは考えがたいな。」

ところがナタンの解説はこうだった。「しかし、その可能性は排除できないのだ。徒党を組んだ同盟者たちは、この脅迫状では、アブラハム、エリヤ、そしてピネハスの熱情を持ち出している。そのピネハスというのは、その昔他所の土地の女を妻にしていた一人のユダヤ人がその妻を離縁するのを拒んだとき、そのユダヤ人を全員が見ている前で槍で殺した男で、熱狂主義者《ファナティカー》で通っているのだ。(66)エリヤも熱狂主義者《ファナティカー》で通っている。それは彼がバアル神を拝む者たちを殺したからだ。(67)アブラハムも熱狂主義者《ファナティカー》で通るわけは、自分の息子を犠牲に捧げて殺すことを直前まで厭わなかったからだ。(68)アブラハムの例が示しているのは、彼らの言う熱情は、親族を殺すことも厭わないということだよ。パウロの甥の場合も、ひょっとすると自分の親族への殺害計画に加わることで、そのテロリスト集団の中で点数を稼いだ可能性さえあると思われるのだ。」

エラスムスは言葉を失っていた。「じゃあ、君の意見では、甥は暗殺行為に巻き込まれていたと言うんだな。」

「いずれにしても、彼は暗殺計画を直前になって外部に漏らしたのだ。同盟者の連中はアブラハムを持ち出して親族に対する攻撃を正当化するわけだが、そうであれば、当の殺害計画を最後の最後の瞬間になって阻止したこの甥は、なおさらアブラハムに依拠する権利があることになる。なぜなら、アブラハムの場合も、最後の瞬間に神が介入して、イサクの殺害を押しとどめたからだ。」

エラスムスもナタンの見方に賛成して言った。「あの手紙のパウロはたしかにアブラハムを引き合いに出しているが、それは自分の息子さえ殺すことを厭わなかったアブラハムではないね。その反対だよ。子孫を残すにはもう年を取り過ぎていたのに、それでも息子が生まれることを信じたアブラハムのことを、パウロは褒め称えているよ。(69)」

ナタンが頷いて言った。「アブラハムの信仰は、すべての狂信者《ファナティカー》にとっては、殺害を厭わないことだ。しかし理性を保っているすべてのユダヤ教徒には、命に対する肯定のことなのだ。」

エラスムスは先を続けた。「われわれにとって決定的に重要なのは、パウロの甥が同盟者たちの計画を妨害したことだ。それがパウロを救ったのだ。」彼は思案顔で、さらにこうも付け加えた。「パウロというのは謎だな。狂信者《ファナティカー》として彼を排斥する者たちがいる反面、彼を迫害するために追い回す別の狂信者《ファナティカー》たちがいる始末だ。」それからエラスムスは、この手のテロリストたちがローマにも出現するものかどうか自問した。彼らはこのローマでもパウロを殺そうと謀るだろうか。そしてパウロを支援した会堂長たちもテロの対象にするだろうか。さらに、もしエラスムスがこの弁護を引き受けたら、彼らは彼をも膨れ上がる彼らの殺害欲の目標にするだろうか。エラスムスは今や、このグループがパレスティナでしていることについて、さらに多くのことを探り出さねばならなかった。そのためには、あの祭司たちが助けになる。その二人の祭司と面談の約束が出来ていた。エラスムスはナタンが脅迫状を見せてくれたことに礼を述べた。そして別れ際にこう言った。

「この脅迫状のことは、当面君だけの秘密にしておいてくれ。サロメとハンナには、そのことで心配させたくないのだ。ただし、彼女たちにはローマ市内を同行者なしに歩かせてはならない。もしわれわれの結論が、この脅迫状は本気だ、ということになったら、直ぐにあの二人にも知らせねばならない。いずれにしても、二人にはわたしからよろしく伝えてくれ。」

その日の午後遅くになって、エラスムスはトランス・ティベリムの街区へ向かった。そこにはローマのユダヤ教徒の大半が住んでいた。彼は二つの橋を渡って行った。それはティベル川の中の島を通って行く道で、やがて無数の小路とアパートが雑然と立ち並ぶ場所を経て、やがて一軒の上品なアートリウム式の建物に着いた。それはその街区では例外の建物だった。イシマエルとヘルキアスが上層階級特有の様式化された慇懃さで彼を出迎えた。彼らが生粋のローマ人の上層階級に属さないことを示すものは、ただ彼らの頼りなげなギリシア語だけであった。東方から移住してきた住民の大半はギリシア語を話す者たちだった。トランス・ティベリムの街区では、ラテン語はほとんど話されなかったのである。

「ようこそいらっしゃいました。わたしたちの友人で弁護士さん」、と二人がエラスムスに挨拶した。大祭司のイシマエルは背が高かった。その身のこなしには気品が溢れ、あたかも祭壇の前で儀式を仕切っているかのようであった。神殿の金庫長ヘルキアスは、反対に小柄だった。その視線は、まるでこの世界の策略は何でも承知していると言わんばかりに、目から鼻に抜けていた。

「お二人に神の祝福がありますように」、とエラスムスが応じた。「ご機嫌はいかがですか。」

「ありがとうございます。おかげさまでうまく行っています」、とイシマエルが答えた。そして付け加えた、「もっとも、会堂での礼拝は神殿での礼拝に取って代われるものではありませんがね。」

それに対してエラスムスは、遠慮し切れずに今回もまたこう答えた。「ただ、わたしは会堂の礼拝が好きなのです。そこでの神の崇拝には哲学的なものがあります。使われるのは、言葉だけ、それに書物の朗読、そしてお祈り。それらが供犠の代わりになっていますね。もしわたしがユダヤ教徒だとしたら、その礼拝だけでもう十分だろうと思います。」

「何をおっしゃる、エラスムスさん」、とイシマエルが応じた。「一度でも神殿の礼拝に出席したことがあるユダヤ教徒は、だれでもその後あの礼拝に憧れてしまうのですよ。そこでは神がすぐそこにいて下さるのです。わたしは大祭司でしたから、一年に一度は垂れ幕の奥の至聖所にまで入ることができました。そこに神がお住まいなのです。」

エラスムスが言葉を返して言った。「わたしが奉じるストア派の哲学では、神は至るところですぐ近くにいるのです。エルサレムもそうですがローマにも、田舎でも街でも、そして神殿でも会堂でも。神はわたしたちの内側にも住んでいるのです。ただ問題は、わたしたちはその家にいることがあまりに少ないことです。そのため、神の前を通り過ぎる一方で暮らしております。」

イシマエルが頷いた。「基本的には、あなたのおっしゃる通りです。ただし、神がこの世界の至るところに現臨しているというあなたの確信は、多くのユダヤ人にはないものです。多くのユダヤ人が憧れているのは、新しい世界なのです。わたしたち大祭司だけが、その憧れとは無縁な少数の例外者です。わたしたちはサドカイ派に属していて、来るべき世界というものを信じないのです[70]。今現に立っている神殿で、わたしたちには天が開けているのです。その神殿が神に至る門です。だからこそ、神殿への憧れが火のようにわたしたちを喰い尽くすのです。」

イシマエルはそう言ったが、その声には大いなる強調が漲《みなぎ》っていた、そのためエラスムスは神殿に大祭司が寄せる憧れは本物だと感じ取った。それにもかかわらず、彼は心の中でこう自問した。この憧れには、かつてイシマエルが大祭司として揮っていた権力への憧れも、相当程度隠れているのではないのかと。しかし、その時、いかにも動きが素早い神殿の金庫長ヘルキアスが、質問を切り出した。それはエラスムスが彼に会う度に聞かされてきた質問だった。

「あなたの力で、わたしたちがエルサレムに戻れるように、ネロを動かすことはできませんか。」

エラスムスの方でも、もう何度も口にしてきた回答を繰り返した。「彼の地の神殿では、今や新しい大祭司がその職に就いています。今更あなたがた二人を送り返して、わざわざ大祭司職をめぐる新たな争いの火種を蒔くような皇帝はいないでしょう。もしそうすれば、あなたがたとあなたがたの後任者たちの間で、権力闘争になるでしょう。もし仮にあなたがたに大祭司の職位を諦める用意さえあれば、〔彼の地へ戻ることについては〕皇帝に要望書を出してみてもよいですよ。しかし、うまく行く保証はありません。もし皇帝がその要望も拒めば、あなたがたの復職の夢は決定的に消えてなくなります。あなたがたは失うばかりで、勝ち取るものは何もありません。」

しかし、ヘルキアスも退かなかった。「金の力で何か裏工作はできないだろうか？」

すると、イシマエルが割って入って、突き放すように言った。「おお、何ということを言うのか。賄賂だけはやめてもらいたい。」

ヘルキアスが自分を正当化して言った。「賄賂のことを言っているのではありません。しかし、わたしは金庫長の立場から言っておきたいんです。わたしがエルサレムに戻れれば、神殿税の一部をローマ側へ流すことができるでしょう。」

それを聞いたイシマエルは一層語気を強めて言った。「ヘルキアス、それはもっと不可能だよ。われわれが神殿の金をローマ側へ回していて、ローマ側がその金で異教の神殿を建設していることが知れれば、間違いなく叛乱になるぞ！　そしてすべての人間がわれわれに憎悪を向けることだろう。とりわけあの狂信的な者たちがそうするにちがいない。彼らは全イスラエルに向かって、神殿税はすべて神の求めるところであって、ローマに税金を納めるのは神からの離反だと、熱狂的に触れ回ってきたのだから。」

エラスムスは耳をそば立てて聞いていた。どうやら、イシマエルとヘルキアスは政治的にははっきりと立場が異なるらしい。中でも、「狂信者たち」という言葉で、彼は目が覚めた。それはあの脅迫状にも出て来ていたものだ。そこで彼は、こう聞いた。「その『狂信者』というのを、もう少し説明してもらませんか。」

ヘルキアスが説明を始めた。「狂信者たちの模範は祭司のピネハスですよ。われわれの祖先の民が荒野を遍歴していた時[71]、何人かのイスラエル人が周辺の異民族の女を妻にしていたのです。その女たちは異なる神々を拝んでいました。彼女たちはやがてイスラエルの民を根こそぎ誘って、自分たちの神々を拝ませました。われわれの神は怒って、イスラエルの民全体を滅ぼそうとしたのです。ところが、イスラエルの民の一人の男が異民族の女を連れて来て、わざと民の宿営全体の面前で、その女と寝たのです。それは明らかに挑発行為でした。そのときピネハスはその男女二人を裁きにかけることなく、その場で打ち殺したのです。それ以来、ピネハスは狂信者あるいは熱狂主義者《ファナティカー》の鏡になってきたわけです[72]。」

「それで、その熱狂主義は神殿と何の関係があるのですか。」

この問いかけに、イシマエルは自分の出番を感じた。「荒れ野の遍歴時代の狂信者たちはイスラエルの民全体の聖性にこだわっていたのです。その後、民がパレスティナに土地を得ると、彼らの熱狂は神殿に向けられたのです。なぜなら、民の聖性は神殿に依存し、そこで贖罪日の儀礼が行われる度ごとに大祭司が至聖所に入ることで、更新されると考えられるようになったからなのです。それゆえ、一口に熱狂とは言いますが、目下問題になっているそれは神の家への熱狂なのです[73]。」

「裁判抜きで殺害する権利を敢えて行使するのは、他の祭司も同じですか」、とエラスムスが聞いた。

それにはイシマエルが抗議の口調で、こう答えた。「そんなことがあるわけがありません。神殿の聖性を保持して行くのはわれわれの責任です。だからこそ、われわれ祭司は狂信者たちを憎んでいるんです。われわれの信仰を支える二本の柱は神殿と律法です。神の怒りが神殿に雷のように下ってたった一撃の下に打ち砕く、そうならないようにしてくれているのが律法です。なぜなら、律法による保証があってこそ、神殿ではあらゆることが規則通りに行われて行くからです。ところが、現実にはわれわれ祭司こそが神殿の聖性を危うくしていると考える連中が繰り返し出て来るのです。彼らに言わせると、われわれは腐敗していて、道徳的にもふしだらだというわけです。そう考える狂信者《ファナティカー》たちはわれわれには不倶戴天の敵ですよ。」

イシマエルが神殿と並べて律法のことをユダヤ教を支える第二の柱として挙げたことが、エラスムスには気に入った。法律家である彼は、熱狂主義と狂信に打ち勝つ術は法律とその条項でしかあり得ない、と確信していたのである。

ヘルキアスが説明を続けた。「一番手に負えないのは、狂信者たちが自分たちの熱情を神の怒りと同一視していることです。(74) だからこそ、彼らは度を超してしまうのです。自分を神の場所に置く人間というのは手に負えませんよ。それがガイウス・カリグラであろうと、狂信的なユダヤ教徒であろうと、まったく違いはないのです。」

イシマエルがこの考えを受け取りながら、大祭司の威厳を込めて言った。「もし人間と神の違いを見失えば、世界が滅びます。神は天に、われわれは地にいるのです。(75) 地の上では、罪と咎の赦しがないわけには行きません。神殿の祭儀はそのためにあるのです。贖罪日の儀礼が執り行われるのもそのためです。それこそわれわれに思い起こさせてくれるのです。われわれが罪人であることを、それでも生きて行ってよいのだということを。」

イシマエルのこの重い発言はエラスムスにもいささかの効き目があった。彼の心には、ああ、この祭司たちは決して隠れた狂信者ではなかったのだ、という思いが湧いてきた。しかし、それなら、キリスト信奉者に対しては、どういう立場なのか。あるいはこの者たちに対して、この二人も狂信的な憎悪を抱いてきたのではないか。そこで彼は訊いてみた、

「このローマには、しばらく前からキリストとか言う名前の人物に同調する者たちがいます。あなたがたはそのキリスト信奉者たちのことをご存知ですか。」

「もちろんです」、とイシマエルが応答した。(76)「その者たちはわれわれの神殿を作り替えて、供犠も祭司もなくすべての国民に開かれた会堂にしたいのですよ。彼らはわれわれ祭司を廃止したいわけです。その限りでは、彼らもわれわれの敵です。それから彼らもまた、新しい世界に憧れている連中の

一部です。ただし、彼らの意見では、その新しい世界はすでに今ここで、彼らの生活の中で始まっているという言うんですがね。」

「そうならば」、とエラスムスが言った。「彼らはあなたがたと根本的には似ているということですね。あなたがたは、神が神殿に現臨されると言い、彼らは、自分たちの生活の中に神が現臨すると言うわけですから。」

「まさにそのことがわれわれの権威の足下を揺るがすわけですよ」、とイシマエルが言葉を返した。「だってそうではありませんか。もし一人一人の人間が神の神殿であれば、どうしてエルサレムになおも神殿が必要ですか。(77) 彼らは本当にわれわれには敵なのです。」

「あなたがたの言い分では、まず狂信者《ファナティカー》たちがあなたがたの敵ですよね。その上で、キリスト信奉者たちも同じ狂信者《ファナティカー》の一部なんですか。イシマエルさん、あなたの分類では、彼らもあなたが方の敵に入るわけですから。」

「とんでもない！」とイシマエルが叫んだ。「それ以上は考えられないほどに、両者の対立は大きいんですよ。キリストを信奉する者たちは他所者を神殿の中へ潜り込ませたいのですよ。狂信者《ファナティカー》たちは、反対に締め出したいのです！　この二つの過激な連中の真ん中で理性を保っている平和主義者、それがわれわれなんです。」

「たしかにそれなら、狂信者《ファナティカー》たちがキリスト信奉者たちを、逆にキリスト信奉者たちが狂信者《ファナティカー》たちを目の敵にするのは、納得がいくな。」エラスムスはそう思った。

そこでイシマエルはまた姿勢を直した。あたかも、何か重要なことを切り出さねばならないかの様子であった。「キリスト信奉者たちには、ただ一点、狂信者《ファナティカー》たちと共通するところがあります。それは神がすでに今ここでご自分の支配を始めていると信じていることです。キリスト信奉者たちは、こう言います。人間が癒されるならば、そこですでにその支配が始まっていると。[78] ところが、狂信者《ファナティカー》たちの言い分はこうです。それが始まるのは、律法を蔑ろにする者たちが抹殺される時だと。キリスト信奉者たちは、敵を愛せよと教えていますが、狂信者《ファナティカー》たちは、敵は殺せ、と説いています。キリスト信奉者たちは非暴力ですが、狂信者《ファナティカー》たちは暴力に取り憑かれています。」

そこでヘルキアスが割って入った。「神殿の金庫長という観点からすると、彼らの間にはもう一つ決定的な違いがあります。狂信者《ファナティカー》たちは、皇帝に税金を納めようとはしません。彼らは神殿にだけそうするのです。そのことがいつもわたしを困らせてきました。というわけは、金庫長ならば、そういう者たちを応援して当然だと、だれもが考えるからですよ。他方で、キリスト信奉者たちは、それとは反対の意味で、わたしには厄介な問題です。つまり、彼らは自分たちは神の息子および娘として自由の身であるから、神殿税を納める義務はないと主張するのです。実際、王の息子や娘には、税金は課されないではないか、というのですよ。それでも彼らは神殿税を納めはするのですが、それは余分な躓きを呼び起こさないための妥協の策なのです。[79]」

ヘルキアスがそこまで話したとき、エラスムスは頭の中で推測を働かせた。この祭司たちは、狂信者《ファナティカー》たちがキリスト信奉者たちを目の敵にするのを、実は喜んで見ていたのではないのか。なぜなら、キリスト信奉者たちは、祭司たちの収入源に疑問符を付けたわけだから。あくまで客観的に見れば、神殿は狂信者《ファナティカー》たちの熱狂主義から利益を得ていたのである。それゆえ、この大祭司たちはパウロに敵対する例の同盟にひそかに同調しているのではないか。ひょっとすると、この二人自身が例の脅迫状の後ろに隠れているのではないか。このゾッとするような疑いに、エラスムスは身がすくんだ。彼の心の中で、緊急警報が鳴り始めた。彼はこう自問自答した。いったいどこのどいつに、ローマ中のすべての会堂長たちに同時に同じ手紙を送り届けるなどという離れ業をやってのけることができようか。あの脅迫状の送り主はこのローマにいるに違いない。さらに今やエラスムスには、イシマエルとヘルキアスが同一線上にはいないことも明確だった。大祭司の方は祭司の原理原則を高く評価している。しかし、金庫長の考え方は政治的だった。この二人は八百長をやっているのではないか。一方が隠れて企んだことを、他方が大祭司の威厳を振り撒いて覆い隠しているのではないのか。しかし、この種の仕方で人を疑うことには気をつけねばならない！　そうすることで、彼はかつて自分に弁護を頼んできたこの二人に、おそろしく不当な害を及ぼすかも知れない。目下のところ、二人は彼にとって最良の同盟者と最悪の敵のどちらでもあり得たのである。もし二人があの脅迫状の言っていることに係っているのならば、二人は事の真相を首尾一貫して隠蔽するに違いない。そこで、彼は二人を脅迫状と直接向き合わせることはせずに、こう言った。

「狂信者《ファナティカー》とキリスト信奉者の間の一般的な違いについては、分かりました。ところで、キリスト信奉者がわたしの関心を引くのは、もう一つ別の具体的なきっかけがあるからなのです。しばらく前に、パウロという名のキリスト信奉者がこのローマへ囚人として連れて来られました。この男はエルサレムで『狂信者《ファナティカー》』たちから迫害されていたのです。」

ヘルキアスが弾けるように口を切った。「パウロが囚人としてローマにいる？　彼ならば、それは当然のことだな。あの男自身が以前は狂信者《ファナティカー》の一人だったのだから。」

「何ですって？　今はそのパウロをその彼らが殺そうとしているです！」とエラスムスが叫んだ。

イシマエルが説明した。「狂信者《ファナティカー》というものは、仲間から外れる者にはすべて怒り狂うものです。そういう者たちの存在そのものが、狂信者《ファナティカー》たちにとっては、『お前たちは間違っている。立ち戻るがよい！』と言っているのと同じなのです。パウロは狂信者《ファナティカー》たちには、自分たちに逆らう最大の生きた証人に他ならないのです。」

エラスムスは考えた。この二人の反応を見ると、どうやら二人はあの脅迫状のことを知らないらしい。それとも、ただそういう振りをしているだけなのか。そして微妙に態度を調整しているだけのか。しかし、二人がもし脅迫状のことを知った上で、狂信者《ファナティカー》たちに腹を立てている振りをしているのだとしても、目下の二人ほど見事に彼らからの距離を装うこともできないだろう。エラスムスは追い打ちをかけて、言った。「あなたは、パウロが以前は狂信者《ファナティカー》の一人だったと言われましたね。それは、彼がその昔、暗殺行為に走ったことがあるかも知れないということですか？」

「そのことは、何も分かっていません。間違いないのは、ただ一つ。彼がキリスト信奉者たちに対して、会堂の集会に関係する処罰を講じたということです。つまり、彼の計らいで、彼らの何人かが四十に一つ足りない鞭打ちの刑に処されたのです。[80] もう一つ確かな点は、『狂信主義』のプログラムを頭に擦り込まれた連中にとっては、ピネハスが賞賛の的なのです。ピネハスは法に背いた者を裁きなしで殺害した人物です。彼を崇拝する者たちの心は、人を殺害するチャンスを今か今かと待ち構えているのです。そういう狂信者《ファナティカー》たちが無害であるはずがありません。ですから、パウロも無害であるはずがないのは、まったく確実です。」

「すると最初は、パウロが狂信者《ファナティカー》として、キリスト信奉者を目の敵にしていたが、後になると、狂信者《ファナティカー》たちがパウロのことをキリスト信奉者だと言って、目の敵にしたわけですね。」エラスムスはそう総括しながら、言った。「何が彼を方向転換させたのですか。」

その点については、イシマエルが自分の意見を述べた。「それは何か曖昧模糊とした体験だったようなのです。何人かが言うところでは、彼はそのキリストとかに、その死後に出合ったのだそうです。それはちょうど多くの人々が死んだ親族や友達に、夢や、場合によっては、白日の下で、出合った、という話をすることがあるのと同じです。われわれがそういう仕方で出合うのは、大抵の場合は、われわれが生前愛していた人間たちです。しかし反対に、生前自分が迫害していた人物に、その死後出合うというのは、まったく異常な話です。そのため、わたしがしばしば思うのは、ひょっとしてパウロはすべてを空想の中で作り上げたのではないか、その際、彼以外の者たちもキリストに出合ったという話をしているのを聞いて、それを真似したのではないか、ということなのです。その手の話ができる者こそが、彼らの間では、重きを為しているのですよ。」

「このわたしが興味を引かれるのは、パウロがその方向転換の後も狂信者《ファナティカー》のままだったのかどうか、つまり、狂信の目標だけが変わったに過ぎないのかどうかです。」

「それはあり得ますね」、というのがヘルキアスの見解だった。「彼はいたるところで騒ぎを唆すのです。あそこまで禍の種を植え付けるような人間は、その妄信するところに取り憑かれてしまっていると言う他はありません。それこそ熱狂主義と呼ばれるものでしょう[81]。」

エラスムスはさらに探索を深めた。「ピネハスが殺したのは、ジムリ一人ではなく、彼と一緒にいた外国の女もそうしました。テロリストたちの攻撃は、そのピネハスに倣って、外国人、つまり、ローマ人、ギリシア人、そしてわたしのような人間にも向けられるのですか。」

ヘルキアスが答えて言った。「あなたの方からそのことを切り出してくれて、ありがたい。目下問題の熱狂というのは、もともと本来は、われわれの民の中へ異国の習慣が入り込んでくることへの防御だったのです。しかし、非常にしばしば、攻撃こそは最大の防御ということなのです。」

エラスムスはさらに追い打ちをかけた。「ピネハスが一人のイスラエル人を殺したのは、その男が外国の女を妻にしていたからですね。すると、その模範に倣う後継者たちは、もし一人の異教徒でユダヤ人の女と結婚している男がいれば、その男を殺すのでしょうか。」エラスムスがそう言いながら考えていたのは、ハンナとの関係だった。もし二人が一緒に暮らすことになれば、狂信者《ファナティカー》たちはそれを理由にして、二人を迫害するのだろうか。おまけにその狂信者《ファナティカー》たちがこのローマで活動しているとなれば、二人に生命の保証はあるのか。

ヘルキアスが答えた、「これまでのところでは、狂信者《ファナティカー》たちが非ユダヤ教徒を攻撃したのは、ユダヤ教徒として律法に即して生活することを妨げられたとき、つまりユダヤ教が総体として律法から離反せざるを得ないような危険に瀕したときだけです。」

「というのは、純粋に個人的な『混合婚』は危険に曝されなかったのですか。」

ヘルキアスがエラスムスを宥めて言った。「それが危険に遭ったとは、一度も聞いたことがありません。考えてみていただけませんか。ピネハスが混合婚を攻撃したのは、民全体がそれによって偶像崇拝へ導かれてしまったためだったのです。それと似た状況はその後はただ一度だけ、ユダ・マカバイオスの時代に繰り返されました。(82)」

イシマエルがそれを支持して、付け加えた。「もう今から二百年も前のことですが、エルサレムの祭司たちがユダヤ教を改革しようとしたのです。つまり、割礼も食物規定もなくして、われわれの神も『オリュンポスのゼウス』という名前で崇拝されればよい、というのでした。改革推進者たちは、シリアの支配者だったアンティオコス四世の助けを借りて、この改革を暴力的に貫徹しようとしたのです。その改革はエルサレムの街ではたしかに首尾よく進みました。教養層がそれを支持したからです。」

ヘルキアスがさらに補足して言った。「ところが、その改革者たちに反対して、ユダ・マカバイオスという男が、律法に忠実な田舎の庶民たちを掻き集めて、『律法への熱情』をスローガンにして叛乱を起こしたのです。(83) それ以降は、ますます過激化したユダヤ教徒が外国人に対するテロ攻撃も呼びかけるようになっているのです。」

エラスムスの中を一つの考えが突き抜けて行った。「もしパウロが狂信的な熱狂主義者の一員だったことがあるならば、彼がローマに対するテロ行為に係っていた可能性も排除できない。もしかすると、彼があの手紙の中で、あそこまで国家への忠実を立ち入って強調する理由も、そこにあったのではないのか。おそらく、彼がかつてローマに抵抗する戦士の一人だったという噂には、なにがしか当たっているところがあるのではないか。もしそうであれば、エラスムスとしては、国家に反対して闘う者を弁護するわけにはいかない。弁護するとしても、その行論はせいぜいのところ、パウロはたしかにローマ国家に反対する輩だったが、その闘いから途中で外れたために、かつての反ローマの仲間だった狂信者《ファナティカー》たちが、裏切り者の彼の命を狙ったのだ、という程度のことになるだろう。もしこの程度の行論で行くとしても、パウロが本当に熱狂主義から訣別していることが確実でなければならない。そこで、彼はもう一度問い返した。

「そのユダ・マカバイオスは、もう遠い昔の話ですね。しかし、『律法への熱情』というスローガンには、今でも反ローマの闘いが潜んでいるのですか。」

二人の祭司はしばらくの間、黙ったままだった。エラスムスはすぐに、ああ、二人は何か黙秘しようとしているな、と感じ取った。しかし、ヘルキアスが低い声でこう言った。「残念ながら、その通りです。ローマに反対する闘いは、大王ヘロデの死後に、また新たに立ち上がったのです。」

「それもまた狂信者《ファナティカー》なのですか？」

ヘルキアスが答えて言った。『熱狂』というスローガンは、当初は何の役割も果たしていませんでした。大王ヘロデが死ぬと、二人の王位僭称者が現れました。アトロンゲースとシモンという名前の男たちでした。それに加えて、ガリラヤには、ユダという名の第三の叛乱指導者が現れたのです。このユダは王になろうとはせず、ただひたすら神一人を王として認める立場でした。この男たちの叛乱は、総督クィンティリウス・ウァルスの手で鎮圧されました。この総督は二千人の叛徒を十字架につけて処刑したのです(84)。

「それでその後は、事は鎮まったのですか。」

「ほんのしばらくの間だけそうでした」、とヘルキアスが続けた。「国は大王ヘロデの三人の息子に分配されたのです。その状態で短期間だけ平穏でした。しかし、その後はたった十年経ったところで、ユダヤとサマリアを支配していたアルケラオスが王位を首になったのです。その後、彼の領地はローマ人が直接支配することになりました。それ以来、その地のユダヤ人は直接ローマに納税しなければならないことにもなったわけです。それに異を唱えて、先ほど名前が出たガリラヤのユダの指揮下に、納税拒否の抗議運動が起きたのです。このユダはその十年前にも、ガリラヤで叛乱を主導した男でした(85)。ところが、今度は武力闘争のリーダーとしてではなく、神学教師として登場して来たのです。彼が言い広めた教えは、この土地とその稔りはただ神にのみ属するものであるから、税金も神のために神殿税だけを納めるべきで、皇帝に納めてはならない、というのでした。そして自分の抗議行動を、モーセの十戒の第一項『わたしは汝の神、主である。汝はわたしの他にいかなる神々も拝んではならない』から根拠づけたのです。その限りでは、彼は律法を守ることに熱情を燃やしていたと言えるでしょう。たとえ自分で自分のことを『熱情の士』[86]とは呼ばなかったとしても。」

「その男が死んだ後、抵抗運動は消滅してしまったのですか。」

「その反対ですよ」、とヘルキアスが言った。「今から二十年前のこと、彼の二人の息子が新たな騒ぎを焚き付けたのです[87]。しかも、その騒ぎは時間の経過とともに、以前よりも勢力を増して行ったのです。」

「ということは、その抵抗運動は、パウロがまだ狂信者《ファナティカー》の一員だった頃は、まだそれほど強大ではなかったということですか」、とエラスムスが聞き返した。

ヘルキアスが説明した。「わたし自身の見方を言わせてもらえば、ユダヤ人とローマ人、貧乏人と金持ちの間の緊張は、その間ひどくなる一方でした。大地主たちは、多かれ少なかれ借金まみれの小規模農民を搾り取るばかりで、搾り取られた農民たちは根こぎ状態に追い込まれたのです。そのために彼らは通常の生活を放棄して、今話に出ている抵抗運動の闘士たちに従ったわけです。彼らは一旦砂漠に退いて、そこで新たな『出エジプト』を夢見ました。つまり、目下ローマ人に支配されている自分たちの国土をあたかも他所の土地であるかのように見做して、それを新たに占拠し直し、ローマ人の手から奪い返さねばならない、ということです。事態は、言ってみれば、竜巻のダウンバーストのようなものでした。ローマの役人たちはますます強行な弾圧策に訴えるばかり。他方、それに応じて、借金まみれの小農民たちの方も過激化するばかり。ただ、あなたは事態がこのように進展したことの責任を、ユダヤ人にだけ押し付けてはなりません。それは同時に、汚職にまみれて、おまけに無能力だったローマ総督たちの責任でもあるのです。[88]」

「その抵抗運動の闘士たちは、『熱情の士』を自称したのですか。」

ヘルキアスが言った。「確かなことは、彼らの脳裏に『熱情』の理想が生き続けていたということだけです。しかし、わたし自身の見方を率直に言わせてもらえば、この呼称に本当に値する者で、名前が分かっているのは、たった二人いるだけだと思います。その一人は件の『キリスト』の弟子のシモンで、『熱心党員』だと言われていました。もう一人は件のパウロで、こちらは自分で、熱情のあまり、キリスト信奉者らを迫害していた、と言っているとおりです。[89]」

その時、エラスムスは俄然目が覚めた。「何ですって、選りによって、どちらもキリストの信奉者としての二人だけなのですか？　ということは、他のキリスト信奉者たちは狂信者《ファナティカー》のグループには入らないということですか？　しかし、彼らはたしかに敵を愛することと暴力を断念することを説いて現れてはいますが、それは言わば表向きの防御策で、おそらくその後ろには狂信が潜んでいるのではありませんか？」

エラスムスの二人の相手ははどちらも首を振った。そしてヘルキアスが意見を述べた。「もしあるグループの中の一人が『祭司』という渾名で呼ばれているとしたら、それは他の者たちが祭司ではないことの保証だと言ってよいのです。もし一人が『熱情の士』と呼ばれているのならば、それ以外はそうじゃないということですよ。」

「なるほど、納得です」、とエラスムスは応じた。「しかし、狂信者《ファナティカー》たちとの繋がりはあったに違いないでしょう。彼らの内の二人がかつてその仲間だったわけですから。現在では、キリスト信奉者はパレスティナだけにいるわけではありません。それでわたしにはもっと重要な質問があります。狂信者《ファナティカー》たちは、パレスティナの外でも活動を始めるでしょうか。具体的に言えば、このローマにも彼らは現れるでしょうか。そうお聞きする裏には、実はもう一つきわめて深刻な事態があるのです。」エラスムスはその先を言い淀んだ……。「実は今日、しかもこのローマで、一通の脅迫状が飛び出したのです。それはすべてのユダヤ教徒に宛てられていて、パウロを支援してはならないと警告するものです。発信人は『ピネハス誓約団』と名乗っています。」そう言ってから、彼は二人の顔を注意深く窺った。彼らは、脅迫状のことを既に知っていたことを漏らすような反応を示すだろうか？　それともまるで知らなかったのか？　しかし、二人の反応には、そのどちらかを示すようなところは一つもなかった。イシマエルは表情一つ変えずに威厳を保った視線のままで、ヘルキアスの注意深さにも変わりがなかった。

ヘルキアスが言った。「その手の脅迫状でわれわれが承知しているのは、ユダヤから来たものだけです。」

「これは真面目に受け取るべきでしょうか」、とエラスムスが訊いた。

「ユダヤでは、いずれにしても真面目に受け取る他はありません」、とヘルキアスは強調した。「彼の地の狂信者《ファナティカー》たちは、最近、実に忌まわしい戦略を取り始めています。すなわち、群衆の真ただ中で、狙った相手を短剣で刺し殺し、直ちに群衆の中に紛れ込んで逃げた後、今度は自分たちがした残虐行為のひどさを告発して、嫌疑が自分たちにかからないようにするわけです[90]。おそらく彼らはパウロに対しても、同じ手口で行こうと思っていたのではないだろうか。つまり、神殿の前庭の雑踏のただ中、群衆の行き交う中で殺害しようというやり方です。ところが、それが巧く行かなかったのでしょう。」

イシマエルが補足して言った、「あなたの質問にお答えすると、今までのところ、暗殺はユダヤ人に向かってだけ起きています。それは保証できます。ただし、今まではディアスポラのユダヤ人の間では起きていません。狂信者《ファナティカー》たちにとっては、おそらくユダヤ以外の地にあるユダヤ教徒の集会が隠れ家になっているのだと思います。」

ヘルキアスがそれに賛成して言った。「たしかに、何人かの狂信者《ファナティカー》たちは、ディアスポラの地からユダヤへやって来ているのです。パウロ自身もタルソからエルサレムに律法を学ぶために出て来たのです。ただ、彼はエルサレムに出て来た後で、過激になったんですがね。」

「あなたがたはすでにエルサレムで彼と面識があったのですか」、とエラスムスが問いを挟んだ。

イシマエルとヘルキアスが答えた。「パウロが突然われわれの目にとまったのは、われわれのところへやって来て、キリスト信奉者を弾圧したいと申し出た時ですよ。彼はわれわれ二人から、そのための命令を取り付けたかったのです。それでわれわれは彼に、ディアスポラのユダヤ人宛の書簡を託したのです。ただし、その時のわれわれは、それ以前に彼が何をしていたのか、まったく知りませんでした。」

「そのことについてもっとよく知っている人を、だれかご存知ないですか」、とエラスムスは二人に尋ねた。「なぜこのことがわたしにとってそこまで重要なのか、その訳をお話しましょう。ただし、どうかこれは極秘としてください。実はわたしは法廷でそのパウロの弁護ができないか、尋ねられているのです。」

イシマエルが言った。「あなたがユダヤ人の弁護を引き受けられるのは、素晴らしいことです。なるほど、パウロは頭のおかしな奴です。しかし、考えがおかしいことは犯罪ではありません。」イシマエルはさらに、こう付け加えた。「きっとシメオンがあなたの役に立つでしょう。シメオンはこのローマで育った人物ですが、ティベリウスが皇帝だった時に、家族全体でエルサレムに移住したのです。そこで彼は律法の勉強でパウロと同席したのです。その後、彼はまたローマに戻って来ました。彼は素晴らしい律法学者で、ただわれわれの聖なる書物に通じているのみならず、ギリシア人とローマ人の書いた書物にも通じています。わたしが彼に宛てて紹介状を書きましょう。」そう言って、イシマエルは紹介状を書くために、隣の部屋に入って行った。

イシマエルが席を外した時、ヘルキアスがエラスムスに囁くように言った。だれにも聞かれたくない様子であった。「その脅迫状のことでは心配無用です。われわれはローマ中に情報網を張り巡らせてあります。その情報網に依頼して、脅迫状の背後にだれがいるのか探り出させましょう。そしてあなたの身を守りましょう。それがわれわれの利益にもなるのです。もしパレスティナでのテロ行為がディアスポラにまで広がったりすれば、それはもうたちまちユダヤ教にとっての破局でしょう。とりわけローマにいるわれわれユダヤ教徒にとってそうなります。」

エラスムスが別れを告げると、イシマエルは紹介状を手渡しながら、再びいかにも大祭司らしい声音で言った。「あなたはわれわれの命を救ってくれました。今度はわれわれがあなたの命を守るために、喜んで何かをする番です。」神殿金庫長ももう一度確認するように言った。「われわれであなたを守りますよ！」

エラスムスは礼を言って帰路に就いた。彼は黄昏の中のローマの小路と街路を縫って家に向かった。彼はまずは安堵の心境だった。あの二人の祭司と会ったのは、彼にとっては、幸運だったのではないか。二人とも彼を守る気持ちになってくれている。しかし、疑念も湧いてきた。もしあの二人の祭司がすでにローマ中に情報網を張り巡らせているのであれば、エラスムス自身のことを探ることもできたはずだ。彼らは他からは手に入らない情報を入手するために、エラスムスに自分の身の安全が保証されたかのように思い込ませただけではないのか。しかし、次の瞬間には、彼は自らに言い聞かせていた。それにしては、二人の祭司のあの支援の申し出はあまりに真摯だ。たしかに、ローマでユダヤ人によるテロが起きることは、彼らの利益にはならないだろう。しかも、二人の祭司には、エラスムスに個人的な負い目があるのだ。ところが、またその次の瞬間には、再び疑念が迫って来た。あの二人にも、パウロと同じことが言えるのではないか。すなわち、狂信者のサークルについて情報を得たければ、まずは彼らと通じなければならないということだ。あの祭司たちも密かに狂信者《ファナティカー》と力を合わせていたのではないか。ヘルキアスの方は彼らと関係を持っていたのではないか。エラスムスの中には、ヘルキアスが最後に口にした言葉が今も響いていた――「われわれであなたを守りますよ!」黄昏の光の中で、この言葉はほとんど脅迫となって聞こえてきた。人を守ることが出来る者には、人を危険に遭わせることもできるのだ!

エラスムスの中に口を開いた疑念は、ネジのようにますます深く食い込むばかりだった。エラスムスは自問した。危険に瀕するのは彼一人なのか。むしろハンナも危ないのではないか。あの狂信者《ファナティカー》たちは、ハンナは彼に唆されてユダヤ教の律法に不実になってしまったと考えるのではないか。そのエラスムスというのは、律法を蔑ろにするあのパウロを弁護した奴だというわけだ。彼がパウロを弁護することは、そのようにしてハンナを危うくさせるのではないか。そうだとしたら、パウロの弁護を断る方がよいのではないか。ハンナもそれは分かってくれるだろう。

エラスムスの本来の予定では、二人の祭司と話した後は、出来る限り早くナタンと協議して、パウロ自身を訪問するつもりであった。しかし、今や彼には明らかだった。彼は先ず何よりも先に、パウロが狂信者《ファナティカー》たちとどういう関係なのかを明確にしなければならなかった。そのためには、まずシメオンと話さねばならなかった。

黄昏が深まりつつあった。物陰は一段と暗くなっていた。エラスムスの気分は晴れなかった。ひょっとして、彼は見張られているのではないか。おそらくもう彼の「友人」に「守られて」いるのではないのか。彼は何度も何度も注意深く周りを見回して、だれか後をつけて来ないか確かめた。しかし、薄やみがすべてを黄昏の光のなかに消し去って行った。家にたどり着くや、テルティウスが夕食の給仕をしてくれた。それが彼には嬉しかった。その後の時間を、彼はフィロデームスとの手紙の遣り取りのために使った。その後間もなく、フィロデームスから返事が来た。

伝統遵守政策と伝統批判

フィロデームスからエラスムスへ

拝啓

その後も変わりないだろうね。二人の祭司との面談について君が書いてきたことは、正直わたしには心配だ。わたしは祭司というものは存在する意味がないと思っている。彼らの言うこと為すことすべて、自分たちは直接神に近づけるという見方から来ているのだ。しかし、神を手中にしているなどと言える者はだれもいない。われわれが神々をどう敬うべきなのか、このことについて根拠ある物言いができる者もだれ一人いないのだ。それゆえ、われわれの先祖たちがこれまでずっと続けてきたやり方でそのまま行くのが、一番理性にかなったことなのだ。宗教では伝統こそが合意を造り出すからだ。その合意は議論ではとうてい達成できないものだ。だから、クラウディウスが治世の始めに、保守的な宗教政策を打ち出したのは、正しかったのだ。クラウディウスは当初から矢継ぎ早にたくさんの勅令を出して、すべての者がそれぞれの伝統を遵守して行くことを義務づけたわけだ(91)。宗教については、いかなる発言も根拠づけられた形では不可能だから、宗教を改良、変更、あるいは改革しようなどと試みるべきではないのだ。そういう試みを口にして世間に登場してくるような輩は、ただ争いの種を蒔くだけだ。

おそらく宗教というものは、人々をより容易に操作するために発明されたものだ。法に反した犯罪行為の多くは隠れたところで行われる。そこで一人の頭のよい人物が神々を発明したのだ。その神々は、隠れたところで行われることもすべて見透かせて、いざとなれば雷光と雷鳴を発して、悪人どもを処罰できるというわけだ(92)。

親愛なるエラスムスよ。わたしは神々をまるっきり否定するわけではないのだ。わたしが拒むのは警察官と道徳の見張り役の神々だ。例のパウロという男は大口を叩いて、自分は神の意志を知っていると言いふらし、世界に争いと騒擾を焚き付けている。彼は暴力抜きの理性の声では自分の主張を貫徹できないので、今やそれとは別の手段に訴えて人々の賛同を得ようとしている。それは、人間には死後の審判が待っているという心理的テロ攻撃のことだ。理性が決着を着けられないとき、決着を着けるのは実力だ。この理由からも、伝統というソフトな実力に従う方が預言者に従うよりも賢いのだ。預言者という種族は何でもかでもその逆をやりたがるからだ。

ユダヤ教徒には古来からの厳かな伝統がある。ところが、われわれに向かっては、彼らはモーセという人物が自分たちにだけ、真に正しい神の敬い方を啓示してくれたのだと言い張る。まさにそのことによって騒ぎを引き起こすのだ。それにもかかわらず、われわれは彼らの言い分を我慢して聞く。そのわけは彼らが古来の伝統に準じているからだ。
　ところがキリスト信奉者たちの場合は事情が違う。彼らはユダヤ教の枠内にいながら、意識して古来からのすべての伝統から逸脱するのだ。彼らの主張では、今や彼らとともに新しい宗教が立ち上がるだけではない。同時に新しい世界が出現するのだ。だから、今や宗教も新しく発明され直されねばならないというわけだ。この手の主張には、たしかにわれわれ哲学者を夢中にさせるものがあるかも知れぬ。しかし、実生活にそれがもたらすのは、争いと騒擾だけだ。

敬具

君の友人フィロデームスより

エラスムスへ

エラスムスからフィロデームスへ

拝啓
　君も変わりないだろうね。宗教に関する限り、われわれ二人は今後も哲学者であり続けよう。われわれは哲学者たちのお陰で、真なる知識と間違った知識を区別しているのだから。ただし、ユダヤ教徒も哲学的な民族なのだ。彼らはその区別を宗教にも適用して、宗教においても、真なるものと偽なるものを分けようとしている。そしてその区別はモーセが世界にもたらしたものだと言う。他方で、君の言い分では、宗教については、その改良に労苦するよりも、伝統に従う方が賢いのだ。そしてそのために君が持ち出す最強の議論は、そうしてこそわれわれは騒乱を避けることができる、というものだ。そして騒乱になれば、人間同士が共に生きて行くことが損なわれると君は言う。しかし、まさしくそう言う時に、君自身が人間の共生に奉仕する宗教と、それを損なう宗教を区別しているわけだ。そのとき、君は他でもないモーセに準じていることになるのだよ。

ただし、宗教において善なるものと悪しきものを区別すること、そのためにだれもが納得するような理性的な規準はあるのだろうか。わたしの意見では、モーセがその規準を定式化している。そのことを見るには、モーセの十戒の最初の五つの戒めを哲学的な観点から読んでみるだけでいい。そうすれば、それらの戒めがすべての宗教にあてはまることが分かるだろう。

その五つの規準すべての上にあるのが、神はただ一人だ、という前提だ。一を多よりも優先する。これは理性に適っている。なぜなら本当の現実性はただ一つしかないからである。(93) もちろん、神が複数形で語られることがある。しかしそれは詩的な比喩なのだ。

第一の規準はこうだ。ただ一人唯一の神は奴隷の状態から自由の身分へ解放する神である。それゆえ、宗教において不自由にするものは、何であれ拒否しなければならない。自由へと導かない神は偶像なのだ。そのような偶像をわれわれは拝んではならない。

第二の規準。唯一の神に似せたいかなる像も刻んではならない。もしわれわれが神を何であれこの世界の中で目にするものと同一視するならば、われわれは神を逸する。

第三の規準。神の名前をみだりに用いてはならない。宗教にかかわることは、何であれ誤用されて、他の人間を害することがある。それゆえ、善い宗教と誤った宗教を区別しなければならない。

第四の規準。人は第七日には仕事を離れて休まなければならない。われわれは働くことによって世界を変えている。しかし、われわれが神を見つけるのは、われわれが神の言葉に耳を傾けることによって自分自身が変えられること、その準備が出来ている場合に限られる。

第五の規準。人は自分の父と母を敬わねばならない！　われわれは両親から受け継いだ宗教的形式と伝承を、伝統として尊重して行かねばならない。

例のパウロは本物のユダヤ教徒だ。彼には、モーセの設けた区別が何を求めているのかがよく分かっていたのだ。彼がローマにいるキリスト信奉者たちに宛てて書いた手紙には、こうある。曰く、「あなたがたは礼拝では理性を働かせなさい」、「あなたがたの理性を新しくして、何が神の御心であり、何が善であり、何が賛同すべきこと、完全なことであるかをよく吟味しなさい」と(94)。われわれに自分の知を吟味するように教えてくれたのはソクラテスだった。パウロが教えているのは、われわれの信仰を吟味することだ。上に挙げた規準は倫理的な規準だ。それらがわれわれの義務として説いているのは、伝統を尊重すること、そして同時にそれを批判的に吟味することだ。もちろん、そうすれば物事は動揺する。しかしこの種の動揺こそが、実は宗教的狂信《ファナティスムス》に逆らう最善の防御なのだ。

敬具

エラスムスより

第4章 目撃証人の記憶

その翌日、エラスムスはシメオンの自宅を訪ねた。それはトランス・ティベリムの街区にある地味な住居だった。風雨に曝された入り口の戸を叩くと、おもむろに一人の老人が顔を出した。堂々とした哲学者ひげを蓄えていた。老人はエラスムスに親身な挨拶を返すと、名前を名乗った。そして言った。「これはようこそ、エラスムスさん。あなたのお名前はすでに存知上げています。友人のナタンが繰り返しあなたの話を聞かせてくれましたので。あなたはわたしどもの祭司のために弁護してくださったんでしたね。」「その祭司の方々がわたしのために紹介状を書いてくれました。」エラスムスはそう言いながら紹介状を手渡した。するとシメオンはすぐにそれを大きな声で読み上げた。そうするのが当時は慣わしだったのである。

イシマエルからシメオンへ

あなたと全イスラエルの上に、神の平安と憐れみがあるようにその後もお元気のことと思います。あなたが長生きして、ユダヤ教の信徒たちの間にいつまでもいてくれることをわたしは祈っています。あなたの理性に富んだ判断と人間知をわたしは高く評価する者です。本日はあなたにエラスムスを紹介させてもらいます。すでに聞いていると思いますが、キリスト信奉者でパウロという名前の人物が現にこのローマに送られてきていて、間もなく裁判になるのです。エラスムスはわたしとヘルキアスの裁判の時に、わたしたちの弁護を引き受けて勝訴に導いてくれました。彼は今、そのパウロの弁護も引き受けてくれるように頼まれているとのことです。ですから、どうかあなたがパウロについて知っていることを話して上げてください。そして彼がその弁護を引き受けられるようにしてやってください。あなたはエルサレムのガマリエルの下で学んでいた時から、パウロとは知り合いです。そういう者はわたしたちの間には他にほとんどおりません。あなたならばパウロのことを公平に判断されるでしょう。

イシマエルより

あなたとあなたの家に住むすべての者の上に
神の祝福があるように

二人は腰を下ろし、小さな応接テーブルの周りに置かれた長椅子で楽な姿勢になった。シメオンの妻が飲み物と果物を持ってきた。エラスムスは室内を見回した。その一画に置かれた戸棚にいくつも書物の巻物が納められていた。興味を引かれたエラスムスの視線はしばらくの間そこに釘付けになった。彼の関心を察知したシメオンが、「これはトーラーの巻物です」と言った。「モーセの五書だけではなくて、預言者も、さらに諸書も、おまけにコヘレトも雅歌もあります。この最後の二つを聖なる書には数えない者たちもいますがね。わたしは毎日それを読んでいます。」

エラスムスが尋ねた。「ヘブライ語でですか？」

シメオンが答えて言った。「わたしがエルサレムでトーラーを学んだ時、わたしたちはすべてをヘブライ語で読んだものです。しかしここローマではわたしもほとんどギリシアで読んでいます。」そしてさらにこう付け足した。「わたしはこれらの書物以外のものも読みますが、それらもほとんどがギリシア語で書かれたものです。つい最近も、『崇高なるものについて』という表題のついた異教徒による書物を買い求めました。その中に、わたしたちの聖書の創造物語からの引用を見つけたのです。その引用はこうでした。つまり、われらの立法者〔モーセ〕は『神的なるものの力』のことをものの見事に言い表して、その書の冒頭で曰く、『光あれ』、すると『光があった』と言っている[95]、と言うんですよ。これを一人の異教徒が言っているのですよ。一人の異教徒がわたしたちの聖書のことを何か崇高なるものと感じているということ、そのことがわたしを魅了したのです。もちろん、その異教徒はヘブライ語は出来ませんでしたから、ギリシア語の翻訳でそれを読んだのですよ。」

エラスムスが頷いた。「わたしもあなたがたの書物をギリシア語で読んでいます。たしかに、そこにはわたしには粗野と感じられることや馴染みのないこともたくさん書かれています。また、生命につきもののあらゆる残酷なことも書かれています。しかし、そこに書かれている多くの言葉が真理の光のように、明るく輝いて見えるのです。」

シメオンが続けた。「わたしは時々、それをラテン語に翻訳する夢を見るのです。そうすれば、ローマ中の人々がもっとよくわたしたちのことが分かるようになるでしょう。ちょうどさっきの異教徒がわたしたちの聖書の中に、神的なるものの崇高な表現を見て取ったように。しかし、わたしにはラテン語がそこまで自由にならないのです。」

エラスムスがシメオンを慰めて言った。「ローマの教養人たちはギリシア語が分かりますよ。彼らには、ギリシア語の翻訳があれば用が足ります。」

「わたしたちの聖書の翻訳について、わたしには大変関心があります。なぜなら、その翻訳がすべての人々の手に渡ることが大変重要だからです。というのも……」とシメオンが自分のあこがれの理由を語った。「トーラーはわたしたちにとって持ち運び可能な神殿だからです。それは何処にでも持って行けます。たとえどれほど遠く神殿から離れて生活していても、わたしたちが神殿に求めるほとんどすべてのものが、この書物の中に見つかるのです。神殿とこの書物の違いはたった一つに過ぎません。神殿の境内（内庭）には異教徒は立ち入れませんが、この書物はだれでも読めます、ユダヤ人でも異教徒でも。それを読む時、人はだれでもわたしたちの宗教の一番奥深いところにまで入って行くことができます。神を知らない者も、そこで神に出会えます。神を見失った人も、そこでまた見つけることができます。この書物の中には、ただ一人で唯一の神の息吹が吹いているのです[96]。ご存知のはずですが、イスラエル人でも大祭司以外には神殿の至聖所に入ることができません。そこには神が現臨されるからです。大祭司自身もそこに入るのは、贖罪の祭日だけです。しかし、聖書を読む時には、わたしたちのだれもが大祭司なのです。その時には男と女の違いもありません。なぜなら、わたしたちは女たちもそれを読むことが重要だと考えているからです。」

エラスムスが異論を挟んだ。「しかし、あなたがたの間では、女性は総体的にほとんど何の役割も果たしていませんね。」

「そう言わないでください」、とシメオンが答えた。「わたしはこのローマのユダヤ人家庭の少女たちにヘブライ語を教えてきました。そしてその何人かには、大変な天賦の才を発見してきました。とりわけわたしを喜ばせたのはナタンの娘のハンナです。ハンナはこの間に一人前の律法学者になりました。彼女は繰り返しわたしの蔵書を借り出すのです。著者がユダヤ人か、それとも非ユダヤ人かを問いません。彼女は本当に本の虫ですよ。彼女とならば、宗教、哲学、文学と、何であれ話が弾みます。」

エラスムスはまさか「自分の」ハンナについて、そこまでの賛辞を聞こうとは思ってもいなかった。彼は自分の目の前で、ハンナが巻物を手にしている様子を想像した。そして彼女と一緒にその巻物を読む自分を夢見た。人はそれを読む時、思考の中で内奥の聖所へ入り込むのだ――この考えは彼の気に入った。彼はこれまでも、ハンナと言葉を交わす度に、自分たちが互いの愛の「内奥の神殿」に一緒に歩み入っていくことを感じ取っていた。彼は自分がハンナのことをよく知っていること、できればもっとよく知り合いたいと心が燃えていることを、シメオンには打ち明けずに、ただこう言った。「婦女子も哲学に勤しむべきだということは、わたしはムソニウスから学びました。ユダヤ人もそう考えるとは結構なことです。」

「その通りです」、とシメオンが応じた。「ハンナの父親もムソニウスの講話を聞いたことがあるのです。それが彼に強い感化を及ぼして、彼は自分の娘に最良の教育を施すことにしたのです。」

「しかし、女性も哲学に勤しむべきだという原則は、すべてのユダヤ教徒が受け入れているのですか。われわれ異教徒の間では、何人かの者にとっては、女がソクラテスを口にすると苛立ちの因になるのです。そういう女は夫に恥をかかせることになるのです。夫の方は、ソクラテスがだれなのかまったく知らないわけですから。あなたがたの聖書が男にも女にも持ち運び可能な聖所だという考え方を、わたしは素晴らしいと思います。しかし、それは教養人だけの哲学的なイデーに過ぎないのではありませんか。」

シメオンが笑いながら言った。「その考え方は、わたしたちの間では、目に見える物で具体的に媒介されているのです。その結果、だれでも理解できるものなのです。わたしたちは聖書の中の一番重要な文言を手でパピルスに書き取って、小さな二つの箱に納めるのです。その箱には皮の紐がついています。それは『テフィリーン』あるいは『祈り紐』と呼ばれるもので、あなたもきっとご存知でしょう。祈る時、わたしたちはその紐で二つの小箱を自分の額と上腕に括り付けます。その中のパピルス片に記された言葉をわたしたちは決して忘れることがありません。それはわたしたちの祖先がエジプトを脱出した時のことを思い起こすためのもので、モーセの書から神への愛についての戒めを含む一節を抜き書きしたものです。

聞け、イスラエルよ。主はわれらの神、主はただ一人の神である。あなたはあなたの神、主を心を尽くし、魂を尽くし、力を尽くして愛さねばならない。わたしが今日あなたに命じるこの言葉をあなたの心に刻まねばならない。あなたはそれを自分の子供たちに教え込まねばならない。家に座すときも、道を行くときも、横になるときも、立つときも、その言葉について語らねばならない。あなたはそれを自分の手に結び、両目の間に置いて徴とし、あなたの家の入り口と門に書き記さねばならない。(97)

わたしたちは『テフィリーン』のことを、ギリシア語で『フュラクテーリア』とも呼んでいますが、その意味は『お守り』ということです。素朴な者たちはそれは魔術用の護符だと思っていますが、それは迷信です。根本的には、それは御言葉を尊重するということです。御言葉がわたしたちのすぐ身近になければならないのです。それはわたしたちの身体に固定されて、御言葉がわたしたちを心の一番深いところで動かしているということの象徴にならなければならないのです。そのために、祈りの小箱に入ったパピルスの一枚には、こう書かれています。『汝らはわたしのこの言葉を心と魂に書き記し、感謝の徴として手に結び、徴として額の前に運ぶがよい。(98)』ご覧のように、神の言葉が持ち運び可能な神殿だという見方は、わたしたちにとっては、抽象的なイデーを超えたものなのです。わたしたちはだれでも、この神殿をこの小箱に入れて持ち運べるのです。」

エラスムスが問い返した。「女たちもですか?」

シメオンが笑って言った。「あなたはまことに痛いところを突いてきますね。祈り紐は男たちだけが身につけます。ハンナはそのことを怒っていました。そこでわたしはある時、彼女に言ったことがあります。この場合も、決定的に大事なのは御言葉なのだ。あなたが御言葉を暗唱すれば、それはあなたの心に宿って、あなたが行くところへどこでまでも同行してくれるのだとね。」

「彼女はそれで満足しましたか?」、とエラスムスが尋ねた。

「満足するはずがありませんよ」、とシメオンが答えた。「しかし、わたしたち二人は合意したのです。彼女としては、迷信ごとは男たちに任せるということで。本質的なことは御言葉のみです。その点に関しては、男も女もすべて同じです。」

エラスムスは頷いて言った。「しかし、あなたがたの教養ある人々の間でも、持ち運び可能な神殿の考え方について、態度の違いがありますよね。たとえばイシマエルとヘルキアスのように、聖書のすべての文書を持っていても、なおエルサレムの神殿に憧れる人がいますね。」

「わたしもそれは承知しています」、とシメオンが言った。「律法という神殿を学ぶことで、心の内奥の至聖所に到達するというわたしの確信は、かならずしもすべてのユダヤ教徒が共有しているわけではないのです。もちろん、このわたしも死ぬ前に、もう一度エルサレムの神殿に詣でたいと思っていますよ。それでも、わたしには聖書が神殿であって、この神殿はいつでもわたしの前に開かれているのです。この意味での神殿に通じる道を他の人々にも拓くのが律法学者としてのわたしの役割です。そのわたしが持つ重要さは、最も偉い大祭司にも比すべきもので、イシマエル以上に重要なものなのです！　もっとも、これは彼には言わずにおく方がいいですがね。」

エラスムスは話題を注意深く、自分の具体的な案件の方へ導いて行った。そして言った。「パウロは大変な情熱で、エルサレム神殿をすべての異教徒に対して開放しようとしています。彼が唱えるテーゼでは、神を信じる者にはすべて平等に神殿の境内に入る権利が認められるべきなのです。なぜなら、すべての人間が神の前に平等なのだから、というのです。」

シメオンは笑って言った。「いかにも彼らしい。わたしは彼がタルソスからエルサレムに出てきた時に知り合いました。その当時の彼にはまだ、そういう風に神殿を開放するという考えはありませんでした。ただし、すでにもうその頃に、すべての者が平等な共同体を探し求めるところがありました。」

「一時はユダヤ教徒を異教徒から引き離すことに熱情を燃やしていたパウロ、選りによってそのパウロが、すべての人の平等を夢見てエルサレムへやって来たというのですか？」

「そういうことですね」、とシメオンが確言した。「彼はそもそもの始めから平等に憧れていました。だからこそ、わたしたち二人は友情を結んだのです。二人がエルサレムにやって来たのは同時でした。彼は自発的にタルソスから出てきましたが、わたしはローマから止むを得ずにでした。」

「止むを得ずに、ですか？」とエラスムスが訊いた。

「その頃、皇帝ティベリウスがローマからすべてのユダヤ人を追放したのです。[99] その中に、わたしの両親も含まれていました。両親はエルサレムにいた親戚のもとへ移住したわけです。その時のわたしはちょうどローマで文法学校を修了したばかりのところだったので、エルサレムでは両親はそのわたしをラビ・ガマリエルのトーラー塾に送ったのです。そこでパウロはわたしと生徒同士になったのです。[100]」

「今言われたティベリウスによる追放というのは、ユダヤ人があるセックス・スキャンダルと収賄事件がきっかけでローマから追われたことですか？」

「そのセックス・スキャンダルは、実はその当時われわれユダヤ教徒と一緒に追放になったエジプト人たちだけの事件でした。[101] 当時パウリーナという名の一人のローマ貴族の女がいたのです。彼女はサトルニヌスと結婚していました。ところが、彼女のあまりの美しさに騎士のデキウス・ムンドゥスがよろめいて、彼女に恋してしまったのです。しかし、彼女の方の操は堅く、彼女に近づこうとしたデキウスの最初の試みは肘鉄を喰らってしまいました。つまり彼は、愛の一夜を共にしてくれたらと、二十万ドラクメを出して誘ったのですが、彼女は腹を立てて、それを突き返したのです。そこでデキウスは一計を案じて、パウリーナの弱みを突く挙に出たのです。彼女は女神イシスを拝むことにかけては、燃えるような情熱の持ち主でした。そこでデキウスは二万五千ドラクメを投じて、[102] イシス女神の祭司たちを買収して、パウリーナ宛に知らせを出させたのです。曰く、アヌビス神が彼女を選んで自分の愛人にすることになったというのです。だから彼女は夕暮れにイシス神殿まで来るようにというわけです。ところが当のパウリーナはあまりにもナイーブで、事前に自分の夫に事の次第を話してしまったのです。ところがその夫たるや、自分の妻の操の堅さを確信するあまり、事をそのまま運ばせることにしてしまったのです。というわけで、さあ、いよいよ約束の日時になって、パウリーナが神殿にやってきました。そこで彼女を待ち構えていたのは、あのデキウス・ムンドゥスです。こうして、二人は狂おしい一夜を過ごしたわけですが、パウリーナはその間ずっとセックスの相手がだれなのか気づかないままでした。もしデキウス・ムンドゥスがその後彼女に激しい愛の一夜のことを囁いて、自分はその夜アヌビス神に変装してずっと安値で目的を遂げたので、一度差し出した二十万ドラクメはまるごと節約できたなどと話さずにおけば、事の真相はまるで表に出ずに終わっていたでしょう。パウリーナは自分が何とも恥知らずなやり方で欺かれたことを知ると、夫に詐欺の次第を話して聞かせたのです。その夫からの告発を受けて、ティベリウスは件の祭司たちを十字架刑に処し、彼らの神殿を破壊し、イシスの立像をティベル川に放り込ませたわけです。デキウス・ムンドゥスはどうにか無事に危機を脱しましたが、彼とすべてのエジプト人がローマから追放処分となったのです。」

「そんなことが本当にあったと、あなたも思われますか。東方からの外国人たちはローマに来ると、好き好んで下衆な話を紡ぎ出しますからね。」

シメオンが答えた。「わたしが思うには、その昔にイシスを崇拝する一人の女性がこの女神を祀る神殿でかどわかされて性行為に及んだのです。それ以上の話になると、どこまでが作り話で、どこまでが真実なのか、だれにも見分けはつきません。いずれにせよ、この種の話が人々の口の端に上って、それなりに信じられていることから分かるのは、イシス崇拝のような密儀宗教が、ここローマでは何とも評判が悪いということです。それには密儀宗教自身の側に責任があります。それらの宗教は自分たちのしている儀礼行為に覆いを掛けて、部外者に公にすることを禁じているからです。ところが、そうしておいて、いざ自分たちについて下衆な噂が飛び交い出すと、それにびっくりするという具合なのです。そういうことがあるので、このわたしには聖書が大変重要なのです。それを見れば、わたしたちの言う至聖所で何が行われているのか、すぐに知ることができます。わたしたちのしている儀礼行為を知るためには、それに自分で参加する必要はだれにもないのです。わたしたちは何一つ隠すまでもありません。」

「当時は、ユダヤ教徒も追放になりました。彼らも同じスキャンダルに巻き込まれていたのですか。」

「それはまた別のスキャンダルでした。(103) 一人のユダヤ人がユダヤで刑罰に処されるのを免れるために、ローマへ逃げて来ていたのです。彼は他の三人のユダヤ人と一緒に、トーラーの教師を名乗って回りました。彼らはフルヴィアという名の金持ちの女を口説いて、エルサレム神殿への寄進として黄金と緋衣を自分たちに預けさせました。ところが彼らはそれを金に換えて、遊興に使い果たしてしまったのです。この時も、騙された女の夫が事の次第を皇帝ティベリウスに訴え出たのです。そこでティベリウスはローマからすべてのユダヤ人を追放に及んだわけです。その夫というのが、またもやサトルニヌスという名前でした。」

「その男もパウリーナの夫と同じ名前だったとは、何とも奇妙ですね」、とエラスムスが言った。

「ということは、もしかしてこの二つの話は同じ話のヴァージョン違いということではないでしょうか。どちらの話でも神殿が出てきますね。ただし、エジプト人の追放の話の方が面白みがありますね。」

「フルヴィアの方の話には、実際の事情が反映しているのです。わたしたちローマのユダヤ教徒は、毎年エルサレムへ神殿税を送っています。ところが、それをかの地へ送り届ける役の人間たちが、途中で金を誤魔化しているのではないかと疑われることがしばしば起きるのです。たしかに、詐欺を働く者はおります。ところが、そうした詐欺師が一旦捕まえられるや、そこからたちまちに、ユダヤ人はすべて詐欺師だ、ということになってしまうのです。そうなるとわたしたちは、言われるようなことをしたことはないのはもちろん、わたしたち自身がそうしたことを最も忌み嫌っているにもかかわらず、繰り返し何度も何度も弁明しなければならないのです。ティベリウスがローマからすべてのユダヤ人を追放したのと同じ年に、ガリラヤの領主だったヘロデ・アンティパスは、新たに建設した首都を『ティベリアス』と命名したのですが[104]、おそらく彼はそうすることで、ティベリウスに媚を売って、追放という不幸な境遇に陥ったユダヤ人たちのために取りなそうとしたのでしょう。いずれにせよ、わたしの家族はその時に追放民としてエルサレムへ逃げ延びました。そしてそこでわたしはパウロに出会ったのですが、彼もわたしとよく似た問題を抱えていました。」

「パウロもタルソスから追放されて来たのですか?」

「いや、その点では、パウロの事情はわたしとまったく違っていました。タルソスでは、もうその何十年も前から、すべての市民の平等ということをめぐって、論争が続いてきていました。その争いを鎮めるために、皇帝アウグストゥスが自分の哲学上の師であったアテノドーロスを調停者としてタルソスへ送り込むほどだったのです。タルソスには、すべての市民の権利の平等を認めた基本法がありました。ところが、どの市でもよくある通り、富裕層は自分たちだけの特権を主張したのです。つまり、市の行政にかかわることを自分たちだけで決定したかったのです。そこで、件の哲学者は一つの妥協策で争いを解決しようとしたのです。(105)」

エラスムスがシメオンの話を遮って言った。「アテノドーロスはわたしと同じで、ストア派でしたね。たしかにわれわれストア派は、すべての人間は互いにただ一つの都市の市民だという意見なのです。それゆえ、われわれは一つの身体のさまざまな肢体がそうであるように、互いに協働しなければならないのです。」

「パウロもそうした考えを持ってタルソスからやって来ていました」、とシメオンが言った。「しかし同時に、自分の生まれ故郷ではそれが何一つ実現されていないことに、ひどく失望していました。アテノドーロスは市民に二つの階級を設けたのです。建前上はすべての市民が全体集会のメンバーでした。しかし重要な案件はすべて金持ち階級が決定する結果になったのです。ところが、大概の市民が第二級の市民に分類されていたのです。そのため、争いは却って膨れ上がるばかりでした。それを一番はっきり感じ取ったのはタルソス在住のユダヤ教徒でした。というわけは、彼らは二重に分割されることになったからです。パウロの両親は勝ち組の市民に入っていました。パウロは初級学校と文法学校では、ユダヤ人としてギリシア人の生徒の間でアウトサイダーでした。しかし、ユダヤ教徒の共同体の枠内でも猜疑の目で見られていたのです。なぜなら、ユダヤ教徒の間では勝ち組だったからです。そのため、エルサレムに出て来たときのパウロは、真に全員が平等であるような理想の共同体への燃えるような憧れで一杯だったのです。」

「そこでまた失望したというわけですか？」

「いや、その反対です」、とシメオンが答えた。「彼はガマリエルのもとで、全員が平等なファリサイ派の共同体を見つけました。そこでわたしたちは、神殿の持つ聖性を神殿以外のところでも実現しようとしていました。どの机も神殿の祭壇と同じように神聖であり、どの一般信徒も祭司と同じように聖なるものであり、どの食卓の交わりも小さな神殿であるべきだったのです。パウロはこの考え方にすっかり心酔して、ファリサイ派の一員となりました。」

「つまり、その種のグループはイスラエルに、現にごくわずかしか存在しない、という理解でよろしいですか。」

「そうした集まりは実験なのです。わたしたちは、自分たちがファリサイ派として送る共通の生活様式では、たしかに全員が平等ではあるものの、大半のユダヤ教徒がそこから締め出されたままであることを承知していました。そこから、イスラエル全体を包括するような交わりが存在しなければならないという夢が、わたしたちの間に生まれてきたのです。その際、大きな役割を果たしたのが、トーラーを学ぶ塾でした。」

「しかし、そうした塾もまだまったく小さなグループに過ぎなかったわけでしょう！」とエラスムスが異を唱えた。

「しかし、それらの塾は、『学習は人を変える』を信条にしているのです。わたしたちには二つの原則がありました。第一の原則は、わたしたちは律法を研究し、実行することによって平等な人間同士の交わりを創り出すことになる、というものでした。そして第二の原則は、律法はだれもが研究できる、ということでした。わたしたちの学習共同体はあらゆるユダヤ人に向かって開かれていました。その時、書物が重要なものになりました。神殿はすべての者に近づけるわけではありません。しかし書物にはそれが可能です。人間同士の交わりを世界大にまで拡大するにはどうするべきか。もし今のわたしが年老いた者として、そのために何か提案するとしたら、わたしは『塾を開きなさい』と言うでしょう。そして『教えることと学ぶことができるものは何でも、そこで教えなさい』と言うでしょう。トーラーだけではありません！　ギリシアの知恵も、ローマの法律もそうするのです！　夢中になって学ぶということ、これもまたイスラエルから来るものです。わたしたちのもとでは、すべての者が神の律法を研究しなければならないからです。ただし、あの当時のわたしたちは、まだだれもが、人間同士の平等な交わりというものを、イスラエルの枠内でしか考えていませんでした。」

「ガマリエルはあなたがたの考え方に対して、どういう態度でしたか？」

「彼は好意的でしたよ。なぜなら、そう考えることが律法研究を動機づけたのですから。わたしたちの当時の意見では、食事を一緒にすることよりも、共に学習する方が人と人をより多く結びつけるものでした。というのも、トーラーの研究はどれほどたくさんの人間でも一緒にできますが、一緒に食卓を囲んで同じ釜の飯を食べられるのはごく僅かな人数にすぎませんからね。ガマリエルのところで過ごした最初の年は、こういった平等の夢で満ちたものでした。それはわたしの青年の日々の中で最も美しい一年でした。」

「その二年目は？」

「そこで問題が生じました。わたしたちがイスラエル人の間に平等を創り出そうとして、律法を研究すればするほど、それだけますます新しい不平等が拡大して行ったのです。すなわち、パウロは学習と議論の点で、他のだれよりも勝っていたのです。どんな難題も雷光のような切れ味で隈なく解いてしまうし、書かれたものを暗唱する記憶力も尋常ではありませんでした。ただし、もしパウロは事実一番だというのではなく、自分でも一番でありたがっていることをわたしたちに感じさせずにいてくれたならば、そんなことはすべて何の問題にもならなかったことでしょう。しかし、彼はわたしたちが彼ほど優秀ではないことを楽しんでいたのです！」

「しかし、そうは言っても、師のガマリエルが彼より勝っていなかったのですか？」

「はるかに勝っていましたよ。少なくとも、人間としての知恵にかけては。たしかに議論に関して言えば、パウロはしばしばガマリエルの間違いを証明しようとしていました。そういう時にガマリエルはただこう言っていましたね。『パウロよ、君はまだ学ばねばならないね。決定的なことは、理論的に正しいことではなく、実行可能であることなのだ。それだから、もしある人が律法に背くと思しきことを為そうとしていても、慌てて大騒ぎしてはならない。もしそれが何の役にも立たないものなら、それがそのまま貫徹されることもないのだから。(106)』」

「それがガマリエルとの決裂につながったのですか?」

「ガマリエルは相異なるさまざまな律法解釈に対して寛容でしたが、そのことがパウロには気に入りませんでした。彼は正しい見解はただ一つだけなのだということを確信して揺らぎませんでした。それが彼自身の主観的な意見でした。その彼の目から見ると、ガマリエルのトーラー解釈は、ほんの初心者向きのものに過ぎなかったのです。パウロが探し求めたのは上級者向きのトーラーだったわけです。すなわち、彼の律法解釈が目指したのは、トーラーへの従順によってすべての人が平等に交わるようになることでした。そして彼は自分の探し求めるものを、『熱情の士』たちの間に見つけたのです。そして自分も『熱情の士』となったのです。」

「そして今や、その熱情をガマリエルにぶっつけたというわけですか?」

「いや、その必要はありませんでした。彼はある別のグループを見つけたのです。『君たちは間違っている』という証明は、そのグループに向かってする方が効果的だったのです。それがキリスト信奉者たちでした。彼から見れば、撲滅すべき律法違反者どもです。」

「多くの人々は彼らのことを無害な者たちと見ていますよ。」

「それは間違いではありません。しかしパウロは平等な交わりを探し求めていたところで、キリスト信奉者たちの間にそうした交わりを見つけたわけです。ところが、彼らのその交わりというのは、律法を厳密に遵守することによるのではなく、逆にそれを自由化することによるものでした。キリスト信奉者たちは、その当時すでに異教徒について、たとえ彼らがユダヤ法に従って生活していなくても、自分たちとしては彼らも交わりの輪に加えるべきではないのか、議論を始めていたのです。何人かの者たちはこれを拒みましたが、他の者たちはそれに賛成でした。いずれにしても、彼らは全員が、近い将来、すべての国の人々がやって来て自分たちの仲間に加わる奇跡が起きることを待望していたのです。その後、彼らはシリアのアンティオキアまで広がって行きました。その地で初めて彼らは自分たちの中へ割礼を受けていない異教徒も受け入れたのです。(107)」

「ということは、彼は根本的にはキリスト信奉者と同じ目標に向かっていたのに、それでも彼らを敵としたということなのですか？」

「まあ、そう言ってもよいでしょう。もし二人の人間がいて、同じ目標を相反する二つの道筋で実現しようとすると、そこにしばしば衝突が生じます。パウロがそれまで長い間抱いていたイデーはこうでした――『俺はイスラエル全体を平等な権利を認められた人間同士の共同体として実現したい。それは俺がピネハスのようになって、律法に背くすべての者にむりやりにでも律法を守らせることで実現するのだ。』そこで彼はキリスト信奉者たちの集会を潰したかったのです。ガマリエルはこの弟子に腰を抜かしていました。だから、彼はパウロに『彼らのことは、放っておけ。彼らの考えていることが物の役に立たなければ、そのまままうまく行くはずがない』、と言ったわけです。」

「しかし、それではどうして彼は、他でもない以前は敵として闘っていた当のキリスト信奉者たちの仲間になったのですか」、とエラスムスが訊いた。

「キリスト信奉者たちの仲間になった後のパウロにこのわたしが会ったとき、彼が話してくれたのだが、キリストがダマスコへの旅の途中の彼と出会って、彼を自分のものとしたのだそうです。彼がそう語る体験の背後に、実のところ一体何があったのか。それはわたしにも判断がつきません。わたしの推測ですが、パウロは自分の熱情を持て余し、袋小路に陥ち込んでいたのではないかと思われます。彼が律法を厳密に解釈すればするほど、その律法に従って生きることのできる人間はますます少なくなるばかりで、最後にはイスラエルの中にほんの僅かなグループが残るだけになったのです。そういうグループがいくつか私たちの間にはあるのです。たとえばエッセネ派の場合は、多くのメンバーが荒れ野に引きこもっています。しかし、パウロが抱いていた夢はたくさんの人間を包括するような共同体、そう、実に最後には全人類を包括するべきものでした。」

エラスムスがシメオンを遮って言った。「パウロのその夢は、彼の生まれ故郷の町にあったストア派の哲学の残響ではないでしょうか。ストア派にとっては、全人類が一つの大きな都市の共同の市民なのです。」

「その夢はユダヤ教にも根を張っているのです」、とシメオンが言った。「ガマリエルがわたしたちに叩き込んでくれたのは、すべての人間が神の似像として創造されたということです。すべての人間……ですから、ユダヤ人だけではないのです。したがって、わたしたちユダヤ教徒も世界市民なのです。ストア派とわたしたちが異なる点は一つしかありません。すなわち、ストア派はさっき言った意味の平等が今すでに現実になっていると言います。それに対してわたしたちは、すべての人間が平等であるためには、この世界が根源から変えられねばならない、と言うのです。」

「ということは、パウロがまず最初に欲したのは、律法を厳守することで人間同士の平等な交わりを根拠づけることだったわけですね」、とエラスムスが中間総括を始めた。「ところが、そうするにはその交わりの規模を犠牲にせざるを得なくなった。そうした交わりを実現できるのは、本当に小さな分派のみだからである。パウロはそこで気がついた。最後の最後には、自分は一番どころではなく、実に小さな分派のたった一人の残留者となることに。その時彼が見つけたのは、急激に膨張を遂げつつあるキリスト信奉者たちの集まりだった。ただし、その集まりは律法を弛緩させるもので、それゆえにこそ異民族からも多くの賛同者を獲得していた。厳格な律法遵守を放棄することがその代価だった。したがって、こう言えるだろうか。パウロはその厳格な律法遵守から自分を解き放たねばならなかったのだと。しかし、一旦律法への熱情の士となっていた者が、どうやってそこから自由になれたのか。そこでは、彼のそれまでの確信をトータルにひっくり返すような別のことが起きていたに違いない。」

「その際、決定的な役割を演じたのが、これからわたしがお話しするイエスに違いありません。イエスはもうずっと以前から、清浄規定や食物規定を寛容に解釈し、神殿のことも批判していました。彼はローマ側からは政治的な危険人物と見做されて、十字架刑に処せられたのです。ただし、多くのユダヤ人たちの解釈はそれとは違っていて、神はローマ人を用いて、実はイエスの律法違反を処罰されたのだ、というものでした。もちろん、ローマ人たちには、律法違反云々はどうでもよいことだったのだが、それでも実はそうだったのだというのです。わたしたちユダヤ教徒が確信しているところでは、十字架で殺された者は律法によって呪われているのです。なぜなら、わたしたちの聖書には、『木に架けられた者は呪われている』(108)と書かれているからです。その者は何がしかの律法違反を犯したのです。パウロもずっとこの確信を共有して来ていたわけですが、先ほど述べたようにしてキリストと出会ったことによって、神は十字架に架けられたイエスの側に立っているということに気づいたのです。そのとき、彼にとっては一瞬のもとにすべてが変容してしまいました。彼が今や認識したのは、十字架に架けられたイエスが間違っていたのではなく、彼に有罪を宣告した律法が間違っていたということでした。この認識は彼が律法に寄せていた狂信を根底から揺さぶりました。パウロは、キリスト信奉者たちが律法の効力を解消させてきたのは、実は律法が他の人間の罪責をあげつらい、他の人間を見下し、他の人間を排除するような場面においてであったことを知って、彼らの正しさを認めざるを得なくなったのです。パウロが到達した新しい洞察は、人というものは、律法から離れて判断する時に初めてすべての人間が平等であることを認識する、ということでした。それまでの彼は人間を律法に適合させようとしてきた。今や彼は律法を人間に適合させたいと思っているのです。」

「それにしても、その方向転換はなお一つの謎ですね。」

「とにかく、間違いない事実は、それまでキリスト信奉者たちにとって最悪の迫害者だった者が、今や最も重要な擁護者になったということです」、とシメオンが言った。そしてすぐにこう付け足した。「それはパウロの生涯における大きな断絶なのです。にもかかわらず、彼の生涯を一貫する際立った特徴があります。それは平等な人間たちから成る交わりへの憧れです。この憧れを抱いて彼はタルソスから出て来て、トーラーを学ぶわたしたちの集まりに入り、やがては熱情の士たちのもとへと駆られて行ったわけです。その同じ憧れの最後の爆発、それがキリスト信奉者たちの集まりの中にこそ全員がすべてを共有する共同[109]体を見つけた時だったのです。それまでずっと探し求めて来た交わりの形を、とうとう見つけたと彼は思ったのです。」

「ということは、パウロはリベラルなディアスポラのユダヤ教から出発しながら、途中の一時過激化したものの、やがて回心を経て、自分のもともとの素性であるユダヤ教へ立ち戻ったということですか。それが彼の生涯を一貫する線なのですか？」

シメオンが答えた。「その通り。しかし、もう一本それとはまた別の線があるのです。それは平等への彼の憧れとは矛盾するものです。彼はわたしたちのトーラー塾でいつもトップでありたがっていました。その後は、狂信者《ファナティカー》の間でトップでいたかった。しかし、やがて彼らからも離れました。そのわけは、キリスト信奉者たちの方が狂信主義者《ファナティカー》たちよりもラディカルさにおいて勝っていると彼は思ったからです。ところが、パウロは、わたしが聞いているあらゆる情報に照らすと、そのキリスト教徒の間でさえ、トップであろうとしたのです。これが彼の生涯を貫く二本目の線です。かたや平等への憧れ、かたや他のすべての人間の上に出ようとする名誉欲。わたしはこの二つのものの間に矛盾があることをいつも感じ取ってきました。」

エラスムスの思考は内向きになった。「そうならば、こう言ってもよいですか。パウロはいつもトップであろうとしたがゆえに、狂信《ファナティスムス》へ傾斜して行ったのだと。そのトップ願望を抱えながら、最初はファリサイ派のもとへ着地した。しかし、すぐに狂信主義者《ファナティカー》のもとへ着地替え、立て続けにまたキリスト信奉者の間への着地替え。わたしが聞いているところによると、そのキリスト信奉者の中にも、パウロこそいたるところで騒ぎを巻き起こす過激な立場の責任者だと考える者たちがいるようですね。そうなると、わたしには一つの問いが生じてくるのです。パウロは本当に彼の狂信から離脱した、と言えるのでしょうか。わたしはどのような狂信者《ファナティカー》の弁護も引き受けたくはないですからね。」

「あくまでわたしの推測ですが、パウロには二つの側面が潜んでいるのです。一つは人間的な側面で、自分をすべての人間に向かって開きたいと思う側面です。もう一つは狂信的な側面で、自分が真理だと信じるものに熱狂する側面です。」

エラスムスはシメオンのこの見方を受け取って、言った。「彼は自分の手紙の中で、『わたしは自分がしていることが分からない。なぜなら、自分がしたいと思うことはせず、自分が憎んでいることをしているからです』と書いていますが、これはおそらく自分自身のこと言っているのですね。(110)」

シメオンが頷いた。「パウロは矛盾だらけの人間でした。しかし、一体だれが矛盾なしでいられますか?」

エラスムスの視線は再び部屋の角に置かれた巻物に向かった。「パウロは神殿を異教徒にも開放しようとしているとして批難されています。そのパウロは基本的にはあなたに近いのではないですか？あなたにとって、トーラーの巻物は持ち運び可能な神殿ですね。トーラーの巻物ならば、だれもが接近可能です。それに対して、キリスト信奉者たちとパウロは、一人一人の人間こそが神のための生ける神殿だと言っています。しかもその際、ユダヤ人であるか異教徒かはどうでもよい、と言うのです。肝心なのは、神の霊がその人の中に宿ることが出来るかどうかだとも言います。そこでお聞きするのですが、あなたは一人一人の人間が『聖なる書物』、すなわち、人の手によってではなく、神によって書かれた書物だ、とお考えになりますか。それがキリスト信奉者たちの確信なのでしょうか？」

シメオンは微笑んで言った。「わたしはその考えに賛成しますよ。ただし、そのためには、聖なる書物が大半の人間にとってもっと読みやすいものにならねばならないでしょう。そうでないと、その中に神の痕跡を見出すことはできません。しかし、原理的には、今あなたが言われたとおりです。すべての人間の中に、神の手書きの書物が宿っているのです。」

エラスムスが補足して言った。「キリスト信奉者たちは、その書物は道を踏み外した者たちの中にも読めるものだと考えていますが。」

「そう考えるのは彼らだけではありません。ユダヤ教徒すべてがそう考えるのです。もしキリスト信奉者たちが、神の手書きの書物がモーセにも、預言者にも、そして今そこにある巻物の中にも」——そう言いながらシメオンは自分の蔵書の巻物を指差していた——「読める形で宿っていることを認めるのであれば、わたしもそれに賛成するでしょう。」

「それはソクラテスの中にも、あるいはムソニウスの中にも、読めるものですか?」

この点でも、シメオンは言った。「すべての人間が神の似像なのです。ただ、それを見る目がわたしたちの側にないだけなのです。」

エラスムスが訊いた。「神の痕跡はパウロのような人間の中にも読み取れるものですか? よしんば彼がかつて一人の狂信者《ファナティカー》だったとしても。あなたはそこまでおっしゃいますか?」

「まさに彼の中にこそ読み取れますよ」、とシメオンが答えた。「だれであれ回心して、自分の過ちから立ち帰る者の中にこそ、神の痕跡が他のどこにもないほどはっきりと読み取れるのです。なぜなら、そういう人の中にこそ、神の姿が反映しているからです。それは『わたしは神無き者たちの死を欲しない。わたしが欲するのは、神無き者たちが自分たちの在り方から立ち帰り、生きることだ』[一一]と語る神の姿のことです。わたしたちの信仰に従えば、この世界、宗教、歴史の中で、何であれ何かが善いものに変わるところ、とりわけ人間が誤った道から立ち戻るとき、そこに神がおられるのです。」

「今言われたことは、異教からユダヤ教へ改宗する者についても言えますか?」とエラスムスが質問した。「改宗者はあくまで第二級のユダヤ教徒にとどまるのではないですか?」彼が考えていたのは、もし自分がハンナのことを慮ってユダヤ教に改宗したとしたら、ユダヤ教という共同体の内側で、どういう目で見られるのか、ということだった。

シメオンが言った。「その点については、わたしたちの偉大な哲学者のフィロンがこう言っています。曰く、われわれのもとへ改宗して来る者はだれであれ、神のもとへ移って来たのだ。その人はわれわれの間で尊ばれると。(112)」

エラスムスはシメオンとの対話に感謝の言葉を述べた。シメオンは別れしなに彼に言った。「神の痕跡は、正義のために身を挺する者なら、だれの中にも認められます。もしあなたが一人のユダヤ人の裁判で正義が貫かれるよう助力されることになったら、あなたの上に神の祝福がありますように！」

エラスムスは深く心を動かされて家路に就いた。もしシメオンが言ったことがユダヤ教であるのなら、エラスムスは根本的にはもうユダヤ教徒であった。もはやハンナとナタンから彼を隔てるものは多くなかった。そのユダヤ教は、フィロデームスが警告してくれたユダヤ教とはまさに正反対のものだった。それは人々に敵対し、暗く、自らの身体に割礼を施してこそ敬虔だとするユダヤ教ではなかった。そこからは一条の温かな光が発せられていた。そうしたユダヤ教の信仰ならば、どんなに素晴らしいことか。黄昏の中で家路を急ぐエラスムスには憧れが溢れていた。その晩の彼には、迫りつつある夜も何か恐ろしいものではなかった。家路を辿る彼は、この世界のただ中で、そして大都市の喧噪も今漸く静かになろうとしている中で、自分が無限の安らぎに包まれているのを覚えたのである。彼の心の中では、シメオンが語った一つの言葉がまるで美しい音楽のように繰り返し鳴り響いていた——「人間だれもが神の神殿なのです。」どの人間の中にも、神が現臨している。どの人間の中にも、神の書物が見られる。たとえそれが読めなくなっていようとも。もしわれわれがその神の書物が指し示す意味を理解するならば、われわれはいつでもどこでも神の現臨に接しているわけだ。しかし、やがてエラスムスはまたパウロのことを考えた。パウロからは何か不穏なものが発散されていた。パウロが体現しているユダヤ教は、シメオンのユダヤ教のようには好きになれないものだった。パウロはすべての人間がそれぞれ聖書を読んで学ぶことで神の現臨に接することができるというだけでは、満足していなかった。だから、すべての人がその意味の神殿へ詣でることができるかどうかは、彼には重要ではなかったのである。パウロという人物が無条件で欲しているのは、神殿を改革することだ。彼は繰り返し騒ぎを焚き付け、敵意と憎悪を掻き立ててきた。すべての人間への開放？　もちろん、それは善いことだ。しかし、争いと闘争を呼び起こすような開放なら、それは危険ではないか。」

その同じ晩の内に、エラスムスはフィロデームスに宛てて手紙を書いた。そのテーマは、神の書物はすべての人間と事物の中に読むことができるというイデーだった。フィロデームスの返事はすぐに来た。それが次の手紙である。

神話と真理

フィロデームスから友人エラスムスへ

拝啓

神がこの世界の中に自分の痕跡を残している――これは素晴らしい観念だね。しかし、この世界はしばしばあまりに悲惨だから、神々が喜んで自分の考えをこの世界に書き込んでいるとは、とてもわたしには思えない。ストア派の連中がこの世界を描き出すイメージはあまりに積極的過ぎるのだ。君たちの主張では、この世界は一つの確かな意味を織り込んだ劇の出し物であって、世界中のすべてのものがそれぞれの目的を持っていると言う。

われわれ二人は多くの点で同じ意見だ。しかし、一つの点でわたしは君に異を唱えなければならない。つまり、ユダヤ人と哲学者は確かに同じように言葉を高く評価しているが、君は両者を単純に通分してはならない。哲学者の言うのは「ロゴス」、ユダヤ人が言うのは「神の言葉」なのだ。まず第一に、われわれ哲学者の見方では、われわれ人間同士を結びつけるものは、言葉というよりも思考なのだ。そして第二に、そう言うときにわれわれが念頭に置いているのは、人間の思考のことであって、神の思考のことではないのだ。われわれがとりわけ批判するのは、宗教が振り回す原始的な比喩だ。すでにクセノファネスが言っている通り、「もし牛や馬やライオンに手があり、その手で人間のように絵が描けたら、馬は神々を馬の姿で描き、牛は牛の姿で描くことだろう。」(113) その結果はどうなるか。宗教が使い回す比喩は信用に値しないということだ。それは人間が頭で描き出したものに過ぎない。

敬具

フィロデームスより

エラスムスへ

エラスムスからフィロデームスへ

拝復

わたしは一つの点で君に賛成だ。たしかに、哲学のもともとの任務は思考にあり、ユダヤの知恵は言葉にある。しかし、哲学の場合も、考えるところを遣り取りしなければならない。そのためには言葉が要る。われわれが持っている最も重要な哲学の書物は対話になっているのもそのためだ。もちろん、神の言葉と人間の言葉は同じではない。ユダヤのある預言者の書で、神はこう語っている。

「わたしの考えるところはあなたがたの考えるところと異なり、
あなたがたの道はわたしの道と異なる、と主は言われる。
天が地を高く超えているように、
わたしの道はあなたがたの道を、
わたしの考えはあなたがたの考えを高く超えている。(114)」

われわれが考えるところは、神の考えるところを不完全に模写するものに過ぎない。われわれが神の言葉を口にするとき、われわれの心の中の琴線がそれまでなかったように揺さぶられる。われわれは神の言葉を通して初めて、その琴線を発見するのだ。だからわれわれは哲学者と預言者の両者から学ばねばならないわけだ。

とりわけ哲学者からは、宗教が用いる比喩とどう向き合うべきかを学ばねばならない。ユダヤの哲学者のフィロンは、ギリシアの哲学者たちから、神々について語る言説がアレゴリーだという説を受け継いだ。すなわち、それらの言説は、語っているかに見えることとは、実は違うことを語っているという説だ。たとえばゼウスと彼が繰り広げるセックス遍歴は、自然の諸力同士が繰り広げている相互行為の比喩なのだ。フィロンという人物はこの解釈を聖書に当てはめたのだ。こうして、彼が解釈するアダムとエヴァの話はアレゴリーになった。(115) 曰く、アダムは理性を体現し、エヴァは感覚の力を体現する。エヴァは誘惑に身を委ねて、禁じられていた善悪を知る知識の樹の実を取って自ら食べると、アダムも誘って食べさせた。感覚が理性を誘惑するのもそれとまったく同じだと言う。

フィロンの解釈法は当たっている。その物語は比喩としてのみ真理なのだ。ただし、フィロンが提示している解釈そのものは間違っている。理性を男にだけ割り振って、女にそうしないからだ。それはムソニウスがいみじくも批判している通りだ。男も女も同じ徳性を実践しなければならないはずだ。わたしはアダムとエヴァの物語をこう解釈している。すなわち、善と悪を判断できるのは神だけだ。人間にそれができるのは、人間が神の似像である限りにおいてなのだ。エヴァが善悪を知る知識に憧れ、それをアダムと分かち合おうとしたこと、そのために知識の樹の実を摘んでアダムに与えたことは、正しかったのだ。二人が善と悪を分けることができるようになった時、その時初めて彼らの目が開かれて、世界にあるものすべてが悪であることが分かったのだ。彼らには分かったのだ、自分たちが幼子の無垢という楽園から追い出されてしまっていることが。彼らには悪が何であるかが分かったのだ。ただし、それに打ち勝つ力が欠けていた。ほぼこれがわたしの解釈するアダムとエヴァの物語だ。聖書にあるほとんどすべての物語と比喩についても、これと同様だ。それを文字通りに受け取らねばならない理由は何もない。

君がかりそめにもフィロンを軽く扱うことがないように、彼が神の名前について行っている解釈をここに引いておこう。わたしはこれに完全に賛同できる。聖書の神は「わたしは在りて在る者だ(116)」という言葉で自分を現す。フィロンはこれを解釈して、こう言うのだ。

「彼らに言うがよい。このわたしは在る者だと。
彼らに存在と無の違いを教えるがよい。
存在はわたしだけに具わるものだ。
わたしの存在にふさわしい名前はない(117)。」

フィロンは当たっている。
神は存在そのものだ。
それはどんな比喩にも手が届かない。
神がわれわれの心に触れて来るのは、

われわれが驚嘆するときだ、
そもそも何かが存在し、決して無しかないのではないことに。
その時こそ、われわれは神の力と結ばれている、
無から創造し、再び無に沈める神の力と直接に。
生まれる前に
われわれはいなかった。
死んだ後に
われわれは無の中へ沈んで行く、
神と同じように無窮で永遠の無の中へ。
死は神の裏面だ。
誕生と死の間に
あるのが今、
それは飛び去り行く一瞬、
両端が無の中へ沈んで行く流れの中で。
過去はもはやなく、
未来は未だなく、
現在はその途中

無から出て
別の無へ向かって。
無から存在を創り出す
力が
あらゆる瞬間にわれわれを取り巻く。
存在と無のこの秘義の中で
神がわれわれと出会う、
あらゆる瞬間に。
神によってわれわれはすべての事物と結ばれている。(118)

聖書を哲学的に読み解くとは、聖書の比喩を自由に解釈することだ。その際、われわれはすべての比喩を貫いて真理であるものを問い求めねばならない。それは存在と無の経験と同じように、われわれが直接的に経験する真理であるはずなのだ。

敬具

フィロデームスへ

エラスムスより

第5章 犯罪捜査の観点からの読解

それから数日後の朝早く、エラスムスはティベル川の岸辺に沿って歩いていた。彼は一人になりたかった。川の水は海へ向かって流れて行く。岸辺にはローマの丘々、笠松に囲まれた聖域、そして街のシルエットが静かに佇《たたず》み、川波だけが動いていた。どの波も最後ではなく、どの波も最初ではなかった。時間もまた同じように流れ去って行った。ティベルには堅固な川岸という寄る辺があった。しかし、時間にとっては、何が堅固な川岸なのか。時間の中で移ろい行く出来事を事物の真ならざる影に過ぎないと見做したプラトン哲学の追随者たちは正しかったのか。彼らは変わらずにとどまるもののみが、明瞭に認識されるのだと考えた。変わりゆくもの、そして歴史を刻むものは、影のようなはかない夢に過ぎない。とすれば、時間の流れの背後にあるイデアの永遠の世界こそが、本当の現実性だったのか？

しかし、エラスムスはこれまでに何度も、ある奇妙な体験をしていた。そういう現実性のイメージが傾いて倒れてしまうのである。すると世界全体が川の流れのようになった。川岸も同じだった。あらゆるものが知られざる未来の大海へ向かって動いて行った。その大海の中で、すべての水滴が消え去って行く。それまで確固として見えていたもの、川岸の築堤、丘々、家々、そして彼自身。そのすべてが一変した。時間はもはや、人がその岸辺に座って、足を水に湿らせて遊ぶだけの流れではない。われわれ自身がその流れの中にいるのである。そしてわれわれがその流れなのだ。われわれの存在は時間なのだ。われわれの命は未来から泳ぐようにやって来て、ほんの一瞬だけ、無から有に変わって存在となる。しかし、すぐにまた無の中へ沈んで過去となる。われわれの実存は変容なのだ。友人のナタンはあらゆる瞬間に無から存在を創り出す神、そしていつも新たにそれを繰り返す神のことを語っていた。あのとき彼はまさにこのことを言っていたのか。人間をも変容させることができる神のことを。あらゆる瞬間に現臨する神、それは自分をいかなる特定の時間にも限定することのない神だ。

それと同じように、神はまたいかなる特定の場所にも限定されない。ユダヤ教徒はエルサレムに、ローマ人はローマに、アテネ人はアテネに神を求めている。しかし、それは迷信ではなかったか。パウロがエルサレム神殿をすべての人間に向かって開放しようとして、あえて争いの危険を冒したときも、同じ迷信に感染していたのではないか。この点で他の者たちよりも進歩的な人間は、ユダヤ教徒の中にたくさんいたのではないのか。つまり、会堂で礼拝をしているユダヤ教徒たちのことだ。彼らにとっては、神は至るところに現臨するのだった。彼らにとっては、聖書が持ち運び可能な神殿だった。石や木ではなく、文字と意味とで建てられた神殿である。そうであれば、なぜなおも神がいるのがエルサレムなのか、アテネなのか、あるいはローマなのか、相争わねばならぬのか。

それとも、キリスト信奉者たちが正しいのか。彼らの主張では、われわれ人間こそが神のための生ける神殿なのだ！　われわれは神の似像なのだ。いや、もっと正確に言えば、われわれは神の似像となるのだ。神が自らを時間の流れの中に現すのであれば、そしてその時間の中では、すべてのものが変容して行くのであれば、われわれもまた変容するとき、そのときにこそ初めて神の似像となるのではないか。人間は変容することができる。このことを人間に対して否むなら、それは人間が神の似像であることを否むことと同じだろう。

ストア派の一人として、エラスムスの本心は実はもっと寛容な解答に傾いていた。つまり、神はどこにでもいるという解答だ。そこでは目の前の現実全体が神の神殿だった。よしんば大概の人間がそれを素通りして生きており、その神を感じ取ってはいないとしても。しかしエラスムスはすでにその現実が横転して、すべてのものが時間の流れに変わるのを経験していたのである。その経験が繰り返されたとき、その度ごとにエラスムスは、いかなる時間と場所にも限定されない神を感じ取ったのである。その時彼は無が絶えず存在に変わり、存在が絶えず無に変わってゆく中に神が実在することに気がついた。その神は、もはやすべてのものを意味で満たすストア派の神ではなかった。それはすべてのものを無から創造し、そして変容させる神、ユダヤ教徒の神だった。今現にあるこの世界は、未だこの神に満ちてはいない。しかし、あり得べき世界がすでにその神の痕跡を予感させている。

そうした考えに沈潜している内に、ティベルの川岸の散歩は終わり、エラスムスは再び家に戻ってきた。すると一通の手紙が配達されていた。

ナタンからエラスムスへ

君に平安と恵みがあるように

その後も変わりないだろうね。わたしは祈る度に君のことを想っている。今日は君に知らせたいことがある。この間に、パウロの手紙がいくつか見つかったのだ。わたしはコリントにいるキリスト信奉者の一人から、小さな書簡集を受け取ったのだ。その知り合いが言うには、パウロはコリントで彼らの間にいる時に、ローマ宛の一通の手紙を書いたそうだ。その手紙については、君もすでに知っている通りだ。パウロはそれを発信する前に、コリントの仲間の信徒たちの前でも読み上げたのだ。すると、全員がその内容に魅了されてしまって、自分たちも是非そのコピーを持っていたいということになったのだ。彼らの意見では、「パウロは直接人前に出て来ると、まったく風采が上がらないかも知れない。ところがその手紙となるともの凄い」(119)のだ。その知人の話では、パウロが彼らコリントの仲間たちに宛てて書いた手紙もまた、同じようにもの凄かったのだそうだ。そこで彼らはパウロに頼んで、自分の手紙の集成を作らせたのだ。コリントの信徒の間のとりわけインテリたちは、パウロが書いた手紙の中でも、特に彼の教説が書かれたものの集成を欲しがったのだ。ちょうど、ギリシアの哲学者や著述家たちの場合もそうしたものがよくあるのと同じ具合にね。さて、そうして作られた書簡集の冒頭に置かれたのは、例のローマ宛の手紙だ。それは長さも最長のものだった。それに続くのがコリント宛に書かれた二通の手紙だ。その内の最初のものはローマ宛のものとほぼ同じ位の長さだ。コリント宛の手紙はそれ以外にも比較的短いものがたくさんあったのだが、パウロはそれらを一つに束ねたのだ。そうして出来たのが、いわゆる第二の手紙で第一の手紙より少し短い。一番最後に来るのがガラテヤにいるキリスト信奉者たちに宛てた手紙だ。パウロはこの手紙のコピーを作らせて、それを副本にして携帯していたのだ。なぜなら、それより少し前に、ガラテヤでは彼に敵対する者たちが彼の考えをねじ曲げて語っていたため、彼としては、そうして生じた誤解をそのコピーに基づいてただちに退けたいと思っていたからなのだ。(120) 前記のわたしの知人は、これらの書簡集にさらに加えて、テサロニケの仲間たちに宛てた手紙も送ってきてくれた。これもコリントで書かれたもので、どうやらパウロの書いた手紙の中で一番古いものらしい。最後に、わたしの知人は、もともとは一通の手紙の一部だったと思しき小さな断片も添付してくれている。その断片が元来どの位置にあったものかは、確定がむずかしい。しかし、その中でパウロは自分自身の経歴についても多少触れているので、重要な断片だ。その他にわたしが聞いているところでは、パウロはフィレモンという名前の人物に宛てたごく短い手紙も書いたことがあるらしい。ただし、われわれはこれを手に入れることができなかった。目下、ハンナが以上すべての手紙を精査中だ。彼女が言うには、その内容たるやもの凄く興味深いそうだ。共感を呼ぶこと、逆説的なこと、いささか常軌を逸したことが、もろもろあるそうだ。だから、急いで来てもらいたい。これらの手紙を一緒に順に精査してみよう。今日ならわれわれは時間の都合がつけられる。これらの手紙を素材として存分に活用すれば、君はパウロの哲学と活動に関して判断を下せるだろう。それでは君が来るのを待つことにする。

サロメとハンナからもよろしくとのこと
ナタン

エラスムスはただちにナタンの家に向かった。さきほどまで瞑想に耽りながら散歩していたティベル川沿いの道を、もう一度、今度は急ぎ足で辿りながら。ティベル島へ通じる二つの橋を越えて、トランス・ティベリムの街区に入った。そこにナタンを含め、大半のユダヤ人が住んでいた。ナタンが戸口でエラスムスを出迎えた。「やあ、よく来てくれた。われわれはもう一日中、パウロの手紙を精読しているところだよ。」

「でも、これは巻物じゃあないな!」とエラスムスが手紙の束を見るなり驚いて言った。「紙片を重ねて閉じてあるだけで、何かの目録か行政書類みたいだね! この前君がわたしに渡してくれたローマの信徒宛の手紙は巻物に書かれていなかったかい?」

「たしかにそうだったね」、とナタンが応じた。「わたしが作ったその写しは巻物だったよ。でもそのオリジナルは綴じ本《コーデックス》の形をしていたのだ。キリスト信奉者たちは庶民なんだ。巻物の形の書物は、彼らにとっては、教養人向けの文献なのだ。ただし、彼らも巻物というものは知っているよ。それはわれわれの会堂にあるからね。だから、これはわたしの想像だが、彼らがこういう綴じ本《コーデックス》の形にしたわけは、自分たちはユダヤ教の聖なる書物をパウロの手紙でもって置き換えたいわけではない、と言いたいのだと思う。自分たちは聖書に若干の補足を加えているに過ぎない、ということなのだろう。いずれにせよ、文書は綴じ本《コーデックス》の形の方が間違いなく便利だよ。まず、どこにでも持って行けるからね。また、どこか特定の箇所を見つけ出そうという場合は、巻物をグルグル回して解くよりは、はるかに素早く見つけられるのだ。

その間にサロメが部屋に入って来て言った。「ハンナとわたしで、これらの手紙の中であなたの関心を引きそうな箇所を見つけておいたわ。それはパウロが自分の経歴について語っている箇所よ。彼は二度にわたって、自分が狂信者《ファナティカー》だったと書いているわ。わたしたちはその箇所から始めるのがいいでしょう。そこで彼が何を言っているか、まずはお聞きなさい。

あなたがたは間違いなく、わたしが以前ユダヤ教の中で送っていた生活についてすでに聞いているでしょう。
どれほどわたしはためらいもなく神の教会を迫害し、打ち壊そうとしていたことか。
あの頃のわたしはユダヤ教に精進して、すべての同輩に勝って先に進み、
父祖たちの言い伝えへの熱情に燃えていました。
しかし神は、わたしをすでに母の胎にいる時からお選びになっていて、
やがては恵みによってわたしを召されたのです。

神はご自分の御子をわたしの中にお示しになりました。

それはわたしがその御子を異教徒たちの間に語り伝えるためでした。

わたしは他のだれにも相談しませんでした。

エルサレムでも、わたしより先に使徒となっていた者たちのもとへは一度も出向かずに、そのままアラビアへ行き、その後はまたダマスコへ戻ったのです。(121)


今のはパウロがガラテヤ宛の手紙で書いていることです。彼の生涯におけるこれと同じ転機のことを、彼はもう一度、こちらの小さな断片でも書いているわ。その断片はこれらの手紙に混じって見つかったものです。

もし自分は『肉』に頼ることができると思う者がいるのなら、このわたしはもっとそうすることができます。
わたしは八日目に割礼を受け、
イスラエルの民、それもベニヤミン族の出身で、
ヘブライ人のなかのヘブライ人です。
律法に関しては、ファリサイ人、

熱情に関しては、教会の迫害者、
律法が求める義に関しては、非の打ちどころのない者でした。
しかし、わたしはかつて自分に有利であったこれらのものを、
キリストのゆえに、あらゆるものに優る主キリストを知ることに比べて、不利と思うようになったのです。
キリストのゆえに、すべてのものがわたしにとっては不利となり、
塵芥のように思われたのです。それはわたしがキリストを得るためでした。[122]」

エラスムスは頭をかかえて言った。「話が一向に合わないぞ。最初の箇所では、自分には生まれた時から現在まで終始一貫する一本の線があると言う。ところが、二番目の箇所では、激しい断絶があったと言う。パウロが本気で断絶の前のことをまるごと塵芥だと思ったのかどうか。彼の選びも母親の胎からだと？　そんなことを彼自身が本気で信じているはずがない！」

サロメが口を挟んだ。「この手の大げさな物言いは、あなたたち殿方には毎度のことだわ。論理も理性もすっ飛ばしてね。もしそういうところで捕まると、『そこには深い意味があんだよ』と言うのがあなたがたのやり方だわ。」

ナタンがパウロを弁護して言った。「おそらくサロメが言いたいのは、ただのごちゃごちゃに過ぎないものを、わたしが深い意味と勘違いしているということだろう。しかし、わたしが言いたいのは

こうなんだ。最初の方の箇所でパウロが言いたいのは、『神がわたしを選んだ』、『神がわたしを召された』、『神が御子をわたしにお示しになった』ということだ。つまり、彼はここでは一貫して神の視点から強調しているのだ。反対に、二番目の箇所が強調しているのは人間の側からの見方だ。『このわたしが、このパウロが、新しい認識に至っている』、『このわたしがこれまでのものを糞のように捨て去る』という具合だ。人間の目には矛盾であるものが、神の面前ではつながって一つの全体になるのだよ。」

ハンナは母親を弁護して言った。「それでもわたしは、パウロは誇張し過ぎていると思うわ。おそらく彼は最初の箇所では、かつて狂信主義《ファナティスムス》だった自分のことを正当化したいのだわ。だから、神の側では、パウロが狂信者《ファナティカー》になる以前から、彼のことを選んでいたと強調するのよ。もし彼がすでに母親の胎の中から選ばれていたのであれば、彼がキリスト信奉者たちを迫害していた時もそうだったことになるわ。そうなれば、その迫害の責任も神に押し付けられるわけ。『自分は間違っていました』って、率直に認める代わりにね。」

サロメが応じた。「彼が自分の間違いの責任を神に押し付けるのは、女にそうするよりましだわね。アダムは自分のしたことの責任をエヴァに押し付けたものね。」

ナタンがもう一度仲裁を試みた。「おそらくパウロはただ暗示したいんだよ。自分はかつて狂信者《ファナティカー》だった時も、そうは気づかないまま、実は神の導きの下にあったのだと。事実、神はその後そこから彼を引き出してくれたというのだ。パウロは若かりし頃の自分の狂信主義《ファナティスムス》を乗り越えた後ずっと時間が経ってから、振り返る眼差しのもとで書いているのだよ。」

「たしかにパウロはすでに一つの断絶を越えて来ているね」、とエラスムスがナタンに賛同して言った。「それが結果として、あたかもその転機の前は暗闇ばかりだったのが、その後の時間は光り輝くばかり、みたいな効果を生んでいるのだ。ただし、よくよく読んでみると、そのコントラストはさほど強いものにも見えてこないのだ。シメオンがわたしに言ったことだが、パウロはもともと穏健なユダヤ教徒だったそうだ。その後エルサレムに出て来てから、ファリサイ派に加わったが、やがて狂信者《ファナティカー》たちに、それからまた最後にはキリスト信奉者たちの仲間になったのだそうだ。ということは、彼の生涯にはただ一回の大きな転回があったというのではなくて、大小さまざまな規模の転機があったということだ。そしてこれがパウロが自分自身について言っていることとよく符合するのだ。つまり、彼は自分の素性については、ただヘブライ人の中のヘブライ人として生まれたと言うだけで、ファリサイ派の中のファリサイ派の出身だとは言わないのだ。なぜなら、人がファリサイ派になるのは生まれによるのではなく、律法の実践の仕方によるからだ。事実、パウロはエルサレムに出て来て、そこでトーラーを勉強し始めた時にファリサイ派になったのだ。その彼が過激化して狂信者《ファナティカー》になったのは、その次の一歩なのだ。だから、彼はエルサレムでも、その始めから狂信者《ファナティカー》だったわけではないだろう。事実、自分で強調しているように、彼はそこでユダヤ教に関して進歩を遂げたのだ。その結果が彼の狂信主義《ファナティスムス》であって、それによって彼はほとんどの同輩たちを出し抜いたのだ。それゆえ、彼のエルサレム時代には二つの局面があったことになる。最初のころの局面と、それを乗り越えて行った『進歩』の局面だ。さらにそれに続く第三の局面がある。それを彼は自分でこの上なく明確に表現している。つまり、彼はキリスト信奉者の一人になったのだ。そのことを彼は、彼の中に神が御子をお示しになった、と表現しているのだ。それによって彼は狂信者《ファナティカー》たちから離脱したのだ。ということは、彼が狂信主義《ファナティスムス》に同調したのは、一時的だったということだ。これはわたしにとって重要なポイントだ。多くの人間が青年期にはラディカルになる。しかしやがて自分の狂信主義《ファナティスムス》を克服するものだ。だから決定的な問いは、パウロが本物の自己展開を遂げたのかどうかだ。」

　ハンナが言葉を挟んだ。「わたしは彼が自分の狂信主義《ファナティスムス》を克服したと確信するわ。そうでなければ、どうして一度は迫害した者たちの仲間になれるものですか。」

　エラスムスが言った。「わたしは弁護士として、証拠固めをせざるを得ない。そのためには、パウロが新しいグループの中でどう振る舞ったかを知ることが重要なのだ。彼はそれまでとまったく変わらずに狂信的だったのか。わたしがこれまでに聞いているところでは、彼はキリスト信奉者の間でも、しばしば自分の意見を『狂信的に』押し通そうとしたそうだ。それとも、パウロが彼らの間でもよく人とぶつかったのは、彼が他の者より我慢強かったためだけなのか。このことをわたしはこれらの手紙を基に吟味してみなければなりません。そこで提案ですが、ここで短い休憩にしましょう。その休憩の間にわたしはこれらの手紙を読んでみて、今言った疑問点について何か答えが見つかるかどうか調べてみます。彼は狂信者《ファナティカー》のままだったのか、それとも自分の狂信主義《ファナティスムス》を克服したのかどうかです。あなたたちはもうこれらの手紙のことを知っているわけですが、わたしはまだですから、夕食までわたしに時間をください。わたしは隣の小部屋に引きこもります。何か筆記用具はないですか。古い紙切れか木片でいいのですが。」

ナタンとハンナがエラスムスに隣の小部屋を見せた。そこでは静かに仕事ができそうだった。二人は筆記用具とパピルス、それに飲み物と果物も持ってきた。そしてエラスムスを一人にした。その部屋は頑丈な壁に囲まれていた。しかし、エラスムスには再び同じ印象が沸き起こってきた。すべてのものが、最初にそう見えるほどには、決して頑丈ではなく見えてくるのだ。あらゆるものが変容する。すべてのものは時間だ。それはティベル川の水だけのことではない。堅い石壁の家々も、そして何よりもその中に住む人間がそうなのだ。自分の生涯をまったく新たに始めることができるほど強く自分を変容させ得た人間が、かつていただろうか？　パウロにその強さを期待できるのか。それとも人間というものはだれもが自分の中に堅くて不変の核のようなものを持っていて、生涯の経歴はそれをただ展開して行くだけに過ぎないのか？　今やエラスムスは、この問いがいかに深く自分自身の人生についての決断と係っているかを感じ取っていた。彼はユダヤ教の信仰の共同体に加わるべきなのか？かつてパウロが彼の人生を途中からもう一度新しくやり直したのであれば、自分にも同じことが可能であるはずだ。しかし、もしパウロがそれに失敗したのであれば、それは自分にとっては警告だ。その時、エラスムスは了解した。神は変容へと鼓舞している。神は決断を要求している。彼がパウロを弁護するのか、しないかの決断のことだ。彼はハンナに結婚を申し込むべきではないのか？

それだけにエラスムスは、一心不乱にパウロの手紙を読み漁った。もっとも、多くの箇所をスキップし、多くの箇所がよく分からないままだった。エラスムスの企ては、パウロの生涯のあの二つの線に係る箇所をまず集めて整理することだった。それはシメオンがパウロの生涯に観察していた二つの線のことである。一方は、他の人間を常に凌駕しようとして止まないパウロの狂熱《ファナティスムス》であり、他方は、すべての人間が平等になれる交わりへの憧れだ。エラスムスは読解の導きとして、四つの問いを設定した。

第一の問い。どこでパウロは自分と意見を異にするからという理由で、他の人間の間違いを糾弾しているか。これは狂信主義《ファナティスムス》への一つの傾向と言えるだろう。

第二の問い。どこでパウロはトップでありたがっているか。どこで自分が絶対的に正しいと思いたがっているか。これはしばしば狂信主義《ファナティスムス》へつながる原因だ。

第三の問い。彼の手紙のどこに、さまざまな境界を越えた平等の交わりへの憧れが見つかるか。これは狂信主義《ファナティスムス》に逆らうものだろう。

第四の問い。どこで彼は相異なる意見があることを善しとしているか。これは真っ正面から狂信主義《ファナティスムス》と矛盾するものだ。

数時間の後、エラスムスはそれぞれの問いについて、パウロの手紙からいくつかの箇所のメモを取り終わった。残るのは、そこからどういう全体像が浮かび上がってくるか、それを解釈することだった。そのためには、彼の友人たちに一緒にいてもらうことが必要だった。なぜなら、彼らの方がパウロのようなユダヤ教徒を突き動かしているものが何であるかをはるかに良く分かっているからだった。

そこで彼はナタンの家族にその旨を告げた。彼らはそろってやってきて、一緒にパウロの手紙について議論することになった。

エラスムスは自分がどのように手紙を査読したのか解説した。まず最初は、第一の問いに係る一連の箇所からだった。集められたのは、罵り、呪い、論駁といった箇所である。たとえば、もし異なる福音を語る者がいたら、その者は呪われよ、[123]という箇所。もしだれかがパウロは悪を行おうではないか、それは善が生まれるためであると言っている、などと言うなら、その者は呪われよ、という箇所。[124]論敵に対して悪口を浴びせて、彼らは「偽使徒」だと決めつけている箇所もある。たとえば、サタンも光の天使に変装したように、彼らもサタンの奉公人で、変装して来るだろうと言う。[125]彼らの感性はこの世の神によってくらませられてしまっているとも言う。[126]彼らはエヴァを誘惑した蛇のようだともある。[127]パウロは自分の論敵を犬だ、よこしまな働き手だ、去勢されてしまった男だ、[128]とまで呼んで憚らない。割礼のことを去勢手術だと言って貶《おとし》めるやり方は、[129]とりわけ下劣だ。ユダヤ人に対するこれほど悪意に満ちた誹謗は、他には異教徒たちの口にしか見つからないものだ！　その上、別の箇所でのパウロはユダヤ人一般を総体的に指して、野蛮な批難を投げつけることも辞さない。それは当時非ユダヤ人の間で広く膾炙していた偏見を利用したもので、ユダヤ人は神の嫌われ者で、全人類の敵だという誹謗だ。パウロは他でもないこの偏見から、神の怒りが今や最終的にユダヤ人たちの上に下っている、という結論を引き出しているのだ。[130]これらの箇所でのパウロは下品な能弁家だった。

その後に続いたのは、第二グループの箇所だった。そこでのパウロは繰り返し、自分はトップで、何でも知っている言って誇っていた。ライバルはペトロだった。そのペトロに逆らって、パウロは異教徒には割礼を要求しないという自分の主張を貫き通し、そこに「福音の真理」が賭けられているとまで断言した。(131) たしかにエラスムスは、この点でパウロの立場がペトロに逆らって貫徹されたことそのものは善かったと密かに思っていた。しかし、その際パウロがペトロに向かって行った論駁については、これを深く拒む者だった。特にパウロが割礼を去勢手術と同じだとしたのはアンフェアーだった。エラスムスはパウロが全員の中のトップでありたがっていることを示す箇所を、他にもたくさん見つけていた。たしかにある箇所では、パウロは自分のことを使徒たちの中で一番最後の者で、しかも生まれ損ないだと評価しているものの、その直後には、早くもトップになりたがって、「わたしは他の使徒たち全員よりも多く働いた」と言ってしまう。(132) また、もつれた舌で意味不明の音声を発して、それを神からの啓示だと見做す者たち、つまり「異言」を語る者たちに向かっては、「わたしなら他のだれよりも多く舌でしゃべれる」(133) と法螺を吹く。とりわけ、競争心を燃やして凌駕しようとしたのは、ペトロに対してだった。ペトロはユダヤ人への伝道者となり、パウロは異教徒への伝道者になる、という話であった。ところが、ペトロの伝道は実績が上がらなかった。そこでパウロはペトロに恥をかかせて楽しむわけだ。つまり、語気を強めてこう言うのだ。このパウロなら、ただ異教徒を信仰へ連れてくるだけじゃあない。それと同時に、ユダヤ人の妬みも掻き立てて、彼らも信仰にやって来させる一石二鳥をやってのけるだろうと。その意味は、自分の方がペトロより伝道者として優れている、ということ以外であり得ようか！　本来ペトロが果たすべき役割を、パウロは片手間にやってのけるというのだから。こうなると、だれしもパウロは古い狂信者《ファナティカー》のままだったのではないか、と問いたくなる。古い狂信者《ファナティカー》のままの彼は、依然として、何でも他の人間よりもよく分かっていて、何でも他の人間より首尾よくやってのけて、自分の意見を押し通すためなら、きつい言葉で人を攻撃することも辞さない人間なのではないか？

サロメが笑いながら言った。「その多くは誇張よ。もしその手の罵詈雑言を真面目に受け取れと言うのなら、わたしはすべての殿方たちを狂信者《ファナティカー》だと言わざるを得ないわね。」

ナタンはまるでサロメが彼のことを指して言ったかのように思って言った。「たしかに、わたしは手紙を書く前は、延々と罵詈雑言を連ねては、お前もそれに巻き込んでしまうね。しかし、わたしは気を取り直してから、丁寧この上ない手紙に書き直すんだよ。パウロには、事前にブレーキをかけてくれるサロメがいなかったんだな。」

サロメが答えて言った。「あなたはいくら悪口を叩いても構わないわよ。わたしの悪口でないかぎり。」

「われわれはパウロに対してフェアーでなければいけない。彼の手紙にあるのは、論駁ばかりではないからだ」、とエラスムスが言った。「実に美しい文章もあるのだ。」すると突然ハンナが割り込んで、叫んだ。「一番美しい文章はガラテヤの仲間に宛てた手紙にあるわ。

もはやギリシア人もなく、

奴隷も自由人もなく、
男も女もない。(134)

この箇所のパウロが夢見ているのは、奴隷も自由人も、女も男も、すべての者が平等な交わりだわ。こういう文章をわたしは今まで聞いたことがないわ。素晴らしい文章よ。」

エラスムスは彼女を見ていた。そう語っているときの彼女は、今までにない美しさだった。彼女が今語ったことは、すべて彼の気持ちを代弁していた。彼が彼女に恋しているのは、彼女が実に美しいからなのか。それとも、彼女がそんなに美しいのは、彼が恋して眺めるからか。あるいは、彼女が今語ったことばの所為なのか。二人がそこまで同じ考え方に捉えられているのであれば、その他の点でも互いによく分かり合えるのではないか。しかし、エラスムスが言葉にしたのは、ただ僅かに、「わたしたちストア派も人間の間に区別があるとは思っていない。わたしたちの考えでは、人間はそういった区別から心の中で自由になれるのです。奴隷も道徳に適って行動すれば、そのとき自由になれるのです。自由人も激情に支配されるなら、そのとき奴隷になるのです。パウロがその文章で言っていることは、わたしたちストア派が言うことと似ています。」

ナタンは注意を喚起するようにして言った。「ただし、パウロはこの箇所では、洗礼を受けてキリストに属する者となった者たちについてだけ語っているに過ぎないよ。互いに等しい者となるには、すべての者が洗礼を受けねばならないのだよ。」

エラスムスは賛成して言った。「わたしたちストア派では、その必要はありません。」それに対してナタンがコメントして言った。「ただし、君たちストア派も決して緊密な交わりをしているわけではないね。君たちの間では、だれもが個人としての決断でストア派になるわけだ。その後、特定の集会に参加するわけではない。しかし、洗礼と割礼は一つの共同体の中へ入り込むという意味だ。キリスト信奉者たちの場合は、その際にだれからも回心と受洗を要求するのだ。彼らは今現にあるがままの人間には満足していない。これからあり得べき人間にこそ彼らの希望があるのだ。」

「そうは言わないでいただきたい！　われわれストア派も、今現にあるがままの人間に満足しているわけではない」、とエラスムスが語気を強めて言った。「たしかにわれわれは、賢者は情念から自由であるべし、と要求する。ところが、この目標に到達する者は、数世紀にごく僅かしかいないのだ。」

ハンナが口を挟んで、エラスムスに訊いた。「同じことが、パウロのこの美しい文章にもあてはまるかも知れないわ。奴隷と自由人が平等だなんて、そういう時代がこれまでにあったかしら。また、これからいつかあり得るのかしら。男と女の場合については、どう？　どちらも等しくあるべきだ、と言うのよ。ストア派としてのあなたは、それをどう思うの？」

エラスムスは突如としてひらめいた。ひょっとすると、これは試験ではないか。女というもの、結婚というものについてエラスムスがどういう考え方なのか、彼女は試験しようというのではないか。彼女にしてみれば、エラスムスのような男を自分の生涯の連れ合いに選べるだろうか、その試験ではないのか。よしんば、そのための試験ではないとしても、彼は彼女の眼鏡に適いたかった。しかし、ハンナから質されたのは、ストア派が男と女の問題をどう考えるかだった。エラスムスがハンナをどう思っているかではなかった。だから、彼はただこう答えた。

「あなたたちは皆、ムソニウスを知っていますね。彼の教えによれば、善き生活という点では、男と女に何の違いもないのです。神々が女たちにお与えになった理性は、男たちに与えられた理性と同じです。わたしたちはお互いの交わりのためにその同じ理性を用い、あらゆる事物の善と悪、美と醜を判断するのです。したがって、どうしたら道徳に適った生活を送ることができるか、それを探求することがただ男にだけ善いことで、女にとってそうではないなどということがあり得るでしょうか。ムソニウスによれば、女も哲学に勤しむべきなのです。なぜなら、哲学に勤しむとは善く生きることを探すことだからです。(135)」

するとハンナが聞いた。「それで結婚については、どうなの？　多くの哲学者がそれを拒んでいるわね。彼らにとって、女とは子供の喚き声、台所の臭い、そして噂話のことよ。彼らに言わせれば、哲学者には為さねばならぬもっと重要なことがあるそうよ。」

エラスムスは気づいていたが、今や部屋中の視線が緊張して彼に向けられていた。幸いなことに、ムソニウスは結婚に賛成する哲学者の一人だった。彼は答えて言った。「ムソニウスはわたしに、人は結婚するべきだと教えてくれました。そして夫婦はお互いにとって最良の友であるべきだとも。夫婦は密接に寄り添って暮らし、健やかなる時も病む時も、人生のあらゆる境遇で、互いに気遣わなくてはならない。二人が互いに誠実で、愛において相手に勝るならば、その結婚はあるべき姿の結婚だ。

しかし、もしそれぞれが自分だけのことにかまけて相手のことを気遣わなければ、あるいは、二人のうちの一方だけがそうしながら、ただ同じ家に住んでいて、その心は実は家の外にあり、もはや相手と一緒に生活するつもりも呼吸するつもりもないのであれば、たとえ二人がなおも一緒にいたところで、それぞれが一人でいるよりも慰めのないものとなるだろう。[136]」

ハンナが言った。「いい響きだわね！　ただ願わくは、すべての殿方たちにそう考えてもらいたいものだわ。」

「ムソニウスはわたしには先生です」、とエラスムスが言った。そして低い声で付け加えた。「わたし自身もまったく同じ考えです。」そう言いながら、彼はハンナの顔を見つめていた。内面の衝動を制御してこそのストア派の一員としては、それは感心しない挙動であった。夕暮れの柔らかな光が彼女の全身に溢れていた。その姿はいつも以上に魅惑的だった。その瞳にはまるで吸い込まれるようだった。肌は柔らかな光を映して微妙に輝いていた。その髪の毛はすぐにも手で触れて愛撫したい気持ちを誘っていた。しかし、そうした彼女の瞳、彼女の肌、彼女の髪よりもさらに美しかったのは、その言葉だった。この女性となら、対話が成り立つ。それも哲学をめぐっての対話が。彼女となら退屈することがないだろう。彼女なら自分の最良の友になってくれるだろう。その時のエラスムスは、できることならその場ですぐにも彼女を抱きすくめたかった。しかし、まさか両親の目の前でそうするわけには行かない。エラスムスはやっとのことで自分をコントロールした。そして考えた。「今自分の中で起きていることは、人には知られ過ぎない方がいい。でも、わたしが彼女に気があることだけは、だれに分かっても構わない。」

ハンナが言った。「現在はユダヤ人の間にも、結婚についてムソニウスのように考える者たちが何人かいるわ。でも未だ少数派ね。パウロはそっちの方向で物を考えているわね！」

サロメが修正の言葉を挟んだ。「でも、違いもあるわ。ムソニウスが言っているのは、男女が同衾していいのは例外的な場合だけよ。パウロはその逆で、同衾しないでいいのが例外的な場合だけなのよ。」

ナタンが優しげな面持ちで妻を見つめて言った。「大好きなサロメ、このわたしはパウロの方がムソニウスよりいいと思うよ。ムソニウスが考えているのは子づくりのことだよ。子づくりのためにだけ、男と女は抱き合って寝ていいんだよ。しかし、パウロの場合は、子づくりのことは影も形もないよ。」

「そう早々とパウロに賛成しないでください」、とサロメが答えた。「だって、パウロは結婚すると、夫婦はお互いに依存し合うことになるという意見なのよ。パウロが夫は妻のからだを自由にできると書いているのを見るのは、殿方には気持ちが良いはずね。しかし、同じパウロがすぐに付け加えて、妻も夫の体を自由にできると書いているのを見ると、いい気がしないでしょ。[137] パウロから見ると、夫婦はどちら側も不自由なのよ。どちら側も相手が自由にできることには我慢しなければならないわけ。だから彼にとっては、結婚しないでいる方が結婚するよりも望ましいのよ。人は結婚しないでいてこそ自由なの。そうしてこそ、人生で最も大事なものに自分を捧げることが出来るというわけ。つまり、神にね！」

「パウロはその他に第三の意見があることも知っているわ」、とハンナが口を挟んだ。「つまり、二人の人間が善き友情で結ばれて同棲するの。ただし、哲学者みたいにお互いに対する欲情を制御して禁欲するというわけ。二人は善き友人同士ではあっても、抱き合っては寝ないのよ。(138)」

ナタンが言った。「その点では、わたしに言わせてもらえば、パウロはナイーブなおばかさんだよ。しかもその点だけじゃないね。その他の点でも、彼は現実的ではないね。ムソニウスの場合は、もし夫婦がお互い理解し合えなくなったら別れなさい、という意見だよ。ところがパウロは、その反対で、二人は一緒のままでいなさい、と言うのだ。しばらく別れていても、その後でまた一緒に暮らすように努めなさいと言う。パウロは離婚を禁じるのだ。」

サロメがそれに反対した。「パウロがその点について言っていることを、わたしは精読してみたわ。パウロはただ一つの場合には、離婚を認めているわ。それは夫婦の両方の側がそれぞれ宗教的な確信において違っている場合だわ。だから、例えば一方がキリスト信奉者で、もう一方が異教徒という場合よ。そういう場合には、もしその異教徒の側が望むなら、離婚が許されると言うのよ。(139)」

ナタンが言った。「お前が異教徒でなくて、わしは嬉しいよ。もし異教徒だったら、お前はパウロに祝福されて、晴れてわしと離婚できるもんね。」

サロメがナタンに視線を投げながら言った。「まあ、このいたずらっ子め。でも、わたしはあなたのことが大好きよ！」

エラスムスは話をもとに戻して言った。「わたしたちのもともとの問題は、パウロが結婚について何を考えているかではなくて、彼が狂信者《ファナティカー》だったかどうかです。彼はあの転機の後もそのままで変わらなかったのかどうか。この点の判断には、結婚についての彼の態度が重要なのです。なぜなら、狂信者《ファナティカー》たちの手本はあのピネハスだからです。ピネハスは異教徒との通婚に殺害と虐殺で応じたのです。しかし、パウロはキリスト信奉者と異教徒の間の通婚を容認しています。」

パウロが異教徒との通婚を認めている点で、ピネハスが彼の手本ではない――このことは全員が一致して認めた。パウロはこの点では、かつての自分の狂信主義《ファナティスムス》をすでに克服しているに違いない。

しかし、サロメが口火を切った。「しかし、なぜ彼はそれでもなお自分の論敵に対しては、そこまで口汚い物言いをするのかしら？　人間同士の間の区別をなくそうとする言葉はたしかに素晴らしいわ。しかし、彼はそれと同じ手紙の中で、選ばれた者と滅ぼされる者、敵と友人の間をこの上なく厳しく区別しているわ。たしかに、それもまたわたしの表現で言えば、わざと誇張した物言いだわ。だとしたら、すべての人間が一つであることを語る文章だって、ただ誇張して一体化を謳うためのレトリックに過ぎないかも知れないじゃないの？」

この時、ナタンがサロメの裏をかいて言った。「わたしはすべての人間が一つだという考え方を素晴らしいと思ったので、該当する手紙を精読してみたのだ。するとその結びのところで、パウロはこう警告しているんだ。もし罪を犯しているだれかをその現場で押さえたときには、その人をただ裁くのではなく、配慮をもって扱いなさいと言うのだ。そして『それぞれが自分の行いを吟味しなさい。

そうすれば、自分にだけは誇れても、他の人と比べたら誇るに足りないことになるでしょう[140]』と勧告しているのだ。これは、いつでも他のすべての者を出し抜いてトップでありたがり、他の者たちに間違いを分からせることばかり心がけてきたような人間の言葉としては、何ともびっくりではないか。」

しかし、サロメはそれでも納得しなかった。「しかし相手が敵となると、他者を裁くな、という警告のかけらもないわよ。そういう場面のパウロには、黒か白かの決着しかないのよ。ローマの仲間に宛てた手紙の中では、ヤコブとエサウの間を過酷なまでに区別してるわ。その過酷さには身がすくむわ。この二人の兄弟について、神はその内の一人を愛したが、もう一人を憎んだ[141]、と書いているの。兄弟の内の一方を愛して、他方を憎むなんて、人が自分の子供に対して加える最悪の仕打ちだわ。こんな神は善き父親では絶対にあり得ないわ。」サロメの声には憤りが混じっていた。

ナタンはしばらくの時間をかけて該当箇所を通して読み直した。そしてサロメを鎮めるために言った。「わたしが受ける印象では、ここでのパウロは同じこの箇所の枠内で、自分の意見を変えていると思うね。つまり、たしかにヤコブとエサウを対照させているが、そのすぐ後で預言者ホセアを引いているんだ。そこでは神が、『わたしは自分の民ではなかったものを自分の民と呼び、愛してはいなかった者を愛する者と呼ぶ[142]』と言っている。それまで愛されてはいなかった者がまた愛されるわけだ。だから、愛されていなかったエサウにも未だチャンスが残っているわけだよ。」

サロメがまだ裏をかいて言った。「本当のところのパウロは、あなたみたいに気がいい人物じゃあないとわたしは思うわ。すべての人間が神に受け入れられるとか、すべての人間が救われるとか、パウロが端的に言い切っている箇所など、どこにもないわよ。彼がしているのは決まって、神の面前での審判に合格する者と落第して地獄に堕ちる者を峻別することじゃあないの？」

それでもナタンはパウロをかばって言った。「しかし、パウロには白黒の決着をつけるばかりじゃない発言もいくつかあるんだよ。たとえば、神に選ばれる者とそれに漏れて選ばれない者について語る段落の結びでは、神はすべての人間を不従順の下に閉じ込めたと言うのだ。そしてそれは『神がすべての者を憐れむためだった』と言うんだよ。[143]ここでの彼はすべての人間を視野に入れているよ。すべての人間に神の憐れみは向けられているのだ。その後でパウロは『すべてのものは神から出て、神を通して、神に向かっているのです』[144]と言って、神を褒め称えているのだ。そこから締め出されているものは何もない。神は最後には『すべてにおいてすべて』[145]になると言うのだ。」

ハンナが言った。「それでもなお彼は、しばしば堪えがたいほどに非寛容だわね。わたしは何度も自問させられたのだけど、どうして彼は自分の論敵をあそこまで滅茶苦茶にこき下ろすのかしら。論敵たちが言っていたのは、もともと異教徒だったキリスト信奉者たちは、割礼を受けない限りは、初心者向けのユダヤ教をやっているだけだ、ということよね。その者たちの信仰は未だ不完全だというわけ。彼らによれば、割礼こそが信仰を完成するものなのだから。しかし、同じ手紙でパウロはこうも言っているわ。つまり、彼自身もかつては、目下の論敵たちと同じように、『上級者』向けのユダヤ教でもって、自分と同じ年頃の同輩たちを出し抜こう思っていたそうなの。ということは、彼は自分自身の経験に照らして、完成形のユダヤ教に対する憧れというものが何であるか分かっているのよ。

ところが回心後の彼は、かつての自分が体現していたそうした完璧主義に対抗しているのよ。ただし、彼は完全なものとなることへのその憧れを依然として真剣に受け取り続けているわ。その憧れを満たすための一つの道として彼が示すのが愛よ。それは割礼の道ではなく、愛の道だというわけ。彼は書いているわ。律法は割礼によって全うされるのではなく、ただ一つ、『汝は汝の隣人を汝自身のように愛さねばならない』という戒めによってこそ全うされると言うのよ。(146)」

エラスムスにはこれを聞いてひらめくものがあった。そして言った。「これこそ問題の解決ではないだろうか。割礼の代わりに愛なのだ！」こう口にしながら、彼の視線はハンナの視線と出合った。あたかも二人の間に火花が飛び交うかのようだった。二人は目線を逸らす他はなかった。そうしなければ、エラスムスは炎のように燃え上がっていただろう。エラスムスは言葉に詰まりながら言った。「わたしにはよく分かるよ。パウロがしばしば爆発して、この件でわたしと違う意見の者がいるなら、そいつは呪われよと、やってしまうわけが。そうだ、愛が一番大事だと思わない奴がいるなら、そいつも呪われよだ！　割礼により頼むような奴がいるなら、そいつも呪われよ！　どうして彼はそこまで容赦なく割り切れるのか。そのわけは、彼が根本的には回心以前の自分自身が狂信的な姿勢だったことを呪っているからだ。彼は目下の論敵の中にいるかつての自分自身と闘っているのだ。彼の一連の呪詛と論駁が大げさなのは、他でもないそこから来るのだ。回心以前の彼はキリスト信奉者をごり押しして、律法をまるごと守らせようとやっきだった。ところが目下彼が直面している論敵たちは、自分が手塩にかけてきた各地の集会にそれと同じごり押しをかけている。われわれは他者の中に自分自身の姿を見る時にこそ、そうとは気づかぬうちに、最も容赦がなくなるものだ。パウロもそれなのだ。もちろん、それでもなおパウロがもっと優しい物言いが出来ていたら、はるかに善かっただろうがね。」

ナタンが言った。「わたしも同じ意見だよ。それに、もっと優しい物言いも、事実彼にはできるんだよ。すなわち、強い者と弱い者の間の争いに関しては、彼は自分と違う意見にも寛容を示しているのだよ。汚いとされる食べ物も彼自身としては食べることにためらいはないのに、それを食べることで周りにいる他の人の躓きになるよりは、それを食べることを断念する方を選んでいるよ。」

ハンナが口を挟んで叫んだ。「それは典型的にパウロだ、とわたしは思うわ。ある意見に最初は敵対するけど、後になるとそれを受け容れるの。最初はキリストを目の敵にしていたわ。しかし後には、自分自身がそのキリストの信奉者よ。最初はペトロを敵にまわしていたけど、後になると、そのペトロの寛容さを貫い受けるわけ。最初は、自分に信頼を寄せる仲間たちをユダヤ教に逆戻りさせようとする論敵たちと闘ったけど、後になるとその論敵たちも仲間にしようとするわけ……」と言いかけて、ハンナは言葉に詰まった。あたかもパウロが論敵との闘いでも、明瞭な心情の変化を遂げたかのような言い方になりかけたからである。

ナタンが飛び出して、娘に助け舟を出した。「彼はその点でも根本的には、自分の論敵の意図を貫い受けているのだよ。論敵たちはユダヤ教との一体性を堅持したいのだ。パウロも同じ一体性を保持して行きたいのだ。ただし、そのやり方が違うのだ。つまり、キリスト信奉者たちがユダヤ教徒になるのではなく、ユダヤ教の方が自分を開放して、キリスト信奉者たちにも居場所を作るべきなのだ。ユダヤ教の一体性はこの道筋でも保持して行けるだろうと言うのだ。パウロはわれわれのユダヤ教を改革したいと思ったのだ。そのために彼は捕まって、告発されたのだ。」

　エラスムスが言った。「もう一つのことをわたしは持ち出しておかねばならない。今わたしたちの前にあるパウロの手紙の中ではテサロニケの仲間宛のものが一番古いそうだが、その手紙の中の一節によると、最後決定的な神の怒りがユダヤ人の上にすでに臨んでいるとパウロは言うのだ。[147] これはどう受け取ればよいのか？」

　ナタンが答えた。「彼はここでも自分の意見を変えているよ。なぜなら、ローマ宛の手紙の中では、それと正反対のことを言っているからだ。曰く、全イスラエルが救われるのだと。[148] しかも、これは彼の語る福音を退けている者たちも含めてのことだと言うのだ。」

　エラスムスは議論をまとめようと試みた。「それでは、こう言っていいでしょうか。彼は昔しばらくの間、狂信者《ファナティカー》だった。しかし、彼はただ律法への熱情に燃え狂うばかりで塗る薬もないパウロのままではいなかった。むしろ多くの点でかつての狂信主義《ファナティスムス》を克服した。それでも、その後もしばしば、その狂信主義《ファナティスムス》のバックファイヤーが起きる。」

　ハンナがまた発言した。「わたしは、パウロが自分がいささか柔軟になったことを自認している箇所を見つけてあるわ。これも素敵な箇所の一つよ。」そう言うと、その箇所を朗唱して聞かせた。

わたしはユダヤ人に対しては、ユダヤ人となりました。ユダヤ人を得るためです。
律法の下にある者に対しては、わたし自身は律法の下にある者ではありませんが、
律法の下にある者になりました。
律法の下にある者を得るためです。
律法を持たない者に対しては、律法を持たない者のようになりました。
神の前で律法を持たない者ではなく、キリストの律法に縛られた者として。
それは律法を持たない者を得るためでした。
弱い人に対しては、弱い人になりました。
弱い人を得るためです。
すべての人に対して、すべてのものになりました。
何とかしてたとえ何人かでも救うためです。
福音のためならば、わたしはどんなことでもします。
その約束に与るためです。[149]

ハンナはエラスムスの方に向き直ってから言った。「こういうことを言う者はだれであれ、あらゆる狂信主義《ファナティスムス》からは離れているわ。こういう人物の弁護なら、あなたは引き受けられるはずよ！　だって、あらゆるものに愛をもって接する人物だもの！」

エラスムスは混乱した。彼に聞こえて来たメッセージはただ一つだった。そういうパウロを弁護する人なら、わたしはその人を愛するわ、ということだ。それとも、これは彼の勝手な思い込みだったのだろうか。女性たちが自分の魅力を総動員して一つの目的を達しようとする戦略を悪く取るべきではないのだろうか。女性たちには、自分を貫徹するために、それ以外のやり方は多くはないのだ。もし善い目的なためにそうするのなら、それは、まあ我慢するとしよう。しかし、ハンナはその手の女性の一人なのか。彼女も自分の目的を遂げるためにだけ彼に色目を使ったのか。エラスムスは改めて彼女を見つめ直した、彼女も彼を見つめていた。彼がそのとき彼女の目の中に認めたのは彼自身が考えていることの反映だった。彼女が彼を見つめる眼差しは、自らの内側に安堵して解き放たれた愛だったからである。その一瞬、沈黙がその場を支配した。

ナタンがしばらく間を置いてから、その静寂の中へ言葉を発した。「親愛なるエラスムス、まあ、ゆっくりと考えてくれないか。もし君がパウロの弁護を引き受けてくれたら、われわれは喜ぶだろう。パウロに光と影の両方の面があることはわれわれにも分かっている。しかし、それはどんな人間でも同じだ。もしパウロが無罪を宣告されて、彼の考えを言い広めることができるようになれば、それはユダヤ教にとって善いことだろう。そうすれば彼は、すべてのキリスト信奉者たちに、自分たちが今も昔もユダヤ教徒であることをもっとも自然に納得させることができるだろうから。」

エラスムスは出来る限り早くパウロ自身と連絡を取ることを約束した。最終的にその弁護を引き受ける前に、まだいくつかのことをパウロ自身に問い質さねばならなかった。もしパウロが若かりし頃の狂信主義《ファナティスムス》から本当に自由になっているのであれば、そういうパウロは世界全体にとって一つの大きな希望となるだろう。彼は身を以て、狂信者《ファナティカー》も正気に立ち戻ることができ、狂信主義《ファナティスムス》の暴力も善を為す力へ変えられ得るものであることを証明することになるだろう。

エラスムスは別れの挨拶をした。別れる際に、一瞬だけハンナの目に視線を投げた。そして彼女も方でもその瞬間を待っていたことを感じた。その目は言いたげだった――こうした瞬間がもっとたくさんおとずれて、あなたの目が見つめられたらいいのに。彼女のその眼差しは家路に向かうエラスムスの後をついて行った。この日の会話は、彼女が自分にぴったりだということをエラスムスに実感させた。そうだとしたら、彼としては可能な限り早く彼女に結婚を申し込むべきではないのか。彼はその時、まもなく自分の両親の誕生日がほぼ同時にやって来ることを考えた。そしてその機会に彼女を両親に紹介してしまうことを想像した。そうできない障碍がなお何かあるだろうか？　これまでは、あの「割礼」という厄介な問題だけが邪魔だった。しかし、これは間もなく自ずから解決するのではないか。おそらく、キリスト信奉者たちの集会なら、それなしで結婚できるのではないか。しかし、彼はまだこのグループのことを正確には分かっていない。だからこそ、彼はパウロと直接話すことに緊張を感じていた。エラスムスは彼らの間で可能な限りたくさんの善い側面を発見できるだろうという希望を抱いていたのである。しかし、彼は慎重にもなっていた。ひょっとすると、また新たな障碍に出くわすかも知れなかった。つまり、ひょっとするとこのグループは周りからあまりに嫌われていて、もし彼が彼らの枠内で結婚すると、それはそのまま彼自身にも危険を招くことなのかも知れない。

ピネハス誓約団からのあの脅迫状があらゆるものの上に暗い影を落としていたのである。もしそのキリスト信奉者たちもまた宗教的狂信主義《ファナティスムス》の新たな一分岐に過ぎないことが証明されれば、エラスムスにとってはその枠内での結婚など端から問題とするに足りない。いずれにしてもこれは、フィロデームスとの往復書簡の新しいテーマだった。彼はその晩のうちにフィロデームスに宛てて手紙を書いた。それに対する返事はすぐに来た。

狂信主義《ファナティスムス》と宗教

フィロデームスからエラスムスへ

拝啓

わたしは君の良心が君を正しい道へ導いて行ってくれることを念じている。良心とは、君たちストア派にとっては、すなわち「君たちの内なる神」のことだ。(150)しばしば人は道を踏み外して初めて、その存在に気づくものだ。しかし、それ以上に人がその良心の中に見て取るのは、われわれが行動を起こす前に、その方向を教えてくれる道案内だ。曰く、今君は道を間違えようとしていると。

東方からやってきたその新宗教は狂信的《ファナティッシュ》だ。それはもろもろの古来の宗教に逆らって自分を押し通さねばならない。だから、自分たちだけが真理を説いていると言い張る。ユダヤ人の場合は、それはまだ我慢できる。なぜなら、その種の絶対性は彼らにおいてはもう長い伝統だからだ。彼らが君のような人間を惹きつけるわけは、神はただ一人で唯一だという信仰が、現実性は一つだというわれわれの認識と一致するからである。しかし幸い、ユダヤ教徒は伝道しない。彼らが人を説得するのは、彼らの生活と存在そのものを通してなのだ。ところが、目下問題になっているユダヤ教の中の新潮流は伝道して止まない。そして人々を獲得しては、古来の神々を捨て去らせ、彼らの言う神だけを拝ませるのだ。しかもその神は、こともあろうに一人の処刑囚の中に自分を現した神だと言う。真理は他でもないその処刑囚の中にこそ現れたとでも言うのか。それは馬鹿げている。

狂信的《ファナティッシュ》な傾向を持ったその新規の運動に賛同する人間たちがいることは、驚くには当たらない。その人間たちというのは、われわれにとって価値のあるものを片端からすべて無にしようとする者たちだ。社会から捨て去られ、十字架刑に処されたような男を拝むのは、そうした人間たちにしかできないことだ。君が書いているところによると、そのパウロという人物は最初はユダヤ教の中の狂信的《ファナティッシュ》な潮流に身を置いていたが、今はその正反対のことを唱えているそうだ。それが本物だとわたしは信じない！　狂信者《ファナティカー》というのは、どこまで行っても狂信者《ファナティカー》のままなのだ。彼らはただ狂熱の対象を取り替えているに過ぎない。人間は心の内に書き込まれたプログラムに従って行くものだ。だからこそ、格言にも、良い樹は良い実を結び、悪い樹は悪い実を結ぶ(151)、とある通りだ。樹はどこまで行っても、同じ樹のままなのだ。人間もそれと同じだ。人間は変化しないものなのだ。

だから、わたしの意見はこうなる。回心などというものは、信用に値しない。狂信者《ファナティカー》は一つの狂信主義《ファナティスムス》を別のそれと取り替えるに過ぎない。そういう連中を弁護するのは無益だ。わたしは君のことを良く知っているからこそ言うが、そのパウロという狂信者《ファナティカー》は君には似合わない。君の内面の羅針盤《コンパス》に準じるがよい！　君の良心に従うのだ！

敬具

フィロデームスより

友人エラスムスへ

エラスムスからフィロデームスへ

拝復

君に神の祝福があるように。君に保証するが、このわたしが狂信者《ファナティカー》の弁護を引き受けることは断じてない。人はたとえ周りの世界に背いてでも、自分の良心に従うべきだ。それは君が言う通りだ。ソクラテスは自分を救うためにアテネから逃げ出さなかった。それは自分の良心に従ったからだ。彼は処刑された。哲学者としての彼の態度は立派だった。それと同じことが、目下のキリストにもあてはまるのではないか。彼は犯罪者として処刑された。彼が自分の教えの中心に据えたのはユダヤ教の二つの戒めだった。第一は、人は神を愛さねばならない。第二は、人は隣人を愛さねばならない。そして二つの戒めは同じように重要だと言う。これはあらゆる狂信主義《ファナティスムス》に対する訣別宣言だ。ユダヤ人の間の狂信者《ファナティカー》たちのスローガンは、第一に、人は神に従わねばならない、第二に、もし従わないなら、その者は殺されねばならないだ。わたしの推測だが、二重の愛の戒めを語った時のイエスがすでに、この二つのスローガンに対抗していたのだ。

すべてのストア派は、良心こそわれわれの中に現臨する神だと言う。人間は無条件でそれに従わねばならないのだ。しかしパウロは良心も間違うことがあると言う。われわれの良心が言うことは、必ずしも無条件で神が言うことではない、と言うのだ。これはとても狂信者《ファナティカー》の論法ではあり得ない。だから、わたしには、パウロがすでに狂信主義《ファナティスムス》を克服しているという確信がある。もちろん、君は人間が変わり得るということを疑っている。しかしその点で、ユダヤ人の見方は違うのだ。彼らの確信では、神は人間に新しい心と新しい霊を与えることができるのだ。[152]ギリシア人とローマ人は、人はだれでも内面のプログラムが組み込まれていて、それに従って生きているのだと考える。しかし、それならばプラトンはどうなのか。彼が「洞窟の比喩」の中で語ってみせたのは、それまでずっと洞窟の岩の壁に映る物影だけを実在だと思ってきた人間が、如何にして顔の向きを変え、外にある太陽を見上げることができるようになるかだ。これもまたラディカルな回心の話ではないのか？

君は本来ならばエピクロス派の哲学者としても、人間が変容するものであることを肯定して然るべきはずだ。なぜなら、君たちは人間に自由な決断というものを承認しているのだから。この世界は君たちにとっては、原子《アトム》同士の機械的な戯れだ。原子たちにとって、自分たちが人間の意志によって方向を歪められたり、動かされたりするかどうかは、どうでもよいことだ。原子たちには、内面の目標などないからだ。それに対して、われわれストア派は、われわれが影響を及ぼし得る範囲というものの判断において、それよりもいささか思慮深く物を考える。つまり、われわれ人間は、詰まるところは、ただ己の内面の決断に対してだけ、それを左右する力を有しているに過ぎない。ユダヤ教徒の考え方はそれよりもはるかに根源的だ。彼らは、人間もかつての万物創造の時の神と同じように、何かをまったく新しく始めることができるということ、そこにこそ人間が神の似姿である証拠を見るのだ。ギリシア人にとっては、神は事物の秩序の背後に立っている。しかしユダヤ人にとっては、歴史の変容の背後にこそ神がいるのだ。神は変容への力の中にこそ現れるのだ。

敬具

エラスムスより

フィロデームスへ

第6章　牢獄での接見

ナタンの家での話し合いの後、エラスムスに明らかになったのは、できるだけ早くパウロを訪ねて、その弁護を引き受けるかどうか最終的に決断しなければならないことであった。ハンナへの愛は引き受けるべきだと彼に告げていた。しかし彼の理性は、一人の女性への愛が法律家として「パウロの事案」について下すべき判断を曇らせることに異を唱えていた。しかも、狂信者《ファナティカー》たちが、パウロを支援する者はだれであれ殺すと言って脅迫してきているのであった。エラスムスは自分自身の利益のためにも、パウロに向かってきわめて批判的・客観的な質問をしなければならないだろう。そして最後の最後まで、この事案を断る内面の自由を保っていなければならない。

翌日の朝早く、エラスムスは国が管理する牢獄にいるパウロを訪ねようとしていた。ところがそこへ、テルティウスが飛び込んで来た。街からもどってきたばかりらしかったが、ひどく興奮していた。「恐ろしいことになってしまいました。一昨日、都警長官のセクンドゥス・ペダニウス(153)が家僕の一人に殺されてしまったのです。それで、昔からの法律によって、彼の邸宅にいる家僕たち全員が処刑されねばならないのだそうです。家僕は全員で四百人、その中には乳飲み子、幼児、青年も含まれていて、その中の多くが殺害事件とは何の関係もないのだそうです。しかも、その判決はすでに下ってしまっているそうです。(154)」

エラスムスは驚愕して叫んだ。「何ということだ！そんな法律があるとは、わたしには信じがたいことです」、とテルティウスが取り乱して言った。エラスムスがその法律があることを肯定して言った。「いや、そういう法律があるのだよ。家父長が家僕に殺害された場合は、『一つ屋根の下に』いるすべての家僕も処刑されねばならない(155)と言うのだ。こんな法律は野蛮もいいところだ。われわれのこの人道の時代には不釣り合いも甚だしい。」「それは無実の者も処刑するのですよ」、とテルティウスが吐き出すように言った。

エラスムスは言った。「その判決はけしからん。なぜなら、それは法の濫用だからだ。所有する邸宅をすべてひっくるめてでない限り、四百人の家僕が同時に『一つ屋根の下に』いるはずがない。」テルティウスが言葉を返して言った。「たとえペダニウスが殺された当の家にいた家僕だけを取っても、その内の一人がしたことで、他の多くの者を処罰するなんて不当ですよ。あなたはかねてローマ法を誇りにしてこられましたね。しかし、この法律は人道違反ですよ！」

エラスムスは同意して言った。「もしそういう風に法を濫用するなら、わたしの法律の師カッシウス・ロンギーヌスが言ったことが当てはまることになる。それは『至上の法は最高の不法』（*Summum jus est summa injuria*）(156)という言葉だ。たしかに、法というものは公正を欠いて適用されるなら、つまり、状況と結果を考えずに適用されるなら、そこに不法が生じる。とは言え、われわれの法はこの上ない財産なのだ。それは誤用もされるが、その助けがあってこそ、争いを鎮めて、生活が成り立って行くのだ。」

「しかし目下の場合は、法こそが破局に導いて行くのです。法が道徳を破壊するのです。わたしはペダニウスの家僕の一人のクアルトゥスを個人的に知っているのです。買い物に行ったとき、よく市場で彼と一緒になりました。とても善い人物です。彼はペダニウス・セクンドゥスの他のすべての家僕と同じように、すでに拷問による尋問を受けて、判決を言い渡されているのです。彼は十字架で処刑されねばなりません。十字架刑というのはまさしく奴隷のためにある処刑法です！　これは考えるだけでも、わたしには恐ろしいことです。これは法ではありません。これは不法です。法の衣をまとったただけの不法です！　いったいなぜ、法律がこのような残虐を命じることができるのですか？」

エラスムスは返事に窮した。自分の回答がテルティウスの気持ちを害するかも知れないことが分かっていたからである。「この法律は人を脅すためのものなのだよ！　処罰というものは、本来、法の秩序を再建しようとするものだ。つまり、ある犯罪によってもたらされた損害は、その犯罪者が、罰金であれ、追放であれ、投獄であれ、あるいは死刑であれ、とにかく処罰による損害を被ることで相殺されるべきなのだ。ただし、処罰は同時に人を脅して、同じ不法行為が真似されないように防ごうとするのだ。」

「しかし、どうして人を脅して絶叫させるような不法によって、新たな不法が起きないようにすることができるのですか。そういう不法を見たら、実に多くの人が『こんな法律は不法だ。だからわれわれもそんな法律は破って構わないのだ。ただ見つからなければいいんだ！』と言うに違いないでしょう。」

エラスムスは同意して言った。「君の言う通りだよ。もし法律が残虐を覆い隠すなら、それは人間同士が一緒に生きて行くことを破壊することだ。わたしとしては、こんな法律を弁護することはしたくないし、できもしない。それが目指しているのは、ひたすら脅すことだけだからだ。その理由は明白だ。奴隷の所有者たちは奴隷たちを怖がっているのだ。もし自分たちが防御策を講じなければ、奴隷たちは家に入ってきて、寝ている自分たちを襲うかも知れない。主人たちの命は奴隷たちの手に握られているわけだ。あまりに多くの主人たちが、然るべき理由があってか、あるいはそうでないかは別として、とにかくこれまでに自分の奴隷たちを手ひどく扱った覚えがあるものだから、いつか奴隷たちがその仕返しに出るのではないかと怖がっているのだ。こういう血なまぐさい法律が生まれるのはそのためだ。」

「しかし、すでに十二表法の中に、損害は同じ損害をもって罰すべし、とあるのではないのですか？(157) しかし目下の場合は、一人の殺害がその四百倍の賠償を求められているのです。これはローマ法の最古の原則に反しています。」

「その点も、君の言う通りだよ」、とエラスムスが言った。「ただし、この法律の最悪のところは、とりわけ奴隷を人格としてではなく、物として扱っていることだよ。法律としては、主人は自分の奴隷を死刑に処すことができる。もちろん、実際にそうする主人は一人もいない。なぜなら、奴隷は主人の『財産』だから、それを自ら無にする主人はいないからだ。もしある奴隷に腹を立てたとしたら、その奴隷を売り飛ばす方が主人にはよほど利益になるからね。」

これはテルティウスには大きなショックだった。今エラスムスが言ったことは、彼には初耳だったからである。びっくりした面持ちでエラスムスを見つめながら、テルティウスは言った。「このわたしは物なんですか？　家畜や家や道具と同じ？」[158]

「テルティウスはテルティウスだよ」、とエラスムスが答えた。「わたしは君と兄弟のようにして大きくなった。そして君を友人のように信頼できるのが嬉しいのだ。わたしはストアの哲学を指針にして生きているが、それが教えているのは、奴隷もわれわれすべてと同じように人間だということなのだ。」

テルティウスは依然として堅い眼差しでエラスムスを見ていた。そして言った。「あなたは理論的にはわたしを死刑にする権利があるのですね？」

エラスムスは頷いた。しかしこう付け加えた。「エラスムスはエラスムスだ。わたしは断じて自分の奴隷を死刑にしたりしない。もし仮にその奴隷がわたしに不当なことを仕出かした場合でも。ましてや君のような良い奴隷であれば、断じてそんなことはしない。」

「しかし、あなたはわたしを他の人に売ることができるわけですね。そしてその人はおそらくあなたとは違う考え方をするでしょう！」とテルティウスが叫んだ。

エラスムスが応じて言った。「テルティウス、わたしにとってどんな人間であれ決して商品ではない。わたしは奴隷を売ったりはしない。わたしは何としても奴隷を解放する。セクンドゥス・ペダニウスの罪のない奴隷たちに行われようしていることは、甚だしい不法なのだ。それはわたし自身の基本的な信条にことごとく反している。」

「わたしの主人であるエラスムス」とテルティウスが言った。「それでしたら、今わたしには、あなたの奴隷として、そしてあなたの財産として、一つお願いがあります。今日、多くの人々が四百人の奴隷の処刑に反対してデモをしようとしています。その四百人はもうすでに裁判官からは有罪を宣告されているのです。しかし、まだ元老院が彼らを恩赦とし、むしろ法律の方を撤廃することもできるのです。わたしが知っているすべてのローマ人が、どういう社会層の者かは問わず、わたしとおなじように怒っているのです。わたしたちはデモをかけて、元老院が問題の法律についてもう一度協議し、それを撤廃するように圧力をかけたいのです。わたしたちは合法的に元老院を包囲するつもりです。(159)あなたはこれで巧く行くと思われませんか？」

「その法律は、もしもう一度協議にかけられたら、おそらく撤廃になるだろう。元老院にはストア哲学の信奉者たちが議席を占めている。セネカが最も有力な議員の一人だ。彼は自分の著作の中で、奴隷も人間であり、友人となり得るという論陣を張っているのだ。(160)また、何よりもわたしの師であるカッシウス・ロンギーヌスが元老院にいる。彼の発言には重みがある。彼は仮に他のすべての者たちが反対しても、自分自身の意見を堂々と述べることのできる人物だ。そしてすぐれた弁論家だ。その彼がかかる非人道的な法律を弁護することはあり得ない話だ。彼がわれわれにいつも繰り返し説いていたのは、一定の法律を適用する際には、個々の具体的な事案を慎重に顧慮しなければならないということだ。わたしには確信がある。もしセネカとカッシウス・ロンギーヌスがその元老院議会に参加していれば、すべては巧く行くだろう。」

「それじゃあ、わたしもデモに参加していいのですね。」

「もちろん、そうしなさい。わたしの名前も使っていいよ。わたしは君を支持するよ。しかし、警察との悶着だけは避けなさい」とエラスムスが付け加えた。「君たちのデモの効果があることを祈るよ。それは法と正義の成果になるよ。」

テルティウスが立ち去った後、エラスムスもパウロを訪問する途についた。パウロの拘禁は国事囚としてであったので、外からの訪問を受ける自由が認められていた。多くのユダヤ教徒とキリスト信奉者がすでに繰り返し彼を訪ねていた。彼らはパウロに食事を届け、会話を交わし、さらには一緒に礼拝までしていた。エラスムスは彼とどうしても朝の早い時間に話したかった。その時間帯ならば一対一で会えるチャンスが一番大きかったのである。エラスムスがパウロと話すその場に、彼の信奉者が同席しているのはまずかった。宗教的なことを説く説教者というものは、自分の集会に向かって話をするときには、信奉者たちの面前で何としても面目を施そうとするものなのである。しかし、エラスムスは弁護士として、場合によってはパウロの面目を潰しかねないことも切り出さねばならなかった。彼はパウロが言わば「地下室に屍体」を隠していないかどうか、そして法に照らして弱みを過去に抱えていないかどうかも、探り出さねばならなかった。しかし、これは彼の信奉者が目の前にいるところでは、とても不可能だった。

エラスムスの事前の想像では、初めて会うパウロは拘禁に疲れ切った囚人のはずだった。たしかにパウロは拘禁の身だった。鉄の足枷をはめられて、自由に身動きはできなかった。しかし、決して疲弊してはいなかった。まさにその反対だった。その声の響きはしっかりとしていた。その目は明確にエラスムスを見ていた。エラスムスは自己紹介をした。

「わたしはエラスムスという名前の弁護士です。ユダヤ教の会堂長たちが、裁判であなたの弁護を引き受けるようにと、依頼してきたのです。今朝こうしてうかがったのは、あなたの事案をもっとよく知るためです。その上で、あなたの弁護を引き受けることができるかどうか、正式に決断しようと思っています。もちろん、あなたの方でも、わたしとの会談が終わってから、わたしに弁護されることを断ることもできるのです。」

パウロが答えて言った。「あなたに神の祝福がありますように。このローマで、地方の属州出身の一ユダヤ人を弁護しようという法律家が見つかるとは、何とも幸運なことです。」

「わたしはいささかユダヤ教のことを承知しています」、とエラスムスが応じた。「わたしの友人の何人かがユダヤ教徒なのです。」そして彼は直ぐに問題の核心に入った。「わたしにとって大変重要なのは、裁判であなたに反対して持ち出されるかも知れないことを余さずすべて知っておくことです。そうしてはじめて、わたしはあなたを弁護することができます。そのためには、あなたを困らせることになるかも知れないようなことも質問させていただくことが必要です。その場合、わたしが意図しているのは、あなたの弱みを剔《えぐ》り出すことではなく、まさしくそうした弱みにおいて、あなたを守るにはどうすればよいかを見つけ出すことなのです。まず最初にお聞きしますが、あなたはローマ市民なのですか?」

「わたしの父は」、とパウロが話し始めた。「戦争捕虜としてガリラヤから連行されてきたのです。そして奴隷身分から解放されて、ローマ市民権を取得したのです(161)。わたしは父からそれを相続しました。そのため、わたしは『パウロ』というローマ名を持っています。それはわたしの父の庇護主《パトロン》に因むものです。わたしにはそれと並んでヘブライ語の名前もあり、『サウロ』と言います。総督フェストゥスがわたしに有罪を宣告しようとした時、わたしはローマ市民として皇帝に直訴したわけです。」

「どうして彼はあなたを有罪にしようとしたのですか?」

「わたしが一人の異教徒を密かに神殿の内庭に連れ込もうとしたというのがその理由です。それは死刑をもって罰せられることになっているのです。」

「それで、それはどこまで事実だったのですか?」

パウロが答えた。「何一つ事実ではありません。ただしわたしは、なぜそういう嫌疑が生まれて来たのか説明することができます。わたしはキリスト信奉者の一人でした。その仲間は帝国の東部地域の多くの都市にはたくさんいて、ユダヤ教徒もいれば、異教徒もいます。他方でわたしたちは、エルサレムにいる兄弟姉妹を援助するために、それ以前から金を集めてきました。わたしたちの願いは、やがて異教徒もユダヤ教徒も一緒に神を崇拝できる時が来ることでした。しかも全世界で、そしてエルサレム神殿でもそうなることでした。」

「しかし、だからと言ってあなたを拘束してローマに送るようなローマ人総督はいないはずです。」

パウロはさらに先を続けた。「事の顚末はこうでした。神殿の境内には前庭があって、そこには異教徒も自由に入って構わないのです。そこは『異教徒の前庭』と呼ばれる場所です。それより内側の区域への立ち入りはユダヤ教徒だけに限られています。そこで供犠が捧げられるのです。異教徒はその場所で供犠を捧げることはできませんが、自分の分の供犠を捧げてもらうことはできるのです。異教徒も必ずしも完璧に神殿祭儀から排除されているわけではないということです。」

「では、いったいどこに問題があったのですか？」

「わたしたちがエルサレムに来るに当たって、何人かの異教徒が同行していました。また、わたしたちはさきほど述べた金を携えていました。エルサレム在住の友人たちは、異教徒とユダヤ教徒が一緒になって礼拝するというわたしたちの願いを出来る限り叶えようとして、一つの方法を考え出してくれたのです。つまり、君たちのような異教徒は供犠の祭儀に参加できないが、その代わりに持参してきた金で供犠用の代金を払えば、それでもって全員が参加したことになる、というのです。同行していた異教徒たち以外にも、事実そういう風に予め代金を払って神殿に供犠を捧げてもらう異教徒たちの例があるのです。そこでわたしたちは何人分かの供犠の代金を寄進したのです。エルサレムの仲間たちの中の何人かがそれまでナジル人の誓願を守ってきていましたが、その者たちがその供犠でもって誓願を成就したのです。ちなみに、そのナジル人の誓願というのは、自由意志に基づいて一定期

間にわたって遵守するもので、その期間はぶどう酒を飲まず、頭の髪の毛も剃らないのです。」(162)

「しかし、そんなことでは、何もかもひっくるめて、何の犯罪にもならないじゃないですか。」

「そこまでは、すべてが合法です。問題が生じたのはその後です。そういうやり方の供犠祭儀の場合には、その代金の寄進者がその場にいるのが普通です。わたしたちもそうしましたが、それに参加できたのは、もちろんわたしたちの一行の中のユダヤ教徒だけでした。異教徒の仲間たちは、その間神殿の前庭で待っていなければなりませんでした。ところが、わたしたちがその後で、その異教徒の仲間も含めて、そろって『異教徒の前庭』を横切って神殿を立ち去ろうとした時に、当然ながら彼らもわたしたちと一緒にいるのを周りの者たちに見られたわけです。そこからたちまち、わたしたち全員がそろって神殿の境内で行われた供犠の祭儀に参列していたに違いないという噂が広がったのです。そこにはその異教徒たちもいたのだ、というわけです。」

「あなたは誓って、その異教徒の仲間たちのだれ一人神殿の境内に立ち入らなかったと断言できますか」、とエラスムスが質した。

「神に誓って、わたしは嘘は言いません」とパウロが保証した。「わたしは誓って、そう断言できます。ただし、あなたには承知しておいていただかねばならないのですが、その際のわたしたちは、非ユダヤ人が神殿の境内から締め出される規定は間もなく撤廃されるはずだ、という希望を抱いていたのです。神はすべての人間によって称えられることを望んでおられる。ところが、何人かの狂信者《ファナティカー》たちにとっては、神殿がやがて異教徒にも開放されるだろうと期待すること自体が、神殿法に背くことなのです。そこに例の警告碑文がありましたから、彼らは神殿のそういった開放ということを唱える者はだれでも裁判抜きで殺害して構わないのだと感じているのです。」

　そこでエラスムスがパウロの話を中断した。「あなたはローマにいるキリスト信奉者に宛てた手紙では、自分はエルサレム神殿では、異教徒を供犠として捧げたいのだ、と予告しています。供犠は神殿の境内で捧げられるものですね。ということは、この予告は、事実異教徒を神殿の境内へ連れ込む意図があなたに最初からあったことを示すものではないですか？」

　するとパウロは困惑して言った。「あなたはその手紙のことを知っているのですか？」

「ユダヤ教徒の友人たちがそれをわたしに見せてくれました。」

「たしかにわたしはその手紙の中で、やがて異教徒も『入る』[163]ようになり、それによってすべてのユダヤ教徒も救われるようになることを願っていると書きました。」

　エラスムスはパウロを批判する目つきで眺めながら言った。「どうしてあなたはそこまでナイーブになれるのですか？　公になるはずの手紙の中で、禁令を破ることを予告するなんて。」

「わたしがいつも繰り返して言っていることですが、神殿をすべての人間に向かって開放できるのは神だけなのです。神が送られるメシアだけがそうすることができるのであって、パウロではないことは確実なのです。わたしは奇跡が起きることを念じているのです。」

「するとわれわれは、あなたがたのメシアの所為で、神殿法違反を告発しなければならないわけですか？」

「しかし、そのメシアに対する告発はもう起きてしまっているのです。そのメシアは今からもう三十年も前に、ローマ人の手で処刑されたのです。」パウロはエラスムスの顔をまじまじと見つめながら言った。「わたしは誓って言いますが、異教徒がわたしの手で神殿の境内へ連れ込まれたことはありません。ただしわたしたちは、メシアが天から出現して、神殿をすべての人に開放することを待望していました。そしてその時には、大昔からの予言が実現して、異教徒もユダヤ教徒もそろってそれぞれの捧げ物を携えて神殿へやってくるだろうと期待していたのです。それはいつか起きるはずのことなのですが、ただそれが何時なのかは、わたしたちには分からないのです。」

「あなたがそこまで率直にわたしに物をおっしゃるのは善いことです。あなたがたは実にナイーブだったということです。もしあなたがたが間もなくメシアが到来して、神殿を開放するだろう、と大っぴらに言い広めたとしたら、そのメシアの背後に実は一人の人間が隠れているはずだと考えずに済む者がいると思いますか？　前の夜の内に神殿の入り口の戸を開けっ放しにしておきさえすれば、奇跡は何とでも演出できるわけですよ。翌朝になったら、昨日の晩メシアがやって来て、戸を開け放して行ったのだ、と言いふらせばいいのです。そしてそれが今から後は異教徒も神殿にやって来て中に入ることが許されることの天兆だ、とやるわけです。」

「わたしたちが信じるところでは、メシアはわたしたちの側からは何一つしないにもかかわらず、そしてあなたが今言ったようなトリックを仕組むまでもなく、それを実現されるのです。あなたはこれを疑うべきではありません。メシアはこのわたしに、そして他の仲間たちにも、すでに何度も天から現れているのです。異教徒へのわたしの態度を変えてくれたのもそのメシアです。どうしてそのメシアが神殿で他のすべてのユダヤ教徒にも現れて、彼らの態度を変えてくれないなどということがあり得るでしょうか。」

エラスムスは心の中で首を振った。弁護を依頼しつつある者が困惑の挙げ句、彼に向かってありとあらゆるお伽噺を始めることには、エラスムスはすでに慣れていた。その点では、パウロが自分で計画した犯罪行為を擦《なす》り付ける先としてメシアとかいう者を発明して己が身を守ったのは、比較的独創的なやり方だった。ただ願わくは、パウロがこの手の話をさらに次々と捏《でっ》ち上げずに済ませてくれることだ。法廷ではそんな話を信用する者はだれもいないだろう。しかし、メシアという案件については、エラスムスとしても、もう少し事情を解明しなければならなかった。なぜなら、まさにそこに政治的な問題が待ち伏せしていたからだ。それはパウロを弁護するとしたら、危険なものとなりかねなかった。そこで彼はパウロの方に向き直って言った。

「わたしはそのメシアについて、もう少しお聞きしなければなりません。あなたは同じ手紙の始めのところで、やがてそのメシアが世界を支配し、すべての国民の間で信仰による従順を創り出すだろう、と書いています。つまり、あなたはそのメシアを新しい世界支配者と宣明しているわけです。あなたはそれがどれほど危険なことか、ご存知ないのですか？　ローマ皇帝こそが世界支配者です。われわれローマ人はすでに過去二世紀にわたって世界を支配しています。それ以前の世界支配者はペルシア人とマケドニア人でした。多くの東方の国民が世界支配権が間もなく再び自分たちのもとへ戻ってくるに違いないと夢見ていること、それはわれわれも承知しています。力ある大いなる王が他でもない東方《オリエント》から間もなく出現するという夢のことです。まさにこの夢がわれわれローマ人にとっては危険なのです。それは帝国の安定を揺るがすからです。あなたもまたそうした夢想に加担しているわけです。」

「わたしは皇帝を認めていますよ！」

「しかし、ローマにいるキリスト信奉者に宛てた手紙では、あなたは皇帝のことに一度も言及していません。あなたが服従する用意があるのは、ただ『権威たち』〔複数形に要注意〕に対してのみですね。あたかもわれわれの間では複数の人間が支配権を握っていて、一人の皇帝ではないかのようです。あなたはその複数の権力者たちに代わって、東方からの一人のメシアが世界支配者として出現すると宣明するわけです。これでは、皇帝の支配に対して叛乱を煽っているようなものではないですか？」

「たしかに、わたしにとっては、ナザレのイエスが隠された世界支配者です。しかし彼の支配はこの世界のあらゆる支配者のそれとはまったく違います。わたしのその手紙を通して読んでくれれば分かりますが、イエスは軍隊を動かして戦うわけでも、どこかの土地を占領するわけでも、ユダヤ人をローマ人から解放するわけでもありません。彼の支配はすべての人間を罪、苦難、死、そして律法から解放するためのものです。」

「律法から？　そうだとすれば、それはユダヤ教の信仰に背きますよ！」とエラスムスが応じた。

「わたしはあなたがたの聖書を知っています。わたしがそこから学習したところでは、律法はあなたがたの信仰の中心です。あなたがたが待望しているのは、この地上に登場する王であって、あなたがたの土地を解放し、あなたがたの敵を粉砕し、あらゆるところで律法を貫徹するはずなのです。決して、律法からあなたがたを解放するような王ではないはずです。」

「わたしもかつてはそう思っていたのです。しかし、今はもうそう考えてはいません。」

「ということは、今のあなたはその一連の約束を疑っているということですか？」

「わたしは今もそれらの約束を信じています。しかし、その受け取り方が今は違うのです。わたしの以前のメシア待望は、ナザレのイエスによって十字架につけられ、反故にされてしまったのです。」

「あなたはもはやメシアを信じてはいないわけですか？」

「いや、わたしはメシアを信じていますよ。しかし、他の支配者と同じ支配者としてのメシアにわたしが寄せていた待望は変わってしまったということです。イエスとの出会いによって、その古い待望は新しい姿へ甦ったのです。今わたしが信じているメシアはもはや一人の人間のことではありません。そのメシアは神の身分を与えられているのです。」

「それで、いったい何がどう変わったのですか？」

「わたしはもはや、敵に対して暴力をもって対抗して自分を押し通すようなメシアを信じてはいないのです。そうではなくて、愛によって自分を貫くメシアをわたしは信じているのです。」

エラスムスはそれを聞いて、メシアについてのこの話は珍妙になる一方だと感じた。彼はまずエルサレム神殿を異教徒にも開放するのだそうだ。その次には、武器を愛に置き換えるのだそうだ。こうした一連のイメージの背後にいったい何が潜んでいるのかはさしあたり別として、法律家としてのエラスムスは、それらのイメージに内包された政治的爆発力がどれほどのものかを打診しておかねばならなかった。

「わたしがあなたの話を正しく理解していればのことですが、以前のあなたはメシアが地上に出現して、暴力と戦争で自分を貫徹することを待望していた。ところが今はそのメシアが天にいて、神自身と同じ身分となっているということですね。われわれローマ人は地上の敵対者たちには戦いをもって、天上の神々には尊敬の念をもって臨みます。すべての人間がそれぞれの神々を拝んでよいのです。だから、是非正直に言っていただきたいのですが、十字架で処刑された一人の人間が神と同じ身分に変えられたというさきほどの話は、何よりもその男をなんとかしてローマ帝国が受け入れ可能なものに変えるための方便ではありませんか？　最後は十字架にかけられた一人のユダヤ人の反逆者では、われわれローマ人から拒絶されてしまうが、今は天にいる一人の神様ならそうならずに済むわけですからね。」

「その変容はただ神のみがなさったことです。死と虚無から何かを創造することは、ただ神にのみできることであって、いかなる人間にも不可能です。その変容は暴力を愛に置き換えることを目指しています。そのためには、神の力が必要です。これはわたしがまさに自分の生涯の中で体験してきたことです。」

エラスムスは口を挟んで言った。「あなたは今ご自分から、あなたのこれまでの人生の中で、暴力がある役割を果たしたことを話されましたが、それはよいことです。あなたは何通かの手紙の中で、自分がかつては『熱情の士』であったと言っていますね。この言葉が何を意味するのか、わたしは関係者から説明してもらいました。『熱情の士』とはピネハスに倣う者たちのことです。そのピネハスとは一人のユダヤ人の男性を非ユダヤ人だったその妻と一緒に殺害した人物です。なぜなら、彼はユダヤ人と異教徒の間の通婚を峻拒していたからです。」

「その通りです。ピネハスはかつてのわたしには模範でした。彼にその殺害を実行させた熱情はそのままわたしの熱情でした。さらにアブラハムもわたしの理想でした。彼はあと一歩で自分の息子の殺害も引き受けるところだったのですから。またバール神の祭司たちを粛清したエリヤもそうでした。彼らはそろってそれぞれの英雄譚とともにわたしの脳裏に生き続けて、離れることがありませんでした。」

今やエラスムスは決定的な質問を切り出した。「わたしは今や単刀直入に話さなければなりません。われわれはピネハスのような人間たちを『テロリスト』と呼びます。それは人々を震え上がらせるためだけに、当事者の人間たちを裁判にもかけずに抹殺して憚らない者たちのことです。法律に照らして最も重要なポイントなのですが、そういうテロ行為はあなたの念頭だけにあったに過ぎないのですか。それとも、あなた自身がテロの襲撃かその準備に手を染めたのですか。」

「たしかにわたしはキリスト信奉者たちを弾圧しました。しかし殺害や殴殺をしたわけではありません」とパウロが答えた。「彼らが抱いていたメシア像がわたしが抱いていたそれに反していたのです。わたしが待望していたメシアは勝利者でなければなりませんでした。しかし彼らが信じているのは敗北者でした。わたしが待望していたのは敵に対する戦争でした。彼らが要求したのは敵への愛でした。わたしは神殿を異教徒たちに対して閉鎖しようとしていました。彼らはそれを開放しようとしていたのです。そのために、わたしは彼らを弾圧しました。」

「正確を期すためにもう一度お聞きしますが、悪しからずご了解をお願いします。あなたはその際、彼らを弾圧するのに、どういう手段を使ったのですか」とエラスムスが質問した。「さきほどあなたは、殺害や殴殺はしなかった、と言われました。それなら、キリスト信奉者たちに対して、あなたはいったい何をしたのですか。」

「わたしがしなければならなかったのは、ユダヤ教の集会を説得して、彼らに懲罰措置を下させることでした。つまり、彼らには、四十に一つ足りない鞭打ちの刑というのがあり得たのです。また、一定期間あるいは永久に集会共同体から追放されることもあり得ました。彼らの中で預言者と呼ばれた者の一人でステファノという人物が石打刑に処された時、このわたしはその場にいて一部始終を目撃していたのです。ステファノが告発されたのは、間もなくイエスによって神殿にかかわる律法が変更されると予告したという廉でした。つまり、神殿が開放されるということで、わたしが現に今賛成している見方に他なりません。わたしはそのステファノを処刑することを了解していました。ただし、一つの石も手に取っていませんし、ましてや投げつけてはいません。(164)」

「もう一度お聞きしなければなりません。あなたは、彼らに加えられるべき処罰を申し立てることができ、彼らを告発することもできた。そしてその場で目撃した証人でもあると言うのですね。ということは、決してただあなた一人がこれらの処罰の宣告に責任を負っているわけではないということですね？」

「その通りです。わたしは集会共同体の指導者たちを説得して、その同意を取り付けねばなりませんでした。一連の処罰の宣告は彼らだけにできる専決事項だったのです。」

「ピネハスの熱情は裁判抜きで処罰を実行したことです。そうしたことをあなたは決して一度もしてはいないのですね？　あなたは無造作に出掛けて行って、キリスト信奉者たちを散々にぶちのめし、挙げ句の果てに殺害したというのではないのですね？」

「そうしたことは決してありません。また、わたしはそういうことは決してしないでしょう！」

「だから、あなたはたしかにキリスト信奉者に対して、攻撃欲に満ち溢れたファンダメンタリストだったのだ。そしてテロリストたちに共感していた」とエラスムスが総括した。「しかしキリスト信奉者たちに通常の懲罰法を適用すれば、あなたにはそれで十分だった。しかし、あなたのさきほどの主張では、あなたはその後別の人間になったと言う。」

「わたしは今現に別の人間です。わたしはもはやかつてのわたしではありません。かつて外国人、律法を知らぬ者たちに向けていたわたしの憎悪、そして暴力の代わりに愛で自分を貫こうという彼らのメシアに向けていたわたしの憎悪は、今や丸ごと、他でもないこのメシアによって反故にされ、解消されてしまったのです。かつての古い人間パウロは死にました。かつての狂信者《ファナティカー》パウロはキリストとともに、十字架の上に死にました。わたしの古い人間はあの間違いに満ちた夜に滅びたのです。」

「それは、あなたが覚醒したということですか？」

「そのとき突然、わたしに光が射してきたのです。その輝きは非常に遠い空から射して来るようでした。それは同時にわたしの内側でも輝く光でした。わたしは一時、目が眩んで、その光さえ見えなくなりました。しかし、見えなくなったその光の真ん中から、『サウルよ、サウル。なぜわたしを迫害するのか』という声が聞こえたのです。それはわたしが迫害してきたイエスの声でした。(165)」

「そしてそれが大転回になったのですか？」

「わたしはその時に感じたのです。その光は太古の創造の始めにあったあの光と同じ光だったのです。それは神からの光でした。それはわたしの心の中に輝いたのです。(166)それはわたしを新しい人間にしてくれました。人はだれでも、今現に自分が存在することが一つの奇跡であることに気づく時があります。自分に向かって神が、見よ、すべてが善いではないか。わたしはお前の名を呼んでお前に呼びかけよう。お前はわたしのものだ、(167)と呼びかけているのです。わたしが聞いたのもそれと同じ声でした。わたしたちの昔の預言者たちが神に召し出された時に聞いたのも同じ声だったのです。その声にわたしは従いました。」

エラスムスは苛立ちながらパウロの顔を見ていた。パウロは夢遊病のような状態になっていた。エラスムスは、自分の目の前にいるのは現実との接点を失ってしまった人間ではなかろうか、と思った。

パウロには実は恍惚癖があるのではないか。おそらく頭がおかしくなっているのではないか。あるいは覚醒剤でも飲んで、普通の生活から降りてしまった人間ではないのか。そうしたことはあり得る話だ。しかし、エラスムスは当面はその点をそれ以上追求しようとは思わなかった。彼はむしろ法律上もっと重要な問題に立ち戻らねばならなかったからである。彼は尋ねた。

「わたしにとって取り分け重要なのは、あなたがテロ行為を自ら行ったわけではなく、ただそれを可としていただけだということです。テロも空想にとどまる限り、批難には値しますが、処罰することはできません。ただし、テロ行為にそのように内心で賛同することも問題だとわたしには思われます。ですから説明して貰えませんか。どうしてあなたは自分の内面にそのようなテロのイメージを詰め込むことができたのですか。どうしてそれに惹かれたのですか。」

「その説明は容易です。わたしたちの『熱情の士』の集団は小さいものでした。わたしたちは全員が例外なく、律法の競争に明け暮れていました。だれもが他の全員を出し抜こうと懸命でした。そういうグループの場合、ある人の考え方が極端になればなるほど、強い者が弱い者を『ついて追い出す』集団力学が亢進するものです。それに他の者たちが同意することで、全員の良心が安らいでしまうのです。」

「法と法律のための熱情は、本来は別に咎めるべきものではありません。法律なしに正義はあり得ないわけですから。」

パウロは頷きつつ同時に反論した。「しかし、法律は過ちを犯すことがあるのです。それは今まさにこのローマでわれわれが体験中のことではないですか？　わたしが聞いているところでは、二日前にこのローマの都警長官が家僕の一人に殺害されたそうではないですか。そしてその報復のために、今度は四百人の罪のない奴隷たちが処刑されねばならないのだそうです。これは法律の文字面には適うかも知れません。しかし、わたしがこれまでに繰り返し説いてきたのは、文字は殺し、霊のみが活かす(168)、ということです。どのような法律も、人間によって誤用されたら、人を殺すのです。そしてその誤用がしばしば起きるのは、他でもないそれを文字通りに運用しようとするときです。そうなると、法は法律によって犯され、暴行を受けることになるのです。」

エラスムスは驚愕した。何とよくパウロはこの街で現に起きていることに通じていることか。おそらくは、問題の殺害が彼個人の安全も脅かしているのであろう。もし無実の奴隷たちを処刑して憚らないなら、ましてユダヤから来たたかが一人の伝道者を相手に、切り詰めた裁判で事を片付けて何がまずかろう。そこでエラスムスはパウロを落ち着かせるために言った。

「今日、多くのローマの住民がデモをして、元老院が当の問題の法律を無効にするように圧力をかけることになっている。わたしも首尾よくそうなると確信している。それは全く恐怖の法律だ。法律というものは、繰り返し現実に合わせて変えられねばならない。われわれローマ人は他の国民に比べて、他でもないそのことに長けている。ローマに法秩序があることは祝福なのだ。」

ところがパウロは怒りを含んで言った。「祝福だって？　それにはわたしは異を唱えねばならない。無実の者たちを死刑に処すがごとき残虐な法律を生み出してきたのは、まさにそのローマの法秩序なのだ。わたしは確信しているが、よしんば君たちの法律が何千回と改訂されたところで、最善を自称するその法律さえも誤用されることがあり得るだろう。人間というものはいつの世も、自分自身の利益のために他者への配慮と道徳は投げ捨てて法律を運用しようとするものだ。」

「断じてそんなことはない」、とエラスムスが叫んだ。「われわれはより良い法律を目指して改訂を続けねばならないのだ。立法はそのための道筋も用意しているのだ。悪法も無法状態やアナーキーに比べたら、なおましなのだ。法律がなければ、ただ一つの法が支配するだろう。それは強者の法というやつだ。ローマ法は巨大な進歩なのだ。ただし、それも繰り返し改革して行かねばならないということだ。」

パウロは抵抗して言った。「しかし、もし一人の家僕が主人を殺害したら、その家のすべての奴隷たちを皆殺しにせよと求めるような法律は不法だ。そこではすでに強者の法が支配している。権力を握っている者たちが弱者を支配することを法律が保証しているのだ。それは人殺しの法律だ。よし、君たちの言う最良の法律を見てみよう。それも自由人と奴隷、外国人ともとからそこにいる住民、女と男を区別している。奴隷たちの命には何の価値もなく、自由人たちの命は守られている。たしかに、ローマの法律にはいかほどか偉大なところがある。しかし、今日この日に、わたしはそのローマの法を誇ることはすまい。むしろローマの民衆たちを大いに誇りたい。彼らは罪のない奴隷たちの大量処刑に反対を表明している。」

エラスムスは自分の内側に怒りが湧き上るのを覚えた。パウロが今口にしたことが、法律家としての彼の自尊心を傷つけたのである。しかし、怒りを抑えて冷静を装って言った。「あなたはローマの法律を批判されています。しかし、すべて同じことがユダヤ人の法律にも言えるのではないですか。ただユダヤ人だけに当てはまる条項がたくさんあるじゃないですか。たとえば、ヘブライ人の奴隷は七年ごとに解放しなければならないのに、外国人の奴隷なら一生にわたって奴隷のままにしておいてもいいわけですよ。[169]」

パウロは態度を和らげて言った。「わたしたちの律法もローマ法とまったく同じように不完全なのです。それも人間を差別しています。わたしたちの律法は、とりわけ多くの儀礼条項、たとえば割礼、食物、清浄に関する規定や禁令でもって、わたしたちを他の国民から分離しています。しかし、他方では、たとえば、汝殺すべからず、貪るべからず、という道徳条項があって、わたしたちをすべての人間と結合しているのです。」

エラスムスはパウロを遮って言った。「あなたはその道徳的な条項は善いもので、儀礼条項は悪いものだ、という意見なのですか。」

パウロは首を振って言った。「それは込み入った問題です。儀礼条項にも大変有利な点があります。それは遵守可能です。豚肉を食べないことも、安息日を守ることも不可能ではありません。安息日に労働しない、これもだれにとっても過大な要求ではありません。反対に、道徳的条項にも不利な点がありります。わたしたちは、それを完全に満足することはできないのです。他人の妻への性欲が自分の中に掻き立てられるのを完全に抑えることなど、だれにもできません。腹を立てた時に、隣人を亡き者にしたいと思う怒りを完全に否定することなど、だれにもできません。まさしく道徳的な法律こそ、しばしば災いの因なのです。それは義に適った人間とそれに適わない人間を区別するからです。そしてその区別は人を偽善へと誘うのです。なぜなら、本当に義に適うことにくらべたら、義に適っているかのように見せかける方がやさしいからです。立派な法の条項さえもそのための誘惑になるのです。立派でありたくない人間がどこにいますか？　だからわたしの確信は変わりません。律法は殺すのです。それは人間同士のつながりを破壊するのです。」

パウロとエラスムスの論争は過熱する一方だった。「あなたの今のお説教はアナーキズムだ！」とエラスムスが腹を立てて叫んだ。「わたしの言い分も変わらない。悪法は善法へ改革して行くべきなのだ。四百人の奴隷を死刑で脅かしている例の法律は、間違いなく元老院で撤廃されることになる。それは確実だとわたしは思う。しかし、その点は今ここでわれわれが議論を尽くさねばならないことではない。」

エラスムスは懸命に自分にブレーキをかけた。彼が今朝パウロを訪ねたのは、裁判でパウロにどれだけ法律上のチャンスがあるかを測るためであって、その本筋を外れたところでの彼の意見を聞いて腹を立てるためではなかったからである。折り合いを求めて、彼は言った。「われわれは二人とも、元老院では理性とモラルが勝利することを願っているわけですね。ただし、法律を蔑ろにするあなたの発言にわたしがショックを受けていることは、分かっていただけますか。この点では、わたしたちの間は、この世界いくつ分も離れています。法律を蔑ろにするならば、われわれが共に生きて行くことの基盤が崩壊する。これがわたしの確信です。弁護士としてのわたしは、あなたと今ここで問題を哲学的に掘り下げる必要はありません。ただし、まさに弁護士としてのわたしは、律法に対するあなた個人の態度を知らなければなりません。あなたが律法に違反しているとする告発に対抗して論陣を張るためです。あなたはさきほど、律法に対する態度を変えられたと言われました。そのことをもう少し説明してもらえませんか。そうすれば、さきほどのびっくりするようなアナーキーな律法への態度も、わたしはもっとよく理解できるのではないかと思うのです。」

パウロは頷いて言った。「あなたはローマにいるキリスト信奉者たちへ宛てたわたしの手紙をすでにご存知ですね。その中でわたしは自分が個人として律法との関係でどういう歴史をたどってきたかを書いています。ただし、その手紙をただ読んでも、そのことはすぐには分かりません。それでもその手紙は、どのようにしてわたしが律法への信仰から、それを批判する信仰へとやって来たかを物語っています。その手紙でわたしが説いていることの中心は、ただ信仰のみが義とする、ということです。信仰のみによって、人間は神の前で無条件に義と認められるのです。その人が何をしたか、それが巧く行ったか失敗したか、知恵があるか、なくて愚かか、身分は何で家柄はどうか、などはまったく関係がないのです。神がすべての人間を判断されるのは、われわれの律法が、あるいはその他に法律があるとして、それが彼らをどう判断するか、とは無関係なのです。これがわたしの手紙の言わんとするメッセージです。わたしはそれをさまざまな比喩表現を使って述べました。その比喩表現のどれもが最後のところでは一つのディレンマを残すために、さらに別の新しい比喩表現を求めるのですが、その新しい比喩表現のどれもまた一つのディレンマにたどり着くのです。そのこと全体を通してわたしが表現したいのは、神の前ではわれわれのすべての考えが挫折するということ、そしてまさにそこでわれわれが人間であって、神ではないことに気がつく、ということなのです。(170)」

そこでエラスムスがパウロをさえぎった。「今はそう考えているというわけですね。しかしわたしとしては、どのようにしてあなたがそうなったのかを知りたいですね。律法へのあなたの態度はどのようにして変わった結果、今はそのように激しくそれを批判するわけですか。」

パウロは言葉を続けた。「幼い時のわたしには律法が全てでした。わたしは、律法を全うする者は神に認められる、(171)という原則を内面化していました。そのため、わたしの手紙の最初の部分に来るのは、すべての人間を分け隔てなく裁く(172)正義の審判者という神の比喩です。これはユダヤ教の信仰ですが、わたしはそれを自分の両親から受け継ぎました。すなわち神は人間に、善を行い、悪を退ける能力を分け与えられたという信仰です。神はすべての人を同じ尺度で裁くのです。しかし、わたしはその後に学んだのです。すべての人間が善を為そうとして失敗するということを。他方、神は全ての人を本当は律法によって裁かねばならないはずです。もしそういう事情の中で、だれかが道徳的であろうとするなら、その人の言う道徳《モラル》とは、自分自身がどれほど非道徳的であるかを承認するということ以外ではあり得ないはずです。」

ここで再びエラスムスがパウロをさえぎった。「しかし、道徳《モラル》とは、われわれがいかに非道徳的であるかを承認することではない。道徳《モラル》とは善を為すことなのだ！」

パウロが頷いて言った。「しかし、もし善を為す者がおらず、義しい者がだれもいないのなら、全ての人が〔神から〕失われてしまっているということではないですか？　これがわたしのディレンマでした。その後、わたしはその答えを見つけたのです。わたしはその答えを裁判での無罪宣告の比喩で表現しました。すなわち、神は人間を有罪であるにもかかわらず、義しいと宣言したいのです。その際、神が求めることはただ一つ、人間が彼を信じて頼ることだけです(173)。わたしはこのことを、キリスト信奉者を迫害していた当時、自分の身をもって経験しました。わたしはその時道を誤っていました、それにもかかわらず、そのわたしが、罪人が義とされるという福音を宣べ伝えるように召し出されたのです。本来ならわたしは神によって有罪を宣告されて然るべきでした。ところが、そのわたしに無罪を告げられたのです。純粋に恵みによって。それ以来、多くの人がこれを義認についての教えと呼んで、わたしの名前と結びつけているのです。」

「弁護士としてのわたしの見方は少し違います。有罪の者を無罪とする裁判官は、裁判官たる者が為し得る最悪の過ちを犯しているのです。それは法を曲げるということです。あなたが今神について説いていることは、裁判の最高審級で法が歪曲されることなのです！」

パウロはまた頷いた。「原理的には、あなたが言う通りです。裁判官が有罪の者を無罪とし、義しい者を蔑ろにするなら、そのこと自体は最悪の違法行為です。しかしもしすべての人間が罪人であるなら、一人の罪人が無罪を宣告されても他のだれ一人不利益を被るわけではありません。なぜなら、その一人の人への無罪宣告はすべての人間に等しく益となるものだからです。すべての人に無罪宣告が提供されるのです。しかもそのことによって、神は正義に適ったままです。なぜなら、ただそうすることによってだけ、神は命を存続させることができるからだ。まさしくこのこと、すなわち、命がさらに続いて行けるということ、これこそ法というものが詰まるところ実現しなければならないことではないか。ちなみに、どのような法も恩赦の可能性を知っています。神はこの可能性を使うのです。個々人のためにではなく、すべての人間のために。」

またもやエラスムスが反論した。「もし今わたしが事柄を徹底的に論理的な帰結まで考え抜くとすれば、あなたはまたしても一つのディレンマに陥ることになります。すなわち、もし神がどっちみちすべての人に赦しを与えるのであれば、何のために人間は善を為そうと懸命にならねばならぬのか？もしわれわれが法の中に万人に対する恩赦《アムネスティー》を書き込むならば、喜ぶのは法を破る者たちだろう。彼らは、それなら自分たちはこれまでの所業をそのままさらに続けて行けばよいと思うことだろう。隣人を傷つけ、人の物を盗み、略奪し、誘拐し続けるだろう。しかし、地上に破局をもたらすものが、天上で祝福されるなどということはあり得ないことだ！」

「あなたは問題の確信を突いています」、とパウロが同意した。「その問題は答えを見つけるまで、長い間わたしを苦しめました。その答えは人間は変わることができると信じることです[174]。人間は変容して、自然体で善が行えるように変わらねばならないのです。つまり、ただ単に悪を行わないというだけではなく、まったく悪をしようとも思わないようになることです。」

「あなたはどうすればそんなことができると思うのですか？　人間がもう悪を行おうとは思わなく

なると言われますが、あなたは人間をどうやってそこまで変えるのですか？　そんなことは道徳的な空想が描いた幻想に過ぎず、実現の見込みなどゼロではないですか？」とエラスムスが抵抗した。「現実に生きている人間には法律、規則、そして刑罰が必要なのです。そして善を行った場合には、それに対する承認も必要なのです。自然体のままで善を行う者はだれ一人いません。人間が自動的に善が行えるようになるほど強く自分を変えることができるなどとは、わたしには思いもよらないことです。」

「ところが、それこそまさにわたしからのメッセージなのです。そのような人間の変容はキリストを信じる信仰によって可能になるのです。人間は彼と共に死ぬのです。そうした後の人間はもはや罪を犯すことができないのです。それは死んだ人間がもはや命へ戻ってこられないのと同じです。キリストによって変えられた人間は自然体で善を行うのです。それは良い樹が良い実を結ぶのと同じです。[175]洗礼が彼らを罪から解き放ち、彼らは新しい人間になっているのです。」

「あなたは本気で、そんなことがすべての人間に達成可能だと思っているのですか？」とエラスムスが反論した。「そんなことは不可能だ！」

「おそらくその点でもあなたは正しいでしょう」とパウロは頷いた。「わたしは人間がキリストによって変わることができるという確信にやっとのことで到達したとき、改めて身の毛がよだちました。というのは、わたしは自問せざるを得なくなったのです。それでは、キリストを信じていない者たちは、どうなってしまうのかと。キリストによって変えられることがない人間たち――彼らすべてはどうなってしまうのか。また、キリストについて何も聞いたことがない人間たち――彼らすべてはどうなってしまうのか。このディレンマについても、わたしは最後に一つの解答を見つけました。わたしはその解答を新しい比喩で表現しました。それが選びの比喩です。[176] 神は人間をまだ生まれる前から救いと滅びのどちらかに選んだのです。そこでの神の行動は主権的で自由です。彼は自由に一人一人を選ぶのです。彼は歴史の進展のただ中でも、新たな選びを実行できるのです。彼は自分の民ではなかった民を自分の民にすることができます。[177] 一度は捨て去った人間たちを改めて選ぶことができるのです。一度は選んだ人間たちを捨て去ることもできます。だから、わたしが見つけた解答とはこうなのです。よしんばユダヤ人たちがキリストを信じていなくても、よしんば彼らの内の何人かがわたしを亡き者にしようと謀ろうとも、彼らは依然として選ばれているのです。神自身が彼らをやがて自分のものとされるだろう。神が彼らを選ぶのは、彼らが信じるか信じないか、彼らの所業が善か悪かとは無関係なのだ。キリストはやがて天から現れることによってすべてのユダヤ人の思いを変えるだろう。ちょうどかつてダマスコ途上のこのわたしに出現して、わたしの思いを変えたように。あの当時、わたしはキリストの敵だった。そうであるなら、今は未だ彼の敵のままである他のユダヤ人たちも同じようにご自分のものとされないことがあり得ようか。わたしの中では確信が深まったのです。神は人間に向かっておられる。それはその人が神に向かっているかどうかとは無関係なのだ。『そのようにして全イスラエルが救われるであろう。[178]』これが今のわたしの確信です。」

「すべての人間もそういう風にして救われるのですか？　このわたしのような人間も？」とエラス

ムスが口を挟んだ。「それとも、そういう救われ方もユダヤ人だけの特権なのですか？」

パウロがそれに答えて言った。「そのことをわたしはいつも聞かれます。多くの人は、なぜわたしがもっと単純明快に、すべての人間が救われるのであり、だれ一人失われる者はいない、と書かないのか質すのです。しかし、間接的にはわたしは事実そう言っているのと同じです。もし全イスラエルが救われるのであれば、それは福音に敵対している者たちも救われるということです。ましてや、福音のことをまったく知らない者たちも全員が救われなければなりません。実はわたしはそのことを、わたしの手紙の前の方で、直接的にも書いているのです。それは、アダムはすべての人間の祖先、キリストは新しい人類の祖先、という箇所のことです。[179]すべての人間がそうして救われるべき人類に属しているのです。すべての人間がアダムに由来しているように、すべての救われるべき人間の祖先はキリストなのです。」

エラスムスが口を挟んだ。「正直に言いますが、その点はわたしにはまだ十分納得が行きませんね。メシアを信じることが救いの前提である限り、大半の人間はそこから排除されたままですよ。」

「メシアについてわたしたちの考え方が以前と同じままならば、そうですよ。ところがそうではないのです。」

「じゃあ、どう考えればいいのですか？」　エラスムスは緊張して答えを待った。

パウロが続けた。「メシアに現臨する神は、どこにあっても同じように遠く、同時に近い神です。」そう言いながら、彼は数枚のパピルスを取り出して、エラスムスに手渡した。「これはわたしがこの牢獄で書いたもので、わたしの最後の手紙になるでしょう。フィリピにいる仲間に宛てたものです。その中でわたしは比喩的な言い方で、キリストが万物の上にあり、すべての人間が彼を認めるようになることを述べています。そのキリストにおいて神は自ら進んで人間となり、われわれすべてと同じように、限りある人間、さまざまに制約された人間となられたのです。キリストは十字架にかけられました。しかし、それに続いて大きな転換が来るのです。

それゆえに神は彼を万物の上におき
すべての名に優る名を
彼にお与えになった。
それはイエスの名によって、あらゆる膝が身を屈めるため、
天にいるもの、地にあるもの、そして地下のものも身を屈めるためである。
あらゆる舌が
イエス・キリストは主であると言い表して、
父なる神をたたえるためである。(180)

すべての者がキリストを受け容れるでしょう。例外はありません。この世界に存在しているすべてのものがです。それ以前にキリストを受け容れていたか、それとも受け容れていなかったかは、まっ

たく関係ありません。」

「そんなことは、まったくの空想に過ぎないのではないですか？」

「いいえ、これは詩なのです」、とパウロが言った。「この詩はわれわれの目を開いて、至るところで今現に起きていることを見させてくれるはずです。」

「いったい何が今現に起きているのですか？」

「すべて高いところにあるものは低められ、すべて低いところにあるものは高められねばならない。この二重の運動は至るところに見られます。最も低いところにある被造物の中に至高のものを認め、至高の被造物の中に最も低いものを認める者、そういう者はだれであれキリストを受け容れているのです。」

「どうしてそこから、だれもが救われるべきだという話になるんですか？」

「神から見捨てられた者の役割は最低です。神自身がこの役割を選ばれたのです。まさに十字架にかけられて、神から見捨てられた者こそが、すべての者に勝って高められたということ。このことを全ての人間が承認するなら、その時には、神によるその最悪の棄却ももはや無効です。その時には、それは永遠に乗り越えられてしまっているのです。(181)」

「しかし、もしすべての人間がそういう風に救われるのだとすると、あなたはまたもやもとのディレンマに陥ることになりませんか？　つまり、それならどうしてなおも善を行おうとやっきになる必要があるのか、ということですよ。」

パウロが答えた。「わたしはあなたに始めから言ってきました。われわれは一群の解きがたい問いに漂着するのです。だからこそわたしは先程からの手紙の結びの部分で(182)、わたしが幼少の頃に習った確信にもう一度戻っているのです。それは、救いは善を行うことによって実現される、ということです。ところが、その後今までの間にわたしが認識したのは、善を行うことは救いの条件ではないということ、むしろ救いの結果だということです。われわれは神に感謝すればこそ善い行いをするのです。それゆえわたしは、手紙の終わりでは、自分がその中で育ったユダヤ教の信仰をもう一度改めて受け取り直しているのです。ユダヤ教のその信仰は神からの呼びかけに善き業をもって応答するのです。しかも、神がそれを受け容れてくださることに信頼しているのです。これは宗教的人道主義です。それはすべての律法を秤にかけて測るのです。その規準は人が律法に従って生活することで『理性に基づく礼拝』をすることになり、神に仕えて行けるかどうかです。」

エラスムスは注意深く聞いていた。そして心の中で少し安心していた。『理性に基づく礼拝』という言葉の響きは心地よい。この世界では、いたるところで神は非理性的な仕方で拝まれている。とりわけ、血なまぐさい供犠がそうだ。ただし、もし動物の供犠を中止すれば、どの宗教にもいる狂信者たちが人間を犠牲に捧げて、これこそ神の一番のお気に入りだと言うだろう。」

エラスムスは自問した。しかしなぜ理性があまねく承認されないのはどうしてなのか。どうしてどこに行っても神の拝み方はこうも非理性的なのか。そこで彼はこう言い足した。「あなたにとって律法が問題含みになってしまったことは分かりました。しかし、律法の代わりに何を持って来ようというのですか？」

パウロが答えた。「愛が律法に代わるべきです。愛が律法を成就するのです。愛は要求ではありません。愛はすでに一つの現実性《レアリテート》です。もし愛によって生きれば、わたしたちは律法が要求する善き業を自ずから成就するのです。そうなればもはやわれわれは、律法をわれわれユダヤ教徒と他者、われわれと外国人、義人と義ならざる者の間を分ける壁として立てることがないでしょう。そうなれば、律法はもはや殺す法律ではなく、命を与える律法になるでしょう。この愛は完成なのです。この愛について、わたしは詩を作りました。その結びの言葉はこうなっています。

いつまでも残るものは
信仰と希望と愛、
この三つである。
そのうちでもっとも大いなるものは
愛である。」

エラスムスは金縛りにあったように聞き入っていた。パウロとは愛の熱狂主義者だったのだ。アナーキストかも知れぬ。しかし、善意のアナーキストだ。彼がテロリストの心性から解放されて、人道的な立場に回帰したということには説得力がある。そうならば、エラスムスはこの男を弁護すべきなのか。それにしてもこの男の物の見方は、いささか厄介ではないか。過激に法律を批判して止まないではないか。弁護士のエラスムスの活動の基礎とも言うべき法律を蔑ろにする男ではないか。善を為すべきだと要求されると、どこであれその背後に悪を嗅ぎ付けるシニカルな人間通ではないか。法と法律が祝福された結果を生むことを否定するアナーキストではないか。この男が抱いている神のイメージから読み取れるのは、法の価値を承認することからはとんでもなくかけ離れていることではないか。その神は自分自身の権利を蔑ろにして、すべての人間に無条件の恩赦を与えるような神だ。そんな神では、法を無視するように人間たちに要求するのが関の山ではないか。たしかにパウロは非情な人間ではない。彼は愛に夢中になれたのだ。まるで恋する男のように愛の空想を繰り広げることができたのだ。しかし、それがすでに「理性に基づく礼拝」だったのか。そう言う彼自身が非理性的だったのではないか。非現実的だったのではないか。幻想家だったのではないか。しかし、パウロが愛について語った考えはエラスムスの関心を惹いた。ただし、その理由は個人的なものだった。だから、彼はこう質した。

「あなたが言われる愛には、男と女の愛も含まれますか？　男女の愛も信仰や希望よりも重要なのですか？」

パウロが答えた。「そこには一つ重要な違いがあります。人はセックスなしでも生きられます。しかし承認なしでは生きられないのです。どこであれ承認が愛へと昇華するならば、そこに生まれる愛は信仰と希望よりも大いなるものです。」

「承認が愛へ昇華するとは、いったいどういうことですか？」

「人は何か積極的なものだけに承認を与えることができます。しかし、もしわたしが愛されるとしたら、そのわたしは弱くて、為す術がなく、魅力的でなくてもいいのです。」

エラスムスはさらに追いかけて言った。「そのことは、結婚するしないの問題にとっては、何を意味するわけですか？」

パウロが答えた。「もし至上の形の愛に自分を捧げたいのなら、その人はわたしと同じように結婚しないでいるべきです。その人はそうすることによって自由です。しかしもし結婚すれば、その人は相手に依存することになり、相手もその人に依存することになります。」

「結婚している者たちは本当に不自由だと、あなたは思われますか？」

「夫婦は互いに繋がれているのです。どのような繋がりも同時に枷なのです。その上、どの夫婦も示していることですが、二人は性欲を抑制し切れないのです。もしそれができるのなら、結婚はしないでしょう。しかし、二人が自分たちの性欲を解消するために売春宿を利用するよりは、互いに結婚する方がいずれにしてもましです。なぜなら、娼婦を抱いて寝る場合も含めて、女と抱き合って寝る男は、その女と一つからだになるのです。彼はその女と自分の命を分け合うのです。その女は彼自身と価値の上で同じなのです。娼婦もそのことによって、根本的には、その男の妻になるのです。もし彼が彼女を性欲のはけ口としてだけ使うなら、それは彼女をあなどることです。そうなれば、彼女はもはや彼の妻ではなく、秘本と同じで欲望処理の道具に過ぎません。」

「ということは、あなたの見方では、二つの生き方があるわけですね。一つは完全なる者たち用で、結婚しないでいること、もう一つは結婚することで、これは不完全な者たち用です。想像してみてもらえませんか。今ここに一人の女性がいて、結婚するべきかどうか、あなたの助言を求めるのです。そうしたら、あなたはどう答えますか。」

パウロは首を振って言った。「わたしは、女たちにとって社会的に認められるための生き方が一つしかないという状態を、決して望みません。今までのところ、結婚して妻となることと母親になることが、そのための唯一の役割でした。わたしは、彼女たちがたとえ独身で生きていても、社会的によしとされることを願っています。もちろん、男たちについても同じことが言えます。」

「あなたにとっては、彼らが何を選ぶかということよりも、彼らが選ぶことが出来るということの方が重要なのですね。わたしはそう理解します」とエラスムスが言った。そして締め括りに最後の質問をした。「もしここに自分のパートナーを愛している人がいて、その人が自分では必ずしも納得してはいないことを、そのパートナーを好きだからというだけの理由で行うとしたら、どうでしょうか。それはあなたの意見では、道徳に適ったことでしょうか。たとえば、豚肉は相手の女性にとってタブーだからという理由だけで、その人も食べないと言う場合です。」

パウロは笑って言った。「お分かりになるでしょ。あらゆる繋がりは同時に枷だ、ということが如何に当たっているか。枷は繋がれた人を行きたくないところへ連れて行きます。結婚している者たちの場合、一方は自分が必ずしも納得していないことでも、他方のために実行しなければならないことが実にしばしばあるのです。」

エラスムスはパウロに別れを告げた。弁護を引き受けるかどうかについては、確言しなかった。ただ、その点について、もう少し考えてみなければならないとだけ言った。

こうして彼は牢獄を後にした。頭の中でしきりに耳鳴りがしていた。パウロは実に苛立たしい。一方では、儀礼条項に関するパウロのどうでも良さは、自分がハンナと結婚することの障碍を取り除いてくれるかも知れない。しかし他方では、彼は二重の危険をもたらすかも知れない。一つには、ひょっとするとパウロはハンナに影響を与えて、彼が賞賛するあの完全なる者たち用の生き方に夢中にさせてしまうかも知れない。そうなれば、ハンナは結婚など眼中になくなるだろう。哲学者たちの間にも、そう考える学派がある。たとえば、たしかにムソニウスの説くところでは、なるほど哲学者は結婚するべきだ。ところがその弟子のエピクテトスが喧伝するところによれば、哲学者たるものは独身のままでいるべきなのだ。パウロはたしかにその両方の学派を結合しているのだが、どちらかと言えば、禁欲的な傾向の方を優先している。自立志向の女性たちに関しては、とりわけそう言える。そしてハンナは自立的な女性だった。もしその彼女がパウロの教えに捕まってしまったら、彼女と結婚したい彼にとっては、新たな邪魔になりかねない。パウロはさらにもう一つ別の側面でも危険だった。彼には狂信者《ファナティカー》だった暗い過去がある。その過去がまた彼に追いついてくるかも知れない。事実、狂信者《ファナティカー》たちのグループが今でも彼を追い回している。その敵たちは人を襲って殺害することを何とも思わない連中だ。もしエラスムスとハンナがパウロに対する支援に加担すれば、彼らの憎悪がこの二人自身にも向けられるかも知れない。

　エラスムスは狭い裏小路を通って家に向かった。広い大通りはデモの群衆で一杯だった。彼らは市の中央広場《フォルム・ロマーヌム》へ向かっていた。元老院の前に押し寄せて、セクンドゥス・ペダニウスの男女の奴隷たちの助命を勝ち取るためのデモだった。護民官たちに向かって掲げられた要求は、ローマ国民の名において、元老院が当の法律について再度協議するように申し入れること、そしてそれを撤廃あるいは変更するように求めること、少なくともすべての無実の奴隷たちの恩赦を決議するよう求めることだった。ただ罪に責任を負う者だけが処罰されるということ、そして何人も他者の違法行為の所為で処罰されないという根本原則が貫かれなければならなかった。エラスムスはデモの参加者の多さにびっくりした。素朴な民衆が多かったが、中には裕福な市民もいた。そのすべての者たちが、今行われようとしている不法行為を唯々諾々と受け入れようとはしていなかった。エラスムスはそうしたローマ人たちを誇りに感じた。かくも多くの人々が通りに出て来て悪法に抗議している。何と素晴らしいことではないか。法の根本原則はこの人々の側にある。法への信頼なくして、この人々のデモ行為は考えられないことだ。

　デモに参加していた者たちにとって、小さな成果が見られた。元老院の報道官がデモをかける群衆に向かって、例の法律について新たな審議が行われることになったことを確言した、という噂が燎原の火のように広まったのである。その後間もなく、群衆は解散し、それぞれが家に帰って行った。エラスムスもそうした。

自分はこの弁護を引き受けるべきなのか否か。そのことがエラスムスを延々と苦しめた。ハンナへの愛ゆえにそうしてよいのか。ユダヤ教徒である友人たちのためにそうするべきなのか。しかし、あのパウロのようなアナーキストを、そもそも自分自身で納得の行く形で弁護できるのか。否、そんなことはあり得ない！　しかし、彼はすでにあのユダヤ教の祭司たちだって弁護したではないか。彼らに対しても、もともと彼はさまざまな留保をしていたではないか。隔壁を建築したような者たちは、彼が引き受けてよいような事案ではなかったはずだ。それに比べたら、今回のパウロの方がはるかに感じが良い。ただ、あの切りのない熱中症だけは気味が悪い。確かに愛は善いものだし、大切だ。しかし、それでもって法律を転覆しようと言うのなら、その愛は破壊する愛ではないか。パウロの愛のアナーキズムがエラスムスを苛立たせていた。いずれにせよ、彼には是非フィロデームスと語り合いたい新しいテーマが見つかったのだ。そこで彼は手紙を書いた。今回はそれを届けたテルティウスが短い返事を携えて戻ってきた。エラスムスはその晩の内にそれを読んで、返事を書くことができた。

古い世界と新しい世界

フィロデームスからエラスムスへ

拝啓

世界理性に賞賛あれ！　われわれエピクロス派は信じないが、君たちストア派によれば、その世界理性が万物を差配しているのだ。この間にわたしの方でも、キリスト信奉者たちについて情報を集めてみた。彼らが信奉している迷信はとてつもないものだ。彼らは人間には変容が可能だと信じているだけではない。そもそもこの世界全体が変わり得ると彼らは確信している。そしてこの世界が間もなく滅びることを待っている。その廃墟の中から、一つの奇跡のようにして、別の新しい世界が生じて来るのだと言う。彼らのこの信仰はわれわれの世界に対する宣戦布告に他ならない！　われわれの世界の中にあるすべて価値あるもの、劇場の演劇と祝祭、法律と秩序、芸術と詩歌、これらすべてのものが来るべき破滅に定められているのだと言う。このキリスト信奉者たちは人類を憎悪している。これこそ人間の霊に襲いかかる病気の中でも、最悪のものだ。その病名は「人類憎悪」（*odium humani generis*）[183]だ。万物が火と炎に包まれて破滅するのだそうだ。君はこの手の連中からは身を引いているべきだ。彼らは君には似合わない！

敬具

フィロデームスより

友人エラスムスへ

エラスムスからフィロデームスへ

拝復

君に神からの祝福があるように。すべての人間が神の祝福によって、他の人間への憎悪から守られるように。とりわけ君の場合は、無垢な人々への憎悪から守られるように。この間に、わたしはパウロと面会して話をした。彼がこの世界を批判していることは、その通りだ。彼が望んでいることは、何ともロマンティックでアナーキズムの響きがある。しかし彼は人間への憎悪からは自由だ。むしろその逆だ。彼がこの世界を拒んでいるのは、それが憎悪によって歪められていると考えるからだ。そしてその点で彼は当たっているのではないのか？　彼はわれわれの法律が四百人の奴隷に死刑を宣告したことを知っていて、それを引き合いに出してきた。この点で、わたしは彼に何も言い返せなかった。わたしは元老院がこの法律をひっくり返すものと切に念じている。パウロがこの世界が変えられると夢見ていることについては、わたしはその夢を共有はしない。ただし、彼の夢は人間も変えられるものだという信仰と繋がっているのだ。その点については、君たちエピクロス派としても実のところ了解せざるを得ないはずだろう。君たちは物質主義者だからな。君たちにとっては、すべては原子および素粒子同士の戯れなのだ。われわれの手と鼻は極小の素粒子から出来ていて、はるかな昔から大宇宙の中をビュンビュン飛び回っていたのだ。もし君たちの見方にしたがって、われわれ人間が徹頭徹尾この世界の一部であるのなら、われわれが変容するときには、宇宙万物も変容可能なものでなければならぬだろう。

古い世界と新しい世界に関するこういった空想を、わたしはその他の宗教的な比喩表現と同じように解している。それらは何かを発見しようとする検索プログラムなのだ。そのプログラムが立てている問いは、この世界の中に変容の可能性が見つかるだろうか？というものだ。それはわれわれ人間の中にも見つかるだろうか、ということだ。パウロが言いたいのは、人間と世界は根源的に変わることができるということ、その結果、愛がすべてを支配するようになり、逆に法律は不要になるということだ。なぜなら、その時にはわれわれは自然体で善を為すからだと言う。そう言えば、ローマ人も来るべき黄金時代というものを夢見てこなかったか。その時代が来れば、法律が求めることをわれわれは自分から進んで為すようになると言うではないか。そうした黄金時代が再び到来することを他の人間たちが夢見ることは許されぬなどということがあり得ようか[184]。もちろん、そんな夢を見る者たちは、頭がおかしいと言われるだろう。しかし、だからと言って、彼らは犯罪者ではないぞ！

敬具

フィロデームスへ

エラスムスより

第７章 合法化された大量虐殺

それに続く日々、エラスムスはどういう作戦でパウロを弁護するべきか考え続けていた。一つのことはすでに明らかだった。パウロを救い出すためには、多くのことを握りつぶし、ぼかし、外部に漏れないようにしなければならなかった。まず、パウロが今回の奴隷たちへの措置を鋭く批判していることは、外に知られてはならなかった。パウロのその批判は奴隷たちに対する処刑をめぐる争いをさらに煽ることになって、パウロはその騒ぎの張本人とされてしまうだろう。それに加えて、彼が繰り広げる根本的な法律批判はやはり傷つきやすい部位だった。あらゆる法律に結果として人を殺す力が潜んでいることを発見しているパウロは、アナーキストと見られてしまうのではないか。しかし、同時にエラスムスには、弁護人として有利なチャンスがどこにあるかも明らかだった。すなわち、彼はパウロをユダヤ人と非ユダヤ人の間を取り持つ仲介者として描き出すべきなのである。その仲介者がユダヤ教の中に敵を持つことになったのは、ユダヤ教徒と異教徒の間の境界を乗り越えようとしたからだという論へ持って行くのである。パウロは自らはローマ市民権を持ちつつ、ユダヤ教徒をローマ帝国の中へ統合するために尽力した人物である。そのような平和の使者を殺そうとしているのがパウロの論敵たちだと仕立てて、彼らに罪をなすりつけるわけである。

しかし、かつて犯罪者として十字架で処刑されたという例のユダヤ人とパウロはどういう関係だったのか。この点をどう描き出すべきなのか。一人の犯罪者のシンパだとされれば、その者自身も犯罪を犯しているのではないかと疑われるだろう。だからエラスムスとしては、そのユダヤ人のことを、不当に処刑されたことにしなければならない。おそらくそのユダヤ人を、かつてアテネ市民が死刑に処したソクラテスになぞらえることができるだろう。ただし、本当にイエス、パウロ、ソクラテスの間に何かの繋がりがあったのか？　ソクラテスが教えたのは、われわれは何も知ってはいないということを認めることこそ、われわれにとっての真の知だということだった。しかし、そのことで彼はアテネ人たちの機嫌を害してしまった。ソクラテスは彼らに向かって、君たちはすでに何がしかのことを知っていると思い込んでいるだけで、実際には何一つ知ってはいないのだ、と証明してみせた。パウロもそれと似たメッセージを語ったのではないか。つまり、われわれにモラルがあり得るとしたら、それは自分がモラルを欠いて非道徳的であることを承認すること以外にはあり得ない、と喝破したパウロのことだ。あるいは、ローマにいるキリスト信奉者に宛てた手紙の中で、なぜ君は自分が非難す[185]ることを自分でもやっておきながら、他の人がそれをしたと言って咎めるのか、と質しているパウロのことだ。パウロは新しいソクラテス！——これはひょっとすると弁護上の戦略になるのではないか？

しかし、神殿をめぐる論争についてはどうなのか。これをローマ人に向かってどう説明すればよいのか。一つの民族にたった一つの神殿しか存在せず、おまけにその神殿では、たった一人の神しか拝んではならない、なぜならその神と並ぶような神は他に一人もいないのだから、という考え方は、ローマ人にとってはいかにも違和感がある。こんな見方はローマ人が抱いている万神殿《パンテオン》の系図に照らすと、まことに馬鹿げた話だ。さらにユダヤ教徒は自分たちのその神殿に異教徒が立ち入ることを拒んでいる。これこそローマ人にとってはまったく思いも寄らないことだ。おそらくエラスムスとしては、エルサレム神殿をローマにあるヤヌス神殿の反対物として描き出せばよいのではないか。そのヤヌス神殿はローマ帝国が戦争をしている期間は、ずっと開放されたままだった。それが閉鎖されているならば、それは目下平和であることの徴だった。これはアウグストゥスの治世の間に、たった三回しか起きなかった。[186] ユダヤ教の神殿はその正反対だった。それは異教徒に対して常に閉じられていた。しかし毎年ただ一度だけ、もろもろの国民すべてに対して開放された。しかも戦争の徴としてではなく、平和の徴として。パウロはまさにそのような開放の為に力を尽くしたのだ。反対に、ユダヤで戦争を率いたリーダーたちはその開放を阻止したかったのだ！　しかしエラスムスはこの比較をやめにした。エルサレムの神殿とそこにいる神はあまりにも独自の神でありすぎて、ローマにある神殿やローマの神と比べられるようなものではなかったからである。

パウロをどう弁護すればよいか、エラスムスがあれこれと考えあぐねていた時、戸口に人の足音が聞こえた。間もなく人の声も聞こえてきた。それがハンナとテルティウスであることは、エラスムスにはすぐに分かった。二人の声の響きは興奮していた。この二人がそろってやって来たとは、いったい何が起きたのか。一人の女性が一人の男性宅を私的に訪ねるというのは、たとえ目下の場合は、テルティウスが一緒であることで、対応せざるを得ない訪問になってはいても、まったくもって例外的なことだった。しかし、ハンナならその種の行動も大いにあり得るところだった。彼女はまったく慣習に囚われないのだ。

エラスムスは二人に向かって友人らしく挨拶した。「ハンナ、こういう形でまた会えるとは、びっくりです。しかもテルティウスも連れてきたとは！　いったい何が起きたんですか？」

ハンナが答えて言った。「ええ、エラスムス、会えてよかったわ。しかし、わたしたちが持ってきた知らせはショックよ。元老院は一人も恩赦にしなかったの。たしかに数人の元老院議員が奴隷法を廃止しようとしたのだけれど、その他の議員たちは、一旦そうしたら裕福な奴隷主たちにはもはや自分たちの生命が保証されないことになるという意見だったの。事もあろうに都警長官に対して行われた殺害行為さえ厳正な法の適用によって処罰されないとなったら、それは同じような殺害が続くように呼びかけているようなものだというわけ。それで例の法律の適用を支持する声が通ってしまったの。四百人の奴隷たちは明日処刑されるそうだわ。目下、元老院はローマ市で騒擾が勃発するのを恐れているわ。民衆は怒り狂っている。暴力に訴えてでも、処刑を阻止すべきだ、という飛語が広まっているの。そのために、兵士たちが緊急警備に招集されたわけ。彼らは街路や処刑場を封鎖して、刑の実行が妨害されないようにするはずよ。でもその兵士たちはまだこれから到着しなければならないので、処刑は明日に延期されたというわけ。しかし、処刑そのものは決定事項よ。」

エラスムスは雷に直撃されたようだった。「事の責任を負っている人間全員にとって、恥ずべき屈辱だ」と絶叫した。「わたしは、あの法律が撤廃されるにちがいないと確信していたんだ！」

ハンナが先を続けて言った。「わたしは街路で偶然テルティウスに出くわしたの。彼の友達の一人が明日処刑される奴隷たちの中にいるの。テルティウスはまったく絶望していたわ。まるで自分自身が明日処刑されるみたいに、全身を震わせてね。そして自殺しようと、ティベルに身を投げるところだったの。その時、彼はわたしにこう言ったの。『奴隷であることがどういうことなのか、わたしには今初めて分かりました。こういうことが起き得るのであれば、いったいわたしはなおだれに頼ればよいのですか。明日あの奴隷たちに起きることは、このわたしにも何時起きるかも知れないのです。もちろん、わたしのご主人が善い主人であることは、分かっています。しかし、彼がいつまでもわたしの主人であり続けるなんてだれが言えますか。』」

エラスムスが遮って言った。「テルティウス、わたしは君の絶望がよく分かる。しかし君はわたしのもとにいる限り安全だ。君がいてくれることがわたしには嬉しいのだ。われわれは友達同士なのだ。」

ハンナが先を続けて言った。「わたしもテルティウスに、そう言ったわ。わたしはこうも言ったわ。神の前には奴隷と自由人の区別はない、という新しい教えがユダヤ教にあることを知って、わたしたちは二人とも喜んだじゃないの。テルティウスが怖がるべきものは何もないこと、それをわたしも彼に保証したのよ。」

エラスムスはハンナとテルティウスを見つめながら言った。「テルティウス、今ハンナが言ったことは本当だ。君は何も怖がることはない。もしこのわたしにこのローマで十分な影響力があるのなら、わたしはこの一斉処刑を阻止するだろう。しかし残念ながら、わたしにはそういう力はない。元老院が決議したことは実行されるだろう。明日処刑されるのは、ただ四百人の奴隷たちだけではない。彼らとともに、法も処刑されるのだ。仮に不法が法を道具にして正義を装うことがあるとしても、もともとの本性そのものからしての不法というものがある。他者が犯した犯罪のためにだれか別の者を処罰することは、時と場所を問わず、何時でも何処でも不法だ。犯罪行為に関して奴隷と自由人で処罰法を違えるのも、時と場所を問わず、何時でも何処でも不法だ。よしんばそういうことをする法律が、このローマにたとえどれほど残っていようとも、不法なのだ。」

ハンナもエラスムスに賛成して言った。「わたしはテルティウスにきつく言ったのよ。あなたは自由人と奴隷を区別してはいけないって。わたしはこうも言ったわ。わたしがそう思うようになったのは、わたしたちが一緒にパウロの教えを精査して、もはや奴隷も自由人もないって、パウロが言っているのを知った時からなの。」

エラスムスがもう一度聞き返した。「わたしはてっきり、法律が撤廃になるものとばかり思っていた。セネカは元老院の協議の場にいなかったのか？　わたしの師に当たるカッシウス・ロンギーヌスは元老院にいなかったのか？　彼はこの不当な決議に反対を唱えなかったのか？」

ハンナとテルティウスは困惑した顔で互いに見つめ合っていた。

エラスムスはさらに聞き返さなければならなかった。「カッシウス・ロンギーヌスは協議の場にいなかったのか？　そしてセネカは？」

ハンナにはこの問いに答えることが見るからに辛そうだった。「わたしはあなたにとってきついことを言わねばなりません。セネカがその場にいたかどうかは、わたしたちには分かりません。しかし、カッシウス・ロンギーヌスはいたのです。しかもこの法律を貫徹させることになった決定的な演説をしたのも彼なのです。彼の意見表明がなければ、すべては一変していたことでしょう。」

エラスムスは言葉を失った。彼は目眩《めまい》を覚えた。そして足下の地盤を抜き取られたかのような揺ぎを感じた。今聞いたようなことは、それ以前の彼には想像もつかないことだった。自分の師カッシウス・ロンギーヌスこそがこのような処刑を押し通すような非人間だったとは！　エラスムスには世界が崩壊してしまった。ローマ法への彼の誇りは強烈な一撃を喰らった。彼はへなへなと座り込むと、両手に顔を埋めた。三人とも打ちのめされていた。そうしてしばらくの時が過ぎた後、エラスムスは再び顔を上げて言った。

「もし君たちが、ネロがその法律に賛成の論を張った、と言ったのなら、わたしはそれを信じるだろう。しかし令名ある法学教授がかかる不法に賛成の論を張ったとは、信じがたい！　それが本当であるはずはない！　彼の根本原則は、至上の法は最高の不法になり得る（*Summum jus summa injuria*）だったのだ。彼の行論がいかなるものだったのか、分かっているのか？」

するとテルティウスが言った。「彼の行論はチラシになってローマ中を飛び交っています。わたしはそれを拾って持ってきました。まず、読んでください！」そう言って、テルティウスはエラスムスに、小さく巻かれたパピルス片を手渡した。エラスムスはそれを伸ばして開き読み通した。

元老院議員諸君、わたしはこれまでしばしば、この元老院で古来の法律が改変されるのを経験してきた。わたし自身の確信では、古来の法律は改変されるごとに大概は改悪されるばかりである。しかしそれでもわたしはそのような改変に一度も異を唱えたことはなかった。しかしわたしはそれによって、法学の研鑽を積んで古来の法律に通じることになった自分の重要さをわざと見せつけたかったわけではない。また、わたしはあらゆる改変議案に対してやみくもに異を唱えて、わたしの持つ限られた影響力を無駄にするようなこともしたくなかったのである。むしろわたしはその影響力をもっと重要な事案のために留保しておきたかったのである。それは国家がわたしの判断を必要とするような事案のことである。今日こそ、そのような日である。一人の高位の官職にある元老院議員が家僕の一人によって自分の家で、密かに殺害されてしまった。他の家僕たちのだれ一人それを事前に止めようとせず、密告もしなかった。そのような殺害が起きた場合には、同じ屋根の下にいた奴隷たち全員に死刑が課される。これを定めた元老院議決は今なお依然として効力を持っている。さて今や諸君は、もしそう望むなら、無罪を宣告すればよい。しかし、もしかつての元老院議決がこともあろうに都警長官ペダニウス・セクンドゥスさえも護り切れず、逆に彼の奴隷たちの方は全員そろって無罪放免を勝ち取れたということになったら、これから先、いったいどのような地位が人を護ることができるのか。四百人の奴隷たちがいても、だれ一人ペダニウスを助けようと駆けつけなかったのであれば、いったいだれが自分の命を安全に護れるのか。もし主人の命を助ける行動をさぼっても、自分が死刑になるのを恐れる必要がないのであれば、一体どこのだれが自分の奴隷たちによって救い出されるだろうか。どこのどの主人の奴隷が自分に死を招く危険を冒してまでも彼を救い出すだろうか。それとも、あの殺害者は、諸君の中の何人かが恥も外聞もなくそう言っているように、たんに不当な仕打ちに復讐したにすぎないのか。たとえば、彼と主人の間には彼をまもなく解放するという契約があって、彼の方では自分の親から相続していた財産をその解放への対価としてすでに差し出してあったのに、主人の側ではその契約を破ってしまっていた、というような場合である。それともその殺害者は父親から相続した奴隷を自分の性愛の相手としていたのだが、その相手を主人に奪われてしまった、というような場合である。しかし、奴隷には相続の権利はないのだ！　奴隷には奴隷を譲って貰えるような父親はいないのだ！　その殺害者にはいかなる不法な仕打ちも行われてはいなかったのだ。もし不当な仕打ちがあったと言う者がいるのなら、その者はむしろはっきりと言うべきだ、ペダニウス・セクンドゥスが殺されたのは正当だったと。この法律はその昔、賢い人々によって決議されたものだ。そのような法律のために、改めてその根拠を集めてあげつらおうというわけか。もしわれわれが今ここでこの法律を初めて審議するのだとしよう。その場合のわれわれは、次の事情を考慮することから出発しなければならぬ。すなわち、一人の奴隷が敢えて自分の主人の殺害を決意するに至るについては、事前に自分の仲間の奴隷たちの前で、主人に対するその恐るべき威嚇を口するとか、あるいはその企みをふと漏らしてしまうとかせずに済むとはとても考えがたい。よしんば計画を隠し通せたとしよう。そして殺害のための凶器も、仲間の奴隷たちに何も気づかれずに、調達できたのだとしよう。その場合でさえも、事の一部始終の見張り役に立つ者を、仲間の奴隷の中から前もって獲得できていたのだろうか。だれにも気づかれずに、主人の寝室の戸を開けて、灯火をかざし、それから主人ののど元を掻き切るなどということができただろうか。この手の犯行はどの場合でも、事前にそれを予知させるものや徴候があるものだ。すなわち、他の奴隷たちがそれを事前にわれわれに打ち明けてくれてこそ、われわれはそれぞれ一人でかくも多くの奴隷に囲まれていても安全に生きて行けるのだ。たしかに、その安全は不安で満杯になっている奴隷たちの間での安全だ。今回の殺害事件のような場合には、少なくともそれを押しとどめようとしなかった限りの奴隷全員が死ななければならない。それはわれわれが有罪のままの奴隷たちの間で生きて行かねばならないようなことにならぬため、彼らにしかるべき復讐を加え終わっていることが必要なのだ。われわれの祖先の時代には、奴隷はまだ主人と同じ農地や屋敷に生まれて一緒に生活した。そこから自ずと主人への親密な気持ちが生まれてきたのだ。それにもかかわらず、われわれの祖先たちは彼らを信用してはいなかった。ところが最近では、われわれの奴隷は外国人か他所者で、われわれの習慣を全く理解しておらず、その宗教は外国製か、まったくの無宗教と来ている。かかる寄せ集めのならず者集団としての奴隷は、ただ脅し上げるしか制御できないのだ。この点で、何人か反対意見を述べたい者もいるであろう。曰く、そうなれば罪もない奴隷が命を失うことになるのだと！　しかし戦争で軍隊が敗北を喫し、十人に一人の割で死刑に処されるときには、敗北には何の責任もない何人かの勇士もまた同じ籤を引くことになるのだ。大がかりな見せしめを目的とする処刑には、一片の不正義が含まれざるを得ないのだ。その不正義は個人に降り掛かる。しかし、公共の福祉がそれを償うのだ。(187)

エラスムスはこのチラシを読み終わると長い休憩を取った。それから言った。「わたしは自分の師とは言えカッシウス・ロンギーヌスをもはや尊敬することができない。わたしは彼を軽蔑する。法をあらゆる法感覚に逆らって曲げるために、自分の学識を傾注するような人物とは、それがだれであれ、わたしは係わり合いたくはないのだ。」

その時、テルティウスが言った。「気づかれましたか？　元老院は奴隷に対して戦争を仕掛けようとしているのです。カッシウス・ロンギーヌスは敗戦の軍隊が被る十人に一人の死刑を四百人の奴隷たちの一斉処刑になぞらえていますが、その意図はそれ以外ではあり得ません。彼は無実の奴隷たちが殺されると端的に言い切って憚らないのです。ここでの彼の行動原理はこうです。『残虐であれ、それを大声でわめけ、それが一番効き目のある脅しだ。法を破れ、そうすればだれもが安全だとは思わなくなる。不安を煽れ、そうすればだれもがお前の手の中で蠟になる。』これはもう国家によって仕掛けられたテロです。元老院にはわたしよりずっと教養のある人々が座っています。そんなことはわたしはとっくに承知しています。そこにはセネカもいます。彼の説では、奴隷も他のすべての人間と同じ人間です。多くの人々がそれぞれの哲学の中で、人間としてあるべき原則を表明しています。その人々が自分の家で奴隷を人間として扱っているということはあり得るでしょう。でもそれも彼らの気分次第です。それを義務づける法律は一つもありませせん。だれもそれを検証できないのです。その人々が自分たちの人道的な根本原理に違反しても、それを立ち入って指摘する者はいません。元老院では彼らは自分たちの人間性の一片も示しませんでした。彼らの仮面は剝がれ落ちてしまったのです。彼らは非人間です。それに加えて、偽善者です。」

エラスムスは同意して言った。「君の言う通りだ。今起きているのは、主人たちが奴隷たちに仕掛けた戦争だ。主人たちの武器が法なのだ。その法は今や不法になってしまった。パウロは律法の文字は殺し、霊は活かす、と言っていた。おそらくそれが当たっているのだ。ここには法と正義の精神〔霊〕は微塵もない。」

テルティウスが言った。「どの哲学も、人は人に人として接しなさい、と断言します。しかし、法と法律によって保証されないのなら、それがいったい何の助けになりますか？」

エラスムスはテルティウスを見ながら言った。「君にはわたしのことが分かっているだろ？　わたしは君にいつも人として接してきたではないか。」

テルティウスは頷いて言った。「そうですね。それはその通りです。」

エラスムスは付け加えて言った。「誓って言うが、わたしは君を絶対に物や家畜のようには扱わな

郵便はがき

料金受取人払郵便

銀座局承認

4146

差出有効期間
平成31年6月
30日まで

104-8790

628

東京都中央区銀座4－5－1

教文館出版部 行

◉裏面にご住所・ご氏名等ご記入の上ご投函いただければ、キリスト教書関連書籍等のご案内をさしあげます。なお、お預かりした個人情報は共同事業者である「(財)キリスト教文書センター」と共同で管理いたします。

●今回お買い上げいただいた本の書名をご記入下さい。

書名

●この本を何でお知りになりましたか

1．新聞広告（　　　）　2．雑誌広告（　　　）　3．書　評（　　　）
4．書店で見て　5．友人にすすめられて　6．その他

●ご購読ありがとうございます。
本書についてのご意見、ご感想、その他をお聞かせ下さい。
図書目録ご入用の場合はご請求下さい（要　不要）

教文館発行図書　購読申込書

下記の図書の購入を申し込みます

書　　　　名	定価（税込）	申込部数
		部
		部
		部
		部
		部

ご注文はなるべく書店をご指定下さい。必要事項をご記入のうえ、ご投函下さい。

お近くに書店のない場合は小社指定の書店へお客様を紹介するか、小社から直送いたします。

ハガキのこの面はそのまま取次・書店様への注文書として使用させていただきます。

DM、Eメール等でのご案内を望まれない方は、右の四角にチェックを入れて下さい。□

ご氏名　　　　歳	ご職業

〒　　　　　　）
ご住所

電　話
書店よりの連絡のため忘れず記載して下さい。

メールアドレス
（新刊のご案内をさしあげます）

書店様へお願い　上記のお客様のご注文によるものです。
着荷次第お客様宛にご連絡下さいますようお願いします。

ご指定書店名	取次・番線	
住　　所		
		（ここは小社で記入します）

い。そうではなくて、いつも人間として接する。他の何人も奪うことができない尊厳を持った人間として。君はわたしの側にいる限り安全だ。」

ハンナがむりやり割って入って言った。「テルティウス、あなたはエラスムスを信じていいのよ。さっき名前が出たパウロについては、昨日あなたに説明したわね。わたしはエラスムスと、もう長いことそのパウロについて話してきているの。」

それからハンナはエラスムスの方に向き直って言った。「わたしはあなたに打ち明けておかなくてはならないことがあるの。わたしはこの間にキリスト信奉者たちの集まりに参加してみたの。彼らはある一軒の個人宅で集まるの。そこでわたしは彼らの指導者のオネシモという人に会ったわ。そして他のメンバーに確かめてみたの、彼が奴隷身分なのかどうか。というのは、オネシモという名前は奴隷に典型的な名前だからよ。答えはその通りで、もとは奴隷だったそうよ。しかし、現在はほとんど自由人の身分なんだって。だから集会の指導者にも選ばれることになったわけ。集会のメンバーたちは、彼の身の上話もしてくれたわ。テルティウスはもうそれを知っているけど、エラスムス、あなたも知っておいた方がいいわ。

オネシモがもと奴隷だったときの主人はフィレモンという名前で、もうずっと以前からローマでパウロを支持するグループの一員だったのよ。彼は自分の家僕たちに対して、キリストを信奉するように圧力をかけたことは一度もなかったそうだわ。そういう圧力をかけることは、フィレモンにとっても都合の良いことではなかったでしょうね。というのも、キリスト信奉者たちはお互いに兄弟姉妹で、奴隷と自由人を区別していないから。そういう中でフィレモンは依然として家僕たちの主人のままでいられたと思う？　オネシモがフィレモンから託されていた仕事は、市場で貸金業務をすることだったの。利子を取って金を貸すのよ。ところがその仕事がある時、まずいことになってしまったの。そしてそのことを自分の主人に打ち明けるのが、彼には不安で仕方がなかったわけ。主人は自分を処罰するか、売り飛ばすだろうと恐れたのよ。しかし他方でオネシモはフィレモンの友達にパウロという人物がいることを知っていたので、獄中のパウロを訪ねたわけ。家僕が主人の友人を訪ねて、自分と主人の間のトラブルの調停を依頼することはよくあることだからよ。獄中にいたパウロは、キリスト信奉者たちの集まりでは、奴隷と自由人の区別はもうないこと、だからフィレモンには、オネシモを非人間的に扱うことはできないことをオネシモに明確に話して聞かせたの。パウロはキリスト信奉者の共同体生活がどういうものかも、こうオネシモに話して聞かせたそうよ。

わたしたちは隣人を愛する。そして正しい裁きを行う。わたしたちは他の人からしてもらいたくないことを、他のだれにも行わない。わたしたちに不法を行う者に、優しい言葉をかけ、友人に変える。わたしたちは敵に善を行う。男女を問わず奴隷と子供たちには、キリスト信奉者になるように愛をもって説得する。もし彼らがキリスト信奉者になったら、何の区別もせずに一様に兄弟・姉妹と呼ぶ。わたしたちは謙譲と親切を心がけて生活している。そして互いに愛し合っている。夫をなくした女を蔑ろにすることも、親をなくした子供の気持ちを傷つけることもしない。

持てる者はだれでも、持たない者に惜しみなく分け与える。もし見知らぬ者を見かけたら、その人を自分の家に連れて来て、実の兄弟・姉妹のように歓待する。なぜなら、わたしたちがお互いを兄弟・姉妹と呼ぶのは、肉においてではなく、霊と神における兄弟・姉妹の意味だからである。わたしたちの仲間で貧しい人がこの世を去る時には、もし仲間のだれかがその人のことを知っているならば、その仲間が自分の持ち物を費やして代金を都合し、亡くなった仲間を埋葬する。もしわたしたちの仲間のだれかがキリストの御名のゆえに捕まって拷問に処されることになったら、わたしたちは全員そろってその仲間が必要とするものを弁済し、もし可能ならば、その解放のために尽力する。また、わたしたちの間に貧に窮した者がいるのに、わたしたちにも余裕がなくて、その人を助けることができない場合には、わたしたちは二日あるいは三日にわたって断食して、その仲間がどうしても必要としている食べ物を用意して分け与える。(188)

この話にオネシモはすっかり魅了されてしまったわけ！　彼はさらに学習したの。キリスト信奉者が神々というものを幻想と見做し、そのためにいかなる神像も拝まないこと、彼らが信じるのはただ一人で唯一の、しかも万物を創造した神だけであることを。彼らはその神をキリストを通して知っているということ、そのキリストが彼らの目を開いて、神の愛に気づかせ、目の前の世界には苦難と不法が溢れているにもかかわらず、その神の愛を信じる力を与えているということも。その結果、オネシモは洗礼を受けたの。パウロはそのオネシモを主人のもとへ送り返したのだけれど、その時、『フィレモンと彼の家にある集会へ』という宛名書きの短い手紙を託したの。実はこれが将棋で言えば、絶妙な一手だったわけ。というのも、もしその手紙が集会の場で読み上げられたら、すべてのメンバーがフィレモンがそれに従ったかどうかを判別できるからよ。そうなれば、奴隷を所有する者が自分の奴隷を人間的に扱うかどうかは、もはやその所有主の個人的な善意や気分次第ではないことになるわけでしょ。その手紙でパウロは友人のフィレモンに、オネシモも今やキリストを信じる者の一人となったことを知らせているわ。しかもパウロはオネシモが仕事で失敗してフィレモンにもたらした金銭上の損害も肩代わりする用意があるとまで言明しているの。ただしその際パウロは実に巧妙に行間に別の意味を込めているのよ。曰く、しかしフィレモンよ、本当のところを言えば、君の今ある命はわたしのお陰だよね。だから、今回わたしからは君に一銭も払わないでもいいはずなのだ。さらにその手紙には、フィレモンはオネシモをもはや家僕として扱ってはならず、むしろ『愛する兄弟』として扱わねばならないとも書かれているのよ。しかし、もっと決定的に重要なのは、パウロがフィレモンに対して、当のオネシモを自分〔パウロ〕の自由にさせてもらいたいと頼んでいることよ。これからはパウロがオネシモの主人になると言うのよ。つまり、彼はフィレモンにオネシモを解放するように頼んだわけではないのよ。これがわたしが絶妙な一手と言う理由よ。なぜなら、奴隷というものは、解放された後も一生にわたって、もとの主人に仕える義務を負い続けるものでしょ。だから、奴隷にとっては、もとの主人に代わって新しい主人を得た場合に初めて、もとの主人への拘束が断ち切られるわけよね。パウロはこの意味での新しい主人になることを考えているのよ。そうなれば、オネシモは事実上自由人になったも同然だわ。ここまでのことは、テルティウスにはもう話してあるわ。そして彼に約束したの。一緒にキリスト信奉者たちの集会に行って、テルティウスもオネシモと知り合いになれるようにって。特にわたしはこう言ったわ。『これからは、このわたしハンナがパウロの役を担って、あなたとあなたの主人の間を取り持ってあげる』って。」

エラスムスの脳裏を駆け抜ける思いがあった。「まさかハンナは、今すぐにわたしがテルティウスを彼女に譲ることを望んでいるわけではないだろうな。」彼はテルティウスをまじまじと見た。まるで今初めて、何と美しい男子であるかに気づいたかのようだった。「もうハンナは彼に然るべき目配せを送ってあるのか？　もしわたしが彼を解放したら、彼女は彼と結婚するつもりなのか！」エラスムスは自分の中に、いささかの嫉妬が湧き上ってくるのを覚えた。そしてその種の考えには二度と自分を引き渡さないことを厳しく自戒した。そうした思いがそもそも存在するということがなんとも忌まわしい。しかしそれが命を破壊するようになるのは、人間がそれに拉致されてしまう時なのだ。

ハンナはエラスムスの中に去来した思いを感じ取ったかのように、先を急いで言った。「エラスムス、わたしはあなたに話しておかなくてはならないことがあるの。絶望して自殺の瀬戸際にいたテルティウスに出合ったとき、わたしが彼を慰めるために彼に話したのは、ただオネシモの話だけではなかったの。わたしはそのとき、本当はすべきではなかったこともしてしまったの。愛を告白してしまったの。」

その一言がエラスムスの全身を突き刺した。「ハンナ、いったい何の話になるんだ？」と言いかけた。

しかしハンナはやさしい眼差しで落ち着いて彼を見ていた。そして言った。「わたしはテルティウスに打ち明けたの。わたしはあなたのことが好きだって。これはもうずっと前から直接あなたに言いたかったことよ。わたしはあなたのことが好きなのは、あなたがすべての人間が平等だと信じて揺るがないからなの。本気でそう信じている人間は、この地上に多くはないわ。でも、あなたの場合はそうだって、わたしは確信しているの。その確かさをわたしはテルティウスにも分けてあげたかったの。だから、本当はあなたにだけ言うべきことを、彼に打ち明けてしまったの。わたしはあなたを愛しているわ。それをわたしは最初にテルティウスに言ってしまった。まるで彼があなたの代理人みたいにね。それが普通のことじゃないのは分かっているわ。スマートなやり方じゃないわよね。女の方から男性に愛を告白するなんて、わたしたちの慣わしにも合わないわ。しかも告白を聞かされる方は、男性の代理の家僕だもの！　でも、今の時代、『普通』って何のことなの？」

エラスムスは彼女の目を見ていた。彼をみつめる彼女は光り輝いていた。もはや彼の思いの中に微塵の疑いも残っていなかった。またしても、彼女の瞳の中に沈み込んでしまうかのような錯覚に襲われた。彼はハンナの容姿に目線を移した。光がそのとき彼女の肌に浮かび上がらせていた陰翳ほどに彼にとって快いものはなかった。しかし、それ以上にすばらしかったのは彼女の言葉だった。彼は低い声で言った。

「わたしも君のことが好きだよ。テルティウスの目の前でわたしはそう言うよ。でも本当はもうずっと以前に、君と二人きりのところで告白するべきだった。テルティウスは君の愛の証人であるように、今、わたしの愛の証人にもなるべきだ。」

するとハンナは一歩エラスムスに歩み寄った。そして彼に両腕を回すと、その顔を引き寄せて、自分の柔らかな唇を彼の唇に重ねた。長いキスだった。その間、失神しそうになったのはエラスムスの方だった。その膝はガクガクと揺れ、心臓は激しく鼓動して飛び出さんばかり。彼女はやっと身を離すと言った。

「わたしたちの愛の告白は善き慣わしの彼方にあるものよ。それはわたしも分かっている。たとえ同伴者がいても、女の側から男性を訪ねるものではないわ。しかしわたしには分かっていたの、あなたがわたしが来た意味を取り違えるはずはないって。状況が異常だったのだわ。今日わたしたちが経験するのは、非正義と死が襲って来ることよ。それに対抗するために、わたしたちは何ができるの？

今晩、ほんの少しだけ慰めがあるわ。夜が暗ければ暗いほど、ほんの小さな灯りも大きく輝けるわ。それがわたしの慰めなの。わたしたちの愛がその小さな灯りなの。この世界の中では小さくても、わたしたちの生活の中では大きくならなくてはいけないわ。」

部屋の中に沈黙があった。その静寂を破って、この普通ならざる愛の証人となったテルティウスが言葉を発した。「それで、このわたしはどうなるのですか？」

エラスムスが彼に向き直って言った。「わたしは君のことを息子のように愛しく思っているよ。」

ハンナも加わって言った。「わたしもあなたのことを好きよ。」

そしてエラスムスは補足して言った。「わたしとハンナが結婚式をすませたら、わたしは君を養子にしたい。そうすれば君は解放奴隷というだけではなくて、本当に自由になる。」

テルティウスが顔を輝かせて言った。「お二人とも、何とやさしいのでしょうか。しかし、わたし自身の巡り合わせが良ければ良いほど、他の奴隷たちに降りかかる不幸のことがわたしを苦しめます。わたしの友達のクアルトゥスは明日残虐に殺されねばなりません。それに耐えるよりは、死ぬ方がわたしには楽です。あなたがたにはそれがお分かりになりますか？　われわれ奴隷はまるで塵芥や動物、そして屠殺用の羊のように扱われるのです！」

ハンナは立ち上がってテルティウスに近づくと、その肩に両手を置いて言った。「わたしには分かるわよ。あなたの心の中は真っ暗に違いないわ。しかしあなたにはわたしたちが側にいるわ。」

そしてエラスムスも言った。「絶望しているのは君だけではない。ナタンがわたしにくれた書物から、少し読み上げてもいいかい？　ソロモン王が信条としていた哲学の一節だ。だから語っているのは奴隷ではなく、一人の王様だ。でもそのソロモンが何を言うかだ。

わたしは改めて、太陽の下で行われる
すべての虐げを見た。
虐げられる者たちが涙を流すのを見た。
しかし、彼らを慰める者は一人もいなかった。

彼らは虐げる者たちから暴力を加えられた。
しかし、彼らを慰める者は一人もいなかった。
そのときわたしは死者たちを羨んだ、
死んですでに久しい者たちを。
彼らは現に生きている者たちよりも仕合せだ。
さらに生き続けねばならない者たちよりも仕合せだ。
しかし、そのどちらよりも仕合せなのは、まだ生まれていない者だ。
そして太陽の下で行われる悪しき行いを
まだ見たことのない者だ。
わたしは見た。すべての労苦とすべての成功も、
一人が別の者と争う競り合いにすぎない。
これもまた虚しく、
風を捕えようと追いかけるようなものだ。(189)

この世のすべての財宝を所有し、旨い食事と美女たちにうつつを抜かす一人の王でさえ、その語る言葉がこうならば、われわれは全員例外なく、この世の虚無の前で平等なのだ。身分が高かろうと低かろうと、主人であろうと奴隷であろうと同じことなのだ。」

ハンナがエラスムスを補って言った。「でもわたしたちは、この世界はそんなものだ、世界は決して変わるもんじゃない、という気分を広めるだけじゃだめなのよ。わたしたちは嘆くばかりではいけないわ。わたしはソロモン王のものだと言われるもう一つ別の箴言を知っているわ。それがさっきからずっとわたしの脳裏を行き交っていたの。

解き放て、死に引きずられて行く者たちを、
救い出せ、屠殺場へとよろめいて行く者たちを。
もしおまえが『知らなかったのだ』などと言っても、
心を調べる方がおまえを見抜いていないと思うのか？
おまえの魂を見守る方、その方がご存知だ。
その方が人それぞれに行いに従って報いられる。(190)

わたしはどれほど夢見たことか。もしわたしにソロモン王のような権能があったらと！　そうしたら、わたしが奴隷たちを救い出せるわ。しかしわたしたちを支配しているのはソロモンではなく、カッシウス・ロンギーヌスのような元老院議員とネロなのよ。」

エラスムスが賛成して言った。「そのネロも治世の始めにしたのはまことに人道的な約束だった。彼はギリシア文化と自由と芸術の愛好家たらんとしたのだ。しかしその彼は玉座に上った時、まだ大

変に幼かった。彼に代わって実質的に政治を取り仕切ったのはセネカと都警長官のブッルスだった。ところが彼は時間が経つ内に、自己中心的な専制君主という正体を現し始めたのだ。それでも、今現に起きたことをもって、ネロを咎めることはできない。四百人の奴隷の一斉処刑はネロが推し進めたのではないからだ。それをしたのはカッシウス・ロンギーヌスだ。これがわたしにとっての最大のショックなのだ。法学の教授が法を恣意的に誤用したのだ。政治的には、カッシウス・ロンギーヌスはどちらかと言えばネロに反対して、元老院の権利を擁護する立場なのだ。これはわたしの想像だが、ネロは今回の奴隷法をめぐる争いでは、ひょっとすると敢えて奴隷に対して穏便な態度を取る善行家を装ったのではないか。そしてカッシウス・ロンギーヌスを筆頭とする元老院派はそのネロに対抗したのではないかとさえ思われるのだ。もちろん、これは純然たる推測に過ぎないのだが。」

エラスムスは自問した。こうして見ると、パウロが律法を批判したことには当たっているところがあるのではないか。ローマの法律家としての自分は誇りを傷つけられたと感じて、パウロの律法批判を跳ね返したが、それはパウロに対して不当な行動だったのか？　ハンナはそんなエラスムスの思いを感じ取ったようだった。なぜなら彼女はこう言ったからである。

「パウロは手紙のある箇所でこう言っているわ。『知者はどこにいるか。学者はどこにいるか。神はこの世の知恵を暴いて愚かなものにされたではないか。』(191)　セネカも同じように沈黙を守ったのでしょう？」

エラスムスは頷いた。「この世にあるものはすべて濫用されることがある。法も知恵も学識も宗教も。人間が考えうる限りの残虐な行為をするのも、この世界を破壊しようと意図する場合だけではない。むしろそれを救おうとしてそうなることもあるのだ。カッシウス・ロンギーヌスもそうだったのだ。彼はローマの法を救わねばならないと思い込んでいたのだ。寝ぼけた人道上の理由からその法の過酷さだけを和らげようとしていた他の議員たち以上にそう思い込んでいたのだ。」

ハンナが言った。「もし今この時にわたしたちには何もできないとしても、正義が貫徹される希望まで捨ててはいけないわ。テルティウス、お願いだから、明日の一斉処刑、十字架の極刑を目の当りにするのはやめてちょうだい。きっとその有様はあなたの脳裏に焼き付いて離れなくなるわ。二度とそれから解放されないわよ。あなたは自分の頭を別のもので一杯にするべきだわ。そう、その残虐行為と正反対のもので。わたしが知っている限り、明日の処刑の時刻に、キリスト信奉者たちが礼拝するために集まることになっているわ。わたしと一緒にそこへ行きましょう。わたしが案内するわ。そこであなたはオネシモにも会えるわ。そこで、同じ十字架でも、明日のものとはまったく逆の十字架の記憶にもあなたは出合えるわ。この不法に抗うために、わたしたちに必要なものはそれなのよ。」

エラスムスは二人を見た。それから、決然として言った。「わたしも一緒に行く。わたしはそのキリスト信奉者たちと知り合わねばならない。」

三人は席を立った。エラスムスはもう一度ハンナを抱き寄せた。二人は互いに強く抱き合うと深い接吻を交わした。それから二人はテルティウスとも抱擁した。三人はそろって家族のようだった。エラスムスはテルティウスと一緒に、ハンナを家まで送って行った。夕方になっていた。街はいつもよりも静かだった。明日起こるはずの不法行為があたかも重い荷物のように、その上にのしかかっているかのようだった。どの家屋もその重さに首をすくめているように思われた。笠松は黒く塗られた葬儀用の木のように虚空に向かって立っていた。三人がティベルを渡るとき、川の流れはいつも通りだったが、その瀬音には鬱積した悲嘆の響きがあった。それだけますます三人は身体を寄せ合っていた。そしてお互いに手を取り合っていた。あたかもそうして互いにつかまり合うことで、憤りと無力感と悲痛の深淵に堕ち込まないようにしているかのように。

エラスムスはテルティウスと一緒に自宅に戻った。その時、テルティウスがエラスムスに言った。

「ありがとう。あなたは本当にわたしにとって兄弟のようです。」

しかしエラスムスは思った。彼はひょっとしたら自分が事実わたしの兄弟かも知れないことを感じているのだろうか？　それともこれは、フィロデームスがわたしに繰り返し批判する社会道徳に係る幻想にすぎないのか？　とは言え、そのフィロデームスも明日行われる奴隷たちの一斉処刑のごとき不法を咎めるはずではないか？　そのことを手紙で尋ねたエラスムスに、フィロデームスは次の手紙で答えてきた。

社会道徳の幻想

フィロデームスからエラスムスへ

拝啓

わたしは君と意見が違うことはあっても、君からの手紙は熱心に読む。しかし、わたしは君の楽観主義には同調しない。君はいわゆる「善意の人間」の一人だ。「善意の人間」とは、すべての人間が互いに平等で、われわれが根本的には互いに兄弟姉妹であることを信じる手合いのことだ。それがどういう結果になるか、君は分かっていないのか。わたしは少し前にカッシウス・ロンギーヌスの演説を通して読んでみた。これは有名な法学者が法外な不法行為を擁護しているということだ。しかし、どうやって彼はそこへ立ち至ったのか。彼が元老院で掻き立てたのは、自分たちが所有する奴隷に対する恐怖心だ。その際彼は事の真相を暴き出す一文を加えている。曰く、その昔の主人たちは奴隷と同じ家屋の中で一緒に成長した。ところが今日では、奴隷は主人にとって見知らぬ者たちだ。まさしく見知らぬ者たちへの不安こそが、今回元老院が奴隷たちの処刑を擁護した究極の原因なのだ。たしかに、見知らぬ者たちに自分を開くことは人道に適うかも知れぬ。見知らぬ者たちは至るところからローマに押し寄せて来る。それが事実としてもたらす結果は、こちらが彼らに自分を開くことと引き換えに、非人道的なことが増えて行くということだ。

今回の元老院議決は、人道を意識した演説は「善意の人間」たちによる幻想であることを暴き出している。たしかにセネカは彼の哲学書簡の段階では、奴隷も人道的に扱うようにずいぶんと意を用いていたかも知れぬ。ところが執政という実権を握った後は、奴隷たちの状態を改善するような法律を、

-リスト教教父著作集 4-I

アレクサンドリアのクレメンス 1
ストロマテイス(綴織) I

山 学✣訳
波大学教授

端論争の中で、信仰と知の関係を真摯に見つめ、文
的教養を福音受容の準備として用いた、初期ギリシ
教父の主著。2分冊のI。 ●本体8,300円 1月刊行

ヒエロニュムスの聖書翻訳

藤哲平✣著
エル大学非常勤講師

レガータ聖書の翻訳者ヒエロニュムス。彼の翻訳
論の底流にある思想とは何か。「ウルガータ聖書
文」の全訳(共訳)とともに解き明かす。
●本体5,200円 3月刊行

田村直臣の
キリスト教教育論

見のぞみ✣著
短期大学教授

女同権」と「子どもの権利」を提唱した田村直臣。
教育理論の形成と変遷をたどり、今日的な意義を
、本邦初の包括的研究書。 ●本体6,000円 3月刊行

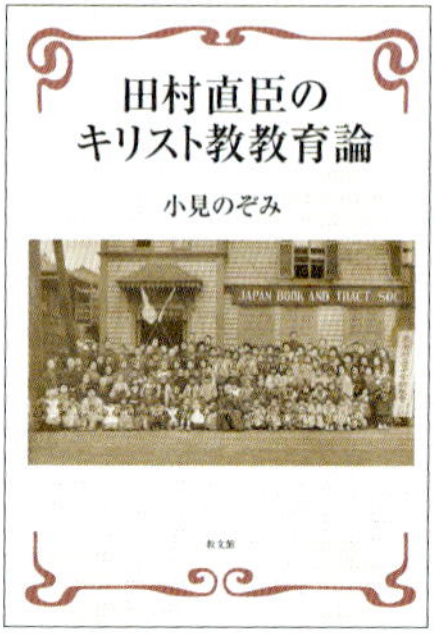

金の子牛像事件の解釈史
古代末期のユダヤ教と シリア・キリスト教の聖書解釈

大澤耕史✣著
日本学術振興会海外特別研究員

ユダヤ学の立場から古代キリスト教教父の解釈との比較分析を試み、相違と近接関係を解明する貴重な研究。　●本体5,400円　3月刊行

悪と神の正義

N.T.ライト✣著　本多峰子✣訳
セント・アンドリュース大学教授　二松學舍大学教授

悪と不条理がはびこる世界で、神は何をしておられるのか？　現代を代表する新約聖書学者による、新しい神義論の試み。今ここに生きるキリスト者を新しい使命へと導く画期的な書。　●本体2,000円　3月刊行

Q文書
訳文とテキスト・注解・修辞学的研究

山田耕太✣著
敬和学園大学学長・教授

イエスの言葉資料“Q”とは何か？　復元したギリシア語本文と日本語対訳を提示し、注解と修辞学的分析を加えた初の試み。イエスの真の言葉と思想の原点に迫る金字塔的研究！　●本体7,100円　2月刊行

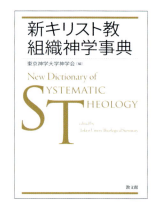

ただの一度も元老院に上程したことがないのだ。セネカはたしかに財産からの心の独立性について説教したかも知れぬ。ところがローマ帝国切っての富豪の一人としての彼について言えば、その財産をどうやって手に入れたのか、実に疑わしいのだ。[192] もちろん、セネカは法に対する自分の忠節を誇ってもよいかも知れぬ。しかし、ネロが自分の母親に対して企んだ暗殺計画に彼も関与していたことは今や公然の秘密だ。[193] ネロは母親が乗る予定の船が途中で沈没するように予め準備してあったのだが、アグリッピナは予定に反して一命を取り留めてしまった。そうなった時、ネロはセネカとブッルスに助言を求めたそうだ。二人はアグリッピナの暗殺を提案したのだ。ネロの信任が厚かった男がその暗殺を実行した。セネカは元老院への報告においては、事の真相を覆い隠した。曰く、アグリッピナに遣わされた間者がネロの暗殺を謀った。それが阻止された時、アグリッピナは自害したのだと。

親愛なるエラスムスよ、いい加減に社会道徳に幻想を抱くのはやめにし給え。人文主義の学識が野蛮に対する防御になるなどと信じてはならない。これはわたしからの忠告だ。君はキリスト信奉者が死刑に値するようなことをしていないと信じている。その点は正当だ。もし君が彼らの一人、たとえばパウロを、処刑から守ろうとするのなら、わたしは君を支持する。この点で、わたしは考えを改めたのだ。なぜなら、わたしは人が哲学上あるいは宗教上の見解のゆえに殺されることに対して断固として反対だからだ。ただし、弁護人は自分が弁護する者の意見に同調する必要はない。彼の言うことは信じるな。それでも君が彼を助ければ、それはその分だけ価値を高めることになる。

敬具

友人エラスムスへ

フィロデームスより

エラスムスからフィロデームスへ

拝復

君に神の祝福があるように。わたしはストア派としてすべての人間が平等であることを信じている。自然はわれわれすべてにひとしく同じ空気を呼吸させ、ひとしく誕生と死の宿命に服させている。よく聞く説では、ある者たちは生まれながらに支配者で、他の者たちは生まれながらに使用人だと言われる。[194]しかし、自然はそうは教えていない。われわれ人間の間には、それとは異なる対抗モデルがある。ギリシアとローマの都市国家では、原則としてすべての者が平等だ。ただし女、外国人、非自由人だけは例外だ。この者たちは「エクレーシア」と呼ばれる住民の総会で議席がない。それだけますますわたしは驚いたのだ。キリスト信奉者たちは自分たちの集会のことを、なんと「エクレーシア」と呼んで、ユダヤ人であれギリシア人であれ、奴隷であれ自由人であれ、男であれ女であれ、[195]都市国家の「エクレーシア」からは締め出されている者たちを受け容れているのだ。

セネカに対する君の批判は当たっている。しかし君のその批判でセネカが奴隷の扱い方に関して述べていることに対する論駁になり得るのか。彼は当の書物でこう書いている。「わたしが君のところからやって来る者たちから聞く度に嬉しく思うのは、君が奴隷たちと親しく一緒に暮らしていることだ。それはまことに君の賢明さと教養に似つかわしい。

『彼らは奴隷だ。』——否、人間だ。

『彼らは奴隷だ。』——否、家族だ。

『彼らは奴隷だ。』——否、身分が低いだけの友達だ。

『彼らは奴隷だ。』——否、共に奴隷なのだ。

わたしの哲学の核心はこうだ——君が自分よりも身分の低い人間と一緒に暮らすときには、自分より身分の高い人間が自分にそうあって欲しいと思うように接しなさい。君がこれくらいのことは自分の奴隷にしても構わないだろうと思うなら、そのつど、君の主人も君にまったく同じことをしてくるかも知れないと思わねばならない。」

セネカも少なくとも自分の家の中では、この原則を実行したものとわたしは信じたい！　しかし、それでもなお十分ではないだろう。もしだれかが自分の家で奴隷に不当な仕打ちを加えても、だれ一人それを正すことができない。ところがキリスト信奉者たちの間では、もしだれかが不当に奴隷として扱われているならば、「エクレーシア」がそれを正すことができるのだ。もうこの理由だけからでも、われわれは人間性のこの孤島を保全して行かねばならない。彼らはわれわれに勇気を与えてくれるのだ。ストア派は好んで過ぎ去った過去の黄金時代を持ち出しては現代に対立させる。ユダヤ人は好んで未来を持ち出しては現在に対立させるのだ。しかも彼らの何人かはすでに今この時、奴隷なしの共同体生活を送っている(196)。その者たちにおいては、未来はすでに今ここで始まっているのだ。
　セネカのような人々が示しているのは、奴隷を抑圧するにしても、悪しき良心でそうしているということだ。彼らのその悪しき良心をわれわれは継承して行かねばならない。そうでなければ、奴隷たちの状況は一向に変わらないだろう。

敬具

エラスムスより

フィロデームスへ

第8章

抵抗としての説教

ついに一斉処刑の日がやってきた。それはカリグラの競技場で行われることになっていた。[197]すでに早朝から兵士たちが出動して、奴隷たちの一行が引かれてくるはずのすべての街路を統制下に置いていた。兵士たちは抜き身の刀剣を掲げて、長い隊列を作って立っていた。それは民衆を威嚇するためだった。というわけは、何人かの者たちが投石の支度を整え、火炎瓶を投げつけて、なおも処刑を阻止しようとしているという流言が飛び交っていたからである。[198]通常の生活ができる状態ではなかった。オネシモの集会は事前の取り決めで、大量処刑が決行される時刻に礼拝に結集することで、この不法行為に対する密かな抗議行動とすることになっていた。

エラスムスとテルティウスはハンナを家まで迎えに行った。彼女が属する集会に一緒に参加するためであった。三人は軍隊によって統制された街路を避けるため回り道をして、やっとのことでキリスト信奉者たちが集まっている場所へ到着した。それは靴屋の工房だった。部屋は普通の居間よりは少し大き目だった。什器はもう外へ出されていた。大抵の人が背もたれも肘掛けもない小さな椅子に腰掛けていたが、壁に寄りかかっている者もいた。入ってくる者はだれもがハグで歓迎された。部屋がほぼ満員になったとき、一人の若者が立ち上がった。年の頃はとてもまだ三十歳には見えなかった。彼は話し始めた。黒みを帯びたその肌の色は外国出身であることを問わず語りに告げていた。彼が語るギリシア語は完璧だった。その柔らかみを帯びた声が部屋中に響き渡った。ハンナがエラスムスに耳打ちした。「これがオネシモよ。」彼は祝禱で礼拝を始めた。

わたしたちの父なる神から、
そして主イエス・キリストから、
恵みと平安が
あなたがたにあるように。

続いて彼は祈りを捧げた。今日の集まりのきっかけは悲劇だった。しかし、彼の祈りは神を称えることから始まった。

あらゆる慰めに満ちる神に栄光があるように。
神はあらゆる危難の中でわたしたちを慰められます。
それはわたしたちが力を与えられて、
危難の中にある他の人を慰めるためです。

わたしたちが神によって慰められるのと
同じ慰めをもって。
キリストの苦しみが満ち溢れてわたしたちの上に及んでいます。
しかし、それ以上にキリストによる慰めがわたしたちに及んでいます。
わたしたちの希望は揺らぎません。
わたしたちは知っているからです。
わたしたちがあらゆる苦難を共にしているように、
やがて慰めにも共に与ることを。(199)

その後で、全員が一つの賛歌を唱えた。オネシモはそれをこういう言葉で導入した。「あなたがたは、だれもがイエス・キリストを手本とする者として、お互いに接しなさい。(200)」それに続いて、賛歌が交唱されたのである。参加者全員がその文言を暗誦していた。エラスムスとハンナとテルティウスは唱和することができなかった。その結果、問わず語りに新参者であることをさらけ出してしまった。その分だけ余計に聞き惚れるように聞いていた。

キリストは神の姿でありながら、
神とひとしくあることを

ご自分の特権とは思わず、
むしろ自らの身分を放棄して、
僕の姿となり、
人間と同じものとなられ、
人間として現れた。
ご自分を低められ、
死にいたるまで従順であられた。
十字架の死にいたるまで。

それゆえに神は彼を万物の上に高められ、
あらゆる名に優る
名をお与えになった。
それはイエスの名によって、あらゆる膝が身を屈め、
天にあるもの、地にあるもの、地下にあるものすべてが身を屈め、
あらゆる舌が
イエス・キリストは主であると告白し、
父なる神を称えるためである。(201)

それからオネシモの説教が始まった。

親愛なる兄弟、姉妹のみなさん

あなたがたの上に神の祝福があるように。あなたがたがだれであるかは問いません。もうずっと前からこの集まりに属しているか、それとも今日初めてここにおられるか。それも関係ありません。わたしたちの間では、もはやユダヤ人かそうでないか、自由人か奴隷か、男か女かの区別はありません。わたし自身がその証人です。なぜなら、わたしは奴隷だからです。わたしの主人はローマにいるフィレモンでした。彼はわたしを自由身分の扱いにして、キリストに仕える者としてくれたのです。したがってわたしは今現になお奴隷ですが、あなたがたはそのわたしをこの集まりの指導者に選んだのです。こうしたことがこの世界の他のどこで可能でしょうか？　世界の他のどこで、最下層の人間が主導権を揮うということがあるでしょうか？　しかしそれがこのわたしたちの集まりでは可能なのです。そのわけは、わたしたちがそろってキリストを模範として目の前に持っているからです。彼は最高に高いところにいました。そして神とひとしい者でした。そのキリストがありうべき最も下賤な役割、世界中で一番低い奴隷の役割、それも十字架で処刑される奴隷の役割を自分の身に引き受けられたのです。キリストは今まさにこの時に十字架で処刑される奴隷たち全員の側についておられます。そのイエスは死後、神と同じ身分を授けられました。だからわたしたちは彼を通して学ぼうではありませんか。高いものは低められ、低いものは高められるのです。神の前では、上にある、下にあるは、もはやないのです。

しかしこの世の中の進み方はそれとは違います。今日この日に、四百人の奴隷たちが処刑されます。その内の一人が主人を殺したというのがその理由です。もちろん、その殺害は恐ろしい出来事です。しかしもっと恐ろしいのは、その報復のために罪のない人間たちが殺されることです。この世の中でそういうやり方が許されるのは奴隷に対してだけなのです。奴隷たちはまるで屠殺用の家畜のように扱われます。彼らに対しては自由人とは異なる法律が適用されます。しかし、神は自由人と奴隷の間に何の区別もされません。ローマの民衆もわたしたちと同じ考えです。すべての人が今日行われることに憤慨しています。しかし、民衆の姿勢はローマの権力者たちの姿勢ではないのです。

皆さんはわたしたちの主イエス・キリストの誕生にまつわる物語をご存知ですか？　それは民衆と権力者たちの違いを明らかにしています。その物語には二つあります。その一つによれば、主が誕生した時、野原にいた羊飼いたちが主のもとへやって来て、真っ先に主を拝みました。彼らは純朴な人間たちで、昼間だけでなく、夜もきつい労働に堪えねばなりませんでした。その彼らに天使たちが到来して、「地に平和があるように」というメッセージを伝えたのです。平和の使者となるように召し出されるのは、そうした人間たちなのです。(202)

もう一つの物語は東方から賢者が来訪するという話です。彼らはこの世では力ある者たちに属していました。彼らは高価な贈り物を携えて来ました。そしてユダヤ人の新しい王であるイエスを探しました。彼らが持ってきた贈り物が災いをもたらすことになりました。大王ヘロデがそこから嗅ぎ付けたのです、ベツレヘムに新しい王が生まれたと。彼は自分の王位が危ういと感じました。そこで彼はベツレヘムにいたまだ二歳以下だった子供たちを皆殺しにさせました。すべてが無垢な幼児たちでした。しかも根拠もなく、ただその子供たちの中の一人がもしかすると予め予言されていた王子かも知れないという噂に基づいてのことでした。この場合は、たくさんの無垢の子供たちがただ一人の子供のために、しかも無垢な子供のために、死んだのです。(203)

どうしてこの世界では、そうした無垢な者たちに対する虐殺が起きるのでしょうか？　ベツレヘムでの幼児殺しでは、大王ヘロデが自分の権力の保全を図ったのです。彼は新しい王がひょっとして自分を退位に追い込むかも知れないと恐れたのです。今日このローマで行われる大量処刑では、奴隷所有者たちが自分たちの力を保全したいのです。彼らは奴隷たちに向かってこう明言したいのです。「たしかに、お前たちが家でわれわれに仕えている限りは、われわれ所有主も、お前たちの手中にあるようなものだ。しかし、お前たちの一人がその力を悪用するとしたら、おお、何という禍だ。お前たちは全員でその償いをなさねばならぬ。」権力者たちは不安を抱えているのです。

皆さんは、なぜ神はこうような不法を見過ごすのか？　と思うでしょう。それは正当です。その答えはわたしにもありません。なぜなら、罪のない人間や幼児たちを襲う苦難を説明して、それに何がしかの意味があるかのように言う解答は、たとえどんなものであれ、その苦難を正当化することになるからです！　そのような正当化はどんなものでも、そのような苦難になにがしか善い点があるかも知れないから、それを見つけようということになるでしょう。しかし、この世界には、いかにしても正当化できない非人間的な行為があるのです。ベツレヘムでの幼児殺しがまさにそうです。それは何をもってしても正当化できません。そこに何らかの意味が隠されているに違いない、その理由を考え出そうというようなこと、そんなことを神はお許しになりません。確実なのはただ、そのような殺害を神が断罪されるということです。それは神の御心に反しています。そこでは人間が神の御心を土足で踏みにじっているのです。

パウロがこのローマにいるキリスト信奉者たちに宛てて書いた手紙を読むと分かりますが、そこには不正義のために苦しんでいるすべての人間に宛てて二つのメッセージが含まれています。第一のメッセージは、もしわたしたちが苦しむなら、神もわたしたちと一緒に苦しんでいるということです。なぜなら、わたしたちの内側で、そしてすべての被造物の内側で呻いているのは、神の霊だからです。だからパウロはこう書いているのです。「わたしたちは被造物全体が今この瞬間に至るまでわたしたちとともに呻き、産みの苦しみの中にあることを知っています。(204)」もしわたしたちが喘ぎ、もうそれ以上はこの世界で堪えられなくなったとしたら、そのときには、神の霊がわたしたちの内側で叫び、抗ってくれるでしょう。もしわたしたちが苦しみに喘ぎ、身をよじるならば、それは今まさに新しい世界が生まれ出る産みの苦しみなのです。なぜなら、この世界は今のままでは行かないからです。それは変えられるでしょう。すべて新しいものは苦しんで生まれてくるのです。しかし、その苦しみもそれに続いてくるものによって正当化されるわけではありません。

おそらく皆さんは、こう言われるでしょう。その新しい世界はどういう顔つきをしているのか。教えてもらえませんかと。率直に言いますが、それはわたしにも分かりません。何を神に乞い願うべきなのか、それも分かりません。分かっているのはただ一つ、わたしがこう求めていることです。どうか、わたしたちに力を授け給え。この苦しみを生き抜き、隣人に対して親切を貫き、敵に対して公平であり続け、この世界が変わり得るという希望を決して捨てさせないでください。パウロもまた、どう祈ったらいいのか、分かっていませんでした。だからこう書いているのです。「わたしたちは、何をどう祈ったらよいか分かりません。霊自らが言葉には言い表せない呻きをもって、わたしたちを執りなしてくださるのです。」(205) これは、自分が祈るべきかどうか分からず、そもそも自分が生きて行くことに意味があるのか、自分が苦しむことに意味があるのか分からないでいるすべての人にとって慰めです。神がその人々と一緒におられます。神は意味なき世界のただ中で意味を求める憧れなのです。わたしたちの苦しみは神の苦しみなのです。

そうするとあなたがたはこう聞いて来られるでしょう。神がわたしたちの中にいて、わたしたちと共に苦しんでおられるということ、どうしてそう確信できるのですか？　そこでパウロがわたしたちに語っている第二のメッセージがあるのです。わたしたちはイエスを眺めることによって、そのことを確信するのです。イエスは十字架に架けられたとき、すべての人から見放されていました。しかし、神は彼と一緒にいたのです。神は権力者たちと一緒にいるのではなく、抑圧された者たちと一緒にいるのです。だからこそ、イエスはもともとの自分の身分に、それが何かの特権であるかのように固執せず、かえってそれを放棄して、わたしたちと同じ人間となり、わたしたちの多くの仲間と同じ奴隷になったのです。そのようにして神は、「わたしは身分の低い者たち、権利を奪われた者たち、そう、今日この日に罪もないままに殺害される者たちの側に立っている」ことをお示しになるのです。同じことは、パウロもこう書いています。

兄弟たち、姉妹たち、あなたがたが召された時のことを返り見なさい。
この世の意味で賢い者は多くはなく、
権力ある者も多くはなく、
高貴な血筋の者も多くはありませんでした。
神はかえってこの世の愚かな者を選び、
賢い者たちに恥をかかせました。
神はかえってこの世の弱い者を選び、
強い者たちに恥をかかせました。
神はかえってこの世の身分の卑しい者、蔑まれた者を選び、
無にひとしいものを選んで、
自分をなにがしかのものと思う者を無にされました。

それはだれ一人自分を神の前で誇ることがないためでした。(206)

何のためにわたしたちは十字架に架けられた者のことを語るのでしょうか？　それはわたしたちが彼を通して、神が苦しむ者の側におられることを学ぶためです。イエスが十字架の上で、「わが神、わが神、なぜわたしをお見捨てになったのですか！(207)」と絶叫するとき、まさにそのとき、わたしたちは信じるべきなのです、わたしたちが神に見捨てられるその時にも、神はわたしたちを見捨ててはおられないということを。これはパウロのメッセージの最も重要なポイントです。今日この日に、四百人の罪のない人間が一人の罪人のために死にます。その有罪判決はローマ人の非人間的な法律によるものです。彼らはまるで家畜のように、そして人間ではないかのように屠殺されます。パウロはあたかもそのことを予言するかのように、詩編の言葉を引きながら、こう語っています。

あなたのためにわたしたちは一日中殺されて、
屠られる羊のように見られている。(208)

しかし、イエスが架けられた十字架は一つしかありません。神はその唯一の十字架を他にもたくさんある十字架の反対物としてお示しになっています。今日この日に四百人の罪なき人間が自らの意志に反して死ぬのは、一人の罪人のゆえです。しかし、神の振る舞いは違います。一人の罪なき者が、だれもが罪人であるすべての人間を救うために、自ら進んで自分の命を捧げるのです。そのすべての人間とは、わたしたちすべてのことです。わたしたちはだれ一人本来あるべき状態では生きていません。なのになぜ神はそのわたしたちをそこまでして救われるのか。神はまずはわたしたちの目を開いて、いたるところで他の人間たちがわたしたちのために死んでいること、そしてたくさんの生き物がわたしたちのために死んでいることを、認めさせたいのです。神はわたしたちの抱える悲惨にわたしたちの目を開きたいのです。しかし、さらに重要なことがあります。神はそのわたしたちの悲惨を打ち破るのです。イエスを死の中に放置しないことによって。そのことによって神がわたしたちに送ってよこすのは、他者のゆえに死ぬことはもうやめにするべきだ、という呼びかけです。他者をしてわたしたちのために死なせる代わりに、わたしたちが他者のために生きるべきなのです。

なぜならわたしたちのだれ一人自分のために生きているのではなく、
だれ一人自分のために死ぬのでもないからです。
わたしたちが生きるのは主のためであり、
わたしたちが死ぬのも主のためです。
生きるにしても死ぬにしても
わたしたちは主のものです(209)。
それゆえわたしたちはそれぞれ

自分の隣人の益になるように生きねばなりません。なぜならキリストもご自分のために生きられたのではないからです[210]。

はっきり承知しておきましょう。今日わたしたちが体験することは、形こそ違え常に至るところで起きているのです。この世界は残酷な闘争によって支配されています。大きな魚は小さな魚を食い物にしています。小さな魚たちは、だれがより早く大きな魚たちから逃れるか競い合っています。わたしたち人間も自分たちの間で同じ闘争を繰り広げています。今日この日にも、四百人の奴隷たちが同じ生存競争の法則の犠牲になるではありませんか。命は別の命を犠牲にして生きているという法則です。しかしパウロは、神の御心は愛だと言うのです。神は万物が万物と争う闘いを終わらせたいのです。すべて肉なるもの、すべての命は神に敵対するものだとパウロは言います[211]。すべての命は頑固に自分を貫こうとします。元老院の意見では、数百人の奴隷が死ぬ方がわたしたちに危険が及ぶよりはましなのです。しかしパウロだったらこう言うでしょう。元老院のやり方は残酷な命の法則にしたがって自分を貫こうとする地上のすべての生き物と何も変わらない。元老院のやり方はすべて「肉なるもの」のやり方だ。

それに代わる道はあるのでしょうか。それはあるのです。命が自分を増やす道は他の生き物をやっつけて押しのけることだけではありません。命は愛によって自分を増やすのです。人は愛によって互いに引き合います。もちろんその場合にも、先の命の根本原則はそのままです。魅力ある命は魅力に乏しい命を犠牲にして増えて行きます。にもかかわらず重要なことは、愛が破壊の正反対であることを承知しておくことです。愛において、この自然の中に一つの異物、一つの新しい可能性が輝くのです。わたしたちはその可能性を羅針盤にしなければなりません。わたしたちはそうすることで想像力を高められて、この世界でも事は違った仕方で進むかも知れないと考えるべきなのです。そしてそう考えることが決してこの世界から疎遠になることではないことに気づかねばなりません。

決定的に重要な問題は、わたしたちがその愛をあらゆる闘争よりも強力なものにすることができるかどうかです。わたしたちはその愛を、自分にとって魅力あるものさえも越えて、そのためなら何かの犠牲を払ってもよいようなものも越えて、広げることができるでしょうか。わたしたちはその愛を、魅力に乏しい者たち、見知らぬ者たち、敵たち、足を引きずり身体を揺すって歩く者たちにまで、広げることができるでしょうか。それが出来る時に初めて、わたしたちは冷酷な生命の法則から脱出したことになるのです。ちょうどその昔のイスラエルがエジプトの奴隷生活から脱出したように。神は何の魅力のない者たちを愛する。こうパウロが言うときに、彼が指しているのはまさにこのことです。神は罪人を愛するのです！　生存闘争の中でもはや何のチャンスもない者たち、その者たちの側に神は立つのです。弱い者、貧乏な者たちの側に！　神はわたしたちがそういう者たちに味方することを欲しておられるのです。

しかし、神はどのようにして、わたしたちにそのことを納得させようというのでしょうか。キリストはわたしたちがまさに今このローマで体験しようとしていることの反対物です。ローマ人もそういう反対物があることを承知しています。つまり、他者のために払われるいわゆる「高貴な犠牲死」のことです。その昔の王たちや将軍たちは、街を救うために、いかにして自発的に己の命を犠牲にしたことか。ローマ人の間には、そういう話がいくつも伝わっています。[212] すなわち、もし神々に人身御供をすれば街は救われるという神託が下ると、彼らは進んで自分を殺して犠牲に捧げることを受け容れたのです。自分を犠牲に捧げた彼らは、一旦命を失ったら、もはや二度と再びそれを取り戻すことはないことが分かっていました。彼らはあの冷酷な命の根本原則、つまり命は別の命を犠牲にして生きて行くという冷酷な原則に身を委ねたのです。しかし彼らは自分の命を増やすために、他の命を犠牲にしたわけではありません。むしろ、他者を救うために己の命を犠牲にしたのです。イエスもまた他者のために自分を捧げました。彼の死はたしかにこの「高貴な犠牲死」のことを想起させます。ところが実は、それ以上のものなのです。

自らを犠牲に捧げたローマ人たちは、祖国のため、友人のため、あるいは法律のために死んで行きました。つまり善いもののため、価値あるもののため、自分たちとつながりのある善き人間たちのために死んだのです。しかしイエスが死んだのは罪人のため、失われた者のため、希望を見失った弱い者のため、もはや何の価値もないとされた者たちのためでした。イエスはわたしたちの罪のために死にました。そしてわたしたちの間にあるあらゆる葛藤と争いのための贖罪の山羊になったのです。

重大なことは、イエスはただ死んだのではなく、再び起こされたことです。そのことをパウロは「死んだ方、否、ふたたび甦らされた方が神の右に座っておられて、わたしたちのために執りなしていてくださる」(213)と書いています。イエスは命は別の命を犠牲にして生きて行くという法則を克服されたのです。彼が甦ったことはこの法則に対する異議申し立てなのです。神は十字架で処刑されたイエスの味方につかれた。そのことによって、抑圧と暴力が生み出すあらゆる犠牲の味方になられた。今日この日に十字架にかけられる奴隷たちの味方にもなられたのです。

もちろんわたしは、他者のためにイエスが死んだという見方が多くの人にとって、愚かで躓きの因であることを承知しています。皆さんも、そもそも神は人間を赦すのにイエスが死ぬことを必要とされたのかと、おそらく疑問に思っていることでしょう。後から慈愛の神となるために、最初にまず怒りをあらわにして威嚇する神である必要があったのか、とも思われるでしょう。贖罪死という見方は、わたしたちの神観には適合しないのです。それはわたしたちの人間観にも矛盾します。なぜなら、わたしたちが知っているのは、人はだれもが自分自身のしたことに責任を負うということです。借金なら、ある人が別の人の肩代わりをして払うこともできます。しかし罪責は肩代わり不可能です。しかし、皆さんはどう思われますか。神はイエスの死によってわたしたちを救おうとしているのではないのです。イエスの死を命によって克服することによってこそ、そうしようとしているのです。イエスの死にはそれとは違う別の意味があるのです。

イエスは贖罪の山羊の役割へ移動するのです。もしある街や国民の間で何かまずいことが起きて争いが生じ、人々のつながりが引き裂かれるような危機が迫ると、何人かの人間が贖罪の山羊にされます。すべての人々が口々に、あらゆる罪責は彼らにある、と言い立てます。その者たちが抹殺されて初めて、すべてがまたあるべき秩序に戻るのです。皆さんも聖書の中に読むことができますが、その昔の祭司たちは一年に一度すべての罪責を贖罪の山羊に負わせました。そうしてから、その山羊を砂漠へ送り出したのです(214)。そこでその山羊は遠からずのたれ死にすべきなのです。その山羊が死ぬ時、それに負わされたすべての未決の争いも一緒に取り除かれるのです。今日この日、わたしたちは多数の人間がその贖罪の山羊とされるのを目の当りに体験しています。今日殺害される罪のないすべての奴隷のことです。なぜ彼らが贖罪の山羊なのでしょうか？　その理由は、主人たちと奴隷の間で争いが絶えず繰り返されるからです。主人たちは奴隷たちに罵詈雑言を浴びせ、殴打し、監禁し、処罰したりして虐待します。そのために彼らは自分の奴隷に対して不安を抱いています。つまり、いつか奴隷たちがその復讐に出るのではないか、とりわけ自分たちが夜寝ていたり、病気や衰弱したりして、抵抗の仕様もないとき時にそうなるのではないか、と恐れているわけです。主人たちと奴隷たちの間では、争いが常にあるでしょう。一方があまりに大きな権力を握っている結果、他方に対して気を遣う必要がないような場合には、いつでもどこでもそうなります。セクンドゥス・ペダニウスの奴隷たちはこのローマで起きている主人と奴隷の間の、あるいは権力を握っている者と権力なき者の間のあらゆる軋轢のために屠られる贖罪の山羊なのです。その争いは今後も続いて行くでしょう。そうなればまた新しい贖罪の山羊が屠られるでしょう。

イエスは自発的に贖罪の山羊の役割を担われたのです。彼は一個の逸脱者でしたが犯罪者とされました。それに加えて贖罪の山羊の役割を担われたことによって、贖罪の山羊がどのように仕立てられるものかを示しています。なぜなら、イエスは他の贖罪の山羊とはまったく違う贖罪の山羊だからです。彼には何一つ罪がなかったこと、これはだれしも認めざるを得ません。何一つ悪いことをしてはいないからです。通常の贖罪の山羊は共同体の軋轢を自分の身に負って運び去り、二度と戻っては来ません。しかしイエスはこの点で贖罪の山羊の役回りを破壊してしまうのです。イエスは戻ってくるからです。

逸脱者が交わりの中心となり
犠牲者が祭司となり
犯罪者が裁く者となり
無力な者が世界の主となり
十字架に架けられた者が死んだままではいない。
彼は信じる者たちの心の中に永遠に生き続ける。
彼とともに犠牲者たちは救い出され、
犯罪者たちは恩赦を得、
人生の十字架につけられた者たちは新しい命を受ける。
もはや何人も贖罪の山羊になってはならない。(215)

　今日この日、多数の罪のない人間が死にます。わたしたちのこの集まりが発するメッセージはそれに対する異議申し立てに他なりません。神はすべての犠牲者たちの味方です。神はわたしたちの目を開いて命の残虐な法則を直視させます。それはわたしたちが繰り返し目を背けてきた法則です。命は他の命を犠牲にして生き続けるという法則です。しかし神はわたしたちに、この法則を打ち破るための勇気をお与えになります。神はわたしたちに、これまで歴史を決定してきたものを一歩乗り越えて進む務めをお与えになります。神の愛は、十字架につけられた者、蔑まれた者、価値を剝奪された者、人を惹きつける力を欠いた者に、新しい命をお与えになります。ですからわたしたちはこう言うのです。もしだれか苦難の下に置かれて命の堪え難さに呻いている者がいるのなら、その人の中で神が苦しんでおられるのです。その人自身は知らなくても、その人の中で呻いているのは神の霊なのです。その人の中でこの世界の不正義に抵抗しているのは神ご自身なのです。神こそが、冷徹な命の法則を打ち破る力なのです。だからパウロはこう言うのです。

しかしわたしたちはこれらすべてのことを、
わたしたちを愛してくださった方によって乗り越えて行きます。
わたしは確信しています。
死も、命も、
天使も、諸々の力も、権力も、

現在のものも、未来のものも、
高いところにあるものも、低いところにあるものも、
他のどんな被造物も、
わたしたちを引き離すことはできないのです、
わたしたちの主キリスト・イエスにある神の愛から。(216)

皆さん、この言葉が意味するところを汲んでください。わたしたちはこの愛によって、あの生命の根本法則を乗り越えるのです。神はわたしたちの中で生きておられ、わたしたちがこの世界とは違った仕方で存在し、違った仕方で行動して、世界と違う者となるように導いておられるのです。わたしたちの中で呻き、苦しんでいるのは神の霊なのです。その霊がわたしたちの背中を押して苦難を乗り越えさせてくれるのです。希望を失わないようにしてくれるのです。たしかに、生きることへのわたしたちの勇気は繰り返しキリストとともに十字架につけられます。しかし繰り返し彼とともに甦ります。今日この日、それは多くの奴隷とともに十字架に架けられて埋葬されます。しかしキリストとともにまた甦ります。生きることへのこの勇気、これこそわたしたちの中にある神の霊なのです。その霊によってわたしたちは永遠に神と結ばれているのです。
わたしたちのあらゆる理性よりも高いところにある神の平安が、あなたがたの心と思いを守ってくださらんことを。キリスト・イエスにおいて。アーメン。

ここでオネシモは一旦休憩した。それからまた話し出して、それでは、神の霊がここにいるわたしたちの内のだれかに何かをお示しになるかどうか、しばらく静かに待つことにしましょう、と言った。その場を静かな緊張が支配した。エラスムスは分裂した気持ちで耳を澄ませていた。不法に対して語られた抗議は彼の心を打った。しかし、オネシモが語ったことを真面目に受け取れば、それは革命への檄文ではないか。ただ、それを語る革命家は人間ではなく、神だという違いがあるに過ぎない。オネシモはパウロからインスピレーションを得ていた。事実、何度も繰り返してパウロを引用していた。エラスムスは再び思い悩んだ。こういうパウロはいったいどう弁護すればよいのだ？　長期的に見れば、結局パウロは秩序を破壊するのではないか。結局はあらゆる上下関係に疑問符をつけるのではないか。しかも、このキリスト信奉者たちの挙動はと言えば、自分たちはまるで神の代わりに喋っているかのようではなかったか。自分たちの考えがそのまま神の考えであるかのような見方。そういう誇張された見方を、彼らはいったいどこからもらってきたのか。それにまた、彼らの抗議がそのまま神の抗議であるかのような見方も。エラスムスがそうした考えに思いを潜めていたとき、それまで壁に寄りかかっていた男が集会の真ん中に進み出て、こう言った。

聞くがよい、御霊がわたしに告げたことを。

「わたしは主、全能の神である。

わたしは人間の中に宿る。[217]

「人間は眠っている、
しかしわたしは目覚めている。
見よ、主こそが
人間の心を恍惚境に誘い、
人間たちに新しい心を与える方である。[218]」

すると集会全体が「アーメン」と一斉に唱和した。エラスムスは呆気にとられて聞いていた。事実、この者たちは自分を通して神が語っていると思っているのだ。詩人が霊感を受けて語ることは、彼も知っていた。哲学者たちの場合も霊感ということはあり得ると思っていた。それでもってすべてがまったく別の光の下に見えて来るような突然の認識のことである。しかし教育のない人間たちが自分たちもそうした霊感を受けていると主張するとは、エラスムスには容易には納得が行かなかった。もしすべての人間がそれぞれの思いつきを盲目的に信用するなら、いったいどうなってしまうのか？　しかし、当の預言者はまだ終わりではなかった。その先を続けた。

今日、神はわたしの心を怒りで満たす、
かくも多くの罪なき人間たちの死に対する怒りだ。

犯罪に満ち満ちた
街は失われた。
「禍だ、禍だ、大いなるバビロンよ、
汝、大いなる都、
ひとときの間に、おまえの上に裁きが下る。(219)」

続けてすぐにまた別の者が喋り出した。やはり真ん中に出て来て自分のメッセージを語った。

聞くがよい、御霊がわたしを通して語ることを。
「見よ、神の幕屋が
人の間にある！
神が人とともに住み、
人は神の民となる。
神は人の目からあらゆる涙を拭い去り、
もはや死もなく、
苦しみも、叫びも、痛みもないであろう。
先のものが過ぎ去ったからである。(220)」

エラスムスはこれを見て思った。この者たちの言葉の交わし方はまるで元老院のそれと同じだ。ただ違うのは、この者たちが依拠するのは討論ではなく、霊感なのだ。一人は燃えるような復讐を思い描き、もう一人は永遠の浄福のイメージでそれに反論する。一人は神の怒りに呼びかけ、もう一人は神の平安を呼び求める。しかし、こうした教育のない者たちが互いに異なる意見をぶつけ合う勇気は何処からくるのか。おそらく、霊感に霊感を対置するからではないか。エラスムスがそう考えている間にも、預言者たちの遣り取りはさらに先へ進んで行った。さらにその次の者が手を上げて、真ん中へ進み出た。

聞くがよい、神の御霊があなたがたに言うことを。
心の清い者たちは幸いである。
　　その者たちは神を見るであろう。
自分の肉を清く保った者たちは幸いである。
　　その者たちは神の宮となるであろう。
節制する者たちは幸いである。
　　その者たちに神は語り掛けるであろう。
妻を持ちながら、持たないかのように生活する者たちは幸いである。

その者たちは神を受け継ぐであろう。(221)

この時も、集会全体が「アーメン」と言って唱和した。しかしエラスムスは周りには聞こえないように、自分の心の中で「否、わたしは違う」と呟いた。呟きながらハンナを見た。そして思った。ひょっとすると、この聖者たちはわれわれ二人の間の愛を没にするかも知れないぞ。彼らは禁欲主義者なのだ。おそらく彼らの意見では、人はそもそも妻を持つべきではなく、持っても持っていないかのように生活するべきなのだ。(222)ということは、妻と寝て合体することもよくないことなのか？　頼むから、ハンナはそんな窮屈な考え方に感染しないでもらいたい！　その時、今度は一人の女が立ち上がって、発言した。

わたしにも霊が宿っている。
聞くがよい、霊がわたしを通して言うことを。
「神は創造の始めから人間を
男と女に創られた。
それゆえ男は父母を離れて、
その妻と一体になり、
二人は一つの肉となる。

もはや二人ではなく、一つの肉である。
神が合わせたものを
人間が離してはならない。(223)」

これもまたそのすぐ前の発言者と真っ正面からぶつかっていた。またしてもそこに感じられたのは、哲学者の間での討論と違って、単純な人間たちが霊感から交わす遣り取りの雰囲気だった。最後に語った女は結婚に賛成だった。彼女の理解では、結婚は二つの肉体が合体することだ。しかしその時、オネシモが介入して言った。「パウロが言っていることを思い起こしてください。すべての人が霊感によって与えられた言葉を話してもよい。だれでも喋って構わない。しかし何が善で何が悪かは、わたしたちが理性を働かせて考えなければならないのです。」

これが締めの言葉と思われた。ところが参加者たちの遣り取りはそれで終わりにならなかった。部屋の片隅から別の声が聞こえてきたのである。その響きはまるでか細い泣き声のようだったが、やがて大きく膨れ上がった。訳の分からない音だけが延々とつながって出てくるのである。そこに何の意味も込められていなかった。それはまるで外国語を聞くようだった。しかしエラスムスはそれが自分の知っているどの外国語だとも判別できなかった。それにもかかわらず、全員が金縛りにあったかのように聞き耳を立てていた。だれ一人としてこの混乱した言語に躓きを覚えているようには見えなかった。明らかに、全員がそうした音を聞くことに慣れていた。その男はしばらくの間、自分の思い通りに訳の分からないことを呟き続けた。それからオネシモが言った。「皆さんの中のどなたかが、この兄弟が今口にしている異言〔グロッソラリー、舌語〕を解説してくれますか？　異言は善いことです。しかしそれを通して霊が何を語っているのか、誰かが解説してくれないと、集会全体の益にはなりません。」だれも手を上げないまま、長い時間が過ぎた。やっとのことで、一人が意を決して自分の意見を語った。「わたしが思うには、霊は今日この日に処刑される大勢の罪のない人間の死を嘆いて悲しんでいるのだと思います。しかし、兄弟が今語ったその考えは、公の場では口にしない方がよいでしょう。なぜなら、それはあまりに危険だからです。」別の参加者がこの解説に賛成の様子だった。その人は言った。「わたしたちは仲間の一人が霊感を与えられたということに満足しようではありませんか。彼が語ったことは、たとえその意味が分からなくても、それ自体として価値のあることです。」そこでオネシモは礼拝の式次第を先に進めたいという合図を送った。そして言った。

それではご一緒に聖餐式を執り行いましょう！
まずはお互いに聖なる接吻の挨拶を交わしましょう。
なぜなら「神は愛だからです。
そして愛にとどまる者は
神のうちにとどまり、
神がその人のうちにとどまります。(224)」

主を愛している方は
どうぞ前に来て、わたしたちの食事に加わってください。
もし主を愛していない人がいたら、
どうぞその人は立ち帰ってください！
マラナタ。(225)
主よ、来り給え。

エラスムスはハンナとテルティウスに目配せを送って囁いた。「さあ、われわれはここで引き上げるべきだ。明らかに彼らは自分たちの会食を見物されたくはないだろう。」しかし、部屋を立ち去ったのはごく少数の者だった。三人は部屋を出る前に、礼拝の参加者たちがお互いに抱擁し合い接吻を交わす様子を確認した。それから屋外に出た。ふたたび街路に立って歩き出したとき、ハンナが言った。「あのオネシモは素敵じゃない？　素晴らしい話し手だわ！　彼の集会は平等を実現しようと試しているわ。」

テルティウスが賛成して言った。「奴隷が集会のリーダーになるなんて、素晴らしいです！」

エラスムスは少し引き気味だった。「このような単純素朴な人々が奴隷に対する不当な仕打ちに抗議する様子は、たしかに感動ものだ。何人かはその抗議を意味の分からない異言に隠して、先鋭さが丸見えにならないようにしているんだろうね。」しかし同時にエラスムスは留保も表明した。「しかしこの者たちはそろって教養のない連中で、どこでもかしこでも自分で喋りたがり、おまけにそれが神からの霊感だと言いたがっているのではないか。しかも女たちまで出しゃばって、神の霊で喋っているのだと言い張っている。」

ハンナがそれに反論した。「女たちが手を上げて発言するのはよいことだとわたしは思うわ。おそらく、神の霊に押し出されているという意識こそが、慣習に反してでも自分から発言を求める内的な弾みになっているのよ。」

エラスムスは頷いた。「わたしは確信しているが、女性たちは哲学と知恵を身に付ける素質がある点で男と変わらないのだ。そうであれば、預言の素質も同じではないか。ところが、女が預言者特有の恍惚境で振る舞ったら、それはもう恐ろしいことにならないか？　わたしはいささかゾッとするな。」

ハンナが遮って言った。「さっきの女性が結婚を擁護して語ったこともそうなの？」

「いや、それは違う」、とエラスムスが一旦譲った。「あの話はすごくよかったよ。その前に喋った禁欲家に反論していたものね。おそらく君がさっき言ったことが当たっていると思うよ。あそこまではっきりと反論する勇気というのは、人間を越えた力によって押し出されていない限り、持てるものではないよ。しかしそれでもわたしが感じるのは、キリスト信奉者たちは一度にすべてを欲張り過ぎているよ。つまり、自分自身の内側に神の霊を感じてから、それぞれの小さな生活のただ中から世界史を新たにやり直そうと言うのだからな。」

ハンナが反論して言った。「哲学者たちは小さな学塾でいろいろ議論するわよね。キリスト信奉者たちはその哲学者たちが議論していることの一部を実現しようとしているだけじゃないの？　つまり彼らは、わたしたちが哲学的には『すべての人間は平等である』と言って求めていることを、文字通りに解しているのよ。それ以外の何を彼らが実現したがっているとあなたは言うの？」

エラスムスが言い返した。「しかし彼らの場合、もし自分たちの考えが現実と正面衝突したら、鼻血を出すことになるんだよ。わたしは弁護士だから、世の中の進行を保ち、軋轢を減らし、妥協のために調停することが仕事なのだ。もちろん、この人々が願っていることは共感に値するとわたしも思っている。しかしもし彼らがあまりにも非妥協的になった場合には、成功するチャンスはゼロで、むしろ憎悪の的になるだけだろう。とりわけ、彼らがこの世界は丸ごと間違っていて、彼らだけが真理の光の下に生きているかのように振る舞うならば、そうなるに違いない。」

そうこうしている間に、三人はナタンとサロメの家に着いた。そこで別れる前に、ハンナが聞いた。「わたしの両親に良い知らせを伝えていいかしら？　あなたがパウロの弁護を引き受けるって。」

エラスムスはいささか困惑した。根本的には、彼の心はパウロを弁護することにすでに決まっていた。しかし、彼はまだそのことをハンナとナタンには確約していなかったのである。まだ余りにもたくさんの未決の問題が彼の脳裏に去来していた。しかし、今やここで彼は確約せざるを得なかった。そうしなければ、ハンナは彼の躊躇いの意味を誤解するかも知れなかったからである。彼女はあの表現しがたい綺麗な目で彼を深く見つめながら言った。「そうでしょ、弁護するわよね？」

「そうするよ」、とエラスムスは低い声で言った。そう言っている自分の言葉を聞きながら、本当に自分はそう言ってしまったのか、と思う自分がいた。

ハンナは喜びに光り輝き、エラスムスに抱きつくと接吻した。彼女のハグは雷光のように彼の全身を貫き、全神経を興奮させた。もう一度彼はさっきの言葉を繰り返した。今度は落ち着いた声だった。

「わかった。わたしはパウロを弁護するよ。たとえ彼の考えは多くの点でまだ問題があるにしてもね！」

「でもすべての考えがそうじゃないでしょ」、とハンナが言葉を挟んだ。「あなたは賛成しない？もしパウロの考え方が広まれば、罪のない奴隷たちをたった一人の仲間の犯罪の所為で処刑するなんてことは考えられなくなるでしょ？」

「その点は、まったく君の言うとおりだよ」、とエラスムスが答えた。

「わたしは一つの考えに聞き耳を立ててしまったわ」、とハンナが付け加えた。「死も命もわたしたちを神の愛から引き離すことができないという考え方のことよ。それでも、死がわたしたちを引き離す――それは分かっているわ。しかし、命が神から引き離す――そんなことがあってはならないはずだわ！」

するとエラスムスがごく自然にこう答えた。「その言葉でわたしはソロモンの歌を思い出すよ。『愛は死のように強い。その炎は永遠だ。』愛とは永遠のきらめきではないだろうか。」

三人は互いに別れた。エラスムスとテルティウスは家に向かった。その途中でテルティウスがエラスムスに言った。「わたしにはあなたにもう少しお話ししておくべきことがあります。わたしはキリスト信奉者たちについて、良くない噂を耳にしたのです。それによると、彼らは表立っては歩けないヤクザ者で、他の人間たちを軽蔑しながら、一人の犯罪者を拝んでいるそうです。確かに、彼らが十字架に架けられた一人の人間を崇拝して、その者は不当に十字架に架けられたのだと、全世界に向かって喧伝しているのは、その通りなのです。」

エラスムスは耳をそばだてて聞いた後、答えて言った。「君は民衆が彼らについてどういうことを言っているか、もう少し正確に聞き出して来てくれないか。」

「おやすい御用です」、とテルティウスが言った。「わたしとしてもそのことに興味があります。わたしの印象では、人々は根拠もなく彼らのことを悪く言っているようです。」

その夜、エラスムスはまんじりともしなかった。彼の確信は何が法で何が不法かを明瞭に告げていた。しかし、彼がユダヤ教徒とキリスト信奉者たちに感じ取ったのはそれとは違うものだった。彼らはこの世界が今あるままで行くことに満足していないのだ。彼らは自分たちがそれに代わる新しい世界へ向かって一歩を踏み出すために選ばれているかのように生きている。だからこそ自分たちは神の霊によって満たされているという誇り高い意識が彼らを満たしているのである。その結果、彼らはもはや貧しい職人や奴隷ではなく、むしろ神の息子と娘であるかのようなのだ。彼らは非現実の並行世界へ逃避しているのではないのか。よしんばその幻想が愛と善意に満ちたものであるとしても。しかし現実はそれとは違うのだ。次のように書くときのソロモン王の方が、彼らより現実的だったと言えるのではないのか。

「わたしはすべての出来事を見極めた、
太陽の下で起きるすべてのことを。
見よ、すべては空で、
風を追いかけるようであった。(226)」

ところがソロモンはこう忠告する。

「愛する妻とともに人生を楽しめ、
太陽の下でおまえに許された、
この世にあるはかない日々を。
それがおまえの労苦に与えられた分け前だ。
太陽の下で労苦するおまえに。(227)」

エラスムスは深いため息をついた。彼はハンナと小さな寓居を構えて、ソロモンの語る知恵を生きることができるだろうか！　そのためには、自分は闘うんだ。そのためには、自分はパウロを弁護するんだ。もしパウロの考えがユダヤ教の中で貫徹されて行けば、自分の結婚を邪魔するものはもはやないだろう。ただ一つ、パウロの例の禁欲だけはハンナに感染させてはならぬ。それよりももっと危険だと彼に思われたのは、パウロのその他の過激な思想だった。パウロは「上」と「下」を入れ替え、知恵を愚かと断定し、この世で価値あるものとされるものをことごとく損失だと見做すのだ。たしかに彼は革命を起こしたいわけではない。それは彼も神に委ねている。しかしもし彼が今日のところは神を革命家にしておくのなら、明日は自分自身が叛乱を起こすのではないか。なぜなら、彼は自分を神の似姿と考えているのだから。もしかすると、パウロの考え方はもうすでにハンナに強過ぎる火をつけてしまったのではないか。彼女はひょっとすると、そうした過激な考えをエラスムスの現実主義の哲学よりも優先するのではないか？　愛する妻と小さな寓居で水入らずの生活を享楽したい彼の夢には、そのような過激な考えは似合わない。エラスムスは落ち着かず、ベッドの上で繰り返し寝返りを打ち続けた。とても寝付けるどころではなかった。

　別れ際のハンナはどれほどの強さでエラスムスを抱きしめたことか。あの最後の接吻の何と深かったことか！　そのとき彼の中で、いかにすべてが揺れ動いたことか。彼は自分の身体の中にまだその余韻が残っているのを感じた。彼女は自分のものだ。それはもはや彼の確信だった。ああいうディープなキスをしてくるということは、もっとしたいということだ。しかしハンナは自立心の強い女性だった。自分自身の考えに従っていた。彼女はしっかり反論もできた。哲学的に思考も生活もできる女性としては、彼女はエラスムスが知る限り唯一の女性だった。しかしそのハンナにとっては、家庭での私的な幸福を夢見るローマ人の一弁護士よりも、最終的にはいくつかの理念の方が重要なのだろうか？　しかし彼は自分に言い聞かせた。ハンナは僕を愛してくれている！　彼女はそのことを習慣や慣わしに囚われないやり方で言ってくれたではないか！　彼女はテルティウスと一緒に僕の住まいを訪ねて来て、世界中の男たちが羨ましがるような愛の告白をしてくれたではないか。

しかしエラスムスには、今日聞かされたいくつかの理念に対するいささかの嫉妬が残り続けた。あの一連の理念は世界に放火するようなものではないか？　燎原の火のような大火事になるのではないか？　そうなれば、彼は理性、現実主義、義務の観念を活性化させて総動員しなければならない！　あのキリスト信奉者たちも、現実は彼らの心情の前に降伏しないということを、遅かれ早かれ思い知るに違いない。それでも彼らの心情の側が現実の前に降伏しないのであれば、それはそれですごいことだ。弁護士としてエラスムスは思った。彼らのその心情のほんの少しでも妥協によって実現されて、忘却の淵に忘れ去られずに済むならば、それはまたそれですごいことであろうに。エラスムスはため息をつきながら身を起こした。とても寝付かれなかったのである。すでに夜が明け始めていた。彼はフィロデームスに手紙を書くことに決めた。今考えたばかりのことをテーマにして意見を交わしたいと思ったのである。その二日後に返信が来た。

道徳における奴隷の反乱

フィロデームスからエラスムスへ

拝啓

君に神々の加護があるように！　キリスト信奉者たちが奴隷たちの大量処刑に抗議するのは、正当な抗議だ。しかし彼らは、これまでの歴史の中では、何が正当であるかを決定するのは常に権力を持つ者であったことを見逃している。すでにカリクレースが認識していたように(228)、強い支配者は法律によって支配するのではなく、本性によって支配するのだ。弱者は強者が為すことがおぞましく不当だと主張する。彼らは強者に不利となり、彼らを道徳で飼いならしてくれるような法律を創り出す。君が書いてきてくれたオネシモが唱えるプロパガンダも、弱者が強者に向ける復讐だ。四百人の奴隷たちが処刑されるのに直面すれば、権力者たちに逆らって「名もなき庶民が怒り狂う」のも理解できる。塵芥のごとくに扱われる彼らは、その槍を支配者に向け変えて、彼らが善と見なすものを塵芥だと宣言するのだ。

キリスト信奉者たちには愛と善意、相互の扶助と援助に夢中にさせておけばよい。彼らは道徳における奴隷の叛乱(229)を進めているわけだ。もし彼らの叛乱が首尾よく目的を達したならば、この人生を生きるに値するものとしてくれるものすべて、たとえば、贅沢と享楽、富と成功、権力の誇示と拡大、勝利と敵の鎮圧を、善き良心をもって善とすることのできる者はだれ一人いないことになるだろう。この世界を蔑視して止まない彼らは、自分たちの空想に任せて、あらゆるものを来るべき最後の審判で破滅させたいのだ。

親愛なるエラスムスよ、大地に対して誠実であれ！　この人の世の生活に誠実であれ！　奴隷たちの大量処刑がただ不法であるにとどまらず愚行でもあったこと、このことについてはわれわれの意見は一致している。そうした残虐行為をもってしては、われわれの支配を安定化させるのは覚束ない。しかし、だからと言って、そのことを理由にしてわれわれの文化全体を丸ごと悪者にすること、われわれはこのことにも同時に抗わねばならないのだ。

敬具

エラスムスへ

フィロデームスより

エラスムスからフィロデームスへ

拝復

キリスト信奉者たちがこの世の没落を望んでいることは、君が言う通りだ。彼らは、われわれ金持ちの人間にとってこの世の生活を生きるに値するものとしてくれるあらゆるもの、贅沢と財産、権力と特権から、その価値を剝ぎ取ってしまう。彼らは放火犯だ。彼らの憧れは、この古い世界が火炎の中に破滅して、新しい世界がやって来ることだ。もちろん、彼らが自分で火を付けて回るわけではない。それはメシアが彼らの代わりにやってくれる。君がわたしにしている質問はこうだ。キリスト信奉者がわれわれの貴族政体ゆずりの高貴な価値体系を悪者にしているわけは、自分たち自身の生活ではそのような価値観に合うものは何一つ実現できないからなのか？　それともこの点では、何か別の考え方があるのか。

キリスト信奉者たちは自分たちの身分の高さを誇っている。その点で貴族主義なのだ。彼らは自分たちに王の身分を割り振っている。われわれの王たちはしばしば「神の子」だと自称しているが、それとそっくり同じで、彼らも、われらも神の子らだ、(230)と言うのだ。

また、王たちは自分に超自然的な能力が具わっていると自称する。曰く、守護霊《ゲニウス》が彼らを導いているのだ。キリスト信奉者たちの確信も、自分たちは神の霊で満たされていて、その霊が自分たちの生活を導いているというものだ。

彼らは余剰のものがあると、それを寄付に回すのだ。これも貴族主義だ。与える方が受けるよりも幸いだと言う。(231)これは本来は王たちや権力者たちのモットーだ。キリスト信奉者たちは庶民であるにもかかわらず、それを自分たちのモットーにしているのだ。

王たちは自分を「平和を創り出す者」だと言う。彼らには平和を貫徹させるだけの権力がある。とところが、キリスト信奉者たちは他でもない庶民に向かって、平和を創り出す者たちは幸いだ、[232]と宣言するのだ！

キリスト信奉者たちは権力、富、知恵の価値を剝ぎ取っているのではなく、金持ちたちや支配者たちの真似をしているのだ。彼らは価値を悪者にしたいのではない、むしろそれを実現したいのだ！反対にこうも言える。支配者集団が下層の人間たちを妬んで、その価値を剝ぎ取るのだ。支配者たちは容認したくないのだ。自分たちには下層の人間たちに対する抑圧の咎があることを。だから彼らは被抑圧者自身にその抑圧の罪責を押し付けるのだ。その主張はこうだ。この連中はとても制御しがたく、反抗的で、信頼できない。だから、あの四百人の奴隷を処刑することは、国家が自分の責任を全うするための方便なのだと。すべての奴隷に対しては、いつ狡猾な殺害を実行するかも知れないことを計算に入れておかねばならないのだと。こうして大量処刑の犠牲者自身が自分たちの苦難の責任を負わされる。これもまた、本来ならば自分が手に入れたいのにそれができないので、それは無価値だとやってしまう価値剝奪ではなかろうか。支配者集団は下層の人間たちの罪のなさを妬んでいるのだ。なぜなら、庶民は彼らのようなやり方で自分に罪を背負い込むことがないからだ。

庶民たちは上層階級の理想の持つ価値への評価を転換し、上層階級は庶民たちの「罪のなさ」の価値を転換する。[233]ただし、繰り返し庶民たちは王たちの標榜する徳性を貰い受けてきて、神の王的支配〔神の国〕はわれわれのものだ、と主張する。繰り返し権力者たちは庶民たちの驕りのなさを貰い受けてきて、かつて一人のマケドニアの王が息子に言ったのと同じことを言う。「おまえは知らないのか？　王の支配というものはな、名誉ある奴隷の身分なのだぞ。[234]」

フィロデームスへ

敬具

エラスムスより

第９章 愛の手紙

大量処刑の後、街はもはや何一つ正常ではなかった。まるで息の根が止まったかのようだった。街の身振りもぎごちなかった。しかし同時にすべてのものがいつも通りだった。エラスムスは驚いた――なぜ天は暗い顔を見せず、ティベルは怒りで膨れ上がらず、樹木の葉は萎れないのか。いつものように天は碧々とした半球で街を覆い、いつものようにティベルはのんびりと流れていた。笠松の樹もいつものように黙々と立ち尽くしていた。しかし今回ばかりは、事件の証人たることを躊躇っているかのようだった。家々は壁の中に潜んで沈黙を守っていた。他愛のない日和見話は、恐ろしい深淵を覗かずにすませるための陽動作戦かと思われた。人間が家畜のように屠殺場で殺されるときに、正しい反応はあり得ず、癒す言葉もあり得ないのである。

エラスムスの心の中では、罪責と恥辱の思いが広がっていた。すでに彼には明らかになっていたことだが、今回の大量処刑は支配する階層と支配される階層の間の敵意を示していた。彼自身の法学の師に当たる人物は状況に流されて、その敵意に法の外見を付与したのだった。エラスムスは上層階級の一人として師と同じ側に立っていた。ハンナは少数派であるユダヤ教として別の側に立っていた。

彼とハンナを結びつけていたものは、彼女の哲学、彼女の信仰、そして彼女の愛だった。そこには多くの橋があった。彼はハンナを断じて失いたくなかった。無条件で彼女の側に立ちたかった。元老院が奴隷たちに加えた仕打ちに彼はハンナと同じように、吐き気を覚えた。しかし同時に、社会の秩序を守ることが彼の関心の的であり、弁護士としての彼が常に確信をもってその秩序を守るために働いていることを否定することはできなかった。元老院の多くの議員もまさしく同じことを欲していたのではないのか？　エラスムスは同じ上層階級の典型的な一員だったのではないか？　彼もまた上層階級が犯した不法に関与していたのではないのか？　しかし彼はこうも自分に言い聞かせた――自分は上層階級の一員だからというただそれだけの理由で、罪責を感じなければならないのか？　自分は奴隷たちを処刑するという元老院の決議を断固として拒否していたのだ！　それもただ道徳的な理由からだけではなかった。自分はそのような決議は、長期的に見れば、国家の法的基盤と安定を損なうことも確信していたのだ。

エラスムスは認めざるを得なかった。カッシウス・ロンギーヌスのあの議会演説とオネシモのあの礼拝説教がもしなかったら、彼は自分が属する身分の道徳《モラル》に疑念を抱くことはなかっただろう。彼は内面深くで自分の確実さが揺らぐのを感じていた。そのためにキリスト信奉者たちに内面で近づくことを求めたのだ。それはハンナが彼らに近いことを感じ取っていたからでもあった。ハンナも今ある目の前の世界の秩序に自分が縛られるものではないことを感じていた。今日そこにある世界は、彼女にとっては、やがてあり得べき世界への境界だった。彼女にとって、ユダヤ教徒とキリスト信奉者はあり得べき世界からの先駆けの使者だった。両者はともにこの世界を不法の世界だと見做していた。ただし、ユダヤ教徒はそのことを非ユダヤ教徒の隣人たちには口外せずに隠していたが、キリスト信奉者たちはいささか挑発的に外部にも示して行ったのである。

ハンナは以前にもまして頻繁にキリスト信奉者たちの礼拝に参加するようになっていた。彼女はそこでしばしばテルティウスに出会った。自ら奴隷となった神、それから天へ高められた神が、彼にとっては自分の近くにいる神だったのだ。エラスムスは彼らの礼拝からは距離を取っていた。しかしハンナとテルティウスによる報告でその様子を知らされていた。公式にはパウロの弁護人という立場で。しかし実際には彼が内心でハンナの至近距離にいるからに他ならなかった。彼は彼女の世界に参与したかったのである。たとえそれでもって自分自身の素性からは離れることになったとしても。何はともあれ、彼らは一つの点ではお互いに至近距離だった。お互いが好きだったのである。

それは満たされた数週間だった。エラスムスとハンナは頻繁に彼女の両親の家で会った。そして約束を交わしては、密かにエラスムスの住まいでも会ったが、抱き合い、キスを交わし、恋する者同士がお互いの愛を確かめるための行為は何一つ残さなかった。二人は毎日手紙を書き合い、テルティウスがそれを運ぶ役だった。二人の手紙は特別なラブレターだった。二人とも、相手が自分とは違う世界からやって来ていることが分かっていた。そしてそれぞれが相手の世界に魅了されていた。ハンナはエラスムスの哲学に圧倒されていた。彼が今ある世界に寄せている信頼には、彼女が万物の創造に寄せる信仰と触れるところがあった。他方、エラスムスの方はハンナが抱えている内面の不安定に引かれていた。それは今ある世界の彼方を指差していた。あの大量処刑は彼の中で何かを破壊していた。それ以来、彼の中でも同じ不安定が火のように燃え上がっていたのである。彼はできればその火を消してしまいたかった。しかしハンナと触れ合う度ごとにその炎は大きくなるばかりだった。彼は自分の考えを言葉に書き留めようと試みた。そうして一通の手紙を認めた。

エラスムスから愛するハンナへ

君に神の祝福があるように。わたしは君のことを愛している。こう書けば、いつも言っていることの繰り返しで、君にはいささか退屈かも知れない。しかしわたしには、そう書く度に、今まで一度も口にしたことがない何かすごく大切なことを今初めて言っているかのように感じられるのだ。そして君からの答えを待っている間、しばしば君の声が聞こえてくる。たとえ君が遠くにいる時でも。もしその声が聞こえなくなったら、世界はどれほど無味乾燥なことだろう。

街の中はまるで違う。そこにあるのは沈黙だけだ。だれ一人あの大量処刑のことを口に出さない。あのような犯罪行為の後で人が生きて行くには、そうする他にないのだろう。日々の仕事に追われ、子供の世話をして学校へ送り出す。2＋2＝4。そのことに依然として何の変わりもない。もし仮に自分が生きているこの街では、非人間性が支配していて、だれかれ構わずいつでも死に引き渡せるのだということを、よしんば自分にその責めはないまでも、あからさまに認めざるを得ない状況に置かれたら、人は生きて行くことに希望を失うに違いない。わたしたちが生きて行くということは、忘却と滅却があってこそなのではなかろうか。

しかしわたしの中には絶望の叫びがこだましている。処刑された者たちの中には、女も子供もいた。彼らがどんな仕打ちを加えられたか。どうしてわたしはそれを忘却できよう。それはあまりに凄惨だ。だからこそ、わたしには君のことを想い、君の声を聞けることが素晴らしいのだ。わたしは君の愛に縋り付いて離すまい。それは凄惨なこの世界のただ中の孤島だ。だから最後にもう一度書く。何度も何度も言ってきたように、わたしは君のことが好きだ。

愛をもって
エラスムス

ハンナから愛するエラスムスへ

あなたに神の祝福があるように。わたしは片時もあなたのことを想わないではいられない。あなたがわたしのことを想ってくれている。それはわたしには分かっているわ。わたしたちの想いの中でも会えること、それは素晴らしいことだわ。抱擁も素晴らしいことよ。想像の中の抱擁だったり、しばらく前に本当に抱き合ったことを思い出したり。そのどちらもそうよ。愛の一刻を忘れるなら、それは愛に対する裏切りよ。

　それは不法と苦難についても同じよ。忘却は苦しみに遭った人々への裏切りだわ。忘却は何の解決も生まない。抑圧はましてそうだわ。それは抑圧されたものを強めるだけ。それはわたしたちが気付かない内に、わたしたちを左右するの。未来に向かって解放してくれるのは想起することだけよ。わたしたちが結婚することになれば、あなたはわたしと一緒にわたしたちの民族〔ユダヤ教徒〕の記憶とも結婚することになるのよ。その中心はエジプトからの脱出の話。わたしたちの先祖はそこで奴隷だったの。ところが彼らはエジプト人よりも繁殖力が大きかったものだから、エジプト人は彼らのことが怖くなってしまったわけ。そこでエジプトの王はイスラエル人の子供を皆殺しにしたの。それはちょうどこの街で行われたばかりの奴隷たちの処刑そっくりの虐殺だった(235)。その記憶から、どんな時も奴隷を親身に扱うことがわたしたちには義務になっているの。わたしたち自身がエジプトで奴隷だったのだから。その記憶から、わたしたちは外国人に気を遣うように命じられているの。わたしたち自身がエジプトで外国人だったのだから。その記憶があればこそ、わたしたちには人を殺すことが禁じられているの。なぜなら、わたしたちの子供たちがエジプトで殺されたのだから。そのようにして、過去に受けた苦難の記憶がわたしたちの道徳の基盤になっているのよ。

　わたしたちの信仰もその記憶に依存している。神は十戒の序文で「わたしは主である。わたしはあなたを奴隷の家エジプトから導き出した主である(236)」と言っているわ。そして第一の戒めはこうなっている。「あなたはわたしの他にどのような神も拝んではならない。」その意味は、自由へと導かないような神はどんな神でも神ではなく、偶像に過ぎない、だからあなたがたは自由へ導かないような神を拝んではならない、ということよ。

　わたしたちの希望もその記憶に依存している。もしこの世界の中の不自由と抑圧から繰り返し脱出〔出エジプト〕する希望[237]がなかったら、どうやってこの世界に堪えて行かれると思う？　新しい世界が来れば、あれほど多くの罪のない人間の大量処刑はもう二度とあり得ない。もしこの希望がないとしたら、どうやって今回の大量処刑に堪えて行かれるの？　だからわたしたちは沈黙を破らなければいけないのよ。

　わたしたちの愛が苦難に満ちたこの世界の中で小さな孤島だというのは、あなたが言う通りだわ。でもその孤島がわたしたちに力をくれて、他の人々が沈黙を守っている犯罪行為について発言させるのよ。だからわたしたちの愛は孤島への逃避ではないわ。わたしはいつもあなたのことを想っている。あなたがわたしのことを想っていることもわたしには分かっているわ。わたしたちの思いは一つよ。わたしたちの思いはわたしたちの愛への「然り」、不法への「否」だわ。だからこそわたしはあなたのことがこんなに好きなの。

愛をもって

ハンナ

エラスムスから愛するハンナへ

わたしは神のことを思う度に、君のことを想っている。最近のわたしは毎朝、太陽がどのようにこの街の上に昇るか観察している。主人と奴隷、金持ちと貧乏人、正しい者と不法な者の上に。それと同じように、わたしの生活でも毎朝、君の愛がわたしの心の中に新しく昇っては、わたしの中にわだかまるもろもろの葛藤を越えて光り輝いてくれる。わたしは素性からすればローマ人、信仰からすればユダヤ人だ。社会的に見れば、わたしは上流階級の一員、しかしわたしの良心は奴隷たちの側にある。ストア派として自分の義務を愛しているが、「エピクロス派」として喜びを愛している。しかし、そのすべてを束ねてくれるもの、それが君の愛だ。君はいつかわたしにこう教えてくれたことがあったね――神は太陽を正しい者の上にも、正しくない者の上にも昇らせてくださる。そこに神の慈愛がある。われわれはその神に倣わねばならない、と。[238] 実はセネカも似たことを言っているよ。「もし君が神々に倣うのであれば、感謝を知らぬ人間にも善行を為せ。なぜなら太陽は犯罪者の上にも昇り、海は海賊たちにも開けているのだから。[239]」今日の朝、わたしは思った。もし太陽がこのローマの大邸宅街にも昇るのなら、犯罪者たちの上にも昇るということだ。しかし、太陽は他の者たちの上にも輝くのだ。

君への愛に捕まって以来、わたしが確信しているのは、君たちの神とわれわれの神は同一だということだ。ただし君たちの神には特別な点がある。彼はこの世界を変えよう、そしてそのことに人間を係らせようとしている。どれほどこのわたしもその信仰を共有したいことか！　しかしすべてのことが指し示しているのは、神がこの世界を現に今あるように創ったのであって、したがってわれわれは現にある不正義ももろともにこの世界を受け容れねばならないということではないのか？　もしこの世界が別の在り方に変わり得るものだとしたら、わたしの良心は四六時中痛むに違いない。なぜならわたし自身はそのためにほとんど何も為し得ないからだ。わたしとしては、今ある世界が現に抱え込まれた葛藤ゆえに滅びてしまわないように、いささかの貢献ができれば、それで満足だ。このわれわれの街で法という記念碑の下で、あれほどの大量殺害が起き得たということ、このことがわたしを苦しめ苛んでいる。それどころか、しばしばわたしは自分もその責めを一緒に負っていると感じる。しかし同時に、わたしの中にはそうした思いに逆立つものがある。すなわち、自分はそうした罪責の念で麻痺して終わりなのか？　それでもってこの世界は微塵も変わらないではないか？　ならば、そうした自責の念からは自由になる方が善いのではないか。世界を今現にあるままで受容するべきではないか？　そして忘却すること、そこにこそ解放というものがあるのではないのか？」

しかしわたしは決して君のことを忘れないだろう。わたしたちが一緒に過ごしたどの時間も。一緒に歩いたどの道も。君からもらったどの思いも。君がいるところ、そこではわたしを苛むものすべてが遠い。わたしには君が必要だ。君の愛が必要なのだ。君の愛は温かな光のように、わたしを苦しめ引きちぎるすべてのものを貫く。わたしの中のすべての善と悪の上に太陽のように照り輝く。

愛をもって
エラスムス

ハンナから愛するエラスムスへ

わたしはあなたのことでいろいろ善いことを考えているわ。わたしにもあなたが必要なの。わたしの場合も、わたしを苦しめる問題があなたが側にいると黙ってしまうけど、あなたがいなくなると途端に目覚めるの。わたしはあなたのことを思う時、いつも同時に神のことも思っているわ。でもそれは、あなたが神だということじゃないわよ。そうなら瀆神罪よね。神はわたしたちをはるかに超越している。しかしどの有限な人間の中にも、神の痕跡があるの。それはしばしば砂に埋もれていて、多くの人がそれに気づかない。でもわたしたちが愛し合う時、その痕跡が輝き出すのよ。その時、わたしたちは自分の中に神の似姿があることに気づくわけ。

どうやって自分が神の似姿であること[240]に気づくのかって？　それはね、神が創造の業によって何か新しいものを創り出した、という点から気づくのよ。わたしたちが神の似姿であるのは、わたしたちも何か新しいことを始めることができるからなのよ。これは星にもできないし、石にも、植物にも、樹にも、動物にもできないわ。あらゆる被造物の中でわたしたち人間だけが特別に与えられている立場がまさにそこにあるの。あなたたちの哲学にとっては、まさにその反対で、世界の秩序が不変であることが世界の起源が神的なものであることの証明なのよね。その世界秩序は、あなたたちにとっては、今現にあるままで必然的なものだから、当然ながら同一不変のままで行くわけ。でもわたしたちは、世界の秩序は今現にあるのとは違ったものでもあり得ると考えるの。神はそれを違った形に創造することもできたはずだって考えるのよ。この世界が実在するとする根拠はないし、その世界が永遠に今現にあるまま続くとする根拠もなく、あるいは、今現にあるまま続いて行かねばならないとする根拠もないの。[241]わたしたちが神の似姿だというわけは、神がこの世界を変えて行くことにわたしたちも参加させるからなの。

もしわたしたちが何か新しいものを創り出すことができるのなら、わたしたちにはそうする責任がある。その昔の人々は、祖先たちが犯した罪の罰を自分たちが負わねばならないと考えていた。しかし預言者たちが、人はそれぞれ自分の咎に責任を負うということを教えてくれたの。[242]他の人間が罪を犯したからという理由で、関係のない人間を処刑するのは不法だわ。集団罪責というのはないの。自由人の間でも、奴隷の間でも。罪があったのはペダニウス・セクンドゥスを単独で殺害した奴隷一人よ。あれほど多くの罪のない奴隷たちを処刑した罪責は、ただ元老院議員たちにあるわけでしょ。彼らがそう議決したのだから。カッシウス・ロンギーヌスが有罪だわ。しかし、あなたはこの犯罪行為に責任はないわ。たとえ元老院がすべてのローマ市民の名の下に議決したのだとしても。人はそれぞれの行動に対してだけ責任を負う。これは人間が神の似像であることの痕跡として、すべての人間の中に宿っているものよ。それはそれぞれがどういう国民に属しているかとは無関係だわ。

わたしはあなたのことが大好きよ。あなたはわたしたちの民族と信仰に対する偏見から自由だもの。あなたのように公平にわたしたちのことを判断できる人は稀だわ。わたしもあなたの神がわたしの神でもあることを、ますます強く感じているわ。あなたの神はあらゆるものを理性と意味で貫きたいのよね。わたしの神はあらゆるものを善き意志でもって変容させたいの。もし愛がわたしを貫き、変容させてくれるなら、あなたの神とわたしの神は一つになるわ。

愛をもって
ハンナ

エラスムスから愛するハンナへ

わたしは君たちの信仰を称えたい。わたしは君の民族の一員である君を愛している。しかしわたしが君を愛するのは、それ以上に、君の民族がそれぞれの人間に、その人がどの民族に属するかとは関係なく、無限の価値を承認するからだ。すべての人間が目に見えない神の光を反映している。愛がその光を目に見えるものとする。どの人間も神の似像なのだ。

街では人々の意見が少しずつ変わり始めている。何人かの人々が徐々にではあるが、奴隷たちに対する仕打ちの不法性について語り始めているのだ。多くの純朴な庶民たちが奴隷たちのためにデモを行い、何人かの者は処刑を阻止しようとさえ試みた。その中で絶えず明らかになってきたのは、ローマの庶民たちも、この世界には別の在り方があり得るのではないかと考えるようになっていることだ。罪のない人間たちが家畜のように殺されることがあってはならない。しかしそのことに腹を立てた者たちこそが、そうではない他の者たち以上に、罪責の念に苦しんでいる。その者たちは、自分たちの抵抗が余りに少なすぎたのではないかと、自問しているのだ。その昔、平民党が貴族党と対立してローマから退去したことがあった。彼らが退去した後で初めて元老院が譲歩した。(243)今、多くの者が、今回のわれわれも平民党のように行動すべきだったのではないかと自問しているのだ。しかし仮にそうしていたとして、引力は十分だっただろうか？　われわれの祖先は自分たち自身の利益のために闘った。しかし今回は奴隷たちの利益、それも素性を質せば他所者の奴隷たちの利益のため「だけ」の話になっていただろう。その奴隷たちのために権力者たちと敢えて事を構える人々が十分な数だけいただろうか。それに加えて、その後じんわりと漏れ出てきた噂がある。つまり、元老院で決議に賛成した議員の一人が自殺したというのだ。伝えられるところによると、その元老院議員は自分が罪を犯したことを自覚するに至ったのだ。もちろん、彼の自殺に関しては、それ以外の噂も飛び交っている。しかし、その種の噂が立つことは山ほどある。この都の良心は病んでいる。深い傷が残っている。そもそもそれが癒えることはあるだろうか。

　それだけに、わたしは君の言葉に感謝したい。ただ個人としての人間の責任が問われる、という君の言葉がわたしを慰めてくれた。集団の罪責というものはないのだ。君はすべての人間が神の似像だと書いている。そのことにわたしは納得が行く。遠隔の地から戦争の分捕り品としてこのローマに連れて来られ、一言のギリシア語もラテン語も話せなかったあの奴隷たちもそうなのだ。君の家族の祖先もそうやってローマにやって来たのだ。そうして君は今ここにいる。君がいるということ、君が存在するということ、そしてわたしたち二人がお互いを見つけたということ、それがわたしには嬉しいのだ。

愛をもって
エラスムス

ハンナから愛するエラスムスへ

あなたからの手紙はどれも読む度に、あなたに会いたくなるわ。わたしたちがそれぞれ違う国民からやってきていること、それはわたしもよく分かっている。それだけますます、そういうわたしたち二人が今は一つだということが大いなる奇跡だわ。わたしたちが結婚式を挙げる時には、わたしはあなたの国民の記憶の中へ「嫁いで行き」、あなたはわたしの民族の記憶の中へ「婿入り」するのよ。そうしてこそわたしたちの生活は伝統に富んだものになるわ。それらの伝統は繰り返し巧く適合するわよ。ローマ法とユダヤ法が補足し合うの。わたしたち二人の法律は慈愛の法律よ。

あなたの手紙で、元老院の決議に絶望のあまり自ら命を絶った元老院議員のことを読んだとき、わたしは考えさせられてしまったわ。わたしたちの神は預言者の一人を通して、「わたしは罪人の死を欲しない。わたしが欲するのは罪人が立ち帰って生きることだ」と言っているの(244)。その元老院議員が自分の立ち帰った証に生き続けてくれていたら、どんなに善かったことでしょう。それはわたしたちの神の御心に適ったでしょう。神の律法はいとも容易に善人であることができる者のためにではなく、それがむずかしい者のためにあるのよ。その理由はわたしたちの民が伝える一つの物語に分かりやすく語られているわ。

祖先の民がモーセに率いられてエジプトでの奴隷の身分から脱出したとき、神は彼らを砂漠を通って一つの山に連れて行った。そこで神は民に律法を与えた。それはエジプトから導き出したことで彼らにすでに与えていた自由を、その律法によって確実なものとするためだった。モーセはその山に上った。そして律法が書かれた石の板を受け取ったが、その後姿を隠し、長い間戻って来なかった。すると民は我慢し切れなくなって、神から離反してしまった(245)。モーセの兄のアロンはイスラエルの民の仲間から集めてあった黄金で、二頭の子牛の像を造った。そして言った、これこそおまえたちをエジプトから導き出した神々である。それをおまえたちは拝まねばならないと。あたかも、お前たちの自由はおまえたちが神に召されたからではなく、おまえたちが金でエジプト人たちを誑《たぶら》かせておいたお陰だ、だから彼らはお前たちを出て行くに任せたのだ、と言わんばかりであった。そしてモーセがやっと山から下りて来たとき、民が堕落しているのを見て、腹を立てて、律法の板を粉ごなに打ち砕いてしまった。すべてが水の泡と消えたように思われた。ところがそこで神がモーセに現れて、ご自分の本質が憐れみであることを示された。モーセには神は見えなかったが、その声がこう言っているのを聞いた。「わたしは憐れもうと思う者を憐れみ、恵もうと思う者に恵みを与える。(246)」その憐れみ深さを神はモーセに現して、打ち砕かれた律法の板を更新することをおゆるしになった。モーセはそれをほかでもない神から離反した民のために更新したのである。

この物語が明らかにしているのは、わたしたちの律法が罪人のためのものだということなのよ。神との契約が破られたその後にそれが存在するということ、そのことが神の恵みの徴なのよ。自分がそこにいなかった時に、民が神から離反したのは、モーセの罪責だったのかしら？　そうではないわ。しかし彼は絶望して民が犯した離反の罪の贖いとして自分の命を差し出そうとした。しかし神はそれを拒んだ。そのモーセから学ぶべきことは、いかなる集団罪責もないということだわ。たしかにモーセは民が仕出かしたことを恥じたけれども、彼自身はそれに何の罪もなかった。ローマ人もこの街で起きてしまったことを恥じている。多くの人がそのことに絶望している。しかし、そのことに罪責を負っているのは、元老院でそう議決した者たちだけよ。もしあなたが起きてしまったすべての出来事を悲しんでいるのなら、あなたは知らなくてはいけないわ。その悲しみは罪ではなくて、恥なのよ。恥はわたしたちを守ってくれるはずだわ。恥じるあなたがわたしには愛おしい。
　もう一度書くわ。あなたはわたしの民の記憶と結婚し、わたしはあなたの国民の記憶と結婚するの。二つの記憶はとても良く似合うと思わない？　もしローマの正義の法がユダヤの憐れみの法と結合されれば、わたしたちはすべての人の故郷となるような世界に近づいて行くのだわ！　わたしたちが愛し合う時、わたしたちはもうその故郷に到着しているのと同じよ。少なくともこのわたしはそうだわ。だからもう一度言うわ、わたしはあなたが好きよ。あなたの側にいると、わたしは家にいるみたいなの。

愛をもって
ハンナ

エラスムスから愛するハンナへ
　君の手紙が来る度に、君へのわたしの愛は大きくなり、もっと多くの愛が欲しくなる。わたしはまた君の側にいたくて、我慢できなくなってしまう。罪責が限られていること、それは君が言う通りだ。もしわれわれが罪のない奴隷たちへの処罰を拒むのであれば、罪のない元老院メンバーの罪責をあげつらうことも拒まねばならない。しかし、支配層に属するすべてのメンバーは、そうしたことが二度と起きないようにする責任を負っている。そのためには、彼らが集団として恥じることは望ましいことだ。わたしがローマ人がこれまでに上げてきたすべての業績、とりわけわれわれの法を誇りに思うとすれば、それと同時にわれわれが犯して来たすべての不法もわたしは苦しまねばならない。

しかしわれわれが罪のある者たちだけに罪責を集中させるとして、それでもって本当に彼らに対して正当なのか？　彼らは自由意志から行動したのか？　実際には、彼らもまた何かに駆られてそうしたのではないのか？　たしかに彼らは実行犯だった。しかしその彼らも救いがたい状況の巡り合わせの犠牲者だったのではないか？　その時初めて最大の問題が浮上してくるのではないか？　なぜ神はそうしたことを起きるがままにされたのか。あるいは、そうした問いを立てるよりも、ある中立の宿命を措定しておいて、われわれは全員がそれに服従しているとする方が賢くないか？　神々は、フィロデームスが言う通り、この世からは隔絶したところで、永遠の浄福の中にお過ごしで、この世のことなどに気を遣ってはいないのではないのか？　なぜなら、あらゆる破局、飢饉、伝染病、洪水、そして戦争と暴力による破壊と係わり合っていては、神々の幸福にはお邪魔なだけだろうから。

わたしたちは時々二人きりになれて、エピクロス派の哲学の神々よろしく、この世の煩いを忘れていられる。何と素晴らしいことだろう。もしわたしたちがこの喜びの瞬間から力を得て、不法に抗うこともできるなら、わたしたち二人はひょっとするとその神々以上の者かも知れない。彼らは不法に抗わないからね。しかし君の神は違うね。彼はこの世の不正義に苦しむんだよね。それに異を唱えるのだ。そして君はその神の似姿だ。君が語ることすべての中に、わたしは神の異議申し立ての声を聞く。だからこそわたしは君のことが好きなのだ。わたしの愛にはたくさんの憧れが潜んでいて、わたしが知っているものすべてを越えて行く。わたしの愛は密かに君の神を求めている。

愛をもって
エラスムス

ハンナから愛するエラスムスへ

わたしはあなたという人がいてくれることを、毎日神に感謝している。どの日のわたしも、前の日よりももっとあなたを好きになるの。でもわたしたちが完全に愛し合うなんてあり得ないわよね。わたしには、わたしたちが神々ではないことが大事なの。もしわたしたちのどちらかが完全だなんて幻想に身を任せてしまったら、その幻想は遅かれ早かれ無に帰すでしょう。お互いが不完全な人間であって、神々ではないということが分かっていて初めて、一緒に生活することに堪えて行けるのよね。わたしたちはこの世界が完全だなんていう幻想にも身を任せてはいけないわ。それは完全ではないのよ。この世界も神ではないということ。むしろそれは造られたもの。なぜその中に悪があるのか。それはだれにも答えられないわ。あり得るのは部分的な解答だけ。最終解答は一つもないわ(247)。

わたしの部分解答はこうよ。たくさんの悪に対して責任を負っているのはわたしたち人間自身よ。

わたしたちに責任があることについて、神を咎め立てるべきではないわ。あの大量処刑は、殺すなかれ、と命じている神の戒めに対する違反だわ。人間にその罪があるのだから、その責任も人間が負わねばならない。でもそこでわたしたちは臆してしまうんだわ。わたしたちがどれほどずる賢く罪責の問題を回避するものか、すでに聖書の最初のところが教えてくれているわ。アダムとエヴァの物語(248)では、二人が神の戒めを破って、禁じられた樹の実を食べちゃうでしょ。その後で、二人は神から弁明を求められる。アダムはエヴァがその樹の実を自分にくれたのだから、エヴァが悪いと言う。言外には、どうしてあなたはこんな誘惑に弱い女をわたしにお与えになったのですか、という言い分が込められている。そのエヴァはアダムの真似をして、わたしに戒めを破るように誘ったのはこの蛇ですと言って、蛇に罪をなすりつける。彼女も言外に神を咎めているわけ。曰く、どうしてあなたはこんな蛇をお造りになって、わたしたちの禍の種とされたのですか？　どうしてあなたはこれをお許しになるのですか。人は繰り返しこう言って神を咎め立てる。そうすることで、責任を自分から向こうへ転がすわけ。聖書の最初の物語がわたしたちに教えてくれるのは、わたしたちが自分の責任を認めるべきだということよ。

神は創造の業によって何か新しいことを開始された方よ。わたしたちがその神の似像だというわけは、わたしたちも何か新しいことを始めるからだわ。新しいことって、しばしば恐ろしいものだわ。アダムとエヴァがしたことよりもはるかにひどかったのは、カインが犯した兄弟殺し(249)。カインはどうでもいいようなことから、兄弟アベルを殺してしまった。でもそのカインも神の似像だった。だから神はカインをやってくる復讐から守るわけ。そのために神は彼に一つの徴を与えて、それに彼を守らせるの。その徴がついている限り、だれもカインを撃ってはならないということ。この話からわたしたちが学ばねばならないのは、最悪の罪人にさえも手を下してはならないということ。その罪人の命も守られている。こういう神を信じる信仰は、赦しの神を信じるということよ。だから、罪人さえも赦して、彼らが自分を変えて行くことを待つ神への信仰――これが、なぜこの世界に悪が存在するのかという問いへの最初の部分解答だわ。

二番目の部分解答は聖書の中のまた別の話から読み取れるわ。天地を創造した神が、その世界の中であまりに多くの殺人と暴力が横行するのを見て後悔するの。そこで神は大地をもう一度新しく造り直すことにして、古い大地をものすごい洪水で滅ぼしてしまうの。(250) 地上にあるすべての生き物は殺されなければならなかった。でもこの場合も、希望の徴があった。神はノアに箱型をした大きな船を造らせ、それにどの種類の生き物からも一つがいを乗せて救い出し、洪水が終わった後で新しく生き始めさせることにしたわけ。神は洪水の引いた後の地上に虹をかけて、その希望の徴にした。それ以後も大地は安んじて続いて行き、夏がきて冬が来る、雨が降り陽が照るべきだと言うの。この話は何を示していると思う？　神自身が自分の創造した世界に納得してはいないということよ。神はそれをさらに造り続けて行きたいのよ。よしんば天変地異の破局をくぐり抜けてでもね。神は世界をかつて虚無から創造された。それは別の在り方もできるはずよ。世界が違う在り方でも有り得るという希望、今現にあるままの在り方しかできないのではないという希望、これが、なぜこの世界に悪が存在するのかという問いへのわたしからの第二の部分解答よ。
　わたしの考える部分解答はそこまでよ。人間が罪によってこの世界を害するとき、助けになるのは、罪人も変わることが出来ると信じることよ。自然界が天変地異で住めなくなってしまうとき、助けになるのは、この世界が別の在り方にもなれるんだという希望よ。しかしその信仰よりも、希望よりも大いなるもの、それは愛よ。わたしたち二人のような人間がお互いに愛し合える限り、この世界が続いて行くのは善いことよ。そうである限り、あなたがいてくれるのは善いことよ。そうである限り、わたしが生きることは善いことよ。そうである限り、この世界で人間たちが愛し合うことは善いことよ、わたしたち二人がそうであるように。

愛をもって
ハンナ

エラスムスから愛するハンナへ
　神に誉れあれ。神は世界と人間を造った。でもそれは、今この瞬間のままであり続けねばならないということではない。君たちの信仰は、罪人も立ち帰ることができると言う。君たちの希望は、この世界は変わり得ると言う。そういう見方をわたしはこれまでわれわれの側の哲学者のだれにも読んだことがない。どうして彼らは世界と人間が変わり得るという見方に到達できずにきたのか。そうわたしは今自分自身に問いかけている。世界と人間の外見は、それが変容可能だという君たちの信仰に逆らっているのではないか？　われわれが日々体験させられているのは、人間は依然として罪を犯し続け、世界は同じ世界のままだということではないか？　非正義と悲惨は変わることがない。加えて、われわれの哲学者たちは、正しいことを言っているのではないか？　曰く、われわれが生活の根拠とするものはすべて、なるほどと納得が行く経験であったり、自分で自分を証明できるような考え方であったり、とにかく自ら合点が行くような根拠でなければならないと。ところが信仰と希望というのは、われわれの言うその経験に矛盾するのだ。信仰と希望は、それ自体として明証性のある考えなどというものを丸ごと遠く越えて行くからだ。今この瞬間のわたしが知っている経験で、このわたしをあらゆる暗がりから引き上げてくるものはただ一つ、君への愛だけだ。あらゆる悲しみよりも強い思いでわたしが知っているのもただ一つ、君への思いだけなのだ。

愛をもって
エラスムス

ハンナから愛するエラスムスへ

わたしたちは愛し合っている。そのことをわたしは毎日神に感謝している。あなたのことを思う思いは、生きるって素晴らしいことを確信させてくれるの。あなたのことを思うと、わたしには信仰と希望の力が湧いてくるの。わたしはキリスト信奉者たちから聞いたのだけど、信仰と希望と愛が人生における最大の賜物だって。その中でも最大のものが愛だって。もちろん、愛はなぜ世界にかくも多くの悪があるのかという問いに答えてはくれないわ。でも愛はこの問いをしばらくの間押し黙らせてくれるの。そうだからと言って、わたしたちが何かを意識から勝手に押しのけているかのように恐れる必要もないの。わたしはあなたの目の前にいられれば、すべてが素晴らしいの。わたしがあなたに言える一番大事なことはそのことよ。そしてこれがわたしの第三の解答だわ。言わなくてはいけないことをこれで言ったから、今回は短い手紙にさせてもらうわ。なぜなら、いつも繰り返していること以上に言わなくちゃいけないことはないんだもの。わたしはあなたのことが心から好きよ。

あなたの
ハンナ

エラスムスから愛するハンナへ

どんな人間も神ではない。それは君の言う通りだ。それでも君の手紙を読むわたしには、その中に神の声が聞こえてくるみたいなのだ。もし今わたしを未だに一人の異教徒のままにしておいてもらえるなら、こう言わせて欲しい、君は僕には女神なのだ。でもこれじゃ、瀆神罪になってしまうね。しかし、わたしたちの愛はわたしたちの中に宿っている神的なるもののこだまではないだろうか。そこで二つの奇跡が一つに合流するのだ。わたしたち二人が現にいるということ、それは一つの奇跡だ。わたしたちは愛し合うとき、二人で同じ一つの根源を感じ取る。それは二人をどの瞬間も包んでくれている根源だ。わたしたちが現に在るということは奇跡なのだ。なぜなら、このわたしが現にいるというは決して必然的なことではないからだ。君が現にいるということも、それに劣らず必然的なことではないからだ。二番目の奇跡というのは、わたしたちの愛が生きることの意味を問うあらゆる問いを一瞬の間押し黙らせてくれるからだ。それはまるで長い間乗り物で走った後で、目的地にたどり着いたときのようだ。だからこそ、わたしたちの愛は、壁で囲まれた小さな寓居に閉じこもって悪の世界をバリケードで遠ざけるのとは似ても似つかず、それをはるかに越えるものだ。わたしたちの愛はわたしたち二人をすべてのものと、わたしたちの根源と、わたしたちの目的地と結びつけてくれている。二人は今現に唯一かけがえのない瞬間の中にいるのだ。ちょうど永遠が時間の中へ落とす一滴のように。

愛をもって
エラスムス

ハンナから愛するエラスムスへ

昨日のわたしはあなたの手紙を読んで、嬉しくて泣いてしまったわ。その手紙にわたしはどう答えたらいいのかしら。わたしの言葉は繰り返しになるわ。でもわたしはそれを何千回でもあなたに言うわ。わたしはあなたのことが好きよ。でもあなたには新しいことじゃないわね。だから今日はあなたのために、パウロの手紙から愛を歌った一節を書き取ってみるわ。おそらくもともとはパウロが愛する一人の女性に宛てた愛の詩だったらしいの。少なくともこのわたしには、読んだ時にそう感じられたわ。でも今はあなたに向けての愛の詩でなければいけないわ。

たとえわたしが人間の舌、天使たちの舌で語れても、
愛がなければ、
わたしは騒がしい青銅、やかましいブリキの音。
たとえわたしが預言の霊感を受け、
あらゆる神秘とあらゆる知識に通じていようとも、
たとえ山を動かすほどの信仰を持っていようとも、
愛がなければ、

わたしは無。
たとえわたしがすべての財産を人のために寄付しても、
自分の身体を火刑に渡そうとも、
愛がなければ、
何の益もない。

愛は忍耐強く、人に優しい。
愛は妬まない。
愛は自慢しない。
愛は高ぶらない。
愛は人の面目を潰さない。
愛は自分の利益を求めない。
愛は怒りに駆られない。
愛は遺恨を残さない。
愛は不法を喜ばない。
愛は真実を喜ぶ。
愛はすべてを忍び、すべてを信じる。

愛はすべてを望み、すべてに耐える。

愛は決して滅びない。
預言は廃れ、
異言は黙し、
知識は過ぎ去るだろう。
なぜなら、わたしたちの知識は一部分、
わたしたちの預言も一部分だから。
完全なものが来る時には、
部分に過ぎないものは廃れるだろう。
わたしはまだ幼子のときには、幼子のように喋り、
幼子のように思い、
幼子のように判断していた。
大人になったとき、
わたしは幼子のことを乗り越えた。
わたしたちが今鏡を通して見ているのは、謎めいた姿。
しかしその時が来れば、顔と顔を合わせて見るであろう。

今わたしが知ることは一部分でも、
その時が来れば、わたしは知るだろう、わたしが知られるのと同じように。

その時に残るのは
信仰と希望と愛、
この三つである。
その中で最も大いなるものは
愛である。(251)

パウロは、愛は残る、と言う。わたしたちが愛において今現に体験していること、それは永遠に続いて行く。愛は信仰と希望よりも大いなるもの。なぜなら信仰は目に見えることに抗って自分を押し通さねばならないから。希望は目に見えないものに向けられるから。でも愛は三つの中で最大のもの。なぜなら愛においては、すべてが現在だから。愛は成就。それよりも大いなるものは、永遠にわたって有り得ない。

あなたを愛するあなたの
ハンナ

そうしたたくさんの手紙が二人の間で行き交った。そうしたある日のこと、エラスムスの両親が二人揃ってそれぞれの誕生日を祝う会への招待状が届けられた。エラスムスはもうずっと前から、この機会を利用して自分の両親に、一人のユダヤ人の女性と結婚するつもりであることを告げようと決めていた。彼は両親がこの結婚の計画に全面的に賛成してくれることを確信していた。なぜなら、ハンナとその両親もエラスムスの両親と同じようにムソニウスを囲むサークルに属していたからである。これ以上に両親を安心させてくれる推薦状はあり得なかった。自分の両親が互いに培ってきた愛のことを思いながら、エラスムスはハンナに宛てて長い返事を認めた。

エラスムスから愛するハンナへ

神の祝福が君とわたしたちの両親の上にあるように。わたしの両親はもうじき二人そろって誕生日を迎える。父は四十五歳、母は四十歳になる。二人は同じ週に生まれたのだ。だから我が家では二人の誕生日をいつも一緒に合わせて祝ってきた。今回はテルティウスとわたしが二人を訪問することになっている。君からの手紙がもらえなくなるが、たとえわたしが遠くにいても、君の言葉はいつもわたしと一緒にいてくれる。特にわたしの両親の顔を見ることで、わたしは常に君のことを思うだろう。コルネリウスとコルネリアのように互いによく分かり合える夫婦にわたしたちもなれること、それ以上にいったい何をわたしは望むだろうか。二人は君の両親と同じで、ムソニウスの信奉者だ。二人にとっては、彼の哲学に従って生活することが、哲学的な思考を見事に文章化することよりもいつも重要だった。

彼らの哲学の核心は、われわれが自由に処理できることとそうはできないことを区別することだ。二人がわたしに教えてくれたのは、われわれが自由であり得る領域は、外側の出来事ではなくて、われわれの内側、つまり、すべての物事を価値付け、その意味を解釈する領域だということだ。そこでのみわれわれは自由なのだ。二人が今日まで一緒に結ばれたままでいて、多くのカップルのように別れずにこられたのは、彼らの内面の姿勢のお陰なのだ。そう彼ら自身が確信している。

二人はもうずっと昔にその結婚哲学をわたしに伝授してくれた。というのは、わたしは十歳のとき、人間が互いに好きになるわけは、お互いを綺麗だと思うからだとばかり思っていた。だからそんなわたしには、どうして祖父母がいまだに愛し合えるのかが謎だった。祖父母の顔はしわくちゃだらけ、労苦と寄る年波が刻み込まれていた。とても綺麗だとは見えなかった。それでも二人は互いに好き合っているので、わたしはなぜそうなのか、その理由を探してみた。そのときわたしに一つの答えがひらめいた。わたしはそれを両親に自慢げに披瀝した。すなわち、わたしの観察では、人間の顔つきというものは、今日から明日、明日から明後日と、一日ごとには外見上何も違わないから、だれもその違いには気づかないのだ。そこからわたしは結論を引き出した。祖父母は毎日愛をもって互いに見つめ合えば、ふたりは生涯の終わりまでお互いに好き合ったままで行けるということだった。なぜなら、二人は今日から明日、明日から明後日と、相手の顔には何の変わりも起きていない印象を反論なしで保ち続けるに違いないからだ。二人はお互いに常に綺麗で魅力的なままなのだ。

わたしの両親はそのわたしの幼稚な思いつきを訂正するために、ストア哲学の根本認識を教え込んできた。決定的なのは、人間が何を見るかではない。そうではなくて、それをどう価値付けるかだ。重要なのは何が起きるか、何が人間を悲しませ、何が喜ばせるかではない。そうではなくて、それに対するわれわれの見解だ(252)。両親は言った。われわれは自分が歳を取って行くことを変えることはできない。だれも時間の流れを押しとどめることはできず、だれも人生をもう一度始めからやり直すことはできない。しかし寄る年波をどう評価するか。この点では、われわれは自由なのだと。そのとき、問題は外面の美しさではない。祖父母が毎日毎日お互いを見つめ合う時、祖父が自分の妻を見て、「この人は善い妻だ」と思い、祖母が「この人は善い夫だ」と思うこと、これこそが決定的なポイントだ。そう思い合うところから一つの物語が生まれてくる。そこでは、われわれ自身が人生の著者なのだ。外見については、われわれは不自由だ。われわれの内面における思考においてこそ、われわれは己の人生を自分で決めて行く。

これがわたしの両親の結婚哲学だ。今となっては、わたしはそれをもう一度補正してみたい(253)。出発点は同じストア派の根本認識だ。曰く、人間の自由は、自分の自由にならないことに対しても、内面では自由に評価を下すことができるということにある。だれ一人、自分の両親になるべき人を捜し出したりはできない。だれ一人、自分が生まれる場所と時間を決めることはできない。それはその通りだ。だれもが自分の身体は、それがそうなったがままに受け容れるしかない。しかしそれに同意するかしないかは、われわれの自由だ。われわれが自分で自分の決断を下すとき、われわれは自分の人生の著者になる。ところがそこにまた克服しがたい限界がある。だれ一人自分を他者と交換できないのだ。だれもが自分自身に縛られている。別の人間になりたい人は大勢いる。もっと美人になりたい者、もっと頭が良くなりたい者、もっと魅力的になりたい者、もっと成功を遂げたい者が山といる。しかしわれわれには、今現にある自分をそのまま受け容れるしか他になす術はない。これはしばしば過酷なことだ。ところがそれが愛によって違ってくる。ある人に愛を捧げる人間は、そう、捧げる相手を別の者に代えるのも自由なのだ。ところがその人はわれわれを選んでくれた。そしてまさにこのことがわれわれに深く納得の行く動機を与えてくれる。それはわれわれがわれわれ自身を選ぶ動機に他ならない。われわれが自分自身に向かって発する「然り《ヤー》」は、他の人間が自分をわれわれと結びつけてくれるために発した「然り《ヤー》」に対する応答なのだ。しかしそうしてくれた人間も必ずしもわれわれと結ばれたままでいるとは限らない。そこに愛の偉大と悲劇がある。愛は他者を自由に選ぶ。そのことによって愛は人を照らす輝きを得る。しかしその自由を利用して、またその人からも離れるならば、愛は壊れる。われわれは愛によって自由になるが、同時に新たな仕方で依存的になる。

　人を愛する者はだれでも、そのようにして他者に依存する者となる。それはストア派の哲学に似合わない。この哲学によれば、人はわれわれの力で左右できないいかなるものにも断じて依存してはならないのだ。しかし、他者がこちらに愛を向けてくれるかどうかは、われわれの力の及ぶことではない。だから、愛し合う者同士は互いに依存しているのだ。だれにも、その愛を創り出す能力はない。愛は実在するが、それは一つの奇跡であり、われわれ自身の実在と同じように無根拠なのだ。ところがわれわれにはその愛を壊す力がある。そのために必要なのはほんの僅かな数の言葉だけだ。そのためにはものの数分で足りる。そこから何が生じてくるか？　われわれは愛を創り出すことはできない。しかしそれを保全して行く責任がある。それを壊さないこと、それはわれわれ次第だ。

これはその他の点でも同じだ。われわれは自分に命を与えることはできない。しかしそれを壊すことはできる。それを保全して、増えて行くようにさせること、それにはあまりに多くの労苦がかかる。しかしそれを破壊して無にするのにはたった一秒で足りる。だからこそ、多くの人間が暴力に魅了される。暴力はどのような暴力なしの行動に比べても、はるかに短時間で事を成し遂げる。暴力は人の目を引く。だからそれはどんなメッセージをも強力にする。大量処刑を決議した時の元老院も暴力の即効性に酔ってしまったのだ。それによって元老院はすべての奴隷たちに向かって、自分の主人に何も危害を加えないようにという警告を一挙に片付けたのだ。

どうしてわれわれ二人の間にあるような愛とそうした残虐さが並んで存在し得るのか。この謎はわたしには深まるばかりだ。しかしわれわれは悪に直面した時に、世界は変わり得るのだという希望を捨ててはいけない。それは君が言う通りだ。不法に直面した時も、人間は変わり得るのだという信仰を捨ててはならない。しかしわれわれはそのような変容への期待だけでは生きて行けない。われわれには信仰と希望以上のものが必要なのだ。われわれにはそれ自体として善なるもの、現にそこにあるものが必要なのだ。それが愛だ。わたしの両親の生涯からわたしに浮かび上がってきた思いがある。――そうした愛はただ固唾《かたず》を飲むような美しい瞬間、美しさに息が止まるかと思うほどの瞬間、永遠がわれわれの生活の中へひらめくような一瞬、思わず互いに抱き合って接吻を交わすような瞬間、そうした瞬間だけにあるのではないのだ。愛は人生をゆっくりと一緒に歩むことの中にある。わたしの両親が二十五年にわたってたどってきた道のりのように。二人が互いに交わして来た約束だとわたしには感じられるもの、それを見事に言い表す言葉をわたしは聖書のルツの物語の中に見つけた。それを君にも伝えたい。ルツがナオミに言う。「あなたが行くところ、そこへわたしも参ります。あなたがとどまるところ、そこにわたしもとどまります。あなたの民はわたしの民、あなたの神はわたしの神だからです。あなたが死ぬところ、そこでわたしも死んで葬られたいのです。わたしをあなたから引き離すものは、ただ死があるばかりです。」(254)

愛をもって
エラスムス

エラスムスはテルティウスをフィロデームスへ使いに出して、しばらくローマを留守にすると伝えた。今回のフィロデームスは直ぐに短い返事を書いてテルティウスに託した。

意志の自由と自然体

フィロデームスからエラスムスへ

拝啓

　神々が君の旅路を守ってくれるように。君も承知のように、われわれエピクロス学派は神々が人間の日常の出来事に介入するとは思わない。彼らは自分たちだけの永遠の浄福の中で暮らしているのだ。われわれのことなど彼らの眼中にはない。それでも、われわれがその彼らにかなり近づくことがある。それは愛がわれわれを満たす時だ。われわれの神々が君とハンナの同伴者でいてくれるようにと、わたしが願っているのもその意味においてなのだ。もし君たちが結婚することに決めたのなら、それはそれで結構なことだ。それによって君はこのわたしには知られざる世界へ入って行くことになる。なぜならすべてのユダヤ教徒とキリスト信奉者たちは、わたしとわたしの友人フィランドロスの間の関係を可としないだろうから。彼らはそれは罪だと見做している。しかしこのわたしにとって、それは満悦なのだ。われわれ二人が一緒にいて幸福な時、それはわたしにとっては神々がしている経験なのだ。

　君の道を行くがよい。その途上に幸多かれ。

敬具

フィロデームスより

エラスムスへ

エラスムスからフィロデームスへ

拝復

君が行く道にも神の祝福があるように。君と一緒に行くパートナーの上にも。わたしは君たち二人の同性愛を肯定する。その点でムソニウスとわたしは違う。ムソニウスが考えていた男同士の同性愛は主人と奴隷の間のことだ。お互いに自由な男同士のものではなかった。

もしわたしがパウロを正しく理解していればのことだが、彼が同性愛を罪の行為と見做したわけは、同性愛者たちの間では、性愛の相手が神の位置を占めてしまって、神と被造物が取り替えられてしまうからなのだ。[255] そうなることは、わたしの意見では、あらゆる性愛関係にとっても破壊的だ。結婚ということでは、だれも神の立場にのさばり出てはならず、だれも被造物の立場に自分を卑下してはならない。もちろんパウロ自身は、自分があらゆる性愛関係にとって破壊的に働くものを批判しているなどとは、認めたがらないだろう。しかしわたしは同性愛の関係を罪と見做す彼の判断を拒否する者だ。わたしがここまで明解にそう断言するわけは、君に言っておきたいからだ。君はわたしがパウロを裁判で弁護するから、君とわたしの友情関係も損なわれるかも知れないなどと、余分な危惧を抱く必要はまったくない。

君も書いているが、エピクロス派の人間は自分が個人として生きて行くことを神々と結びつけたくないのだ。神々はわれわれのことなど眼中にないと君たちは言う。でもわたしは信じる。われわれはあらゆる状況の中で神とかかわっているのだ。わたしはあらゆる状況の中で、神がわたしに何を言っているのかと自問する。

わたしは何を感謝するべきか。

わたしは何を追求できるだろうか。

わたしは何をもはや変えがたいものとして我慢しなければならないか。

ストア哲学がわたしに教えてくれたのは、われわれの手中にあるものとそうではないものの区別だ。われわれの手中にないものは、さらに分けられる。かたやわたしが我慢しなければならないもの、かたやわたしにはただ感謝あるのみのものだ。わたしが知っている最良の祈りがある。それはこの区別に基づいている。

主よ、自然体の心をお分けください、

わたしが変えることのできない物事を、

静かに受け容れるために。
わたしに勇気を与えてください、
わたしが変えることのできる物事を、
変えて行くために。
そしてわたしに知恵をお与えください、
それとこれとを区別するために。(256)

わたしは何を変えることができるのか？　こう問うとき、わたしはしばしばエピクロス派の考えに傾く。なぜなら君たちエピクロス派の確信によれば、君たちは自分たちの意志によって物事の流れに干渉できるからだ。しかしストア派は物事に対する内面の姿勢だけに自由を限定するのだ。ところがまことに逆説的なことだが、ストア派は国家や街に係る責任を引き受けねばならないと感じる点で、君たちエピクロス派をはるかに凌駕している。もちろん君たちもその責任を負うことはある。しかしそれは成功が見込める場合だけのことだ。それ以外の時は、公共の生活から引き籠ってあくまで個人の幸福を追求するのが君たちのお薦めだ。本当は、君たちエピクロス派こそが、われわれストア派にはるかに優って物事の流れに干渉する動機があるはずではないのか？　なぜなら人間の自由意志というものを確信しているのが君たちなんだから！　これは一体全体どうしてなんだ？　ところで世界のただ中で活動するためには、必ずしもすべての物事が予め決定されているわけではなく、人間が干渉する余地が残されていると考えなければならない。それは明白だ。しかし必要なのはそれだけではない。この世界は決して無意味ではないという確信もそれに劣らず重要なのだ。そうであって初めて、人は世界に投資するのだ。事実、われわれストア派の意見では、この世界には世界理性が遍く浸透している。だからこそ、その中で活動することに意味がある。われわれストア派は君たちよりもはるかに強くこの世界に信頼を寄せているということだ。

しかしストア主義とエピクロス主義の二つに並んで第三の道がある。それはあらゆる瞬間ごとにわれわれに出会ってくる神、あらゆる時に現臨する人格としての神という比喩だ。この比喩は一つの検索プログラムだ。それはあらゆる状況の中で有意味な行動の可能性を検索する。われわれが感謝をもって受けることができるもの、あるいは逆に我慢しなければならないものを探すのだ。中でもとりわけ、われわれに課された任務、他でもないわれわれでなければやり遂げられないもの、他のだれも代わりにやってくれないものを手探りするのだ。もしそのようにして感謝して受けるべきものにぶつかったとすれば、われわれはエピクロス派と同じように、そこに神が現臨する幸いを体験する。もしそのようにして挑発するものにぶつかったとすれば、われわれはストア派と同じように、責任を負うことへわれわれを呼んでいる神がそこにいるのを体験する。その二つの間を正しく見分けられれば、そのときわれわれはユダヤ教の神の比喩を理解したことになる。そのときわれわれは厳しい挑発に対してさえ感謝し、課された義務にさえ幸福を体験する。人格としての神という比喩は検索プログラムなのだ。それはあらゆる状況の中に隠されているものに向かって、われわれの目を開かせるものだ。

フィロデームスへ

敬具

エラスムスより

第10章
別れの会食

エラスムスはおよそ一週間後に、ラティウムにいる両親のもとへ旅立つ予定にしていた。毎日がその嬉しさで静かに輝いていた。ただし彼の内面は依然として逆説的な状態のままだった。彼はたしかに幸福だった。しかしその幸福を奴隷たちの大量処刑がこの街と彼の生活にもたらした不幸と、どう考え合わせればよいのかが分からなかった。かたやハンナとの愛がもたらしている個人の幸福、かたや人間として考えがたいほどの苦難。この対立の狭間で人はどう生きられるのか。このような世界の中で、嘘のない愛はどうすれば貫けるのか？

彼は両親の二人揃っての誕生祝賀会で短い祝辞を述べて敬意を表したいと思っていた。彼はその準備のためにも、その問題を考えていたのである。そしてその後で、ハンナと結婚するつもりであることを告げようと思っていた。そうすれば両親には、祝辞を通してハンナのことがよく分かった上での事になるだろう。おまけに祝辞の中の重要な考えはもともと彼女からもらったものだ。そういう手順で彼女を自分の家族にうまく組み込めるだろう。

しかし、それとは別のやり方の方がもっと魅力的に思われた。むしろハンナ自身も一緒に連れて行く方がよいのではないか。ただしそのためには万事、急がねばならなかった。つまりこの後二日以内に、ナタンの家でハンナに結婚を申し込まねばならないことになる。そうすると、おそらくナタンとサロメまでハンナと一緒にエラスムスの両親のもとへ行くことになるだろう。

なぜ彼はそうせずに申し込みを延期したのか？　それはすでに既定のことだったのではないのか？二人は結婚したいと思っていた。ナタンとサロメはそのことをきっと喜んでくれるに違いない。正直なところを言えば、エラスムスには未だに割礼のことが不確定要素だったのである。それは気まずい話だった。もし自分が割礼を受けないままハンナと結婚したいと言ったら、それでもナタンの家族は受け容れてくれるだろうか？　この家族はたしかにリベラルだ。パウロにも共感を寄せている。しかしナタンは集会の指導者だ。もし義理の息子がユダヤ教の伝統から逸脱するということになったら、ナタンは集会の中で立場上困ることにならないだろうか？　とりわけバルクと喧嘩にならないか？バルクの方はユダヤ教の伝統を厳格に遵守すべしという立場だから。それとも、もしパウロが裁判で無罪となり、ローマのユダヤ教の集会の中で影響力を高めることになれば、この問題も自ずから霧消してしまうだろうか？

エラスムスはこうした思案から、突然の使者の来訪によって引きずり出されてしまった。その使者は一通の手紙を持って来た。それは直接エラスムスに宛てられていた。

ピネハス誓約団から

エラスムスへ

聞くところによると、君は裁判でパウロの弁護に立つそうだ。われわれはそうしないよう君に警告する。不法を犯した者を弁護することはそれ自体重大な不法行為だ。パウロは遍く知られたトラブルメーカーだ。彼は国家の安寧を破壊する。ローマ帝国のすべての臣民は一つの身体となって、自分たちの頭である皇帝に服従しなければならぬ。ところがパウロはその破壊的な教説でこの秩序を足下から掘り崩す。彼はわれわれが神殿で行っている礼拝の邪魔をする。われわれが守っている儀礼と父祖たちの伝統を裏切っている。ユダヤ教徒と異教徒を隔てる隔壁をぶち壊している。ユダヤ教徒とローマ人の間に騒ぎを焚き付けている。奴隷たちを主人に刃向かわせている。妻たちを反抗に駆り立てて、夫に身を任せるのを止めさせ、結婚よりも結婚しないでいる方がもっといいなどと囁いている。彼はかつて狂信者《ファナティカー》だったのだ。ただ一人の唯一の神を拝まない人間すべてを一括りにして、彼らに対する聖戦を夢見ていた男だ。その狂信者《ファナティカー》が今なおパウロの中に隠れて生きている。かかる誘惑者かつ扇動者を支援する輩たちは、すべからくひどい目に遭わねばならない。

呪われた者たちに呪いを、敵どもに死を！

誓約団

エラスムスは読み終わると茫然自失立ち尽くした。手紙は手から滑り落ちた。これは彼の計算外のことだった。彼の心臓は激しく鼓動を打っていた。彼の身体は緊急警報を発していた。心は怒りと恐怖の間を揺れ動いた。やっとのことで平静を取り戻した。無条件で冷静な頭脳を保たねばならなかった。彼の状況判断では、この手紙はエルサレムあるいはユダヤから来たものではあり得なかった。なぜなら、彼がパウロの弁護を引き受けるかどうかを尋ねられるようになってから現在まで、まださほどの時間は経っていないからである。いずれにせよ、そのことをだれかがエルサレムへ報告して、そこから返事が届くには余りに時間が足りなかった。脅迫状の発信者はこのローマにいるに違いなかった。エラスムスがパウロの事案に関与していることを知っているだれかが、発信者に情報を漏らしたに違いなかった。ところがそのことを知っている者というのが、それほど大勢ではなかったのである。

ひょっとして、あの集会指導者のバルクが事に絡んでいるのではないか。彼はパウロに好感を抱いているとは、間違っても言えなかった。しかし彼はナタンの友人だ。そういう人物にこれほど陰湿なことを企てる余地を認めてよいものだろうか？　エラスムスはこの推測を打ち消した。しかもバルクは面談の最後の別れしなに、はっきりと、パウロを事案として引き受けて欲しいと頼んできたではないか。

それなら、イシマエルとヘルキアスがこの脅迫状の後ろに隠れているのか？　あるいは神殿金庫長のヘルキアスが一人で？　そう言えば、彼は情報通信網を活性化させて、エラスムスを守りたいと言っていたではないか。そのために、エラスムスという名前を各方面へ伝えたに違いない。それもエラスムスを守りたいとの名目で。ひょっとして彼が二重スパイを演じたのかも知れない。神殿を改革しようというパウロは二人の祭司の利益には反している。むしろパウロを排除することが彼らには望ましいはずだ。しかし他方では、エラスムスは両者との直接の面談を通して、二人にとって最大の関心がローマにあるユダヤ教の集会の安寧を保持して行くことにあるのを確信していた。彼らはそのために弁護士としてのエラスムスに義務感を抱いていた。彼らがエラスムスを守りたいと申し出てくれたことが真実な気持ちから来ていることを疑うべき理由はほとんどなかった。しかし、可能性として排除できるものも一つもなかった。

というのも、二人の祭司たちの情報網に属する何人かがエラスムスに関する情報をさらに外部に広げた可能性があったからである。おそらくは、ローマにあるすべてのユダヤ教の集会の指導者に宛てられた最初の脅迫状の背後にいたグループにこそ広まっただろう。顕著なことは、今回の新しい脅迫状がやがてエラスムスが弁護のために取り上げるはずのテーマを繰り出して来ていることだった。たとえばかつてのパウロが狂信主義《ファナティスムス》だったことがそうだ。だから発信人はエラスムスがパウロおよびシメオンと交わした会話について情報を得ていたに違いなかった。それゆえ、今回の脅迫状は明らかに偽装された手紙なのだ。それはユダヤで書かれたように装ってはいるが、実際にはローマから来ているのだ。エラスムスはそれを真面目に受け取らざるを得なかった。「敵どもに死を」というスローガンは殺害の脅しだった。その脅しはたとえ偽装された手紙でもいささかも和らげられてはいなかった。

エラスムスが考えあぐねていると、また新しい使者がやってきて、さらにに別の手紙を手渡した。

今度はシメオンからだった。かつてパウロと一緒にエルサレムで机を並べて修行したことのあるあのシメオンである。そのシメオンが今回エラスムスに送ってきたのは、これまでのところまだ知られていなかったパウロの手紙であった。シメオンの短い添え書きがついていた。

シメオンからエラスムスへ

拝啓

あなたとあなたの仕事の上に神の祝福があるように。わたしはあなたとのこの前の会話を思い起こして喜んでいます。それはわたしがパウロとエルサレムで過ごした勉学の日々の記憶に関するものでした。あなたの質問は、パウロがそのころの狂信主義から本当に離脱したのかどうかでした。つい最近、彼を信奉する者の一人が彼の手紙をわたしに見せてくれました。それはあなたがまだ知らないものです。というのも、パウロがこの手紙を書いたのは、ほんの最近数週前のことだからです。それはこのローマの牢獄から、エフェソの集会に宛てて書かれています。その最も重要と思われる中身をわたしは要約してみました。ここでわたしたちが出会うパウロは、まったくもって狂信的ではありません。多くの点で、わたしたちユダヤ教の中にある知恵の神学を想起させます。すなわち、世界には神の知恵が遍く浸透していて、すべてが一致するように定められているという信仰のことです。世界の中のあらゆる事物、すべての人間、すべての国民、すべての集団がそうだと言うのです。ぜひわたしの要約を一度通して読んでみてください。わたしはこのパウロならあなたが首尾よく弁護なさるはずだと心から願っています。

あなたのユダヤ人の友人の方々すべて、そしてヘルキアスとイシマエルにもよろしく。そしてこのわたしもあなたの友人の一人に加えてください。

敬具

シメオン

エラスムスはいささか混乱した。同じ日に、しかもさほどの間をおかずに、これほど対照的な二通の手紙を受け取るとはたんなる偶然だろうか。一通はあそこまで激越にパウロに敵対するもの、もう一通は明瞭に彼の味方につくものだ。パウロとは実にユダヤ教という共同体を引き裂く人物だった。パウロをめぐる「プロ」と「コントラ」の二つの党派がそこで相争っているように思われた。しかしそのパウロ自身は今回のエフェソの仲間への手紙では何を言っているのか？　ただし、それはこの手紙が本当にパウロの手によるものだとしての話だが！　まさにその点が確かではなかった。もし一方のパウロに反対する手紙が偽装されたものだとすれば、パウロのものと言われるこの手紙もパウロの疑いを晴らすための偽装でないとどうして言えようか？　いずれにしても、その要約はシメオンがまとめたものだ。字体が彼のものであることは明らかだった。しかしそれは所詮要約で、現物そのもの

ではなかった。(257)


パウロからエフェソにいるキリスト信奉者たちへ！

恵みと平和があなたがたにあるように。

世の始めからわたしたちをご自分の子と定められ、終わりの時にキリストにおいて一つにしてくださる神に誉れあれ。あなたがたの心の目をキリストに向けて開いてくださった神にわたしは感謝する。キリストによってすべてのものが一つになるであろう。キリストを死者たちの間から起こし、あらゆる勢力と支配の上においた神によって一つになるであろう。神は教会においてすべての者を一つにしてご自分の体とし、全世界をご自分の霊によって満たされるであろう。

以前のあなたがたは死んだ者であった。今は彼の霊によって再び生まれた者である。以前のあなたがたは罪の中に生きていた。今は死人たちの間から起こされている。以前のあなたがたはこの世では身分の低い者であった。今はキリストとともに天にまで高められている。それはあなたがた自身の行いによらず、ひとえに恵みによって善を為すためである。

以前のあなたがたは異教徒で市民権を持たず、移住者で神を知らぬ他所者だった。今はわたしたちの近くに住む隣人となった。キリストがわたしたちの間に平和を打ち立て、これまでわたしたちを互いに敵としてきた隔ての中垣を取り除かれた。キリストはご自分の死によって、人を差別する律法を退けられた。敵意に満ちた人間から新しい人間を創造された。わたしたちを和解に導いてくださった。彼の福音は近くにいる者にも遠くにいる者にも、他所者にも土地の者にも向けられている。すべての人間がそろって活ける神殿を形造るのである。その神殿に神ご自身が住まわれる。

わたしは囚われの身であるが、これまで隠されてきたこの秘義をすべての人々に語り伝える。それがわたしの任務である。かくも長きにわたって隠されてきたことが、今明かされる。すなわち、すべての人間が市民であり、同胞であり、神の民の家族である。そのことをわたしは神に感謝している。神があなたがたに力をお与えになって、あなたがたの内なる人を強めてくださるように。そしてあなたがたがキリストの愛を知るように。

わたしは囚われの身であるが、あなたがたが互いに一致し、平和を保つように勧める。あなたがたは一つの体、一つの霊でありなさい。希望と召命は一つ、主は一人、信仰は一つ、洗礼も一つである。それはただ一人の神がすべての人間の父となり、万物の上におられるただ一人の神がすべてのものを通して働き、すべてとなられるためである。あなたがたは全員が一つ体となって頭《かしら》に向かって成長しなさい。頭《かしら》とはキリストのことである。光の中を生きなさい。愛において生きるのである。愛をもって互いに譲り合いなさい。

妻たちはそれぞれの夫に従いなさい。夫たちも妻を自分の身体のように愛し、彼女たちが喜んでいられるように尽くしなさい。夫と妻が合体するならば、その合体はキリストが教会と一つであることに倣っているのである。これもまた神からの秘義の一部である。二人は一つの身体となる。そのようにして、終わりの時には世界にあるすべてのものが一つになるであろう。

子供たちは両親を敬いなさい。父親たる者は子供たちを手荒く扱って、怒りやすくひねくれた子供に育ててはならない。

僕たちはそれぞれの主人に従いなさい。主人たちは彼らを卑下して脅してはならない。むしろ自分たちにも一人の主人がおられることを心にとめなさい。

あなたがたは肉の武具ではなく、神の武具を取って闘いなさい。真理と正義と信仰を用いて自分の身を守りなさい。攻撃の武器にはただ神の言葉だけを用いなさい。鎖に繋がれているこのわたしのために祈ってください。


あなたがたすべての兄弟姉妹に平安があるように。

キリストを愛するすべての人の上に恵みがあるように。

ご機嫌よう
囚われの使徒パウロから

エラスムスは一読して直ぐに気が付いた。ここで語っているパウロは、広く出回っている彼への誹謗にはまるで反している。パウロの敵対者たちは、彼は世界に争いを巻き起こすに違いないと言う。

しかしこのパウロは自分が平和の使徒であることを強調している。パウロの敵対者たちは、彼は神殿の隔ての中垣を取り除くことで騒擾を引き起こすに違いないと言う。しかしこのパウロは人間同士が和解し、互いの敵意を克服するために、さまざまな障害を取り除こうと説教している。パウロの敵対者たちは、彼は妻たちを禁欲の生活へ誘惑して、結婚生活の営みから外れさせるに違いないと言う。しかしこのパウロは結婚生活のことを積極的に語っている。夫婦がセックスして合体するとき、そこでは宇宙万物の合体の神秘が実現して行くのだと言う。さらにパウロの敵対者たちは、彼は奴隷たちを焚き付けて反抗させ、彼らの味方につくだろうと言う。しかしこのパウロは奴隷たちに服従を説く一方、同時に主人たちが威張って専制することにも反対している。パウロの敵対者たちは、彼は狂信的な神の戦士だと言う。しかしこのパウロは神のために闘うには、平和の武具だけで、つまり暴力ではなく、言葉だけで闘えと言う。このパウロならば、エラスムスが牢獄で接見したパウロよりも、またオネシモがその考え方を貫い受けて自分の説教に反映させていたあのパウロよりも、はるかに弁護は容易になるだろう。それにしても、どうすれば同じ一人の人間がここまで違う側面を同時に兼ね具えることができるのか。エラスムスは疑った。ひょっとするとこの手紙は、パウロを助けるための善意からではあるが、偽装されたものかも知れない。偽装という点では、あの誓約団からの誹謗の手紙がパウロに危害を加えるための悪意の偽装であったのと変わらないのかも知れなかった。

もちろん、パウロと親しいキリスト信奉者の一人がこの手紙をエフェソの仲間宛に書いて、それにパウロ本人が最後に自分の名前を書き加えたという可能性も排除できなかった。いずれにせよ、エラスムスはこの手紙を来るべき弁護のために利用できるだろう。ただしこの手紙には、一つだけ厄介な点があった。ローマ帝国の国体イデオロギーによれば、社会全体が一つの身体を成していて、皇帝がその頭《かしら》であり、すべての者は肢体としてその頭《かしら》に服従しなければならないのであった。ところがこの手紙はそれとは異なる比喩を持ち出してきているのだ。すなわち、皇帝ではなく、キリストこそが教会の頭《かしら》だと言う。そしてその教会はすべての人間に向かって開かれている。さらにそのキリストはそのまま同時に宇宙万物の頭《かしら》でもあると言う。ローマ帝国の国体イデオロギーによれば、皇帝こそが平和を造り出す者なのだ。ところがこのエフェソの教会宛の手紙が平和の建設者として知っているのはたった一人キリストだけだ。つまり、この手紙には、現存の社会秩序に反抗する例の挑発的なパウロのなにがしかがやはり残っているわけだった。ただし、仮にこの手紙が事実パウロの直筆ではないとしても、それでもおそらくパウロはそのような手紙も自分が書いたものとして受け容れることが出来たのかも知れない。そう、たしかにパウロは今までいたるところで争いと軋轢を引き起こしてはきたものの、彼自身の心の奥底では、むしろ平和と和解の使徒でありたいと思っていたのかも知れないではないか。もしそうなら、この手紙のパウロはそうしたあり得べき自分自身の理想像を描いて見せたのかも知れない。いずれにせよ、一つのことだけは確実だった。パウロをめぐって一大論争が荒れ狂っているのだ。そこでは偽装と脅迫という手段が使いまくられている。エラスムスは二つの陣営の狭間に落ち込んでしまっていた。

　エラスムスはかねてから両親の誕生日を二人分一緒に祝う会へ出席するためにローマを離れる予定

だった。こうなると、その予定は時間的に好都合だった。彼は出発を数日早めようかとも考えた。それともむしろ逆に、出来る限り出発を遅らせてローマにとどまって、敵に自分の戦意を誇示する方がよいだろうか？　その決断は例の脅迫状をどこまで真剣に受け取るべきかによった。一方ではエラスムスはこの手の脅迫でうろたえたくはなかった。少しでも譲歩すれば、相手の犯罪者集団はそれを自分たちの勝利として謳い上げるだろう。しかし他方では、容易に避けることができる罠にわざわざ飛び込む義務もまったくなかった。とにかく彼はこの件についてまずハンナの意見を聞いてみる必要があった。そこで彼はテルティウスを彼女のもとへ使いに出して、その日のうちにも彼女を訪ねてもよいかどうか尋ねさせた。テルティウスの伝言は、緊急の問題が生じたので、エラスムスは彼女と話さねばならない。パウロの敵対者たちから彼のところへ脅迫状が届いたからだ、というのであった。

エラスムスは自宅にとどまって、ハンナからの返事を今か今かと待っていた。しかしテルティウスが持ってきたのは彼女からの返事ではなかった．ハンナ自身が一緒にやってきた。例の脅迫状のことが彼女を震え上がらせたのである。それを読んだ後、彼女は確かな声で言った。

「この手紙は真剣に受け取るべきよ！　このローマにはパウロを憎悪している狂信者《ファナティカー》がいるの。その数はごく少ないわ。でも彼らは他のユダヤ人から支持が得られない分だけ、ますます犯罪的な手段に訴えて、自分たちの主張を押し通そうとしているの。エラスムス、あなたは自分の身の安全に気をつけなくてはだめよ。お願いだから、わたしのためにもそうして。できる限り早く、この街から離れる方がいいわ。」

エラスムスが言い返した。「ローマ人の弁護士がこんな脅迫でうろたえてはならないんだよ。」

「お願いだから、危険を過小評価しないで。奴隷たちを萎縮させるためにローマで無実の人間がどのように殺されたか、それはほんの数週間前に、すべての人が体験したばかりだわ。すべての人がそのとき了解したわ、一人の人間の命にどれほど僅かな値打ちしかないものか。人は人を殺して自分の目的を遂げるのよ。元老院が速攻で上げた『成果』がそれを真似るように誘惑しているのよ！　それ以来、この街がなんと変わってしまったことか。あなたは予定の旅行を可能な限り早く始めるべきだわ。わたしのお願いだから、早く往ってちょうだい。安全に優る安全はないのよ。」

エラスムスの中で、さまざまな考えが交錯した。もしすぐ明日出発するとすれば、ハンナを一緒に連れて行くことはできない。花嫁として紹介することもできない。しかし他でもないそのハンナが早く旅立てと急かせていた。彼女はエラスムスのことが不安でならなかったのである。

まだハンナが話している間に、突然、家の外壁からガラガラという甲高い物音が聞こえてきた。テルティウスが急いで飛び出して行った。間もなく息を切らして戻ってきて、報告した。「だれかがこの家の壁に石を投げつけたようです！」

エラスムスとハンナはテルティウスの後ろについて、家の外へ出た。見ると、拳ほどの大きさの石が数個、粉々になって散らばっていた。三人は家の壁に損傷がないか調べて回った。するとそこに落書きが見つかった。もちろんだれによるものか分からないが、ロバの頭部をした人間が十字架に架けられている絵が壁に描かれていたのである。その絵の横には、「ここに住んでいるのはユダヤ人の友人で、これを自分の神として拝んでいる」という書き込みがあった。[258]

エラスムスは最初顔が青ざめたが、しばらくすると憤怒が吹き出した。「何という恥知らずな反ユダヤ主義の蛮行だ！　その昔エルサレム神殿ではロバの頭をした神が拝まれていた、という古い流言飛語そのものだ。大抵の人間には、図像なしに神を拝むことが考えられないのだ。そのために彼らが考え出した説明は、いや実はユダヤ人も図像を拝んでいるのだが、それがなんとも哀れなロバなんだ、というわけだ。この蛮行の後ろに隠れているのはユダヤ教徒ではあり得ない。」

（G. Theißen/P. von Gemünden, Der Römerbrief. Rechenschaft eines Reformators, Göttingen 2016, 482 より）

テルティウスの推測はこうだった。「わたしが思うには、連中が石を投げつけたのは、わたしたちをこの落書きに気づかせるためだったんですよ。」

ハンナが言葉を挟んだ。「それは殺害の脅しとどう関係するの？」

テルティウスが説明した。「もしだれかがわたしたちを本当に殺したいのであれば、前もって予告などしないでしょう。この投石と落書きは脅しですよ。」

エラスムスは考えた。「例の脅迫状とこの

落書きの間には関連があるに違いない。たとえば、ユダヤ人に敵対する者たちが自分たちを狂信的なユダヤ教徒に偽装してこの脅迫状を書いているのではないか。なぜなら、この脅迫状は驚くほどに国体維持の論調なのだ。皇帝こそがこの世界の頭《かしら》だと言うのだから。そんなことは、どんなユダヤ人も言わないよ。」

「でも、あらゆる可能性を計算に入れるべきだわ」、とハンナが言った。「狂信的なユダヤ教徒がこの脅迫状を書いた上で、あの落書きもしたのかも知れないわ。おそらく彼らはそうすることで、おまえに反対しているのはただユダヤ教徒だけではないぞ、異教徒も反対してるんだぞ、という印象を意識的に創り出したいのよ！　わたしたちユダヤ教徒は自分たちに対する偏見のことがよく分かっているの。だからそれを真似るのはやさしいことなのよ。しかもロバの頭部の絵はだれでも知っているものだわ。」それからハンナはこうも付け加えた。「いずれにしても一つのことは明白よ。あなたはすぐ明日、タラッキーナに向かって旅立たなければならないわ。そしてあなたが戻ってきたら、わたしの両親にもわたしたちの結婚の計画を教えて上げましょう。二人はそれに驚かないと思うわ。だって、わたしたちが愛し合っていることをもう知っているもの。」

「君の両親には、もう今日の内にも話しておけるとは思わないか？　そうすれば、君もわたしたちと一緒に数日間、タラッキーナに旅行できるじゃないか。」

「でも、もしわたしが予告なしにあなたの両親のところへ行ったら、どうなるの？　それって、奇妙じゃない？　それより何より、わたしたちとしては、あなたの安全確保が第一よ。」

エラスムスは引き下がった。「もし君がそうした方がいいと言うなら、わたしとテルティウスは明日出発するよ！　でも分かってくれているよね、わたしは君と明日じゃない、本当はもう今日にも結婚したいんだよ！」

その間にテルティウスは家壁の落書きをもう一度精査した。「あの落書きはユダヤ人一般にではなく、特にキリスト信奉者たちに向けられています。ロバの頭部をした十字架で処刑された者はキリストでしかあり得ません。ローマ人にとっては、十字架で処刑された人間を神として拝むことは迷信です。しかし庶民たちの間では、キリスト信奉者たちについて、それよりもはるかに悪意に満ちたことがたくさん言われているのです。たとえば、彼らの集会では、公の目の届かない形での乱交が行われているというのです。灯火を消してから、すべての参加者が互いに抱き合って寝るということです。」

「何だって！」と思わずエラスムスが言った。「そんなことをだれが言っているんだ？」

テルティウスが答えた。「わたしは市場でそう言われているのを聞いたのです。」

エラスムスが聞き返した。「君はそれが根も葉もない噂だと間違いなく言えるのか？」

それにはテルティウスの代わりにハンナが答えて言った。「そういう噂がどうして立つのか、わたしにははっきりしているわ。あなたたちは一緒に出掛けた彼らの礼拝のことを思い出せるでしょ。オネシモは説教の後で、すべての参加者に向かってお互いにキスを交わすように勧めたわ。その後で、彼らの集会のメンバーではない者は全員が部屋から外へ出されたでしょ。それは容易に乱交の幕開けと受け取られるわ。それは外からだれにも見られたくないものよ。しかしそのキスは彼らが信仰の兄弟姉妹であることの徴に過ぎず、だれもセックスのことなど考えてはいないわ。彼らはお互いを兄弟あるいは姉妹って呼び合うのよ。」

テルティウスがそれを追認して言った。「わたしはあの後、礼拝の最後まで残ったことがあります。彼らの正式の仲間に加わろうかと考え中の人は最後まで残ることができるのです。わたしは誓って証言しますが、彼らがしていることはまったく害のないものです。パンとぶどう酒での食事があるだけで、それ以上のものは何もありません。ただし、彼らがその食事の時に言う言葉には、人を躓かせるものがあります。その響きだけからすると、まるで彼らは人間の身体を喰らい、その生血を飲むみたいなんです。礼拝の司会者がそのとき想起させるのは、イエスが死の直前に弟子たちとともにした別れの食事のことです。そのときイエスはパンとぶどう酒を分けてから、『これはあなたがたのためのわたしの身体である』、『これはあなたがたのために流されるわたしの血による新しい契約である(259)』と言ったそうです。」

エラスムスが足わざを掛けるかのように言った。「それはまるで兄弟関係の誓約式みたいな趣きだな。カティリーナの陰謀集団の誓約では、一人の奴隷を殺して、全員がその肉を喰らい、血を飲んだそうだ(260)。周知のように、共同で犯罪行為を実行することが仲間を強固にハンダ付けしてくれるものだ。キリスト信奉者たちも何かそれと似たことを仕出かしているのか？　たとえまだ序の口だとしても？」

テルティウスがそれに反応して言った。「彼らの場合は、言わば愛の誓約ですよ。さきほど言った食事の雰囲気は、むしろ彼らがお互いの間ですべての生活必需品を均等に分配しているという感じです。全員が同じパンの分与を受け、全員が同じ杯から飲むのです。ところがローマの民衆の間では、それが彼らは共同の食事で人肉を喰らっているという噂になって飛び交うのです(261)。わたしはよくよく観察しました。その上で誓って言いますが、それはごく普通のパンとごく普通のぶどう酒でした。血と人肉の跡は微塵もありませんでした！」

ハンナが言った。「わたしも一度その儀式を最後まで一緒にしたことがあるわ。それは本当に、今テルティウスが言った通りよ。彼らの儀式は、異教のものであれユダヤ教のものであれ、とにかくあらゆる供犠の正反対だわ。それは血とは無縁だし、意識して無縁であろうとしている。しばしば彼らは赤ぶどう酒の代わりに水を飲んでいる。それもあたかも血を飲んでいるかのような誤解を芽の内に摘み取っておこうという意図からよ(262)。」

エラスムスは、ハンナがこの間にキリスト信奉者たちの内密の儀式にまで参加していたことをついでに聞かされて、内心では密かに肩をすぼめる思いだったが、そうと気づかれないように努めた。ハンナがすでにキリスト信奉者たちの正式の仲間に入ったことは、たしかにこの間にエラスムスの方でも感づいてはいた。しかし彼女が彼らのその儀式にまで参加しているとは、これまでのところ一度も聞かされていなかったのである。彼女は彼らの集会に正式に加えられるのを待つ女性求道者ということになっているに違いなかった。エラスムスの心の中には、そのことに反対しようとする気持ちが少しも湧いてこなかった。それには彼自身が驚いた。むしろその逆だった。彼はキリスト信奉者たちがその儀式でいったい何を厳かに執り行うのかますます知りたくなった。ハンナがそれに惹かれたということは、もうそれだけで彼にとっては紹介状のようなものであった。彼女が愛するもの、彼もそれを愛さねばならないはずだ。だから彼はこう聞いた。

「テルティウスが言うところでは、その共同の食事は愛の誓約だそうだ。同時にそれはキリストの死を想い起こすためのものだそうだ。しかし、かたや命と愛、かたや十字架と死、どうしてこの二つのものを一つにできるのだ？　どうして彼らは、そもそもこの残虐に満ち満ちた世界の中で、愛を言祝ぐことができるのだ。」

ハンナが説明して言った。「彼らはキリストがすべての人間の罪のために死んでくれたこと、しかも死んだままで放っておかれなかったことを言祝ぐのよ。このことは彼らにとって、この残虐の世界がすでに克服されたことを意味しているのよ。」

エラスムスがそれに応じて言った。「しかし君がわたしに教えてくれたことだけど、何人も他の人間の罪のために死ぬべきではなく、その人自身の罪責のために処罰されるべきではないのか。集団での罪責はあり得ない。そう教えたのは君たちの預言者たちではないか。ところがキリスト信奉者たちは、キリストはすべての人間の罪のために死んだと言っている。これはユダヤ教の確信に矛盾しているのではないのか。」

ハンナは深呼吸してから答えた。「預言者たちが言っていることは正しいわ。他の人間の犯した罪のゆえに別の人間を殺すのは犯罪よ。キリスト信奉者たちが『キリストはわたしたちのために死んでくださった』と言うとき、その意味は、自分のために他の人を死なせることが犯罪行為であることに、キリストがわたしたちの目を開かせてくれたということよ。なぜならキリストには明らかに何の罪もなかったのだから。そのキリストを処刑したことは犯罪行為だった。善い点はただ神がそのキリストを死から甦らせてくださった点にだけあるの。つまり神はキリストの死を克服されたわけ。そのことによって神はすべての人に向かって、これからはだれ一人他の人間のために死んではならないと断言されたのよ。これからは何人も自分のために他の人を死なせてはならないということ。ちょうどローマの元老院があの四百人の奴隷たちに対してしたようにね。まさしくその逆なの。わたしたちは他の人のために生きなくてはいけないのよ。」

「でも、それならどうして彼らはその儀式をするのか？　それは部外者から見ると、まるでキリストの身体を食べて、その血を飲んでいるみたいに感じられるよ。」

ハンナが答えた。「それは一つの告白行為なの。すべての参加者はそれによって他の人の前で正式に容認しているわけ、自分たちは別の一つの命が死んでくれたお陰で生きているって。自分たちは別の命が自分たちのために死んでくれたことによって生きているのだって。これって、実は一つの普遍的な真理であって、わたしたちの生涯全体にわたって成り立っているものだわ。ただわたしたちはそのことに気づきたくないだけよ。だってそうでしょ、わたしたちは植物を食べ物にして生きているわ。わたしたちは動物の肉を食べ物にして生きているわ。奴隷たちを鉱山で死ぬまでこき使って生きているわ。わたしたちは他の人間たちを死なせて益を受けるがままになっているわ。わたしたちは人肉喰らいの野蛮人と選ぶところがないのよ。他の人間たちの命を犠牲にして生きているのだもの。だからキリスト信奉者たちの儀式は一つの罪責告白なのよ。」

「しかしそれが愛の誓約だというのは？」

それにはテルティウスが答えた。「彼らが言う愛は、すべての生活必需品が他ではまったくないほど平等に分配されることに現れています。わたしは奴隷ですが、それでも他の自由人のだれとも同じだけのパンをもらいます。どの貧乏人も金持ちと同じだけもらうのです。どの外国人も、もうずっとローマに住んできた人と同じだけもらいます。すべての人に対してここまで開放された態度はキリスト信奉者たちの間にしかありません。彼らが発しているメッセージは、本当はこの集会の外でも、どこでもこうあるべきだ、と言うんです。」

ハンナがテルティウスに賛成して言った。「この儀式は一種の舞台劇なの。その演題は、『人肉喰らいが社会化された人になる』とでも言うべきかしら。ドラマは誓約式として演出されているわけ。参加者たちが何を誓約するかって言うと、自分たちの交わりでは、生きるチャンスと生活必需品を平等に分配し、罪のない者が他の人間の利益のために犠牲になるようなことをしないということ。だからこの舞台劇は罪のない奴隷たちを権力者たちの利益のために屠殺したことに対する明瞭な抗議だわ。」

エラスムスは懐疑的に自問した。「それってまるごと演劇なのか？　ただの比喩に過ぎないのか？詩みたいなものか？」

「もちろん演劇よ。ただし、その指示しているところは死ぬほど真剣よ。だって、人肉喰らいが人間に変容するっていうことだから。」

「本当に参加者たちは全員がそれを演劇だと分かっているのか？」

ハンナは笑ってしまった。「純朴な人間たちは文字通りに受け取っているわ。つまり、パンが肉に変わり、ぶどう酒が血に変わるって。キリストが隠れた形でそこにいるんだって。彼らの思考法は魔術のそれなの。でも、そういう者たちも一つのことは正しく理解しているわ。この儀式全体が変容ということの比喩だってこと。神がそこにいて下されば、そこでは何かが変わるのよ。何か善いことへ変化するのなら、そこに神がいてくださる。この儀式では神は変容への力として現臨するのよ。」

それからハンナは真顔になった。「この儀式は告別の食事として厳かに執り行われるの。それはイエスが裏切りに遭われた夜、死の直前に取られた最後の食事を記念して行われるのよ。わたしたちも今夜は、しばしの別れを惜しまなくてはいけないわ。それでわたしは餞別の品を持ってきたの。あなたたち二人の旅行に一緒に持って行って。これもまた演劇よ、それも真面目な中身の演劇なのよ。」

そうしてハンナは二つのテフィリーンを取り出した。祈禱用の紐がついた小箱のことである。彼女はその一つをエラスムスに、もう一つをテルティウスに渡しながら、こう説明した。

「わたしたちユダヤ教徒はこの箱に聖書の言葉を入れて、どこにでも持ち歩くの。そしてお祈りの時には、ちょうど護符のように身に付けるの。素朴な者たちにとっては、魔術よね。だから人々が女性にはこのテフィリーンを付けさせないのも、わたしは甘んじて良しとするわ。魔術は男性たちにお任せよ。しかし肝心なのは、その中にある言葉よ。それはわたしたち女性も男性に劣らずよく承知しているわ。だからこの二つの小箱をもらってちょうだい。わたしの記念よ。中には、わたしが重要だと思う聖句を入れておいたわ。ただし、キリスト信奉者たちも引用してくれるように、少し文言を変えてあるわ。まず最初の方の箇所は、二人とももう知っているものよ。

『わたしは主である。あなたがたをエジプトの地、奴隷の地から導き出した神である。あなたがたには、わたしに並んで他のいかなる神々もあってはならない。(263)』

わたしはこれにパウロが言っていることを付け加えたの。

『あなたがたは自由へと召されたのである。だからもう二度と奴隷のくびきにつながれてはならない。(264)』

二番目の箇所は二重の愛の戒めだわ。

『第一の戒めはこれである。あなたはあなたの神、主を愛さねばならない。心を尽くし、

魂を尽くし、
あなたのすべての力を尽くして。』

わたしはここでも付け加えたの。それはイエスが付け加えているものよ。

『あなたは理性の限りを尽くして神を愛さねばならない。』

さらにこれに隣人愛の戒めも。

『あなたはあなたの隣人を自分のように愛さねばならない[265]。』

これらの言葉が語っている自由と愛は、わたしにとって大切なものなの。自由へ導かない神は神ではないわ。わたしたちユダヤ教徒は、エジプトからわたしたちを自由にしてくれた神以外の神を拝んではならないと確信しているの。不自由へ導くような神は神ではなく偶像だわ。キリスト信奉者たちはこの神がただイスラエルだけの神ではなくて、すべての人間の神でもあると信じている。キリストによってすべての人が自由へと呼び出されていると信じているのよ。

神への愛と隣人への愛としての愛が最も重要なものなの。わたしたちユダヤ教徒は、神を心を尽くし、魂を尽くし、あらゆる力を尽くして愛さねばならないと言うの。キリスト信奉者たちはそれに加えて、わたしたちは理性においても神を愛さねばならないと言うの。彼らの確信によれば、この付加はイエス自身によって行われたものよ。でもそれは具体的に何を意味するの？　それはイエスが神への愛を隣人への愛と密接に結び付けたことから読み取れるわ。ただ人間同士がお互いに愛し合える時にだけ、神も理性に適った形で愛されるのよ。人間同士を憎悪と狂信主義《ファナティスムス》へと駆り立てるような神は逸脱の神よ。

わたしは小箱の中へ、さらに第三の箇所を入れてあるわ。それは最も大事な点を要約するものよ。それはパウロがコリントの仲間たちへ宛てた手紙と、キリスト信奉者たちの間で回覧されていたもう一つ別の短い手紙の中に、わたしが見つけたものなの。

こうして残るのは信仰、希望、愛である。
その中でも最大のものは愛である。(266)
なぜなら神は愛だからである。
愛の中にとどまる者は
神の中にとどまり、
神もその人の中にとどまる。(267)

自由と愛について語るこれらの箇所をわたしはパピルスに書いて、この小箱に入れてあるの。キリスト信奉者たちはパンとぶどう酒を分配するけど、わたしは言葉を分配するわ。パンとぶどう酒もこの小箱も、中に入っている言葉のための外的な徴に過ぎない。決定的に重要なのはただ言葉だけよ。これを旅行に持って行って。わたしの分身として。(268)」

それからハンナはエラスムスとテルティウスに歩み寄ると、二人を抱き寄せた。「あなたの言葉をわたしは今この時から離しません」、とテルティウスが言った。するとエラスムスは「君の愛も」と言い足した。

それからテルティウスは地味な食事の用意を整えた。ぶどう酒と水を器に入れて混ぜ、それを全員に回した。それ以外にパンケーキと果物があった。三人は小さな家族だった。そこでは全員が平等でなければならない。そこでは事実それが成り立っていた——

もはやユダヤ人もギリシア人もない。
なぜならハンナはユダヤ人、エラスムスはローマ人だったから。
もはや奴隷も自由人もない。
なぜならテルティウスは奴隷、エラスムスは自由人だったから。

もはや男も女もない。

なぜならハンナとエラスムスはすでに一つだったから。

彼らの間では、またもや奴隷たちの大量処刑が話題になった。ハンナが言った。「あの奴隷たちと一緒に正義も処刑されてしまったのだわ。でも、それは繰り返し復活するという信仰をわたしたちは揺るがせないでいましょう。この世界では、他にも同じことが言えるわ。」

幸いへの憧れは絞め殺される。

しかし何度でも甦る。

真理は抹殺される。

しかし何度でも生き返る。

愛は十字架につけられる。

しかし何度でも復活する。

それから彼らはハンナが予め配っておいた聖句について語り合った。ハンナはエラスムスに向き直って言った。「わたしはこれらの箇所を集めて並べながら、一つ奇妙なことを発見したわ。それは神への愛と隣人への愛という愛の二重の戒めについてなのだけど、それがパウロの手紙のどこにも見つからないのよ。彼は律法のすべての戒めを愛の戒めに集約したい立場なのにそうなの。彼が引用するのは隣人愛の戒めの方だけ。神への愛の戒めの引用がないの。」

エラスムスが自分の推測を述べた。「おそらく彼にとっては、隣人愛の方が神への愛よりも優先度が高かったのではないのか。事実、彼は自分でも、最も重要なものは信仰、希望、愛の三つで、その中でもすべてに優るのが愛だって言っているよ。」

それに答えてハンナが言った。「それとは違う説明があるとわたしは思うわ。間違いなくパウロは神への愛の戒めを知っているはずよ。わたしたちユダヤ教徒は毎日二度それを唱えているもの。わたしには自信があるけど、彼は同時にこの戒めの濫用ということも承知しているわよ。なぜなら狂信者《ファナティカー》たちが依拠するのは、決まって神はただ一人唯一だっていうことだから。そのただ一人の唯一の神に熱情を燃やすことこそが、彼らの理解する神への愛だわ。彼らは神への愛を隣人への愛よりも上位において、場合によっては、人間に対する暴力さえもそこから正当化するの。パウロが彼らから離れたのはその点だわ。彼はもはやそれとは一切係わり合いたくないのよ。」

「君の意見では、パウロはただ一人唯一の神だけを排他的に拝むことに伴う危険を見抜いているということかね？　そのために、神への愛という律法の第一の戒めがパウロでは後景に退いているというわけか。」

ハンナが頷いた。「一つの民族であれ、集団であれ、真に神を敬っているのは自分たちだけだと排他的に主張するときに、問題が生じるのよ。パウロにとっては、神はユダヤ人だけの神ではなく、すべての人間の神だわ。わたしたちユダヤ教徒は毎日こういう文章を唱えるの――『聞け、イスラエル、われらの主なる神はただ一人の主である。あなたは主なるあなたの神を、心を尽くし、魂を尽くし、あなたのあらゆる力を尽くして愛さなければならない。』この戒めはユダヤ人にだけ向けられているでしょ[269]。そのために、パウロはごく稀にしかこの戒めを引き合いに出さないわけ。一度だけ、この戒めを暗示する言い方をしているけど、直ぐにこう問いかけているわ――『神はユダヤ人だけの神であろうか？　異教徒たちの神でもあるのではないのか。なぜなら神は、ユダヤ人と異教徒の両方を信仰によって義とする唯一の神だからである[270]。』パウロがこの箇所でわたしたちに刻み込もうとしているのは、ただ一人唯一の神がすべての人間の神だということよ。」

そのときテルティウスが再び口を挟んだ。「キリスト信奉者たちもただ一人で唯一の神を告白しています。わたしは彼らが自分たちの信仰をこう言い表しているのを聞いたことがあります。

わたしたちには唯一の神、父がおられ、
万物はこの神から出て、わたしたちもこの神へ帰って行くのです。
またわたしたちには唯一の主、イエス・キリストがおられ、
万物はこの主によって存在し、わたしたちもこの主によって存在しているのです[271]。」

ハンナが付け加えて言った。「それは興味深いわ。彼らはただ一人で唯一の神を告白するわけだけれど、その神に並べてキリストを置いているわ。与える感じとしては、一種の修正みたいよね。証明はもちろんできないけど、わたしの受け取り方では、キリストはこの場合、狂信的な神崇拝に対する修正になっているわ。キリストは彼らに他者のために生きるように教えている。キリストはわたしたちが自分のために他者を死なせてはならないと教える。しかし、自分のために他者を死なせるのが、まさに狂信者《ファナティカー》のしようとすることだわ。」

エラスムスが答えた。「君の見方には一理あると思うよ。今日届いた脅迫状には、パウロは『かつて狂信者《ファナティカー》だったのだ。ただ一人の唯一の神を拝まない人間すべてを一括りにして、彼らに対する聖戦を夢見ていた男だ』とある。ヘルキアスとイシマエルはユダヤで起きた納税拒否のキャンペーン行動について話してくれたことがある。そのキャンペーンが依拠していたのは、自分たちの国土はただ神一人に属するものだから、税金もただ一人で唯一の神だけに納めるべきものだという考え方だったのだ。」

ハンナが言った。「パウロは転向してキリスト信奉者たちの仲間になる前は狂信者《ファナティカー》だったけれど、その後も狂信者のままだったのかどうか。そのことについてはわたしたちはもうずいぶん長いことといろいろ考えてきたわ。今日のわたしはこう思うわ。彼の回心はあまりに根本的だったのよ。だから自分からは、ただ一人で唯一の神という告白を再び引き合いに出そうとしないのよ、それをするとまた狂信主義《ファナティスムス》に堕ち込む危険があると察知していたみたいな感じだわ。この点では、わたしはキリスト信奉者たちに賛成するわ。」

エラスムスが言った。「君たちは安んじてキリスト信奉者になっても構わないよ。わたしはまだそこまで行っていないけどね。でも一つのことはわたしも認めるよ。キリスト信奉者たちは、この愛なき世界のただ中で自分たちの間での愛を強調するからと言って、この世界にある残虐さを無視するわけではないんだ。なぜなら彼らが考えているのは、十字架の上で処刑された一人の人物のことなのだから。彼らはその残虐さに逆らって、自分たちの間での愛を対置するのだ。それはより善き世界への希望だ。われわれは今日この日、われわれの間で自分たちの命を無にせざるを得なかった奴隷たちのことを考える。あの一人の人物の十字架は、あの奴隷たちが自分たちの命を無にした十字架を、いつまでも繰り返し想起させるものでなければならない。そしてこのわれわれもわれわれの間の愛をもって、この世界の残虐さに逆らう徴にしなければならない。」こう言い終わると、エラスムスは二人の同伴者に歩み寄って、自分の腕の中にかき抱いた。

その後もしばらくの間、三人はその場にとどまって、一緒にいられたことをただ喜び合っていた。食事が終わった後は、エラスムスとテルティウスがハンナを家まで送って行った。二人はそれからまた自分たちの家に戻って、明日の旅立ちの支度をしなければならなかった。帰り道はいくつかの路地と街路を縫って行った。どの路地と街路も黄昏とともに再び生気を取り戻したようであった。いたるところで人々が仕事で忙しそうに行き交っていた。人々の顔はもはやはっきりとは分からなかった。

しかし二人はハンナを送るために家を出た後、もしかして誰かに見張られていたのではないかと、繰り返し怪しんでいた。あの石を投げつけた人物がその近くに潜んでいるかも知れなかった。あるいはこの夕暮れの中で、後をつけてきているのではないか。やっと家に帰り着くと、彼らはまず家の壁にさらなる落書きがされていないかどうかを確かめた。それから家のドアーを開けて中へ入る前に、わざと大声を上げて、自分たちの到着が分かるようにした。もし留守の間にだれかが侵入していたら、タイミングよく退散させるためであった。もちろん大声に驚いた侵入者が却って暴力を揮うかも知れない。しかし何事も起きなかった。ただし、やはり留守の間にだれかが来たらしい。ドアーの下に、フィロデームスからの手紙が押し込まれていた。

会食と犠牲

フィロデームスからエラスムスへ

拝啓

神々の祝福が君にあるように。この前の君からの手紙、ありがとう。お互いに一致があれば、友情は容易だ。友情が意見の違う者同士を結び合わせるなら、その友情はもっと素晴らしい。われわれエピクロス派は友情によって生きている。われわれは友人によって、自分たちが心の内側で一番大事にしていることをさらに強固にするのだ。それは不必要な恐怖と不安を克服することだ。恐怖とは神々に対するもの、不安とは死に対するものだ。死に対してわれわれは何の不安も抱いていない。なぜならわれわれは自分たちに、それは実は何の害も及ぼさないと言い聞かせているからだ。これはわれわれの哲学で最も重要な原則なのだ。

「死はわれわれにとって何の意味もない。なぜなら解消されるものに感覚はなく、感覚のないものは、われわれにとって何の意味もないからだ。(272)」

神々への恐怖については、神々はわれわれの生活に干渉しないことを明確に自覚することで克服する。彼らは自分たちだけで浄福に暮らしている。ただ庶民だけが神々のために神話を紡ぎ出して、雷光や雷鳴のことを、まるで神々が怒っているかのように怖がっている。しかしわれわれエピクロス派はこう言うのだ。

「神は不朽で浄福な存在だと見做しなさい。……そして神の不朽さに釣り合わないこと、その浄福さに合致しないことは、何一つ紡ぎ出したりしないように。(273)」

こうしてわれわれはお互いを強め合う。共に食事をし、宴席を設けて、われわれの学派の開祖エピクロスの記念とするのだ。

君は驚くかも知れないが、わたしがそこから引き出す結論はこうだ。君がキリスト信奉者たちの一人を弁護することを計画して揺るがないので、わたしは何が君をしてそこまで彼らに関心を引かせるのかを知るために、彼らについて情報を集めてみた。もちろんこれは奇妙に聞こえるだろうが、彼らの生活態度にはわれわれエピクロス主義者の生活態度を思わせるところがある。彼らも自分たちの集まりの中での交わりへ退却している。彼らも自分たちの開祖を記念する儀式として共通の食事をしている。彼らも死に対する恐怖を克服しようとしている。彼らも神に対して不安を抱かない。彼らにとって神とは純粋に愛なのだ。恐怖を愛によって克服する。これが彼らの一番の関心事だ。彼らは言う、

愛には恐れがない。
完全な愛は恐れを追い出す。
恐れは罰を計算するからである。
恐れる者は
愛においてまだ完全ではない(274)。

この文章にはわたしも署名できる。キリスト信奉者たちは、とりわけ供犠でもって神々の好意を得ることを拒んでいる。罰を下す神に対する不安というものに意味がないのであれば、供犠にはもはや

何の意味もない。だから彼らは供犠の代わりに素朴な会食を持って来る。それはわれわれと同じだ。
　それゆえ、もし君が彼らの代表者の一人を弁護するのであれば、わたしのためにもそうしてくれ。もちろん彼らはエピクロス主義者ではない。しかしまことに逆説的ながら、彼らはわれわれと似ているのだ。君ももちろん承知しているように、わたしは彼らの弁護を引き受けようとする君に繰り返し反対して、それを止めさせようと議論してきた。われわれは彼らが唱える教えを受け容れはしない。しかし彼らがこの国に生きて行くことは許される。

敬具

エラスムスへ

フィロデームスより

エラスムスからフィロデームスへ

拝復
　神の祝福が君にあるように。君の手紙はわたしには嬉しかった。たしかにキリスト信奉者たちは啓蒙されたエピクロス主義者ではない。哲学者ではさらさらない。彼らの大半は教養のない者たちだ。ところが、彼らのしている話と使っている比喩を哲学的にさらに考え抜いてみると、人は真理に近づくのだ。彼らの神の比喩は、現実全体がいったい何であり、いったい何がその根拠であり、いったい何がその意味であり、いったい何がその秩序なのかを探し求めさせてくれるのだ。それらの比喩の助けを借りれば、真の現実性の中にそれらに対応するものを発見できるかどうか、われわれはテストしてみることができる。パウロ自身が「すべてのことを吟味して、善いものを大事にし、あらゆる悪しきものを避けなさい(275)」と言っているのだ。これはもうほとんどソクラテスではないか。

君は一つ重要な点を切り出している。その点ではキリスト信奉者たちは事実として「進歩的」だ。つまり、彼らはもう供犠をしない。大抵の人間にとっては、神を拝むことはそのまま動物を供犠として捧げることだ。動物を殺害するのが彼らにとっての礼拝なのだ。そういう供犠は間違いだ、と考えるのは、ピタゴラス教徒とエピクロス派だけだ。キリスト信奉者たちが動物の供犠の代わりに物語るのは、もっと大きな供犠の話だ。すなわち、神は自分自身の息子を犠牲に捧げたという話だ。ただし、彼らの見方によれば、そのただ一つの供犠によって、神はすべて供犠というものを乗り越えて止めにすることを示威的に言明しているに他ならない。だから神はその息子に新しい命を与える。神は命を創り出すことによって救いを創り出す。それによって、殺すことで救いを創り出そうとする者たちを丸ごと不当だと断定する。

それでもなお、たくさんの人間たちが憤ってこう考える——神が自分自身の息子を死に引き渡すなどと、神たる者がどうしてそこまで非道徳的であり得るのか？　しかし自分の息子を犠牲にするこの神は、一つの比喩なのだ。それはわれわれの目を見開かせてくれるものでなければならない。何に対して？　われわれの犯している非道徳に対して、これがその答えだ。われわれには、もしそうすることが自分が生きて行く上で有利だとなれば、他の人間たちを死に送る用意があるのだ。まさにこのローマでわれわれが体験したのがそのことだ。多くの奴隷たちが公共の福祉のための「犠牲」とされた。自分の奴隷たちを何の配慮もなしに手ひどく扱った結果、彼らからの復讐を恐れていた奴隷所有主たちの身の安全を守るための「犠牲」に。他の人間を犠牲にして生きて行くことは、われわれすべてに出来てしまうことなのだ。

神々からの処罰を怖がらなくてすむ自由、これはたしかに重要なことだ。しかし他の人間たちを不法に処理してしまうかも知れないことへの怖れ、これも同じように重要だ。キリスト信奉者たちが会食の交わりの度に記念しているのは、神への恐れの克服であり、他の人間を害する怖れの克服なのだ。その点で彼らはエピクロス主義者たちの親戚だ。

敬具

エラスムスより

フィロデームスへ

第11章　破局の後で

エラスムスとテルティウスが旅立った後で起きたのは一大破局だった。都市ローマにとっても、キリスト教徒にとっても、ユダヤ教徒にも、そしてエラスムスにも。ローマでは大火が街全体を焼き尽くしてしまった。大競技場に面した屋台街から出た火は六日にわたって北へ燃え広がり、エスクィリヌスの丘の斜面にまで至った。その後しばらく鎮火した後、カピトリヌス丘の北側からふたたび新たに燃え上がり、またもや三日にわたって燃え続けた。三つの街区が完全に焼き尽くされた。他の七つの街区では家々が延焼の害を受けて、とても住める状況ではなかった。その中の一つクィリナリスの丘にあったエラスムスの家も同様だった。ただ四つの街区だけが無傷で残った。ネロ自身が命じてこの火災を起こさせたという噂が絶えなかった。それによれば、ネロは自分の宮殿と街並をさらに見栄えが良いように立て替えて、それに自分の名前をつけたかったのである。[276]

エラスムスにとって、その破局の規模ははるかに大きかった。彼が事態について聞き知ったのは、ローマに戻って来た後からだった。ネロは自分に放火の嫌疑がかかるのを振り払うために、キリスト信奉者たちを放火犯に捏《でっ》ち上げて、彼らの多くを処刑した。教養層は彼らの「人類憎悪」をなじり、庶民は彼らによる犯罪行為をあげつらった。たしかに多くのキリスト教徒たちがこの古い世界が火炎に包まれて滅びるのを夢見ていた。そのため彼らは燃え盛る街を眺めながら世界の滅亡を待っていた。そのことで、放火したのは彼らに違いないという疑いを身に招いてしまったのである。ネロはこれを利用したのだ。彼によって処刑された者の中にはパウロとオネシモがいた。加えて、エラスムスの予想にはまったく反して、ハンナも含まれていた。これは彼の生涯における一大破局だった。

　パウロの場合は囚人であったから、処刑は計算しておかねばならなかった。[277]オネシモは集会の指導者であったから、やはり危険を背負っていた。しかしハンナはまだほんの最近その集まりに加わったばかりだった。その彼女がキリスト教徒を襲ったこの破局に巻き込まれるとは、だれ一人予測し得ないことだった。どうしてそういうことになったのか？　警察はさしあたりごく少数のキリスト教徒を逮捕したに過ぎない。しかしその後で警察は奴隷たちを拷問にかけ、さらに多くのキリスト信奉者の名前を聞き出したのである。ハンナは集会への所属歴は短かったが、持ち前の自立性と教養と言語能力によって人目につく存在だった。これが彼女には禍の因となった。何人かが拷問で彼女の名前を出したのである。彼女は今はもう死んでしまっていた。エラスムスがこの後経験したのは、絶望と抑鬱と自己嫌悪に満ち満ちた恐怖の時だった。そこまで深刻に死と直面したことはそれまで彼には一度もなかった。彼は自分の命をハンナと結び合わせていた。今この時は、逆に彼女とともに死の中へ拉致されたかのようだった。彼の目の前には、果てしない虚無が浮かび上がって広がっていた。

　彼を責め苛んだのは、彼女を失ったことだけではなかった。それ以上に責め苛んだのは、他でもない彼のためにこそハンナは初めてキリスト信奉者たちと接触するようになったことだった。その接触がなかったら、彼女は今も生きていただろう！

人類憎悪という非難こそがキリスト信奉者たちに放火の嫌疑をかけさせることになった。そう考えると、エラスムスは脳天をハンマーでぶちのめされたような衝撃を覚えるのだった。事実、彼自身もかつて、ネロの宮廷とコネのあったフィロデームスに宛てて、「彼らは放火犯だろうか？」とか「彼らは古い世界が火炎に包まれて滅びて、新しい世界が来ることに憧れている」などと書いたことがなかっただろうか。

エラスムスがとりわけ自分で自分を責め苛んだわけは、あの二回の脅迫状が彼宛に届いたときに、なぜローマにとどまっていなかったのか、ということだった。彼はハンナに警告し、彼女を隠し、彼女を守るべきだったのだ！　しかしあの時は、彼が身の安全のためにローマを離れることをハンナ自身が望んだのだった。彼に寄せてくれた彼女の愛が彼女を一人でローマに無防備のまま居残らせてしまったのだ。

しかし彼の心の中で挽き臼のように回り続けて決して静止しようとしない最大の自己嫌悪は、あのとき彼女に結婚を申し込むことを何故ためらってしまったのか、ということであった。ためらうべきではなかったのだ。彼女を自分の両親に紹介しているべきだったのだ。ローマが燃えていたとき、二人で一緒にタラッキーナに行っているべきだったのだ。そうしていたら、ハンナはまだ生きていただろう。もし彼が自分の愛が発する声にあのとき耳を傾けていたら、彼女はまだ生きていたことだろう。

この自己嫌悪から彼を解き放ってくれるものは何もなかった。

　彼がまるで手に負えなかったもの、それはハンナが最期の時、最期の瞬間をどう生きたのかという推測だった。絶望していたのか？　勇気に満ちていたのか？　苦しみに引き裂かれていたのか？　拷問官になぶられていたのか？　毛皮に包み込まれて火あぶりにされたのか？　十字架で苦しめられたのか？　エラスムスからも見捨てられたと思っていたのか？　神からも見捨てられたと思ったのか？　そう一つ一つ考える度に、彼の全身に震えが襲った。脈拍は乱れた。心臓がバタついた。まるで臨死の状態だった。そうしたパニック症状に襲われた後の彼はまるで自分の影に過ぎなかった。

　エラスムスは抑鬱の深い谷底へ堕ちて行った。そして闇の底に長い間座り込んでいた。その闇の壁をどうやって自力で這い上がってきたのか、自分でも分からなかった。上方の光に向かって梯子はかかっていたが、その一番下の横木もはるか高いところで始まっていた。そこまでどうもがいても彼の手は届かなかった。

　長い間、エラスムスは自分の悲しみについて、本当にごく僅かな人間にしか語ることができなかった。ナタンとサロメがいつも側にいてくれた。この二人も繰り返し憤怒と悲痛と絶望に打ち拉《ひし》がれていた。二人がエラスムスを非難することは決してなかった。それが彼には救いだった。クィリナリスの丘にあった彼の自宅は壊れてしまっていたから、二人が彼とテルティウスに自分たちの家の中に住む部屋を提供したのである。こうしてエラスムスは目下はもとのハンナの部屋に住んでいる。その部屋は彼女のことを思い出させた。しばしば彼女が姿は目に見えないまま、そこにいるかのように感じられた。それは彼にとっては、まるで彼女の死によって朦朧とした麻痺から覚醒したかのような出来事だった。その間、他の人間たちは依然として鈍い麻痺の中にとどまったままだった。もちろんそれは束の間の体験だった。あたかも真っ暗な竪穴の一番上に一条の光が閃いたかのような。その時、彼には彼女の声が聞こえたように思われた。

その間、フィロデームスとフィランドロスは良き友情を表してくれた。しばしば二人はエラスムスを訪ねて互いに語り合った。その時にエラスムスは、フィロデームスがそれまで彼が思っていたよりは、はるかに良く宗教の問題も理解していることを感じ取った。フィロデームスはもはやエラスムスのストア派の信条を貶《けな》さなかった。その信条はあらゆる破局にもかかわらず、このコスモスに意味があることを堅持するべきものだった。おそらくフィロデームスはエラスムスの中になお残っている生への勇気と生への肯定を損ないたくなかったのであろう。おそらくそれは彼の気遣いに過ぎなかった。しかしそれがエラスムスを元気づけた。何でも話せる相手がいるということ、それが彼にとってはよかったのである。

とりわけテルティウスが彼の側にいた。エラスムスは彼の養子縁組のことを集中して先へ進めた。彼がその計画を両親に打ち明けた時、すべてが驚くべき展開を遂げた。テルティウスが彼の異父兄弟であることを両親が打ち明けたのである。彼の母親はそのことをもうずっと前から知っていた。両親はテルティウスを自分たちの息子として養子にすることを提案した。それはテルティウスが法律上もエラスムスの兄弟となるためだった。エラスムスはこの養子縁組のためにあらゆる準備をした。何か実務的なことを遂行することが彼にはよいことだった。特にこのことはハンナが望んでいたことを実現することになると分かっていたのがよかった。それは彼女の死以来彼にまとわりついてきた内的な麻痺を乗り越えることを助けてくれた。活動的になればなるほど、彼がハンナの死によって突き落とされていた暗黒が消えて行った。

エラスムスは弁護士としての仕事に邁進した。彼の仕事上の依頼人はユダヤ人と数人のキリスト信奉者だった。そのために彼は今や自分の兄弟となったテルティウスと一緒に働いた。二人は自分たちを言わばハンナの「相続人」と理解していた。あたかもハンナが二人に遺言で、これからはユダヤ教徒とキリスト教徒の集会のために働くように言い残して行ったかのようだった。テルティウスはキリスト教徒たちの集会の執事《ディアコーン》となった。エラスムスはユダヤ教徒の集会に参加するようになった。ただし、しばしばテルティウスと一緒にキリスト信奉者たちの礼拝にも出掛けた。その当時は、両方の集会に同時に出ることがきわめて普通のことだったのである。ユダヤ教徒とキリスト教徒を鋭く切り離すことは、ごくゆっくりと進行して行ったからである。その分離には、三つの危機が役割を果たした。エラスムスはその三つの危機のいずれにも係ることとなった。一つはユダヤ人とローマ人の戦争、もう一つはユダヤ教徒に課された特別税、そしてさらにもう一つがドミティヌス帝の治下で起きた「無神論者たち」への迫害であった。

ローマでネロによるキリスト信奉者たちへの迫害が起きてから二年、後六六年にユダヤでユダヤ戦争が勃発した。時のローマ総督は汚職まみれの男だった。ローマへの納税が期限に遅れているのを見た彼は、エルサレムの神殿金庫を押収したのである。それがユダヤ人の叛乱に火を付けた。ネロはそれを鎮圧するためにエルサレムに軍隊を送った。しかしその軍隊は街を占拠するに至らなかった。むしろ退却する際に壊滅的な敗北を喫してしまった。ユダヤ教徒の間では、この予期しなかった勝利は、エルサレム神殿は不壊だという古くからあった神話を再び甦らせた。[278] そこでネロは将軍ウェスパシアヌスに改めてエルサレムを占拠するように命じた。ウェスパシアヌスは息子とともに指揮を取り、ユダヤの土地とエルサレムを包囲した。しかし包囲は長期化した。なぜならネロがその間に死んで、ローマは内戦となり、それが帝国を揺るがせたからである。その後の一年間に、四人の皇帝が相次いで入れ替わった。まずはオトー、ガルバ、ウィテリウスの三人。最後に覇権を掌握したのはウェスパシアヌスだった。ローマ市における戦闘では彼の軍隊がユピテル神殿を炎上させた。[279] これは致命的な徴だった。ローマの神殿は破壊されたのに、ユダヤの神殿は未だにローマ軍に逆らって抵抗を続けていたからである。多くの人間は、ユダヤ人の神ヤハウェの方がローマ人の神ユピテルよりも強いのではないかと考えた。そのためローマ軍は、やっとのことでエルサレムを占拠したとき、その神殿に火を放って破壊した。[280] 彼らは何よりもエルサレム神殿の不敗神話を破壊しなければならなかったのである。ユピテルがヤハウェに勝利しなければならなかったわけである。しかしその火炎とともにキリスト信奉者たちの待望も崩壊した。それはその神殿がやがてすべての人間に開放されて、あらゆる国民がそろって理性的な神礼拝を行うようになるだろうという待望であった。もはやいかなる神殿もなくなってしまった。それ以後、ローマでもユダヤ教徒とキリスト教徒は困難な時代を迎えた。エラスムスとテルティウスはローマに監禁扱いされ続けていた大祭司たちを繰り返し嫌疑から守らねばならなかった。彼らがユダヤにおける叛乱を支援したのではないかと疑われたからである。また彼らはユダヤから送られてくる戦争捕虜を、ローマ在住のその親戚たちからの依頼を受けて、繰り返し奴隷身分から買い戻さねばならなかった。その当時の多くのキリスト教徒はエルサレム神殿が崩壊したことを解釈して、それは生前のイエスが世界の終わりの予兆として予言した神殿崩壊が本当に実現したものだと受け取った(281)。こうして、ユダヤ教徒とキリスト教徒が歩む道は、エルサレムにあった共通の神殿が失われたことによって、都市ローマでも互いに別れて行ったのである。

この分断は戦争がもたらした別の結果によっても促進された。今やすべてのユダヤ教徒は、それまではユダヤの神殿の収入とされてきた神殿税を「ユダヤ金庫」(*fiscus Judaicus*)と呼ばれる特別枠の税金としてローマに納めねばならなくなったのである。この税収を使って、他でもないカピトリヌス丘のユピテル神殿が再建され、後にはさらにあの巨大な円形広場《コロッセウム》も建築された。これはすべてのユダヤ教徒にとって、公式の形で大々的に加えられた侮辱であった。彼らが「聖なる」ものとして納めた税金が回り回って、こともあろうに彼らの目には偶像崇拝に他ならないものに使われたのである。その特別税はとりわけドミティアヌス帝の時代には陰険なやり方で徴収された。すなわち、ユダヤ人の男たちはむりやり下半身を脱がされて、割礼を受けているかいないか、したがってユダヤ人税を払うべきか否かを確定されたのである(282)。同じ税金はキリスト教徒からも徴収された。それがまた彼らにとっては、ユダヤ教から距離を取る動機となった。ユダヤ人キリスト教徒は自分たちの子供に割礼を受けさせることを中止した。当のユダヤ税そのものの改革は、皇帝ドミティアヌスが没した後、次の皇帝ネルウァによって初めて行われた。[283] それ以降はキリスト教徒にはその納税義務が免除された。陰険な徴収法も廃止された。エラスムスは自分自身がこのすべてに翻弄された。彼は長い喪の期間が明けた後、ユダヤ人女性のサラと結婚していた。彼女はすでにキリスト教徒の仲間に加わってはいたが、依然として自分をユダヤ人だと理解していた。二人は「ユダヤ金庫」(*fiscus Judaicus*)へ納税することに抵抗せざるを得なかった。

第三に問題は「無神論」という告発だった。ユダヤ教徒とキリスト教徒は異教徒たちの神々を拒んでいたために「無神論者」と見做されたのである。しかしまさしくそれゆえに、皇帝の宮廷に出入りする上層階級のインテリたちの何人かは、彼らに共感を寄せていた。ところがそれが危険孕みだったのである。なぜなら皇帝ドミティアヌスは好んで自分を「主にして神」〔*et Dominus et Deus*〕と呼ばせたからである。そのすぐ側で、神はただ一人しかいない、という命題を口にする者がいれば、その者はたちまち、あいつはドミティアヌスを批判している、という嫌疑を受けたわけである。その上ドミティアヌスは自分の濃い親戚の一人だったティトゥス・フラウィウス・クレメンスという男さえも、「無神論」の嫌疑をかけて処刑してしまった。おそらく、権力をめぐる競争相手および批判者であった彼を粛清するためであった。[284] 彼の妻であったフラウィア・ドミティラは追放処分とされた。彼女はキリスト教徒の集まりを支援していた。[285] フィロデームスのようなエピクロス主義者も、その当時は、「無神論者」の烙印を押されることを懸念しなければならなかった。まさにその時期こそ、エラスムスとフィロデームスの間の友情はその真正さを試された。二人はともにアウトサイダーだったからである。そのことを二人が最も肌身に感じたのは、ドミティアヌスの治世の末期のことであった。

皇帝ネルウァとトラヤヌスによって、ドミティアヌスの独裁的な支配は差し当たり乗り越えられたように見えた。すべての人間が一息ついた。ユダヤ金庫への税の特別徴収は改革され、「無神論者」への迫害も中止された。エラスムスはその間に大いに歳を重ね、自分の最期も遠くはないことを自覚しながら生きていた。ハンナが死んだ時、彼はかなりの時間にわたって生命から拉致されていた。その時のあの巨大な闇の門がふたたびまた大きく口を開けていた。ハンナとともに体験したことがふたたびまた生き返ってきた。

それに加えて切実な目下の出来事も、彼を過ぎ去った時へと連れ戻した。一家の主人が家僕の一人によって殺された場合、その他の家僕全員も拷問を受け処刑されねばならないという例の法律が依然として存在していた。なるほど多くの人々が、トラヤヌスとともに、より人道に適った時代が始まるものと願っていた。しかしそれは失望に終わった。トラヤヌスはむしろその法律をさらに過酷なものにしたのである。すなわち、すべての家僕たちだけではなく、それ以前に解放されていた元奴隷たちもすべて、拷問にかけて尋問することが新たに定められたのである。それはタブー違反であった。それまでは奴隷だけが拷問を受けた。決して自由人がそうされたことはなかったのである。エラスムスとテルティウスはそのことにひどく憤った。フィロデームスとフィンランドロスもまったく同じだった。彼らはあのペダニウス・セクンドゥスが殺害された後の一連の恐ろしい出来事をもう一度思い出し語り合っては、すべてをふたたび体験し直すのだった。

その後間もなく、歴史家のタキトゥスが『年代記』という著作を公刊した。それはアウグストゥスからドミティアヌスまでの皇帝たちの歴史を綴った見事な著作だった。(286) エラスムスは直ちに一部購入した。彼は自分の生涯に深い刻印を残してきた時代について、タキトゥスが公文書を研究した上でいったい何を物語るのか知りたくてたまらなかったのである。エラスムスは自分の師カッシウス・ロンギーヌスがあの奴隷たちの処刑について元老院で行ったシニカルな賛成演説を、心を揺らしながら読み通した。その最後にタキトゥスは元老院の反応をこう記していた。

カッシウスの意見に敢えて反対を唱える者はだれ一人いなかった。ただし、実際にはそれに同調しない意見も少なからずあったのである。それらは奴隷たちの人数が余りに多いこと、その年かさ、性別、そして大半の者たちが疑いの余地もなく無実であったことに同情する意見だった。ところが全員を処刑するという意見が通ってしまった。しかし、その決議は直ぐには実行されなかった。なぜならすでに大勢の群衆が集まっていて、投石や放火で威嚇していたからである。皇帝ネロはそれを民衆の非と認めて、有罪を宣告された者たちが処刑場へと引かれて行く道筋に、兵士の隊列を立てて封鎖した。他方でキンゴニウス・ウァッロはさらに別の意見を述べて、かつて同じ家で働いていた元奴隷で今は解放されている者たちも丸ごと、イタリアからの追放処分にすることを提案していた。しかしそれを阻止したのもネロだった。その言い分は、古くからの慣

わしを同情から緩和することはできないとしても、それをさらに残虐なものにする必要はないというのであった。(287)

ここでは、元奴隷で今は解放されている者たちも追放処分で処罰するというウァッロの提案が言及されている。エラスムスはこれがその後同じ提案をしたトラヤヌスに対する批判であることに直ぐに気づいた。それはすでにネロさえも残虐だとして拒んでいた提案なのだ。トラヤヌスは事実これを法律化することで、残虐さで名を売ったネロをも凌いだというのだ！

エラスムスは読み進んであのローマの大火事件に近づくと、心臓の鼓動が高鳴るのを覚えた。タキトゥスはそれについて何を書いているのか？　彼はまず、ネロが大火の直後人々を助け、街を再建し、人々に食べ物を分け与え、神々を宥めるために、考え得るすべてのことを行ったことについて読んだ。ネロがそうしたというのも、あのような大火による破局を当時の人々はただ神々の怒りによるものとしか解釈できなかったからである。それに続けて彼が読んだのは、次の論述だった。

しかし慈悲深い援助によっても、皇帝による施与によっても、神々を宥めるさまざまな儀式も、不名誉な流言飛語を抑えることはできなかった。むしろ人々はますます強く、火事はネロに命じられて起きたものだと信じて疑わなかった。そのためネロはその噂に終止符を打とうと、身代わりの被告をこしらえ、これにきわめて手の混んだ罰を加えた。それは日頃から忌まわしい行為の廉で民衆から憎まれて、キリスト信者と呼ばれていた者たちであった。この彼らの呼び名の因となった男は、ティベリウス帝の治世下に、総督ポンティウス・ピラトゥスの発動で処刑されていた人物である。その当座はこの有害な迷信も抑え込まれていたのだが、ここへきてふたたび勃発し、禍の起源地であるユダヤのみならず、全世界からありとあらゆるおぞましいもの、破廉恥なものが集まってきてもてはやされるここローマでも、勢いを増していたのである。差し当たって逮捕されたのは自白した者たちだった。しかし次にはその者たちが白状したところに基づいて、きわめて大勢の者たちが有罪とされた。しかしその罪状は放火罪というよりも、むしろ人類に対する憎悪に満ちた態度であった。さらに彼らは殺される時にもなぶり物にされた。すなわち、野の獣の毛皮を被せられてから犬に噛み裂かれて殺され、あるいは十字架に縛り付けられ、火あぶりの刑を宣告されて、日が暮れるや否や、夜の灯火代わりに燃やされた。ネロはこの見せ物のために自家用の庭園を使わせ、おまけに競技会まで催して、自分は戦車御者の衣裳を身に着けて民衆の間に紛れ込み、実際に戦車にも乗ったりした。その結果、有罪とされた被告たちに対して——最も過酷な処罰に値するとされた者たちとは言え——憐憫の情が湧き出した。なぜなら人々は、その者たちが公共の利益のためにではなく、一個人の残虐さの犠牲にされたように感じたからであった。[288]

エラスムスがこれを読んだとき、あの当時起きたすべての出来事がまるで悪夢のようにふたたび今に甦ってきた。あの時の全身の脱力感もそのまままた襲ってきた。あの当時キリスト教徒が処刑されたことに対して彼が反応した抑鬱感もふたたび襲ってきた。ハンナが死んだという知らせが彼を突き落とした感情のカオスもふたたび経験した。ふたたび彼は手が届かない光の世界から切り離されて、断崖の底に湧き上る重圧の泉の中に座しているかのようだった。彼を死と向かい合わせたこの深淵を彼はもう長いこと意識から遠ざけてきた。しかし今は彼自身が死に近づいていた。彼が弁護士として働く上で抑圧し、遠ざけておかざるを得なかったすべてのことが、今やふたたび浮かび上がってきた。そのとき、ハンナが一通の手紙で書いてよこした言葉が思い出された。「忘却は何の解決も生まない。抑圧はましてそうだわ。未来に向かって解放してくれるのは想起することだけよ。」エラスムスは自分の内側に彼女の声を聞いた。そしてその声に従って行くことを決意した。彼がすべてのことをもう一度思い起こしたことは、おそらく善いことだった。そこで彼は友人フィロデームスに宛てて長い手紙を認めた。彼に向けて起きたことを書き留めておきたかった。そして想起によって自由になりたかったのである。生と死と和解して死ぬためにも。

生と死の勇気を与えるものは何か

エラスムスからフィロデームスへ

拝啓

わたしは神に感謝している。君が生涯の長きにわたってわたしの友でいてくれたことを。わたしは今自分が死に近づいていると感じる。だからわたしがハンナの死とキリスト信奉者たちへの迫害の後、体験してきたことを書き残しておきたいと思う。わたしは彼女の死がわたしを突き落とした深刻な危機をとうに乗り越えたと考えていた。その後のわたしは弁護士としての生涯において成功を収めてきた。そのことでわたしは妻のサラに感謝している。彼女もハンナのことを知っていた。ハンナへの共通の記憶がわたしたちを結び付けてくれた。サラはわたしの生涯での大きな幸運だった。彼女はわたしを助けて、ネロの下での困難な時代を乗り越えさせ、仕事に集中させてくれた。

それだけに、最近タキトゥスの著作であの当時起きたことを読み返したとき、すべてのことがもう一度わたしの中に活き活きと甦ってきたのを見て、正直わたしは驚いたのだ。すべての出来事がまるで今起きたばかりのように、すぐそこにあったのだ。そのためにわたしはすべてのことをもう一度君への手紙に書き留めておこうと決めた。もちろん、君は個々の点まで承知している。すべてのことを君に改めて説明する必要はない。だからこの手紙は当面君の手元に取っておいて欲しい。妻のサラもこの手紙のことを知っていて、写しを持っている。わたしの願いは、やがていつかその時がきたら、わたしの大きくなった孫たちがこれを読んでくれることだ。

ネロの治世下でローマが大火に襲われたとき、わたしとテルティウスはタラッキーナのわたしの両親のもとにいた。わたしたち二人がローマに戻ってきて最初に見たものは、焼け崩れた家々だった。

ほんの僅かな家々を残して、すべてが焼き尽くされていた。わたしたちはすべてを失った。しかしそれが最悪のことではなかった。最悪だったのは、わたしの恋人だったハンナがネロによって命を失ったことだった。彼女は独特不二の女性だった。実に自立的で、愛すべき人柄、ヘブライ語で聖書を読み、加えてギリシア語とラテン語の著述家たちも読んでいた。彼女はどの点を見ても普通ではなかった。わたしたち二人は結婚することを決意した。彼女がネロによるキリスト信奉者への迫害に遭って犠牲になったのはその直後のことだった。だから彼女が彼らの集まりに参加できたのはほんの数週間に過ぎなかった。しかし彼女は持ち前の自立心と教養で目立つ存在となった。だからこそ彼女は集会の女性指導者と勘違いされて、他のキリスト信奉者たちと一緒にネロによって処刑されることになってしまったのだ。わたしたちには彼女の遺体がどこにあるのかさえ分からなかった。火事で焼かれてしまったのか？　それとも多くの犠牲者たちと一緒にされて、他の犯罪者と同じように扱われて、どこかに埋葬されたのか？　わたしたちが彼女のために足を運べる場所はどこにもなかった。テルティウスとわたしの手に残されたのは、タラッキーナへの旅行の餞別に彼女が持たせてくれた小さな箱だけだった。わたしたちは何度も何度もそれを手に取った。その結び紐を腕と額に巻き付けた。その小箱には彼女が書き写した聖句が入っていたが、それをわたしたちは自分の額に押し付けるようにしていた。そういう姿勢で繰り返し祈ったのである。その二つの小箱がわたしたちにとっては記憶の場所だった。それはまるで彼女がそこにいて、その聖句を通してわたしたちに語りかけているかのようだった。特にあの愛の二重の戒めを通して。力を尽くして神を愛し、わたしたちの隣人を愛するように

という あの戒めを通して。

わたしとテルティウスは住む家を失ったが、ハンナの両親が彼らの家に寄宿するように申し出てくれた。大火が燃え盛った地区はティベル川の向こうのトランス・ティベリムの街区から離れていた。そのためにユダヤ人が住む地域は延焼を免れたのだ。ハンナの両親のナタンとサロメはハンナが無惨な死を遂げたことをわれわれに優るとも劣らず嘆いていた。二人の話はこうだった。「事の進展はあまりにも急でした。ハンナは突然いなくなったのです。わたしたちは二人で彼女を探して街中を歩き回りました。すべての知人たちにも尋ねて回りました。わたしたちが最初に思ったのは、彼女は他の人たちと同じように炎に巻かれて死んだのではないかということでした。しかし実際には残虐な死だったのです。最初にその知らせを受けたとき、わたしたちは三日三晩、灰と塵にまみれて坐り、神の前で泣きました。ただ『泣いた』と言うのでは済みません。それは穏便過ぎる言い方です。わたしたちは神と言い争いました。怒り狂いました。自分と世界を呪いました。そうです、彼女の死の責めを負うすべての人間たちに、和解を知らない憎悪を吐き出しました。でも、何日も経つ内に、少しずつ理性が戻ってきました。理性は柔らかな声でこう言いました――『それでも神は存在される。これもまた神の定めだったのだ！　来るがよい！　そして君たちがすでに分かっていることを為すがよい。為すことは、もし欲すれば、分かることよりも易いのだ。立つがよい！』そしてわたしたちは立ち上がりました！　そして神に向かって叫びました――『わたしたちはそう欲します。わたしたちが欲することがあなたの御心ならば[289]。』あなたがた二人がすべてを失ったと知らされたのは、その時でした。

わたしたち夫婦には分かっていました。ハンナがすべてに優って君を愛し、君が彼女を愛していたことを。そうしてわたしたちには為すべきことができました。そのことがわたしたちを支えてくれました。君とテルティウスに寝る部屋を提供することができたのです。」

われわれ二人は長いこと、ナタンとサロメの家で生活した。しばしば彼ら二人はわれわれと一緒に詩編の祈りを唱えることがあった。そのときわたしが驚いたことがある。〔旧約〕聖書にあるほとんどの祈りは神に対する告発なのだ。神が褒め称えられることはごく少ない。聖書の中の敬虔な者たちは、この世界の中で起きて行くことに満足してはいなかったのだ。彼らが神を誹《そし》る誹りは辛辣だ。そのときわたしは気づいたのだ。神へのその辛辣な誹りと嘆きこそがわたしを慰めていることに。そこには本来の意味で直接の慰めとなるようなものは何一つ含まれていないにもかかわらずそうなのだ。わたしの中には今なおナタンとサロメが読み交わす声が聞こえてくる。

主よ、あなたは代々にわたり、わたしたちの避けどころ。
山々が生まれる前から
大地が、人の世が、生み出される前から、
神よ、世々永久にあなたはおられる。
あなたは人を死にわたされ
「人の子よ、帰れ」と仰せになります。

千年といえども御前には
昨日一日の過ぎ去った時に過ぎず、
昨夜一晩の夜警に過ぎません。
あなたはそれを川の流れのように過ぎ去らせられる。
人の子らは一時の眠りのごとく、
草のようです。朝になれば芽を出し、
朝になれば花を咲かせ
夕べになれば萎れ、枯れて行きます。
わたしたちを過ぎ去らせるのはあなたの怒り、
わたしたちをたちまちに絶え入らせるのはあなたの憤り。
なぜならあなたはわたしたちの悪しき行いを御前におかれ、
わたしたちが気づかぬ罪を御顔の光の中におかれるからです。(290)

わたしを責め苛むのは気づかぬ罪ではない。わたしを責め苛むもの、それはわたしにはあまりにもはっきりしている。わたしは欲しないままに、ハンナを死に追いやったすべてのことに係っていたのだ。

もしわたしが弁護士としてパウロと係わり合うことになっていなければ――しかも事実としてそう

なってしまったのには、割礼に対して彼が繰り広げる批判がハンナとの結婚を容易にしてくれるかも知れないという計算がわたしの心の奥にあったのだ――おそらくハンナは決してキリスト信奉者たちと接触することにはなっていなかっただろう！　わたしが彼女と一緒に彼らの礼拝に参加するということもなかっただろう。われわれが一緒に参加した礼拝は、あの非人間的な大量処刑に対する抗議だった。その礼拝の後もハンナは頻繁に彼らの礼拝に出席し、ついには彼らの集会の正式な一員となったのだ。なぜわたしはそうしないように彼女を押しとどめなかったのか。たしかにわたしには彼女の死に対する責めはない。しかしその死を阻止することは、わたしにできたのではないか？

わたしは何度も繰り返し自問してきた。なぜあのとき予定を数日早めて両親のもとへ旅行に出てしまったのか。それは結局のところ、臆病だったからではないか。なぜならパウロの敵の何人かが例の脅迫状でわたしを恫喝していたからだ。たしかにあのときはハンナ自身が計画を早めて出発するように急かしたのだった。しかし、結果としてわたしは彼女を見捨ててしまったのではないか。もしあの出火の時点で、そしてキリスト信奉者たちに放火の嫌疑がかけられたときに、このわたしがローマにいたら、きっとわたしは弁護士として彼女と何人かのキリスト信徒を救い出せていたに違いない。ネロへの懐柔策も少なくとも試みることは出来ただろう。もちろん、ネロがそれで心を動かされたかどうかは分からなかったとしても。この自己愛の亡者は自称の俳優で、人類全体のための善行者かつ暗黒の諸力に打ち勝つ者を自作自演していたのである。そしてキリスト教徒の根絶をもってあらゆる悪の根源も根絶できると思っていた。だから彼らに大火による破局の責めを負わせようと考えたのだ。

その破局は多くの人間の命を犠牲にし、大半のローマ人たちからも家財産を奪う結果になった。彼らの死に責めを負うのはネロであって、このわたしではない。しかしその死を遠ざけることはこのわたしにもできたのではないか？

さらに加えて、わたしはむしろキリスト信奉者たちの風評を悪くするのに力を貸してしまったのではないか。人々は彼らが他の人間たちを憎悪しているとして誹るために、ある決まり文句を利用した。その決まり文句をわたし自身も、フィロデームスよ、君に伝えたことがある。つまり、キリスト信奉者たちは放火の廉で処刑されたのだが、その放火は彼らの「人類憎悪」に基づいていると言うのだった。この決めつけこそが破滅をもたらしたのであり、それなしには、ネロも敢えて彼らに対するそうした行動に出ることはできなかっただろう。だから、彼らに人類の敵という烙印を一緒になって押した者はだれでも、彼らの死に対して責任があったのではないか。わたしも彼らがこの目の前の世界を辛辣に批判するのには、驚かされたことがあった。たしかにわたしには彼らの死に対する直接の責任はない。しかし彼らの死をもたらした複数の原因の一つとなったそうした偏見に、本来わたしも抗わねばならなかったのだ。

わたしの心の中にとりわけ深く食い込んできて、わたしを責め苛んださらに別の思いがある。それはハンナと結婚したいことが自分にはっきりした時点で、なぜただちに彼女にそう申し込まなかったのか。そうすれば、わたしはタラッキーナの両親のところへ旅行した時に、彼女も一緒に連れて行けたのに。そうすれば、彼女はローマから遠く離れることになり、あの迫害も免れていただろう。そうしなかった一因は、わたしが割礼を忌避していたことだ。文字は殺し、霊は活かす、とパウロが言うのだが[291]、これは当たっていたのではないか。わたしとハンナの二人は律法の文字を越えて、愛の霊に従うべきだったのだ。あの時、もしわたしが自分の愛が発する声に聞き従っていたら、彼女は今この時にも生きていただろう。わたしの躊躇《ためら》いが彼女の死の一因になってしまった。

わたしは繰り返し自分に、自分に罪はない、と言い聞かせてきた。しかしあの当時のわたしは、彼女を見捨ててしまったという罪責の念を感じていた。それに対するどのような理性による反論も何の助けにもならなかった。もしわたしがその状態で兵士に捕まり、死を宣告されたとしたら、わたしはそれに抵抗する気もなかったし、そうできもしなかったことだろう。むしろ、わたしがそうなるのも当然だと思ったことだろう。わたしはもうそれ以上生きて行きたいとは思っていなかったのだ。

ある夜のこと、わたしはローマの街を散策していた。そしてカピトリヌス丘の南西斜面にあるタルペイアの岩の上に立っていた。それはその昔、死刑を宣告された者がその下に広がる断崖へ突き落とされた場所である。その時、わたしはあたかも渦に吸い込まれるかのような錯覚を覚えた。断崖の下の暗黒の深みがわたしの責め苦を吸い込んでくれるかのようだった。わたしはまた、ティベル川にかかる橋の上に立っていた。その下には波立つ水の音が聞こえていた。それは流れの中に身を投げて、あらゆる苦悩を一挙に乗り越えるように誘惑していた。わたしはまた、手に剣を持っていた。そして考えていた。これで自分を殺して何が悪い？　多くの人間たちがしてきたことではないか？　その中には賞賛まで受けた者たちがいるではないか。カトー然り、ブルートゥス然り、カッシウス然り。皆、のか？　生きることに意味がないとき、生きなければならない義務がある敗戦の後で自害した者たちだ。[292]　ストア哲学のモットーの一つにも、「門は常に開かれている」とあるではないか。[293]　ここで「門」とは、自ら進んでこの命から抜け出ることではないか？　エピクロス派も、「強制は悪だ。しかし、強制の下で生きねばならないという強制はない」[294]と言う。彼らが言わんとする意味も、例えばもし或る独裁君主が誰かを捕まえようとするか、あるいは施す術もない苦痛が身体を破壊しようとするとき、それでも最後の最後の可能性として、自発的に死に赴く道があるということではないのか？　わたしは何とかして自分の苦悩から解放されたかったのだ。

わたしをそこから引き離してくれたものは何か。なぜわたしは自殺しなかったのか。それは他の人たちへの思いだった。もしそうしていたら、わたし自身は苦悩から解放されたかも知れない。しかしその代わりに、他の人たちの足下に同じ苦悩を投げつけることになっていただろう。とりわけわたしの両親のコルネリウスとコルネリア、ナタンとサロメ、その他わたしによくしてくれているすべての人々に。そして特にテルティウスに。彼にはわたしとハンナは養子縁組を約束していた。そのことについては、わたしは引き続き配慮して行かねばならなかった。わたし以外のだれもその養子縁組を先に進めることはできなかったからである。そして最後に、フィロデームスよ、君もいた。君の友情はわたしにとっては無限の価値があった。君とフィランドロスのような人間は、わたし自身がもはや失っていた生きる勇気を、わたしに代わって堅持してくれた。「門は常に開かれている。」もし人が独裁君主に迫害される場合には、おそらくそれが一つの出口だろう。しかしもし人が死んだ時に、その人のために嘆いてくれる人間がたとえ一人でもいてくれたら、そのときその人はまた別の門を探すだろう。それは命への門、他の人間たちのもとへ通じて行く門のことだ。

ナタンとサロメの家への帰り道で、わたしは再びティベル川にかかる橋の上に立った。足の下では川の水がザワザワとした音を立てていた。そのときわたしは思った。この大量の水たちもやがていつかは丸ごとあの大きな海へ沈んで行くのだ。時の流れがそのすべてをやがて消し去るだろう。その流れの中で消え去らずに残るものが何かあるだろうか。時間の中では、結局はすべてのものが消えて行くだろう。そのときわたしの脳裏を過《よぎ》ったのは、ハンナから聞いたことのある詩だった。

愛は死のように強く
情熱は陰府《よみ》のように逆らいがたい。
愛は燃え盛る火
その炎は君主のようだ。
大水も愛を消すことはできず
大河もそれを押し沈めることができない。(295)

足の下の水の流れも彼女の愛を押し沈めることはできなかった。その愛の何かがわたしの琴線に触れた。そしてそれは二度とわたしから離れ去ることはないだろう。わたしはナタンとサロメの家に帰り着いた。彼らの家がわたしにとっては新しい憩いの場だった。わたしは眠りについた。

真夜中にわたしは目が覚めた。わたしの意識もはっきりと目覚めていた。そのとき突然、わたしのベッドの側にハンナが立っているのが見えた。それは夢ではなかった。ハンナは無傷だった。処刑のための拷問は何の痕跡も残していなかった。その美しさは、生きていたときいつもそうだったのと変わらなかった。彼女は落ち着いた眼差しでわたしを見ていた。その瞳も以前と同じだった。わたしはその中へ沈み込みそうになった。わたしの口は思わず叫んでいた。「ハンナ、どうやって入ってきたの？　閉じた戸を通り抜けてきたの？」　しかし彼女は静かに見つめ続けたまま黙っていた。わたしは言った。「ハンナ、何もかも悪い夢だったの？　君はわたしのところへ来てくれたのか？　わたしは君のそばにいるのか？」　彼女は黙って頷いていた。わたしは自分の体中を、何とも言えない幸せな感情が貫くのを感じた。あらゆる緊張と苦痛がほぐれていた。そしてわたしには、彼女が手に何かを持っているのが見えた。彼女はそれをわたしに差し出した。それはあの別れの時に彼女がわたしに贈ってくれたのと同じ小箱だった。彼女はそれを開けると、中からパピルス片を取り出した。わたしはそれを読んだ。

神は愛である。(296)

わたしは立ち上がった。そして彼女を胸に抱き寄せたかった。すると彼女が低い声で言うのが聞こえた。「忘れないでね、わたしはあなたを愛しているわ！」それから彼女は消えてしまった。何事もなかったかのように。わたしは心地よい静寂さに包まれ、守られている自分を感じた。それはわたしが自殺を思い描きながらローマの街を歩き回っていた時に、渦のようにわたしを吸い込んだあの静寂と同じ静寂だった。しかし、あの時の静寂はすべてのものを消し去ろうと脅していた。だが今はその静寂から立ち上がってきたのは、生きることへの抗いがたい奔流だった。わたしの手はハンナが別れの時にくれた小箱を握り締めていた。わたしはそれを前の晩、首のまわりにかけていたのだった。わたしはその命を自分の肌に感じた。もはや疑いはなかった。わたしははっきりと目覚めていた。わたしはその間ずっと異常なほどに覚醒していたのだ。ハンナとの出会いと今この瞬間の間に、いかなる形でも、初めて覚醒する瞬間はなかった。彼女との出会いは夢ではなかったのだ。それは一つの幻視、一つの顕現だった。わたしは紙片に記された文章をもう一度読んでみた。

なぜなら神は愛だからである。
愛の中にとどまる者は
神にとどまる。
神もまたその人の中にとどまる。(297)

この幻視の意味がどうであれ、わたしにとってそれはメッセージだった。すなわち、わたしたちの愛は続いて行くのだ！　その幻視がいったいどうして起きたのか、もちろんわたしには分からなかった。しかしわたしたちの愛は神の中へ止揚されていたのである。もちろんわたしは、神についていかなる像もいかなる比喩も造れないことを承知している。もちろんわたしは、神の中に永遠に守られて在るということが一体何を意味するのか良くは分かっていない。それでもわたしは自分に何か永遠なるものが触れてきたことを強く感じ取ったのだ。その永遠なるものの中にメッセージが含まれていた。曰く、たとえわたしの振る舞いが、たとえわたしの躊躇いが、たとえわたしの怠慢がハンナの死を招いた一因だったとしても、それでもすでに彼女はわたしを赦してくれている。神はわたしを赦された。「門は常に開かれている」のだ。この門は神へと通じる門のことだ。この門はいたるところにある。わたしの上に鉛のように重くのしかかっていた罪責の思いがすべて消えて行った。もし神を人間のイメージで裁判官にたとえれば、わたしは無罪の宣告を受けたのだ。それは最終の無罪判決だった。もはやそれを覆す上級判決はあり得なかった。それこそパウロが「今やイエス・キリストにある者にとって有罪判決はあり得ません」(298)と書いている通りだ。パウロはキリストと出会うことでこの確信を得た。わたしはキリスト信徒となっていたハンナとの出会いによってそれを得たのである。二つは同じ経験だ。それは神との出会いだった。死と生をめぐる幻視によって媒介された出会いだった。

わたしはこの幻視のことを敢えて他のだれにも話したことがない。しかし何人かのキリスト信奉者たちが彼らの師が処刑された後、似たような謎めいた幻視の話をしたということは承知していた。パウロもまたやはり一種の幻視体験においてキリストと出会ったことによって変えられたのである。死んだ人と夢の中で出会うと言う話はよく耳にするものだ。しかし弟子たちの出会いもわたしの出会いも、意識がはっきりとしている状態で起きたものであって、夢の中とは違うものだ。そうした幻視の出会いはずっと稀なのだ。時間が経つ中で、不断に多くの人々が、自分たちに近しかった人間たちとその死後に似た仕方で出会ったという体験をわたしに聞かせてくれた。その人たちも敢えてその話を他の者にしようとはしなかった。というのは、気違いだと思われたくなかったからだ。キリスト信奉者たちが物語った幻視には、いくつか特別な点があった。まず、大勢の人間がその幻視をしている。個人で体験した者もいれば、集団で体験した者もいた。その中には、イエスから距離を取っていた者や敵対していた者もいた。しかしそれらはどれもわたしがした経験とタイプとしては同じだったのだ。この点については疑いがない。現実性の中での経験なのだ。

わたしはハンナと出会ったことをナタンとサロメにも話さなかった。しかし、二人がある詩編を祈ったとき、ああ、これならわたしが体験したことを説明してくれるかも知れないという印象をわたしは受けたのだ。その詩編は神がどこにでも遍く現臨することを歌うものだ。そこでは遠きにいる神が人間をあらゆる側面から取り囲んでいる。神はいたるところに現臨する。死の王国にも。死者たちもその手の中にある。

主よ、あなたはわたしを究め、
わたしを知っておられる。

わたしが坐るのも立つのもあなたは知っておられる。
遠くからわたしの思いを悟っておられる。
わたしが行くときも伏すときもあなたは側におられ、
わたしの道をことごとく見ておられる。
なぜなら、わたしの舌に上る言葉で
主よ、あなたがご存知ないものはないからです。
あなたはあらゆるところからわたしを囲み、
御手をわたしの上に置いてくださる。
この驚くべき知識はわたしを高く越え、
わたしには捉えることができない。
どこに行けばあなたの霊から離れることができよう。
どこへ逃れればあなたの御顔を避けることができよう。
天に登ろうともあなたはそこにおられ、
死者の間に横たわろうとも、見よ、あなたはそこにおられる。
曙の翼を駆って、
海のかなたに行き着こうとも、
あなたはそこでも御手をもってわたしを導き、

右の御手をもってわたしを捉えられる。
「闇がわたしを覆い、
夜が光に代わってわたしを囲め」とわたしが言えば、
闇もあなたにあっては闇ではなく、
夜も昼のごとくに輝く。
闇も光と変わるところがない。[299]

わたしは哲学的に熟考してみたが、こうした体験に対する十分な解答は見出せなかった。ただ断片的な解答を見出したに過ぎない。わたしは改めてプラトンの哲学を繙《ひもと》いてみた。彼は言う。時間の流れは現実性の影の側面に過ぎないと。真の現実性は永遠に変わることのない形象と像の中にのみ在る、つまりイデアの中にのみ在ると言う。それらは時間とはノータッチだ。この見方はいささか誇張が過ぎるとわたしには思われた。ただし、その時わたしにひらめいた。事実、時間の流れに損なわれない真なるものが存在すると。２＋２＝４はその一部だ。論理学も丸ごとそうだ。真なるものはすべてそうだ。なぜなら論理学でそもそも何かが真であれば、それは或る一年間だけ、あるいは二年間だけ真だというわけではない。むしろこれからやってくるどの年においても真だからだ。人が真か偽かを語ることができる限りは、空間の中のどの場所でも真は真なのだ。今日雨が降るなら、「今日は雨が降っている」という命題は$x+n$年後にも成り立ち、空間内の至るところで成り立つ。たとえば$x+n$

キロメーター離れた場所でも。反対に、もしわたしが、今日は雨が降っている、という判断で間違ったのであれば、わたしは$x+n$年の後にも間違ったままである。よしんば時間の流れが逆流するとしよう。つまり未来から今のわれわれへではなくて、過去から未来へ流れるのだとしよう。その場合でもそもそも成り立つ命題ならば、何でも、どこでも、いつでも成り立つだろう。疑いもないことだが、われわれの思惟は何か永遠なるものに触れているのだ。ということは、プラトン主義者が正しかったということか。われわれの中の何かがその永遠なるものの一部だったのか。しかし、われわれに永遠なるものへの感覚が具わっているからと言っても、われわれの感覚が永遠だという結論にはならない。われわれはその感覚によって永遠なる何かに触れるのだ。そのことは疑いない。だからわたしは次のことも疑わない。あの幻視においては、何かがわたしに触れたのだ。それは永遠に妥当する。それはちょうど永遠に妥当する命題ならばどれもそうであるのと同じなのだ。[300]

　以上のすべてのことについて、わたしはこれまで、フィロデームスよ、君とだけ議論してきた。君はそれに対していつも懐疑的だった。君の言い分では、われわれの意識に浸透してくるイメージはわれわれの内面を満たしているすべてのものと同じように、現実的かつ真正なのだ。たしかにその限りでは、わたしが体験したことも決して錯覚ではない。しかし君は、まさしくそのようなイメージ以上のものが、その背後に隠れているとは信じないのだ。君の意見では、ハンナのイメージがわたしの中であまりに活き活きとしていたために、わたしはそれを幻視体験であたかも客観的な現実であるかのように見ることになったのだ。彼女のイメージがわたしの中で大いなる力を伴って生きたのだ。それはわたしの愛の徴であり、彼女の愛の働きだったのだ。しかしその背後には隠れているものはただ「虚無」だ。それも文字通りの虚無だと君は言う。しかし君は同時にこうも言った。「君たちの愛そのものがその虚無に抗うことができるということ、そのことこそが素晴らしいことなのだ。君はそう考えるべきだ。その愛が君に新しく生きる勇気を与えてくれているということ、これは驚くべきことではないか。その愛が君に、『おまえは生き続けねばならない！』と言っているのではないか。君は生き続けねばならない！　君は生き続けねばならないのだ！　これこそが決定的なことなのだ！」

わたしはその後長い時間そのことを考え続けた。そして差し当たり君に賛同して、その背後に隠れているのは事実「虚無」だと言った。しかしその時わたしはこう付け加えた。であればこそわれわれはその虚無の中で、何かにぶつかるのだと。その何かは虚無のただ中でも光を放つことができるのだ。それこそがユダヤ教徒が発見した神だ。その神は虚無のただ中から何かを創造することのできる力なのだ。わたしが体験した幻視は人間をその神のその創造する力に直面させるものだ。かつてキリスト信奉者たちが見た幻視もこの神との出会い、虚無から何かを造り出すこの神の力との出会いだった。そしてもし、かつてプラトン学派が発見したように、われわれの思惟というものがその他の点でも何か永遠なるものに触れるものであるならば、それはわれわれのその思考が神の永遠性への微弱な反響であることを示す徴なのだ。

われわれは死ぬ時に、その虚無と直面する。その虚無は無窮だ。どこまで行っても終わりがない。それは永久だ。それは何らかの時間の中で終わりを持つものではない。それはわれわれをあらゆる拘束から引き剥がし、あらゆるものから解放する。それが示す指標はまさしく神だけが持つ指標だ。神だけが永遠なのだ。神だけが無条件だ。神だけが無条件の自由を与える。われわれが死において出会う虚無は神のシルエット（影絵）なのだ。この虚無の中に神が隠れている。

かつて君はこれに異を唱えた。そのような哲学はすべてを不確実にするものではないかと。もし神がこの世界を虚無から創造したのであれば、同じように容易にこの世界を別様にも造れたはずである。ならば、何一つ必然的なものはないことになるだろう。なぜなら、われわれが世界について考えるものは何であれすべて、同じ正当性をもって別の在り方をしてもよいような世界にしかかかわらないのだから。そうなれば、確実なものは何もないことになるだろう。これが君の異論だ。しかし君の本来の意見は、「われわれには秩序ある世界が必要なのだ。そしてそれは今現にあるような秩序でなければならない。そのような秩序の中でのみ、われわれは信頼して行動できる。よしんば君がハンナと出会ったような幻視が真正な体験に基づくものだとしたところで、所詮それも個々の人間が重ねる偶然的な体験に過ぎない。そういった体験からは何一つ新しいものは生まれてこない。そういった幻視体験は、わたしが試みたように、心理学的に説明する方がはるかに巧く行くのだ。」

しかし親愛なるフィロデームスよ、わたしに起きたことはまったくもって偶然であると同時に、まったくの偶然とも言えないものなのだ。ハンナと一緒にわたしの生きる勇気も十字架につけられた。しかしまた彼女とともに甦った。これはすべての人間に繰り返し起きてきたことだ。すべての人間が危機に落ちると同じ虚無に直面する。その虚無の中では、あらゆるものが今にも暗黒の穴の中に消えて行こうとしている。ところがその虚無の中から、幻視によって、一条の光が射してくる。あのキリスト信奉者たちが見た幻視がそうだった。それは創造の光だ。この光が新しく生きる勇気を与えてくれる。それは創造者の力であって、生と死を貫いて至るところでわれわれを包んでいる。あのキリスト信奉者たちがした経験は何かそうしたものだったのだ。そうした経験は世界中の人間たちがいつも繰り返している。その経験なしに、人は生き続けることがない。

あの当時は、ただわたしの生きる勇気がハンナとともに十字架につけられただけではなかった。法に対するわたしの信頼も同じだった。世界中の至るところで、法と正義が侮辱され、排除され、葬り去られている。とりわけローマではそれが恥ずべき形で起きている。法そのものに依拠して事が運ばれているのだから。しかし法と正義は繰り返し何度でも復活する。キリスト信奉者たちが得た認識には何か当たっているところがある。彼らのキリストはローマ人の手で不当に処刑された。しかし復活によって名誉を回復された。彼らが証言しているのは、われわれの生きる勇気が潰えることに抗う何物かだ。もっとも君は問い返して言うだろう。「その生きる勇気は盲目ではないか。それを支える根拠は何もないのではないか。理性ある人間はそれとは違う考え方をするべきではないか。たとえば、なぜ生は生きるに値するのか、この問いに対するいくつかの然るべき根拠がいつもなければならないのではないか。それはまだ発見されていないのかも知れない。あるいは永遠に発見されないかも知れない。しかしいずれにせよ、その根拠の存在を疑うよりも、それが存在することを信じる方が善いのだ。」

それに対するわたしの回答はこうだ。わたしはそうした計算づくの理性を信仰というものに対立させることができるとは思わない。理性はこの世界ではか細い声なのだ。それは自分を押し通すのに苦労する。とりわけ注意して欲しいのは、理性を批判する理性の議論が多いことだ。曰く、「理性は利害関係で縛られている」、「理性は操作可能だ」、「人は理性を指針とするには及ばない」。しばしば、他でもない哲学者たちがそう宣《のたま》う。にもかかわらず、理性は素晴らしいものなのだ。人は人間を殺すことはできる。しかし議論を封殺できない。人は書物を焼き捨てることはできる。しかし思想はそうできない。人は理性を虐待し、拷問にかけ、十字架につけ、土に葬ることはできる。にもかかわらず、理性は何度でも繰り返し復活する。理性と信仰は相互矛盾ではない。信仰なき理性はシニズム（冷笑主義）になり、理性なき信仰は狂信主義《ファナティスムス》となる。だからこそキリスト信奉者たちは、いみじくも神への愛の戒めに小さな文言を付け加えたのだ。曰く、わたしたちはただ心を尽くして、魂を尽くして、力を尽くして、神を愛するだけではなく、「わたしたちの理性」も尽くして愛さねばならないと。[301]

　わたしの妻のサラはキリスト教徒の仲間に加わった。テルティウスも同じだった。彼は彼らの集会で執事になった。献金と現物寄付を集めて貧しい者たち、糊口を凌ぐのに追われる人々を助ける役割だった。わたしもそれを支援した。しかしキリスト教徒の仲間に加わることはためらわれた。わたしはストア派の哲学者のつもりだったし、広義のユダヤ教徒で、ただ一人の唯一の神を崇拝する者である。わたしはモーセ、預言者たち、イエス、そしてパウロに関して、読めるものは何でも貪欲に読む。彼らはわたしの生涯において最も重要な人物である。しかし、キリスト信奉者たちの間には、引き続き何かわたしを苛立たせるものがある。わたしはそれをここに書き下ろしておきたい。それはわたしの孫たちを思ってのことでもある。そうしておけば、彼らがやがていつの日か、キリスト教の集まりに加わろうと思う時に、いったい何にどう関与したらよいのか、分かってもらえるだろう。(302)

わたしの最初の批判点はこうである。大抵のキリスト教徒は神を知性（理性）をもって愛するということを、必ずしも真面目に受け取っているとは言いがたい。事実、この世の知恵と哲学者たちを見境もなく論駁する者たちがいる。そういう人たちは、真理は多くの場所で輝くということに気づかねばならない。それはイエスにおいてだけ輝いているのではなく、ソクラテスにおいても、プラトンにおいても、アリストテレスにおいても輝いているのである。彼らが哲学を拒む限り、その彼らにわたしは留保なしに加わることができない。彼らは学ばねばならない。彼らの信仰の創始者は神への愛の戒めに前述の小さな文言を付け加えることで、いったい何を彼らに課したのかを。われわれは自分たちの思考をも働かせながら神を愛すべきなのだ。そのことには、神を世界の中の何物とも同一視しないことが含まれる。神はたしかに世界の中に現れる。しかしわれわれの把握をすり抜ける。なぜなら神は世界の根源であり、目標だからだ。

わたしの第二の批判点はこうだ。キリスト教徒は自分たちの聖書も知性を働かせて読むべきだ。それを批判的に吟味しながら読むことが大いに賞賛されるべきだ。供犠に関する古い規定がモーセの書にはたくさんある。それも聖書の一部なのだ。それでも彼らは供犠には批判を向けている。ただし彼らはその批判をもっと一貫させるべきなのだ。聖書の物語は事実報告なのではない。そうではなくて、詩と真実から成る織物なのだ。それらの物語には深い知恵が隠れている。それらの物語が示す比喩は検索プログラムなのだ。それを使って神の痕跡を探すのだ。神は自らの知恵を働かせて世界を創造した。この神のイメージはこの世界の中に理性に適った構造を探し求めることへわたしたちを促している。自然法則は神の思考なのだ。われわれはそれを数学によって計算できる。[303]キリスト教徒たちが自分たちの聖書のイメージ世界ともっと自由に行き交い、それを自分たち自身でさらに考え抜くようにという促しとして受け取れるようになったら、そうしたらこのわたしもキリスト教徒の一人になれるだろう。

わたしの第三の批判点はこうだ。知性で思考するキリスト教徒とは、イエスおよびパウロと同じように、ユダヤ教という宗教をすべての人間に向かって開放するよう努めることだ。この開放への意志はもの凄く価値のあることだ。それだけにそれは徹底的に考え抜かれねばならない。それは他のすべての宗教との関係の問題に係ってくる。他のすべての宗教も同じ一つの真理の周りをめぐっているのだ。ただし、その内のどの宗教もその真理をすでに所有しているわけではない。すべての宗教を合体させるようなことは、わたしには思いもよらない。しかし他の宗教と理性をもって対話に入るために必要なルールを決めることはできる。その際、キリスト教徒は自分たちが愛という義務を負っていることを自覚していなければならない。われわれは他のどの宗教の中にも、何か承認に値するもの、何か愛することのできるものを見つけるように努めねばならない。何も見つけないよりも、少しでもいいから見つけることだ。しかし愛は誠実でなければならない。だからこそ、吟味に訴える権利もあるのだ。

わたしの第四の批判点はとりわけてユダヤ教との関係に係る。キリスト教徒がユダヤ教徒の聖書を自分たちの聖書として受容したことは賞賛に値する。ユダヤ教徒がただ一人で唯一の神を発見した。その神とこの民族との間で繰り広げられた物語は素晴らしい宗教詩であって、深い真理に富んでいる。その神は人間たちにそれぞれの歴史に対する責任を負わせる。自分たちの命を道徳的な決まりに従って生きて行くように義務づけるのである。そしてさまざまな危機と破局を乗り越えて行くように勇気づける。わたしが多くのキリスト教徒に対して批判したいのは、彼らがユダヤ教徒を蔑み、さらには拒絶さえしていることだ。彼らは自分たちに必ずしもすべてのユダヤ人がなびいてこなかったことを何とも処理できないでいるのだ。しかしわたしはナタンとサロメ、シメオンとハンナ、そしてわたしの妻サラを通して知ることになったようなユダヤ教が好きなのだ。ナタンとサロメ、シメオンとサラのような人間を軽蔑するようなキリスト教徒であるかぎり、どうしてわたしはその仲間になることができようか！

わたしの第五の批判点は倫理の問題である。キリスト教徒は宗教に関する問題を一括して一つの規準で測っている。それはそれぞれの宗教が夫婦関係を強めるか否か、それを庇護するかどうかという規準である。わたしはそのことを高く評価する者である。ところが彼らの物の見方はしばしばあまりに狭量なのである。すなわち、彼らはあらゆる離婚を否定する。もちろん彼らは例外を認めている。不倫の性関係(304)または宗教的問題における原理的な対立(305)がそれである。たしかに離婚は避けがたい場合も多い。ただし決定的なことは、何時そうすべきで、何時そうすべきではないのかである。錯乱した結婚というものがあって、「神が合わせたものではないものを、人間は一緒のままにしておくべきではない」としか言いようがない場合がある。しかし同時に拒否すべき離婚もある。それは両親が子供たちを見捨てるような離婚が特にそうである。フィロデームスよ、君とフィランドロスが同性愛のペアであることはわたしも承知している。キリスト教徒は同性愛のペア関係は罪だと見做す。彼らの確信に従えば、人が男であるか女であるかは、神の前ではどちらでもよいはずなのにそうなのだ。彼らが君たち二人を罪人と見做すかぎり、わたしはその仲間になることはできないだろう。

　わたしの第六の批判点はキリスト教徒の集会の内部組織の問題である。わたしが彼らの集会に出たとき、彼らは霊感による考えを述べ合っていた。その際わたしの目を引いたのは、朴訥な人間たちが発言し、女たちも人前で話すことだった。しかしこの点も、思考力をもって事を運ぶのが大切だ。彼らは委員会を選んで、[306]集会の指導に当たらせるべきだ。霊感に信を置くよりは、議論を信頼する方がよい。霊感を吟味する方が闇雲に霊感に従うよりもよい。もし何でもありで放置すれば、最後は声がでかくて押し出しの利く奴が「小君主」として自分を押し通すだけだ。集会は君主の単独支配《モナルキア》であってはならない。それが「エクレーシア」（*ekklesia*）、すなわち民衆集会と呼ばれるのは理由のないことではないのだ。この呼び名は、その集まりが自分たちの為すべきことを全員で決める集会であることを示している。それゆえその集会は共和制の原理で組織されるべきだ。ちょうどギリシアのポリス（*polis*）が民衆集会（*ekklesia*）を持っていたように、選挙で代表者が選ばれるべきである。しかしキリスト教徒の集まりとしての「エクレーシア」では、すべての者が平等でなければならない。女性たちは交わりのための共同の食事を仕切ることを許されるのでなければならない。女性たちをその任から締め出すような者は、その集まりの中で働く活ける霊を裏切るのである。

　わたしの第七の批判点はキリスト教徒たちの政治との係り方に係る。彼らはユダヤ教徒と同じように皇帝を神として拝むことを拒否している。わたしはそのことを高く評価する者である。しかし彼らはしばしば国家を道徳の守護者として過大に評価することによって、国家を宗教的に批判するその批判をその分だけ相殺してしまっている。パウロその人でさえも「人は善きわざをしているのなら、国家の権威者たちの前で恐れる必要はない。むしろ悪しきことをしているから恐れねばならなくなるのである。もしあなたが国家の権威者たちの前で怖がりたくないのなら、善きわざを為しなさい。そうすればあなたはその権威者からほめられるでしょう[307]」と書いている。あの合法化された奴隷たちの大量処刑とローマの大火の後のあれほど多くのキリスト教徒たちの処刑、この二つの処刑の後では、パウロのこの言葉もわたしには犠牲者に対する侮辱にしか聞こえない。わたしは、もしできることなら、処刑される前のパウロに、今でもこれと同じ文章をもう一度書けるかどうか聞いてみたかった。われわれは承知しておかねばならない。国家もまた道徳的には二義的なのだ。それは不法の国家にもなることができるのだ。

　わたしの第八の批判点はキリスト教徒たちの社会参与の仕方に係る。実に素晴らしいことだが、彼らはわれわれ哲学者が小さな集まりで議論しているだけで終わっている色々な問題を真摯に受け止めている。それは奴隷たちは自由になるべく定められていて、女性たちは平等な生活に定められているとか、異民族からの外国人はわれわれの兄弟姉妹になるように定められているとかの議論のことである。しかしキリスト教徒たちはこの意味での働きかけを、さらに社会全体に向かって強めなければならない。しばしば彼らは妥協してしまい、自分たちの集会の内側でさえ、社会的差異を際立たせてしまうことがある。小さな集団に世界を変えるためにできることは少ない。それでもキリスト教徒は、自由および愛へと定められている人間の定めを、この世界の中で小さな徴によって繰り返し実現して行かねばならない。

もしキリスト教徒の間で、哲学に対して開かれた潮流が自己を貫徹し、ユダヤ教に対して、さらには人間同士のあらゆるペア関係を受け容れる他宗教に対しても、開かれたものとなるなら、そしてさらにその潮流が共和制の原理で組織され、国家に対して批判的に係わり、己の生活全体を賭けて自由と人間の同胞愛のために献身するなら、その時には、このわたしも彼らの仲間に加わることが考えられるだろう。なぜなら彼らがわたしに確信させた一点があるからだ。それはわれわれすべてが命として罪責を負っているということだ。だれもが他の人に苦難を及ぼすことに係り合っている。その絡み合いから逃れることのできる者は一人もいない。われわれは法と法律によってそうならないように守ろうとしている。エピクロス派の原則の一つは「自然本来の正しさ（自然法）は相互に害を及ぼすのを避ける有用さを考えて結ばれた協定である」というものだ。(308) ところがわれわれはまさしくその自然の正しさをさえ道具に変えて、隣人に害を与えるのだ。すなわち、道徳のもろもろの原則を持ち出すことで、隣人を助けるどころか苦しめることをやってのける。われわれの中に巣くう根源的な悪が、われわれをして至上の価値をさえ利己的な目的のために動員させるのだ。そしてわれわれは何度も何度も繰り返し、他者を自分たちの解きがたい葛藤のための贖罪の山羊として殺すのだ。あるファラオはエジプトにいたヘブライ人の子供たちを殺させ、大王ヘロデはベツレヘムの子供たちを殺させ、ローマの元老院は四百人の奴隷たちを殺害した。ネロは多くのキリスト教徒を処刑した。なぜなら彼は自分を偉大な善行者かつ救い主として公に見せかけるために、ローマの大火の後で人々に新しく住む場所と生活空間を用意したからである。しかし彼は放火の嫌疑が自分にかかるのを払い除けるために、何人かの犯罪者を捏《でっ》ち上げて、その者たちにそれを押しつけねばならなかった。キリストもまた罪なき者でありながら他者のために死んだ。当時のユダヤでは多くの未決の争いが犠牲を求めていたのである。しかしそのキリストの運命を通して、神は明らかに宣言されたのである。われわれがもはや何人もわれわれのために死なせてはならないということを。

神とは、われわれの犯すあらゆる過ちにもかかわらず、われわれに命に対する「ヤー」(然り)を言わせる力である。なぜならわれわれはその「ヤー」(然り)を自分からは言うことができないからだ。われわれの「ヤー」(然り)は神の大いなる「ヤー」(然り)の反響なのである。われわれはキリスト教徒たちが用いる比喩に身を開くときに、その反響を聞く。その比喩は言う。この世界の中で、われわれの生きる勇気は繰り返し十字架にかけられる。しかし神はその度ごとに虚無の中から命をお与えになる。真理と正義は繰り返し虐待される。贖罪の山羊は繰り返し荒れ野へ送られる。しかし神はそれらのものを繰り返し取り戻される。その力は虚無の中で創造し、命の中に天地創造の時と同じ光を昇らせる。ハンナとサラの愛においてわたしに出会った力はまさにその力に他ならない。その力を経験したとき以来、わたしは目眩《めまい》から覚めるようだった。あたかもそこまでわたしはまともには生きていなかったかのように。すべての人それぞれにこの力が出会って、その命に意味を満たしてくること、それがわたしの願いだ！

わたしはすでに歳老いた。間もなく死がわたしを静寂の懐へ迎えてくれるだろう。しかしわたしは自分の生涯において何か途方もなく価値のあることを経験したような気がする。それはもはや何物によっても揺らぐことはないだろう。死はわたしにとって神のシルエット（影絵）だ。わたしは生きるも死ぬも神の御手の中にある。

敬具

エラスムスより

愛するすべての人々へ

注

第1章

1　エピクロス（前三四一～二七一／七〇年頃）の哲学の目標は、魂の平安を通して生を喜ぶことである。その魂の平安とは、不必要な不安から解放され、達成しがたいものは渇望せず、避けがたいものは耐え忍ぶことにある。この浄福の模範になるのは神々である。この世界は原子同士の戯れであり、その中で人間の自由が可能となる。フィロデームスは、ガダラ〔マタ八28参照〕出身でイタリアで活動したエピクロス派の哲学者（前一一〇～四〇／三五年頃）の名前〔フィロデーモス〕である。

2　ストア派の哲学はキティオン出身のゼノーン（前三三三～二七一／〇年）が創設したもので、神によって差配される宇宙の中へ人間を編入することで魂の平安を達成しようとする。義務を遂行することが生を充実させると言う。ローマの教養ある上流層ではこの哲学が支配的であった。セネカ（後一～六五年）はストア派の影響下にあった。

3　〔訳註〕古代ローマに多く見られた中庭つきの住宅。中庭の周囲を柱廊が囲んでいる。

4　ガイウス・ムソニウス・ルーフス（後三〇頃～一〇一／二年）は、もともとローマの騎士身分に属していた。皇帝ネロの時代にローマで学塾を開いたが、追放処分に処された。ネロの死後に生じた内乱では、兵士たちを戦闘から離れさせようと試みたが、功を奏しなかった（タキトゥス『歴史』第三巻八一）。ウェスパシアヌス帝の治世下では、再度国外追放となった。その教えの講話を書き留めた手記が残っている。

5　ガイウス・カッシウス・ロンギーヌス（後六九年没）は民法について三冊の書物を著したが、いずれも残っていない。彼はカエサルを暗殺したカッシウスの兄の子で、後三〇年に執政官、その後アジア州およびシリア州総督となった。ネロはすでに老年で目が見えなくなっていたこの人物を追放処分に処したが、ウェスパシアヌスが呼び戻した。しかし、ローマに戻った後、まもなく死去した。タキトゥス『年代記』第十二巻一二1によると、法律に関する彼の蘊蓄は万人に抜きん出ていた。彼自身も自分の振る舞いが「自分の祖先たちに恥じない」（*dignum maioribus suis*）ものであることを自賛している。

6　本書の「エラスムス」は同時に象徴的な意味も含めた名前である。すなわち、ロッテルダムのエラスムス（後一四六六／六九頃～一五三六年）は、キリスト教と人文主義を結びつけた人物である。

7　「何人も自分の可能性を超えるような義務を負わない」（*impossibilium nulla est obligatio*『学説彙纂』I 17, 185）。

8　この訓言のラテン語は *neminem laedere, suum cuique, honeste vivere*. これは法律家ウルピアーヌス（後一七〇～二二三年、『法学提要』I 1, 3-4）に出てくる。*suum cuique*「人それぞれにそれぞれのものを返しなさい」の原則は、キケロ『神々の本質について』第三巻三八に現れる。

9　これは古代とすべての世界宗教に共通して広まっている原則であり、マタ七12では「律法と預言者」を総括するものとされている。一六一五年以降は、この箇所（マタ七12）を指して「黄金律」という言い方が定着している。

10　神殿もめぐる争いに関しては、ヨセフス『ユダヤ古代誌』第二十巻八11、§一八九～一九六を参照。

11 世界市民主義を唱えたのはとりわけストア派であったが、ユダヤ教の宗教哲学者であったアレクサンドリアのフィロン（後一世紀の前半に活動）もそうであった。曰く、「『大国家』とは、つまりこの世界のことである。その大国家の基本体制はただ一つであり、その法もただ一つである。すなわち、それは自然法のことである。それが為すべきことを命じ、為さざるべきことを禁じるのである」（『ヨセフについて』二九）。

12 使一六37-38、二二25、二三27によると、パウロはローマ市民であった。その結果、裁判では皇帝の裁決を仰ぐ権利を持っていた（使二五10-12参照）。

13 皇帝ガイウス（「カリグラ」caligula は渾名で「小さい長靴」の意）は後三六～四一年に帝位にあった。後四一年の一月に彼が暗殺された後は、クラウディウスがその後継者となった。そのクラウディウスは後五四年一〇月に死に、ネロがその後を継いだ（在位五四～六八年）。

14 ガイウス・カリグラがエルサレム神殿をローマが国家として異教の神を祀る聖廟に作り替えようとしたことについては、ヨセフス『ユダヤ戦記』第二巻一〇1-5、§一八四～二〇三、同『ユダヤ古代誌』第十八巻八1-9、§二五七～三〇九、さらにアレクサンドリアのフィロン『ガイウスへの使節』一九七～三七三を参照。〔G. Theißen, Lokalkolorit und Zeitgeschichte in den Evangelien, Freiburg-Schweiz/Göttingen 1989, 133-176も参照〕

15 タキトゥス『年代記』第十二巻五四1によると、ガイウス・カリグラの暗殺後も「また別の皇帝が同じ勅令を発するのではないかという危惧」が残り続けた。

16 ポッパイア・サビーナはポンペイ出身で、一度離婚を経験した後、後に皇帝にもなるオトーと再婚していたが、ネロに愛妾として囲まれ、後六二年にその妻に収まった。その後の六五年に死んだのだが、ネロが妊娠中の彼女を足蹴にしたのが死因だとされる。ポッパイアは美人で教養もあったが、陰謀家だった。その彼女がユダヤ教贔屓だったことについては、ヨセフスの証言がある。前述のユダヤ教の祭司たちが告発されてローマで裁判になったとき、彼女はヨセフスの願いを入れて、無罪宣告を勝ち取る離れわざをやってのけた（ヨセフス『自伝』三、§一三〜一六）。

17　すべての国民がエルサレム神殿に参詣することになるという待望は、とりわけイザ二1−2、ミカ四1−5、イザ六六18−20に見出される。

18　この二人の人名については歴史的証言がある。ヨセフス『ユダヤ古代誌』第二十巻八11、§一九五参照。

19　その警告板については、二片の遺物が発見されている。そこにはこう記されている——「〔ユダヤ民族〕以外の素性の者は何人もこの仕切りの内側、および神殿の周りに置かれた柵の内側に立ち入ってはならない。もしそうしようとするところを捕まった者は死刑に処される。それはその者の自己責任である。」ヨセフス『ユダヤ戦記』第六巻二4、§一二五〜一二六を参照。

20　ユダヤを統治したローマの官吏は、ユダヤ側で言うとアグリッパ一世（後四一〜四四年在位）の統治期間までは「プライフェクトゥス」（praefectus）と呼ばれたが、後四四年以降は「プロクラトール」（procurator）に「格上げ」された。〔関連するヨセフスの著作の邦訳では、どちらも「総督」と訳されている。〕

21　使二一27−35。

22　ロマ一五16。

23　ロマ一二1と一五7−13。

24　ロマ一五30–32。
25　使二四22–27。
26　イエスはマコ一一17でイザ五六7から、「わたしの家はすべての異邦人の祈りの家と呼ばれる」という文章を引用している。
27　パウロに対する暗殺の陰謀については、使二三12–22を参照。
28　ロマ一四14。「それ自体として汚いものは何もない。それを汚いと思う人にとって、汚いに過ぎない。」
29　Ⅰコリ八1–13、一〇23～一一1。
30　Ⅰコリ一23。
31　コヘ三11、五18–19参照。
32　雅八6–7。〔ただし、邦訳と多少異なるので要注意〕

第2章

33　〔訳注〕原文は「シュナゴーグ」（ギリシア語）で、「会堂」と同じ。同一の単語「シュナゴーグ」が集会場としての「会堂」を指す場合もあれば、集会そのものを指すこともある。以下、適宜訳し分ける。
34　碑文史料によって、この時代には五つのユダヤ教の集会が存在したことが証言されている――「ヘブライ人の会堂」、「ウェルナクリーの集会」（Vernaculi とは「家内奴隷」、「現地生まれ」の意）、さらに「アウグストゥスに属する者の集会」、「アグリッパに属する者の集会」、「ウォルムニウスに属する者の集会」〔Volumunius は前八年にシリアの総督だった人物〕。
35　〔訳注〕もともとギリシア語で「呼び集められたもの」の意。

36　ディオ・カッシウス『ローマ史』第五九巻二四4（後註51も参照）。
37　アレクサンドリアのフィロン『ガイウスへの使節』§一一八は、「人間が神に変わることよりも、神が人間に変わる方があり得ることだ」と書いている。これはガイウス・カリグラへの批判である。
38　ユダヤ人が古代において哲学的な国民だと見做されていたことについては、ヨセフス『アピオン反駁』第一巻§一七九参照。フィロンによれば、神はユダヤ教徒に命じて、「六日の間は仕事に携わるが、七日目にはそれを休んで、哲学と自然の事物の観察に勤しむようにさせた。とりわけ、先立つ日々によろしくないことをしてしまったのではないかどうか、自分を吟味するように」させた（『十戒について』§九八）。
39　ミカ四1–5、イザ二1–5。
40　コンマゲネーの王エピファネースがユダヤの王ヘロデ・アグリッパ一世の娘と結婚しようとしたとき、彼が割礼を受けることを拒んだために、事が頓挫した。その娘は彼の代わりにエメサの王アジズスと結婚した。こちらは割礼を受け入れたからである（ヨセフス『ユダヤ古代誌』第二〇巻七1、§一三九）。パウロがロマ二29に書いているとおり、割礼は「心の割礼」の意味に解することもできた。
41　ヨセフス『アピオン反駁』第二巻§一六八～一六九を参照。ピュタゴラス、アナクサゴラス、プラトン、およびストア派も神の本質を正しく認識していたかも知れないが、「彼らは僅かな人間たちのためだけに哲学を営んだに過ぎず、自分たちの教える真理を、間違った見解に囚われたままでいる大衆にまで広める勇気を持っていなかった。しかし、われわれの法の宣布者（すなわちモーセ）は自分の行為と言葉を互いに一致させたのである。」
42　Ⅰコリ一28「神は無に等しいもの、見下げられているものを選ばれたのです。」

43 Ⅰコリ一18、23。

44 Ⅰコリ一五28参照。

45 後四九年にユダヤ教徒はローマから追放された。スエトニウスはそのことについて、「ユダヤ人たち（＝限定的に『該当するユダヤ人たち』の意）はクレストスとか言う男に焚き付けられて繰り返し騒ぎを起こしていた者たちだった。彼〔皇帝クラウディウス〕は彼らをローマから追放処分とした（*iudaeos impulsore Chresto assidue tumultantes Roma expulit*）」（スエトニウス『ローマ皇帝列伝』「クラウディウス」二五）。パウロはコリントでアキラおよびプリスキラというユダヤ人夫婦と出会っているが、この二人はその追放当時イタリアからコリントへ移ってきていたのである、「なぜなら皇帝クラウディウスがすべてのユダヤ教徒にローマから立ち去ることを命じていたからであった」（使一八2）。

46 ガラ六15。

47 後四一／四二年頃、すなわちクラウディウスの治世の最初の数年間に、ユダヤ教徒を対象とした「集会禁止令」が発布された。「そのころにはユダヤ教徒がまた増えてしまっていた。その結果、彼らを市内から悶着なしに追放するには、その数があまりに多過ぎた。そこで彼〔クラウディウス〕は追放を見合わせる代わりに、ユダヤ教徒として父祖伝来の生活様式を変更しないことを彼らに命じるとともに、集会を開くことを禁じた」（ディオ・カッシウス『ローマ史』第六〇巻六6）。

48 エルサレムでのその会議は「使徒会議」と呼ばれる。ガラ二1－10、使一五1－35を参照。

49 ロマ一三1－2。

50 ペトロニウスは自分の軍隊を動員して、皇帝の立像を女神ローマの立像と一緒にエルサレム神殿の中に立てるように命じられていた。しかし、彼はその命令の実行を躊躇した。それどころか、その命令の撤回を要求したとさえ言われる。それに対して、ガイウス・カリグラは、ペトロニウスに自死を命じた。しかし、その自死の命令を伝える伝令は、ガイウス・カリグラが暗殺されたことを伝える伝令に、途中で追い越されてしまった。この点については、フィロン『ガイウスへの使節』一九七〜三七三、ヨセフス『ユダヤ戦記』第二巻一〇1-5、§一八四〜二〇三、同『ユダヤ古代誌』第十八巻八1-9、§二五七〜三〇九を参照。〔G. Theißen, Lokalkolorit und Zeitgeschichte in den Evangelien, 152〕

51　ディオ・カッシウス『ローマ史』第五九巻二四4。

52　ガイウスがカッシウス・カレイアスによって殺害されたことについては、ヨセフス『ユダヤ古代誌』第十九巻一12-15、§七七〜一二六を参照。そのカレイアスは後に皇帝クラウディウスによって処刑されたが（同第十九巻四5、§二六七〜二七〇）、ローマの民衆から崇拝された（同十九巻四6、§二七二）。

53　ロマ一四13-23。

54　アンティオキアでの衝突については、ガラ二11-14を参照。

55　ロマ一四1〜一五13。

56　皇帝ティベリウスは大衆食堂の営業を制限した（スエトニウス『ローマ皇帝列伝』「ティベリウス」三四）。クラウディウスは火を通した肉と温湯の提供を禁じた（ディオ・カッシウス『ローマ史』第六十巻六7）。ネロの治世下では、「公の場での祭りの食事は小さな出店に制限された。それまではいつでも食事ができた居酒屋では客に豆料理と野菜以外の火を通した料理を出すことが禁じられていた」（スエトニウス『ローマ皇帝列伝』「ネロ」一六）。

57　Ⅰコリ七19。

58　ロマ二29。
59　ロマ四1-12、特に四9-17を参照。
60　ソロモンの知恵一三1-9（途中を省略している）。
61　〔訳註〕イエス伝承を中心とする聖書の比喩言語と文学・詩との関係（美学的側面）については、G. Theißen, Polyphones Verstehen. Entwürfe zur Bibelhermeneutik, Berlin 2014, 325-408を参照。

第3章

62　〔訳註〕ピネハスについては、後出註66、71、72参照。
63　ロマ一五30-31。
64　使二一27〜二二30。
65　使二三12-22。
66　民二五章。
67　王上一八章。
68　創二二1-19。ガリラヤのユダの一党は「一人の人間を主と仰ぐのを避けるためなら、自分たちの血縁者あるいは友人を殺すことさえ何でもなかった」（ヨセフス『ユダヤ古代誌』第十八巻一6、§二三）。
69　ロマ四13-22。
70　サドカイ派については、マコ一二18-27、使二三8、ヨセフス『ユダヤ古代誌』第十八巻一4、§一六〜一七、同『ユダヤ戦記』第二巻八14、§一六四〜一六五を参照。
71　民二五章。

72　詩一〇六30-31参照。
73　詩六九10。
74　民二五11を参照。
75　コヘ五1。
76　イエスはマコ一一17でイザ五六7を引きながら、「わたしの家はすべての国民のための祈り（ギリシア語「プロセウケー」）の家でなければならない」と語っている。ここに出る「プロセウケー」(*proseuchē*) という概念はしばしばそのままで会堂を表す。
77　パウロにとっては、一つ一つの集会がどれも神の神殿である（Iコリ三16-17）と同時に、一人一人のキリスト者も神の神殿である（Iコリ六19）。
78　マタ一二18／ルカ一一20。
79　マタ一七24-27。
80　使二二19によると、パウロは彼らを会堂で鞭打ちの刑に処した。パウロ自身もIIコリ一一24によると、計五回にわたって「三十九の鞭打ち」を受け、さらに三回にわたる鞭打ちの刑に遭っている。
81　使一七6-7によると、パウロはテサロニケで、こう非難されている――「全世界を混乱に陥れたその者たちが、今やわたしたちのもとへやって来ているのです。……彼らはすべて、皇帝の出す法令に背いていて、『わたしたちには、別の王がいる。すなわち、イエスだ』と言っています。」
82　ユダ・マカバイオスの叛乱は一連のマカバイ記に書かれている。それらは旧約外典に属する。
83　ユダ・マカバイオスは最期の訣別の辞で、「子供たちよ、律法に熱心であれ！……アブラハムは、試練のただ中で忠実と見做され、それが彼の義と数えられたのではなかったか。……われわれの父祖ピネハスは、その熱情の報いとして、永遠の祭司の職を約束されたのではなかったか。……エリヤは律法への熱情ゆえに、天に挙げられたのではなかったか」（Ⅰマカ二50‐58）。

84 大王ヘロデ一世の死後に起きた叛乱については、ヨセフス『ユダヤ古代誌』第十七巻九5‐10、§二七一〜二九八、同『ユダヤ戦記』第二巻四1〜五3、§五五〜七九を参照。二千人の叛徒の十字架刑については、ヨセフス『ユダヤ戦記』第二巻五2、§七五を参照。クィンティリウス・ウァルス（前四七／四六頃〜後九年）は後にゲルマニアで壊滅的な敗北を喫する人物。

85 ガリラヤのユダによるこの納税拒否の抗議運動については、ヨセフス『ユダヤ古代誌』第十八巻一1、§一〜一〇、同『ユダヤ戦記』第二巻八1、§一一七〜一一八を参照。ヨセフスはガリラヤのユダの立場をユダヤ教におけるファリサイ派、サドカイ派、エッセネ派と並ぶ「第四の哲学」と呼んでいる（『ユダヤ古代誌』第十八巻一6、§二三）。

86 〔訳註〕ドイツ語の原語はEiferer。すでに目下の箇所以前にも頻出している。しかし、その大半が反ローマ運動の直接の担い手たちの自称ではなく、部外者の観点から発せられており、多かれ少なかれ否定的な価値判断を含んでいる。したがって、本訳は原則として「狂信者《ファナティカー》」と訳している。しかし、目下の場合、運動の直接の当事者の自称であり、主観的には積極的な価値判断を含むわけだから、「熱情の士」と訳す。以下でも、文脈に応じて適宜訳し分ける。

87 ヨセフス『ユダヤ古代誌』第二十巻五2、§一〇二。

88 テウダ〔抵抗運動の闘士の一人〕は、自分に「ついて来い」と群衆に呼びかけて（後四四〜四六年頃）、ヨルダン川まで連れて行った。そうすれば、そのヨルダンの川の水は、ちょうどかつてエジプトを脱出してきた祖先たちがパレスティナの土地を奪取したとき〔ヨシュ三章〕のように、二つに分かれるだろうと約束した（ヨセフス『ユダヤ古代誌』第二十巻五1、§九七〜九九、使五36も参照）。それとはまた別に、一人のエジプト人が追随者をオリーブ山に集めた（後五二〜六〇年頃）。そうすれば、エルサレムの城壁が、ちょうどかつてのエリコの城壁のように〔ヨシュ六章〕、崩れ落ちるだろうと約束した（ヨセフス『ユダヤ古代誌』第二十巻八6、§一六九〜一七二、同『ユダヤ戦記』第二巻一三5、§二六一〜二六三、使二一38も参照）。さらに、名前の不詳の預言者たちが追随者たちに、砂漠で「しるしと不思議」を見せてやる、それはまるで出エジプトの奇跡がまた新しく起きるみたいになると約束した（ヨセフス『ユダヤ古代誌』第二十巻八6、§一六七〜一六八、同『ユダヤ戦記』第二巻八5、§二五八〜二六〇）。後六〇〜六二年頃には、また一人別の預言者が現れて、自分について来て、もう一回新しい荒れ野の遍歴を実行すれば、「解放」されると約束した（ヨセフス『ユダヤ古代誌』第二十巻八10、§一八八）。

89　シモンはイエスの弟子の一人。ただし、「熱心党員」（ルカ六15「ゼーローテース」＝マコ三18／マタ一〇4「カナナイオス」）という渾名で、シモン・ペトロ〔筆頭弟子〕から区別されていた。パウロは自分で自分のことを「熱情の士」（ガラ一14、フィリ三6）と呼んでいる。

90　このような暗殺のやり方については、ヨセフス『ユダヤ戦記』第二巻一三2、§二五四〜二五五を参照。「彼らは真っ昼間から、しかも街のど真中で人間を殺害した。とりわけ、祝祭の日を選んで群衆の中に紛れ込み、着物の下に潜ませた短剣で、敵を刺し殺した。刺された敵が崩れ落ちると、殺人犯らは騒ぎふためく群衆の一部になり澄ましたのである。ところが、彼らは見た目があまりに朴訥なため、どこにいても疑わしいとはとても思われなかったのである。」

91　クラウディウスはアレクサンドリアの住民に宛てた手紙でユダヤ教徒を尊重することを義務づけると

ともに、ユダヤ教徒には現在の待遇で満足すべきことを命じた。これに関連する本文史料は C. K. Barrett/J. Thornton (Hg.), Texte zur Umwelt des Neuen Testaments UTB 1591, Tübingen ²1991, Nr. 52, S. 55-57.

92 ここに述べた宗教批判は、アテネのクリティアス（前四六〇～四〇三年）およびエウリピデース（前四八〇～四〇六年）にさかのぼるとされる。この点については、Th. Schirren/Th. Zinsmaier (Hg.), Die Sophisten, RUB 18264, Stuttgart 2003, 279-281 を参照。

93 〔訳註〕いささか意訳している。原文は Denn die Wirklichkeit ist eine einzige. である。Wirklichkeit は日常会話では、たとえば「目の前の現実」という脱色された意味で使われることが多い。しかし、著者タイセンがここでこの語に込めている意味はまさに「哲学的」で、「本当にあるもの」の意である。

94 ロマ一二1-2。

第4章

95 偽ロンギーヌス『崇高なるものについて』。R. Brandt (Hg.), Ps.-Longinus, Vom Erhabenen, 1966, 45.

96 これはハインリッヒ・ハイネが『ドイツにおける哲学と宗教の歴史』の序文二で聖書について書いていることである。「神を見失った者は、この書物の中に神を再び見出すことができる。神のことをこれまでまったく知らなかった者には、そこで神の息吹が吹いてくる。」

97 申六4-9。それ以外の本文箇所は出一三8-10、一三11-16、申一一13-21。

98 申一一18。

99 タキトゥス『年代記』第二巻八五4、スエトニウス『ローマ皇帝列伝』「ティベリウス」三六。

100 ガマリエルがパウロの師だったことについては、使二二3による。
101 ヨセフス『ユダヤ古代誌』第十八巻三4、§六六〜八〇による。
102 〔訳註〕古代エジプトの絵画では、ジャッカルの頭部をした姿で描かれる神。もともと冥界の神で、ヘレニズム時代にはヘルメスと習合した。
103 ヨセフス『ユダヤ古代誌』第十八巻三5、§八一〜八四による。
104 ヨセフス『ユダヤ古代誌』第十八巻二3、§三六〜三八を参照。
105 そのためにアウグストゥスはタルソス出身で自分の師でもあったアテノドーロスを派遣していた（ストラボン『ギリシア地誌』第十四巻五13-15）。そのアテノドーロスが企図した改革基本法は、民主政治への民衆の影響力を削いで金持ちの権益を図るものだった。ディオ・クリュソストモス（後一世紀末〜二世紀初め）によると、タルソスでは市民の間に二つの階級があることが知られていた（ディオ・クリュソストモス『講話』三四21-23）。
106 ガマリエルのものとして伝えられる次の訓言を参照――「君たちは彼らから手を引くがよい。彼らのことは放っておけ！　もしこの計画と仕業が人間から出たものならば、失敗するだろう。しかし、もし神からものならば、君たちの手で無にすることはできない。君たち自身が神に敵対する者にならないように気をつけることだ。」（使五38-39）
107 使一一20参照。
108 申二一23。
109 最初のキリスト教徒たちは、当時広範に人口に膾炙していた格言「友人同士はすべてを共有する」を、自分たちの集会に当てはめていた（使二44、五32）。

110 ロマ七17。同七19も参照。

111 エゼ三三11。

112 アレクサンドリアのフィロン『賞罰』一五二。

113 アレクサンドリアのクレメンス『ストロマテイス』第五巻一〇九3＝断片15（若干短縮）。〔原著の表記を補正、断片番号＝H. Diels-W. Kranz (ed.), Die Fragmente der Vorsokratiker I, Zürich (1903), 12. Auf. 1966, S. 132-133〕

114 イザ五五8-9。

115 アレクサンドリアのフィロン『聖なる律法の書の寓喩的解釈』第二巻および第三巻、同『世界の創造について』一五一～一六九。

116 出三14。

117 アレクサンドリアのフィロン『モーセの生涯』第一巻七五からの自由引用。

118 G. Theißen, Glaubenssätze. Ein kritischer Katechismus, Gütersloh 2012, Nr. 43, 76f から引用。

第5章

119 IIコリ一〇10。

120 パウロがコリントでロマ、IおよびIIコリ、ガラの四通から成る書簡集を編んだという仮説は、D. Trobisch, Die Paulusbriefe und die Anfänge der christlichen Publizistik, Gütersloh 1994 によって唱えられている。

121 ガラ一13-17。

122　フィリ三4b‐8。フィリピの信徒への手紙の第三章は、研究上、もともとはそれだけで一つのまとまりだったものが、事後的にこの手紙の中へ編入されたと見做されることが多い。
123　ガラ一8‐9。
124　ロマ三8。
125　Ⅱコリ一一13‐15。
126　Ⅱコリ四4。
127　Ⅱコリ一一3‐4。
128　フィリ三2。
129　ガラ五12。
130　Ⅰテサ二15‐16。
131　ガラ二5。
132　Ⅰコリ一五10。
133　Ⅰコリ一四18。
134　ガラ三28。
135　女性が哲学に勤しむことに関するこの段落は、ムソニウス『哲学講話』三に基づいている。
136　結婚に関するこの段落は、ほぼ文字通り、ムソニウス『哲学講話』一三bからの引用である。この段落についてさらにM. Szarek, Ehe und Askese. Familienethos bei Paulus und Musonius, Münster 2016を参照。
137　Ⅰコリ七3‐4。

138　Ⅰコリ七36―38はここに述べたような意味に解することができる。お互いに自分たちはカップルだと理解し合っている二人が結婚は断念しているのである。そして「禁欲」するのだが、それでもなおカップルなのである。初期教会史の中では、そうしたセックス抜きのカップルのことが明確に証言されている。ただし、それでも子供ができてしまうことがあった。
139　Ⅰコリ七10―16。
140　ガラ六1―4。
141　ロマ九13（マラ一2―3の引用）。
142　ロマ九25―26（ホセ二1の引用）。
143　ロマ一一32。
144　ロマ一一36。
145　Ⅰコリ一五28。万物の和解という考え方の証拠になるさらに別の箇所はロマ五18―19である。この箇所によれば、イエスが「すべての人のために」無罪判決を勝ち取ったとされる。
146　ガラ五13―14。
147　Ⅰテサ二16。
148　ロマ一一26。
149　Ⅰコリ九20―23。
150　セネカは良心のことを次のように説明している。「神は君のすぐ近くにいる。君と共にいる。君の中にいるのだ。だからルキリウスよ、わたしはこう言いたい。われわれの中には聖なる霊が住んでいて、われわれの行いを善しにつけ悪しきにつけて観察し、監視しているのだ。それはわれわれによって扱われる仕方に応じて、それ自身もわれわれを扱うのだ」（セネカ『ルキリウスへの書簡』四一1－2）。

151　マタ一二25、ルカ六43。

152　詩五一12、エレ二四7、エゼ一一19、三六26。

第6章

153　都警長官はローマ市においては皇帝を代理する立場で、行政と警察の責任者であった。ペダニウス・セクンドゥスは後四三年には執政官、同五〇年代にはアジア州の領事（プロコンスル）であった。以下の論述と関連する詳しい分析は J. G. Wolf, Das Senatuskonsultum Silanianum und die Senatsrede des C. Cassius Longinus aus dem Jahre 61 n. Chr., Heidelberg 1988 を参照。

154　タキトゥス『年代記』第十四巻四二～四五は、この殺害事件について次のように報告している。「そのしばらく後に、都警長官ペダニウス・セクンドゥスを一人の家僕が殺害した。その理由は、その奴隷が自分の解放のためにいくら払えばよいかすでに了解がついていたのに、主人のペダニウス・セクンドゥスが依然として解放を実行しないままにしていたためか、あるいは、その奴隷がある男娼に余りに燃え上がってしまい、主人が恋敵であり続けることに耐えられなくなってしまったためなのかは、よく分からない。」

155　該当するのは「執政官シラーヌスによる元老院法」（senatus consultum Silanianum）。後一〇年に発布されたもので、執政官シラーヌスに因んで呼ばれる。この法律は家父長が殺害された場合について、その家に属するすべての家僕が主人を助ける行動を取らなかった罪を問われるとした。ネロの治世には、この法律はさらに過酷なものとされた。つまり、その死刑の適用範囲が、殺害された主人が解放することをすでに遺言に書き留めていた奴隷にまで拡大された。また、殺害された家父長の配偶者に属する奴隷たちも拷問されねばならないことが確定された。トラヤヌス帝（後九八～一一七年）は「仔細を究めた尋問」を家父長が生前に解放していた奴隷にまで拡大した。ハドリアヌス帝（後一一七～一三八年）は逆に適用範囲を縮小して、殺害現場の近くにいた家僕だけを拷問にかけてよいこととした。

156 キケロ『義務について』第一巻一〇33。

157 「十二表法」は前五世紀以降知られているもので、もともとは「フォルム・ロマーヌム」（ローマの中央広場）に十二の板で掲出されていたことに因んで、そう呼ばれ、ローマ法の萌芽とされる。身体に及ぼされた傷害はそれと同じ傷害をもって償われるべきだとするいわゆる「同害報復法」（*ius talionis*）は、当事者間の合意があれば、緩和され得た（十二表法八2）。

158 アリストテレス『ニコマコス倫理学』一一六一b「奴隷は魂のある道具、道具は魂のない奴隷」。

159 タキトゥス『年代記』四二2の報告によると、有罪を宣告された奴隷たちが処刑の場へ引き出されようとしたとき、「あまりにも大勢の無実の奴隷たちを守ろうとして群衆が押し寄せて、事は公の場での騒擾となり、元老院が包囲された。」

160 セネカ『ルキリウス宛書簡』四七。セネカが政治から身を引いたのは、ブッルスの死後の後六二年になってからのことである。目下問題になっている四百人の奴隷の処刑を承認した元老院議会に関する文脈では、セネカの名前は言及されていない。彼がその協議の場にいたのかいなかったのかは不明である。

161 この点は教父ヒエロニュモス『フィレモーン宛書簡』二三、『著名な人々について』五に記された伝承による。

162 使二一23-26を参照。

163 〔訳註〕ロマ一一25参照。この箇所は新共同訳では「異邦人全体が救いに達するまであり」、岩波版新約聖書（青野太潮訳）では「異邦人たちの〔救いの〕満ちる時がやって来るまでのことであって」となっている。これらの邦訳の傍点部を本書の原著者は「異教徒も入る」と訳している。一見ささいな違いと見えるが、意味上の違いは実は大きいことに要注意。邦訳では「達する」あるいは「やって来る」の主語はいささか抽象的に「異邦人全体の救い」あるいは「異邦人たちの〔救いの〕満ちる時」であるが、タイセンの読解ではきわめて具体的かつ場所的に「異教徒がエルサレム神殿の境内に入る」ということである。この点についての詳しい論述はG・タイセン『イエスとパウロ――キリスト教の土台と建築家』日本新約学会訳、教文館、二〇一二年、二三九頁、G. Theißen/P. von Gemünden, Der Römerbrief. Rechenschaft eines Reformators, Göttingen 2016, 114, 282, 316-318, 324 他随所を参照。

164 使七54–60によると、パウロはステファノの石打刑の現場にいたことになっている。

165 使徒言行録は前後三回にわたってパウロの回心の次第を物語っている。使九1–30、二二3–21、二六9–20。

166 Ⅱコリ四6。

167 イザ四三1参照。

168 Ⅱコリ三6。

169 出二一1–6、レビ二五39–46、申一五12–18。

170 〔訳註〕著者タイセンは、ローマの信徒への手紙で順に繰り広げられる四つの救いの観念（業による救い、信仰による救い、変容による救い、選びによる救い）をパウロの神学的発展の履歴書と見ている。詳しくはDer Römerbrief. Rechenschaft eines Reformators, Göttingen 2016を参照。なお、この著作については廣石望訳が教文館から刊行予定である。以下のパウロの発言はこの順番に沿っている。

171 ロマ一18〜三20。

172 ロマ二11。

173 ロマ三21〜五21。

174 ロマ六〜八章。

175 マタ一二33―35／ルカ六43―45参照。

176 ロマ九〜一一章。

177 ロマ九25＝ホセ二25。

178 ロマ一一26。

179 ロマ五12―21。

180 フィリ二5―11による。これは通称「フィリピ書の賛歌」と呼ばれる箇所で、もともとは原始キリスト教の中に非常に古くから伝わっていた賛歌だと考えられている。

181 ここでわたしはカール・バルトの言う「救いと滅びの二重の予定」説に従っている。K. Barth, Kirchliche Dogmatik, II, 2, Zürich ^{3}1959, 1-563参照。曰く、神はキリストにおいて自らに棄却を選ぶ。それはすべての人間にとって選びが効力を生じるためである。

182 ロマ一二〜一五章。

183 タキトゥス『年代記』第一五巻四四4は「人類憎悪」をもってキリスト教徒を批難している。しかし、同『歴史』第五巻五1では、同じ批難をユダヤ教徒に向けている。

184 「それ（黄金時代）は法律もないまま、己の欲するところにしたがって、誠実と正義を守っていた。

刑罰も恐怖もまだ見る影もなかった」（オウィディウス『変身物語』第一巻八九〜九二）。

第7章

185 ロマ二1-3。
186 アウグストゥス『業績録』一三。
187 この演説はタキトゥス『年代記』第十四巻四三〜四四を敷衍したもの。
188 アリスティデス『弁明』第十五巻4-9。ただし、人称を一人称複数形に変更し、若干の短縮も施している。
189 コヘ四1-4。
190 箴二四11-12。
191 Iコリ一20。
192 セネカに対して開かれた裁判で、スイッリウス他がこう言って彼を咎めている。「いかなる知恵、いかなる哲学説があればとて、皇帝の贔屓を得ていたわずか四年ばかりの間に、三十億セルティウスもの富を積み上げることができたのか？」（タキトゥス『年代記』第十三巻四二4）。
193 タキトゥス『年代記』第十四巻一〜九、スエトニウス『ローマ皇帝列伝』「ネロ」三四。
194 アリストテレス『政治学』第一巻二4-5は、理性を具えた人間と体力を具えた人間を区別している。後者は自然の本性からして奴隷、前者は自然の本性からして支配者だと言う。
195 ガラ三28。
196 アレクサンドリアのフィロンはエッセネ派について、「彼らの間に奴隷はおらず、全員が自由人である」（『自由について』七九）と書いている。エッセネ派の一部であったクムラン教団はユダヤ人だけを受け容れた。もし彼らの間に奴隷身分の者がいれば、彼らは七年後には解放されねばならなかった。つまりこの教団では、すべての奴隷が一定期間後に自由になった。わたしが見るところでは、奴隷制を根本的に拒絶していたことが（外部者によって）証言されているのは、世界史の中でもこのエッセネ派が最初である。

第8章

197　四百人の奴隷たちがどこで一斉に処刑されたのかは不明である。ネロはマルスの野に木造の円形劇場を建築していたが、そのような大量処刑には小さすぎたはずである。

198　タキトゥス『年代記』第十四巻四五1の報告によると、四百人の奴隷の一斉処刑はすぐには決行されなかった。「それは群衆が大きくなって、投石と放火で威嚇に出たからである。そこで皇帝は勅令を出して民衆を咎め、囚人たちが処刑場へ引かれて行く道筋全体に歩哨を隙間なく配置して封鎖した。」

199　Ⅱコリ一3-7による。

200　フィリ二5による。

201　フィリ二5-11による。これは原始キリスト教に古くから伝わっていた賛歌である。

202　ルカ二1-21。

203　マタ二1-23。

204　ロマ八22。

205　ロマ八26。

206　Ⅰコリ一26−29。
207　マコ一五34。
208　ロマ八36＝詩四三23（七十人訳〔ギリシア語訳旧約聖書〕による）。
209　ロマ一四7−8。
210　ロマ一五2−3。
211　ロマ八7。
212　このことは原始キリスト教にも知られていた。ローマのクレメンス『コリント人への第一の手紙』五五1を参照。
213　ロマ八34。
214　レビ一六20−22。
215　G. Theißen, Glaubenssätze. Ein kritischer Katechismus, Gütersloh 2012, Nr. 112m S. 192.〔G・タイセン『原始キリスト教の心理学――初期キリスト教徒の体験と行動』大貫隆訳、新教出版社、二〇〇八年、四三二頁以下も参照〕
216　ロマ八37−39。
217　後二世紀の中葉のモンタヌスの言葉より。彼の語録は原始キリスト教内の預言者のものとしては現存する数少ないものの一部である。「わたしは主である」はそうした預言者の自己提示の定式である。エピファニオス『薬籠』第四八章一一1を参照。
218　エピファニオス『薬籠』第四八章四1。
219　ヨハネ黙示録でバビロンに向けて為されている禍の宣告は、ローマに宛てられたものである。その最初のものは黙一八10にある。
220 黙二一3‐4による。
221 『パウロとテクラの行伝』3、5。
222 Iコリ七29。
223 マコ一〇6‐9。
224 Iヨハ四16。
225 Iコリ一六22と『十二使徒の教え』一〇6による。「マラナタ」はアラム語で「主よ、来り給え！」の意。
226 コヘ一14。
227 コヘ九9。
228 プラトン『ゴルギアス』四八二C〜四八四Cでカリクレースが定式化する命題を参照。
229 これはF・ニーチェがユダヤ教とキリスト教のエートスを指して作り上げた概念である。たとえば『道徳の系譜』七参照（F. Nietzsche, Sämtliche Werke, KSA 5, 268）。とりわけパウロこそは、世の中で善かつ強いものとみなされたあらゆるものの価値を剥奪した「復讐の使徒」であったと言う。
230 ガラ四5‐6、ロマ八14。
231 使二〇35。
232 マタ五9。
233 〔訳註〕G・タイセン『イエス運動の社会学――ある価値革命の社会史』廣石望訳、新教出版社、二〇一〇年の特に第四章（G. Theißen, Die Jesusbewegung. Sozialgeschichte einer Revolution der Werte,

Gütersloh 2004, 248-268）を参照。

234 マケドニアの王アンティゴノス・ゴナタスに関して伝わる言葉（アエリアノス『奇譚集』第二巻20）。

第9章

235 出一1-22。

236 出二〇2。

237 ユダヤ教徒はすでにバビロン捕囚からの帰還〔前五三九年〕を新しい出エジプトとして経験した。イザ四〇〜五五章参照。

238 マタ五43-48。

239 セネカ『善行について』第四巻二六1。

240 創一26-27。

241 医者のガレーノスはギリシア哲学とユダヤ教の神信仰の間にあるこの違いに気づいていた。彼の著作『肢体の有用性について』（後一七〇頃）を参照。

242 エレ三一29-30、エゼ一八1-32。

243 前四九四年、平民党は借金棒引きの約束を取り付けることとの引き換えで戦闘義務を果たした。しかしこの約束が破られたとき、彼らはローマから退去して、帰還を拒絶した。そのときメネニウス・アグリッパが胃と肢体の寓話を用いて、平民党を話し合いの席に着かせた。それ以降、元老院では護民官が彼らの意向を代弁することになった（リウィウス『都市ローマの歴史』第二巻三二）。

244 エゼ一八32。

245 出三二章。
246 出三三19。
247 〔訳註〕以下の神義論に関する段落についてはG・タイセン『原始キリスト教の心理学』三七一頁以下も参照。
248 創三1–24。
249 創四1–26。
250 創六章。
251 Iコリ一三章。ドイツ語原著における翻訳はG. Theißen, Die Weisheit des Urchristentums, München 2008, 16f. による。
252 エピクテトス『倫理教本』五。「事物それ自体が人間を不安にさせるわけではない。それに対する人間の判断と見解がそうさせるのだ。」また同書一六も参照。
253 〔訳註〕以下の「結婚哲学」についての段落に関しては、G・タイセン『原始キリスト教の心理学』六一六頁以下も参照。
254 ルツ一16–17。
255 ロマ一24–29。
256 この心の自然体の祈りは、もともとおそらくは神学者ラインホルト・ニーバー（一八九二～一九七一年）にさかのぼる。その点については、E. Goldberg, Geschichte des Gelassenheits-Gebetes, Goch 2010を参照。この祈りはストア派哲学からの伝統に影響されている。エピクテトス『倫理教本』§一は「われわれの力の内にあるものとそうではないもの」の区別から始まっている。

第10章

257　以下の要約はエフェソの信徒への手紙に含まれる重要な観念をまとめたものである。この手紙は研究上はパウロ自身によってではなく、彼の弟子の一人によって書かれたものとされている。そこでは、トラブルメーカーのパウロが平和の建設者に変わっている。

258　後二〇〇年頃のローマで匿名の人物がキリスト教徒を侮蔑するために行った落書きが残っている。それにはロバの頭部をして十字架で処刑された人間をキリスト教徒が拝んでいるところが描かれている。その下部には「神様を拝むアレクサメノス」という書き込みがある。M. Küchler, Jerusalem, Göttingen 2007, 424, Abb. 226を参照。〔この落書きとの関連で、テルトゥリアヌス『護教論』一六9を参照。この箇所でテルトゥリアヌスは、競技場での猛獣使いとして雇われた一人の男がDEUS CHRISTIANORVM ONOKOITES（＝ONOKOITES）「キリスト教徒の神、ロバの秣桶に寝ている者」と銘打って、「ロバの耳をもち、片足にひづめがあり、手に書物をもち、トーガを着て」いる男の絵を掲げて観衆の嘲笑を掻き立てた事件があったことを報告している。鈴木一郎訳、教文館、一九八七年、四七頁参照。〕

259　Iコリ一一24–25。聖餐式のパンとぶどう酒のサクラメントの解釈については、G. Theißen, Veränderungspräsenz und Tabubruch. Die Ritualdynamik urchristlicher Sakramente, Münster 2017を参照。〔G・タイセン『原始キリスト教の心理学』五一六頁以下も参照〕

260　ディオ・カッシウス『ローマ史』第三七巻三〇3。

261　この「人肉喰らい」という誹謗は、テルトゥリアヌス『弁明』七〜八、アテナゴラス『嘆願使節』三、三五、ユスティノス『第一弁明』二六から知られる。

262　ぶどう酒に代えて水を使った聖餐式については、初期キリスト教のさまざまな系譜の中に多数の証言がある。とりわけ外典使徒行伝を参照のこと。
263　出二〇1-2。
264　ガラ五1、13。
265　マコ一二29-31による。
266　Iコリ一三13。
267　Iヨハ四16。
268　以上の告別の場面について、わたしはJ・W・ゲーテが一七八一年三月一二日付でシャルロッテ・フォン・シュタインに宛てた手紙（Nr. 240）から着想を得ている。ゲーテはそこで自分を彼女と結び合わせてくれるようなサクラメント（礼典）があってくれればという願望を表明している。「ユダヤ人には祈る時に両腕に巻き付ける紐があります。わたしもそれを真似てあなたの美しいリボンを腕に巻きながら、わたしの祈りをあなたに送ります。」
269　〔訳注〕直前の引用文における傍点部に要注意。
270　ロマ三29-30。
271　Iコリ八6。
272　エピクロスの第二原則。ディオゲネス・ラエルティオス『ギリシア哲学者列伝』第十巻一三九。
273　エピクロスのメノイケウス宛書簡。ディオゲネス・ラエルティオス『ギリシア哲学者列伝』第十巻一二三。
274　Iヨハ四18。

275 Ｉテサ五21–22。

第11章

276 ネロはローマの大火の後、自分が優れた危機管理者であることを演出した。住宅と食料を供給し、街は予め火事対策を備えた形で再建させた。

277 ネロのキリスト教徒迫害は後六四年のことである。パウロがこの迫害で初めて処刑されたのかどうかは不詳である。

278 イザ二九1–8。

279 タキトゥス『歴史』第三巻七一～七七が示唆するところでは、その責任はウェスパシアヌスの軍隊が彼の息子ドミティアヌスの指揮下に行った所業に帰される。

280 この点については H. Schwier, Tempel und Tempelzerstörung, NTOA 11, Freiburg Schweiz/ Göttingen 1989 を参照。

281 この点ではマルコ福音書も同じ解釈である。この福音書は、わたしの見方では、神殿崩壊後間もない頃に書かれたものである。

282 スエトニウス『ローマ皇帝列伝』「ドミティアヌス」一二2。

283 皇帝ネルウァ（後九六～九八年在位）は「ユダヤ税の陰険なやり方は廃止された」（FISCI JUDAICI CALUMNIA SUBLATA）という銘の入った貨幣を鋳造させた。

284 これは後九五年の事件であった。ディオ・カッシウス『ローマ史』第五七巻一四1–2を参照。

285 ローマ市の南地区にあるキリスト教の地下礼拝室にはフラウィア・ドミティラの名前が付けられてい

る。おそらく彼女はキリスト教の集まりを保護した「女庇護者」であったと思われる。

286 タキトゥスの『年代記』は『歴史』よりも後に、トラヤヌス帝の治下の後一一〇年以降に公刊された。その正確な刊行年は不詳である。

287 タキトゥス『年代記』第十四巻四五1-2を敷衍している。

288 タキトゥス『年代記』第十五巻四四2-5。タキトゥスは大火がネロの唆しによるものであったことを疑っている。彼はその趣旨の噂があったことについて語っているに過ぎない。火事は一旦鎮火したがその六日後に、ネロと極めて近い立場にあった親衛隊長官ティゲリヌスの敷地から改めて出火した。そのことが前述の噂の原因となったか、あるいはそれを強めたのかも知れない。それに対して、スエトニウスはネロ自身が火事の原因者であると確信していた(『ローマ皇帝列伝』「ネロ」三八)。キリスト教徒への迫害をローマの大火と結びつけているのはタキトゥスだけである。スエトニウス(『ローマ皇帝列伝』「ネロ」一六2)はキリスト教徒が処刑されたことを報告するが、その文脈はネロの善行(ママ)を掻き集めている箇所である。

289 G・E・レッシング『賢者ナタン』第四巻七では、妻と七人の子供をキリスト教徒に殺害されたナタンがこれと似た言葉を発している。

290 詩九〇1-8。

291 IIコリ三6。

292 カトーは前四六年、共和制派の軍隊が壊滅的な敗北を喫した後で自殺した。ブルートゥスとカッシウスは前四二年のフィリピにおける戦役に敗北した後自殺した。

293 エピクテトスの次の論述を参照。「君は忘れてはいけない。門は常に開いているのだ。幼い子供のように愚かであってはならない。彼らは、ある遊びが気に入らないと、僕はもう一緒にやらない、と言う。君の言い分もそれと同じだ。もし何かに耐えられなくなると、わたしはもう一緒にやらない、と言って、何処か他へ行ってしまう。」(『探求』第一巻二四20)

294 Gnomologium Vaticanum〔ヴァティカン箴言録〕Nr. 9. R. Nickel (Hg.), Epikur: Wege zum Glück, Düsseldorf/Zürich 2005, S. 135による。

295 雅八6-7。

296 Iヨハ四16。

297 Iヨハ四16。〔以上の「幻視」に関する段落については、G・タイセン『原始キリスト教の心理学』一八六頁以下も参照。〕

298 ロマ八1。

299 詩一三九1-12。

300 〔訳注〕以上の段落には、著者が長年にわたって自然科学と交わしてきた対話が前提されている。その一端としてG. Theißen, Biblischer Glaube und Evolution. Der antiselektive Indikativ und Imperativ, in: ders., Von Jesus zur urchristlichen Zeichenwelt, Göttingen 2011, 188-237を参照。

301 〔訳注〕神への愛の戒めはマコ一二30ではイエスが、同33ではイエスへの質問者が、それぞれ申六5から引用している。その際、とりわけイエスによる引用では「理性」(新共同訳「思い」)が出てくるが、引用の出典であるギリシア語訳旧約聖書の該当箇所にはこれに厳密に並行する文言が見当たらないということ。この小説中の場面としては、前出三七五~三七六頁のハンナの台詞を参照のこと。

302 キリスト教の集会の現状について疎い読者の方々のために付記するが、以下に述べる批判点はほとんどの教会においてすでに改善されているか、議論されていることである。

303 〔訳注〕ちなみに、G. Theißen, Von Jesus zur urchristlichen Zeichenwelt, Göttingen 2011, S. 53 には次のような文章がある。「人間と宇宙との間には、〔進化論で言う〕『適応』によって成立したのではない一致があるはずである。例えば、事実、自然が複雑な数学的定式に従っているのだとして、それに『適合する』数学は、われわれの脳が客観的な世界に『適応』することによって生命体としての生き残るチャンスを高めるためのものだ、ということにはなり得ない！　ここでわれわれは、人間と宇宙の間にある根源的な親和性に直面しているのである。それゆえ、宗教はただ単に、客観的な現実への二次的な『適応』に過ぎないのではなく、もともとわれわれ自身の内部にある一定の超越的なはたらき（Aktivität）の表現でもあるのである。そのはたらきこそが、そもそも現実を経験可能なものとしてくれるのである。そのはたらきのカテゴリーは、あり得べきすべての世界に妥当するのである。われわれの理性と現実の基礎構造（Grundstrukturen der Wirklichkeit）の間には、動態的な親和性が存在するに違いないのである。」

304 マコ五32、一九9。

305 Ⅰコリ七15。

306 Ⅰコリ一四29。

307 ロマ一三3。

308 エピクロスの原則三一。ディオゲネス・ラエルティオス『ギリシア哲学者列伝』第十巻一五〇による。

訳者あとがき

本書はG. Theißen, Der Anwalt des Paulus, Gütersloh 2017の全訳である。著者のG・タイセンは一九八〇年から二〇〇八年までハイデルベルク大学神学部で新約聖書学担当の正教授を務めた。定年退職後から現在まで同大学名誉教授、ハイデルベルク学士院会員である。二〇一〇年九月に日本聖書学研究所が創立五〇周年を迎えたのを機に来日し、一連の講演を行っている。それらの講演は『イエスとパウロ――キリスト教の土台と建築家』（日本新約学会編訳、教文館、二〇一二年）という単行本として公にされている。それ以外の著作についても数冊の邦訳があるので、著者の人物と研究歴についてはすでにご存知の読者が少なくないはずである。したがって、ここで同じ紹介を繰り返すことは控えたい。むしろ、著者自身が定年退職を機に記した「新約聖書研究四十年　一九六九年～二〇〇九年――わたしの研究歴を振り返って[i]」という一文中の経歴の段落を翻訳して、この「訳者あとがき」の末尾に掲出することにしたい。そこから明瞭に読み取られることであるが、著者が歩んできた道はエリート研究者のストレートな経歴とは相当に異なり、学術研究の領域の境界、職業の境界、国の境界を越えてきた道のりである。著書の六十五歳を記念して刊行された祝賀論文集のタイトルが『新約聖書における越境[ii]』となっているのはそのことを指している。最近の私信では、著者自身も「越境者」を自認している。

著者タイセンの著作は膨大な数に上り、多くの外国語にも翻訳されている。二〇一一年までについては、著者自身が前掲の一文を補充・拡大して公にした際にまとめた報告がある。その報告は方法論および研究対象の観点から項目に分けて行われている。ここではその後現在（二〇一七年）までの実績を補充した上で一覧に供してみよう。ただし、各種の学術誌や他の研究者への祝賀論文集などに寄稿した個別論文まで含めるのでは、あまりに多数に上り、とても枚挙に暇がない。したがって、著者自身の手によって単行本として公にされているものに限定することにする。[iii]

1. 原始キリスト教文学史

- 『原始キリスト教の奇跡物語——共観福音書の様式史的研究によせて』（Urchristliche Wundergeschichten. Ein Beitrag zur formgeschichtlichen Erforschung der synoptischen Evangelien, Gütersloh 1974, 7. Aufl. 1998）
- 『新約聖書——歴史・文学・宗教』大貫隆訳、教文館、二〇〇三年（Das Neue Testament, München 2002）
- 『文学史の問題としての新約聖書の成立』（Die Entstehung des Neuen Testaments als literaturgeschichtliches Problem, Heidelberg 2007）

2. 原始キリスト教の社会学

- 『イエス運動の社会学——原始キリスト教成立史によせて』荒井献・渡辺康麿訳、ヨルダン社、一九八一年（Soziologie der Jesusbewegung. Ein Beitrag zur Entstehung des Urchristentums, München 1988, 7. Aufl. 1997）

- 『イエス運動の社会学――ある価値革命の社会史』廣石望訳、新教出版社、二〇一〇年（Soziologie der Jesusbewegung. Sozialgeschichte einer Revolution der Werte, Gütersloh 2003）
- 『原始キリスト教の社会学』渡辺康麿訳、ヨルダン社、一九九一年（Studien zur Soziologie des Urchristentums, Tübingen 1979, 3. Aufl. 1989）

3. 原始キリスト教史

- 『福音書における地方色と時代史――共観福音書伝承史によせて』（Lokalkolorit und Zeitgeschichte in den Evangelien. Ein Beitrag zur Geschichte der synoptischen Tradition, Fribourg/Göttingen 1989, 2. Aufl. 1992）
- 『イエスとパウロ――キリスト教の土台と建築家』日本新約学会編訳、教文館、二〇一二年（Jesus und Paulus. Grundstein und Architekt des Christentums）

4. 原始キリスト教の心理学

- 『パウロ神学の心理学的側面』渡辺康麿訳、教文館、一九九〇年（Psychologische Aspekte paulinischer Theologie, Göttingen 1981, 2. Aufl. 1993）
- 『原始キリスト教の心理学――初期キリスト教徒の体験と行動』大貫隆訳、新教出版社、二〇〇八年（Erleben und Verhalten der ersten Christen, Gütersloh 2007）

5. 史的イエス

- 『イエスの影を追って』南吉衛訳、ヨルダン社、一九八九年（Der Schatten des Galiläers. Historische Jesusforschung in erzählender Form, München 1986, 20. Aufl. 2007）

- 『史的イエス』（アネッテ・メルツと共著：Der historische Jesus, Göttingen 1996, 3. Aufl. 2002）
- 『イエス研究における真正性の判断規準の問題――差異規準から妥当性規準へ』（ダグマール・ウィンターと共著、Die Kriterienfrage in der Jesusforschung. Vom Differenzkriterium zum Plausibilitätskriterium, Göttingen/Freiburg-Schweiz 1997）
- 『歴史上の人物としてのイエス』（Jesus als historische Gestalt. Beiträge zur Jesus-forschung, Göttingen 2003）

6. 原始キリスト教の理論

- 『批判的信仰の論拠――宗教批判に耐え得るものは何か』荒井献・渡辺康麿訳、岩波書店、一九八三年（G. Theißen, Argumente für einen kritischen Glauben oder—Was hält der Religionskritik stand?, München 1978）
- 『進化論から見た聖書の信仰』（Biblischer Glaube in evolutionärer Sicht, München 1984）
- 『最初期キリスト教徒の宗教――原始キリスト教の理論』[iv]（Die Religion der ersten Christen. Eine Theorie des Urchristentums, Gütersloh 2000, 2. Aufl. 2002）

7. 研究史

- 『一九四五年以前と以後における新約聖書学――カール・ゲオルグ・クーンとギュンター・ボルンカム』（Neutestamentliche Wissenschaft vor und nach 1945. Karl Georg Kuhn und Günther Bornkamm, Schriften der Philosophisch-historischen Klasse der Heidelberger Akademie der Wissenschaften 47, Heidelberg 2009）

8. 実践神学

- 『開かれた戸——説教のための聖書テクスト』（Die offene Tür. Biblische Variationen zu Predigttexten, München 1990, 2.Aufl.1992）
- 『光の痕跡——説教と聖書研究』（Lichtspuren. Predigten und Bibelarbeiten, Gütersloh 1994）
- 『信仰の記号言語——今日における説教のチャンス』（Zeichensprache des Glaubens. Chancen der Predigt heute, Gütersloh 1994, 2. Aufl. 2001）
- 『命のしるし——瞑想と説教』（Lebenszeichen. Meditationen und Predigten, Gütersloh 1998）
- 『救いの比喩——説教と瞑想』（Erlösungsbilder. Predigten und Meditationen, Gütersloh 2002）
- 『聖書への動機づけ——開かれた聖書教育の課題・内容・方法』（Zur Bibel motivieren. Aufgaben, Inhalte und Methoden einer offenen Bibeldidaktik, Gütersloh 2003）
- 『プロテンスタントのアクセント——説教と瞑想』（Protestantische Akzente. Predigten und Meditationen, Gütersloh 2008）
- 『原始キリスト教の知恵』（Die Weisheit des Urchristentums, München 2008）
- 『信仰への断章——批判的教理問答』（Glaubenssätze. Ein kritischer Katechismus, Gütersloh 2012）
- 『現臨する変容とタブー破り——原始キリスト教の礼典儀礼の力学』（Veränderungspräsenz und Tabubruch. Die Ritualdynamik urchristlicher Sakramente, Berlin 2017）

9. 解釈学

- 『多声的理解——聖書解釈学の見取り図』（Polyphones Verstehen. Entwürfe zur Bibelhermeneutik,

Berlin 2014)

10. 釈義的註解

• 『ローマ書簡――宗教改革者パウロの釈明』（ペトラ・フォン・ゲミュンデンと共著、Der Römerbrief. Rechenschaft eines Reformators, Göttingen 2016)

従来の新約聖書学は、緒論学、時代史、釈義と註解、聖書神学、倫理、解釈学などに下位区分されて行われるのが通常であった。この業績一覧があますところなく明らかにしているように、著者の業績はその下位区分をほとんどカバーすると同時に、方法論的にはそれぞれの領域で新たな挑戦を果敢に試みている。わずかに新約聖書倫理の分野でのみ、単行本が未だ存在しないが、すでに一連の著作で論題としては繰り返し取り上げて論じられているから（特に項目4）、おそらく今後間もなくしかるべき形の単行本が現れることであろう。こうした著者の研究はもはや新約聖書学という枠組みで括ることができないと言うべきである。とりわけ項目6の著作の論述にはほとんど組織神学の趣がある。また項目8の実践神学への積極的な関与にも目を見張るものがある。とりわけ、『信仰への断章――批判的教理問答』は刊行直後から教会の枠を越える広範な読者の間で大きな反響を呼んでいる。

最後に本書『パウロの弁護人』について言えば、巻頭の「はじめに」にも記されているとおり、項目10に挙げた『ローマ書簡――宗教改革者パウロの釈明』が終始下敷きになっている。これは純然たる専門書で、ローマの信徒への手紙の本文を基本的には順に分析しながら論述が進む点で註解的な著作であり、著者自身も新しい経験であったと述懐している。それまで著者のパウロ研究は項目3、4、6、9などで長年にわたって蓄積されてきていたのであるが、それらの研究成果を集大成する著作である。本書はその専門書を一般読者向けに小説形式に盛り直している点で、項目5に挙げた『イエスの影を追って』(南吉衛訳、ヨルダン社、一九八九年)の姉妹篇に当たる。

ただし、一読して明らかであるが、読者が受ける印象は『イエスの影を追って』とかなり異なるはずである。物語の場面はローマに移送後のパウロの最後の日々に限られているから、事件の連鎖から成る物語性《ストーリー》は『イエスの影を追って』に比べてはるかに乏しい。わずかに、(一)主人公エラスムスとユダヤ人女性ハンナの間の恋愛、(二)四百人の奴隷たちの一斉処刑とそのために法学者カッシウス・ロンギーヌスが果たす役割、そして(三)皇帝ネロの治世下で起きたローマの大火とハンナおよびパウロの死が軸となる三つの事件である。その代わりに、パウロの思想遍歴をめぐって登場人物たちがそれぞれの見解を繰り広げる台詞劇の趣が強くなっている。しかし、それらの台詞には、パウロの青年期、修業時代、狂信者としての前歴、復活のイエスとの出会い、その後の宣教活動における葛藤、パウロの神学(信仰義認論、神論、キリスト論、供犠論、贖罪論、聖餐論、終末論)など、著者がそれまでのパウロ研究で蓄積してきた認識が見事に組み込まれている。それのみならず、時代史研究(前掲項目3)や実践神学にかかわる著者の提言も繰り返し盛り込まれていることも、注意深い読者はすぐに気づかれるであろう。とりわけ、結婚と性をめぐって、また宗教と政治の場での狂信主義《ファナティスムス》をめぐって登場人物たちが交わすやりとりには、著者が昨今の結婚のモラルと国際的な政治・宗教情勢によせる切実な関心が色濃く反映している。登場人物たちの台詞に著者から読者への直接的なメッセージが込められていることは、その他にも随所で感じられるであろう。

最後に、翻訳に当たったわたしの個人的な感想をおゆるしいただくならば、本書には、それらすべての点を含めて、著者のこれまでの研究と思索、そして実人生のすべてを凝縮させた「遺言」の趣がある。その印象は本書の結びを冒頭の献辞と合わせて読むときに、ひときわ強い。結びでは、年老いた主人公エラスムスが友人フィロデームス宛に長い手紙を認め、自分の孫たちが成人するまでそれを「保管」してくれるように頼んでいる。大人になった孫たちがそれを読んで、祖父が懸命に志したところが何であったかを分かってくれることに希望を託している。それが「保管」される間、主人公はもちろんまだ生き続ける。他方、冒頭の献辞では、著者タイセンが五人の孫たちに本書を献呈している。もちろん著者もまたなお生き続ける。それどころか、おそらく引き続き多くの著作を世に送り出すことであろう。しかしそれは本書が「保管」されてゆく時間であって、本書が著者の遺言であることに変わりはないであろう。

著者はわたしの求めに応じて、まず二〇一七年五月初めに、原著の第一次草稿を電子データで閲覧に供してくれた。その後の改稿を経た最終決定稿は同年七月半ばに完成され、ドイツの版元へ送付された。本訳はその最終決定稿に基づいている。ドイツ語原著が正式に刊行されたのは同年十月にフランクフルトで行われた書籍見本市においてであるが、最終決定稿はそれとまったく同一であることをお断りしておく。公刊前の原稿を読ませてくれた著者の友情と親切に深く感謝したい。版元の教文館の渡部満社長と出版部の髙橋真人さんには、本訳の企画段階から刊行までさまざまなお力添えをいただいた。厚くお礼を申し上げたい。

二〇一七年一〇月

大貫　隆

i　G. Theißen, 40 Jahre Arbeiten zum Neuen Testament 1969-2009. Ein Werkbericht über meine Arbeiten; in ders., Von Jesus zur urchristlichen Zeichenwelt, Göttingen 2011, 15-68, bes. 15-18.

ii　P. Lampe/H. Schwier (Hg.), Neutestamentliche Grenzgänge. Symposium zur kritischen Rezeption der Arbeiten Gerd Theißens, Göttingen 2010. なお、著者七十歳を記念する祝賀論文集も刊行されている。Jesus—Gestalt und Gestaltungen. Rezeptionen des Galiläers in Wissenschaft, Kirche und Gesellschaft, hrsg. von P. von Gemünden, D. G. Horell und M. Küchler, Göttingen 2013.

iii　以下の一覧と分類はあくまで私（大貫）の責任によるものであり、完全さを主張するものでもない。

iv　「原始キリスト教の理論」というのは一見するだけでは分かりにくい。タイセン自身の説明によれば、それは伝統的な用語法では「新約聖書神学」と呼ばれるものを強く宗教学的な観点から補正したものでて分析される。ある。すなわち、伝統的な「新約聖書神学」は新約聖書の「内側からの視点」に一面的に自己同一化して叙述されるが、「宗教の理論」は「外側からの視点」を取り込んで二つの視点の統合を試みる。いわゆる「宗教批判」が「外側からの視点」に一面的に一体化していることも、「内側からの視点」との統合によって乗り越えようとするわけである。たとえば、原始キリスト教全体は一つの「記号体系」として分析される。

付録　著者の経歴

G・タイセン「新約聖書研究四十年　一九六九年〜二〇〇九年――わたしの研究歴を振り返って」より抜粋（『イエスから原始キリスト教の記号世界へ』二〇一二年、一五〜一八頁所収）

わたしは一九四三年にラインラント(i)に生まれた。父は数学と物理学の教師だった。母は福祉介護士で一九四六年に四人の子供を残して亡くなった。そのとき、父はまだ戦後の捕虜生活のただ中であった。しかし四人の子供はその後恵まれた環境の中で育った。

ギュムナジウムの後半段階のわたしはカール・ヤスパースとマックス・ウェーバーの著作を読んで深い感銘を受けた。それに動機づけられて、社会学と心理学の研究を志すようになった。しかし父親はそれに反対だった。それは喰いあぶれる道だという意見であった。わたしは最終的には自分自身の決断と経験に基づいて、神学とドイツ語・ドイツ文学研究（Germanistik）の道に進み、牧師と教師の職を目指すことにした。一つではなく二つの職業に携わることを志したのは、そうすることでより多くの自由が約束されるように思われたからである。

父親自身は大学を十二学期かけて修了していた。そのため公平を期して、わたしにも同じ学期数だけ大学で勉学することを経済的に保証してくれた。それはボン大学に在学中に新約聖書学の領域で学位請求論文を書くのに十分だった。その学位論文は一九六八年に脱稿した。学位論文の基になったのはそれ以前にゼミの単位取得のために書いていた論文で、ルカの二部作をヘブライ人への手紙と比較するものであった。しかしその比較はあまり明瞭な結論に導くものではなかったので、一部だけを学位論文でさらに発展させることにした。[ii] その学位論文でのわたしは、ヘブライ人への手紙に見られる天上の礼拝という観念を取り上げ、これがキリスト教徒が地上で行っている礼拝への批判を意図するものであると解釈した。しかし今から振り返れば、改革派に属するわたし自身がこの手紙に見られる儀礼的な敬虔主義に対して抱いていた留保を、おそらく過度に読み込み過ぎていたのだと思われる。この手紙の著者は、儀礼に対して抱いていた過剰な期待が失望に終わったため、天上の礼拝というものの価値を高めることでその失望を乗り越えようとしている。さらに彼は読者がその天上の礼拝を目指してこの世という荒野を歩み続けるように動機づけている。また地上的なものは間もなく消滅し、ただ天上にある真の現実性だけが残されるという未来的終末論を活性化させている。そのようにして著者はただユダヤ教の儀礼のみならず、あらゆる形態の地上的な儀礼、中でもキリスト教の聖餐式を神秘主義的に理解する立場を貶めようとしている。これがわたしのテーゼであった。この学位論文に集中している間のわたしは、ドイツ語・ドイツ文学の研究を中断せざるを得なかった。

　学位取得のための口述審査の終了後、わたしは二十五歳で現在の妻と結婚した（一九六八年）。彼女は旧姓をクリスタ・シャイブレと言い、当時はボン大学の心理学研究室の助手であった。その後の一年間、わたしはゲッティンゲン大学神学部の助手だった。[iii] わたしにとっては最初の助手職であったが、職場での不幸な人間関係の所為で、わたしと妻の両方にとって過酷な一年となった。その後の四年間のわたしはボン大学神学部の助手だった(iv)。

その当時、多くの研究上の仲間たちが神学から離脱して行った。その中で、なぜわたしは離脱しなかったのか。わたしはその理由を七十年代の初めに文章に書き下ろしていた。そしてそこに記した考えをその後（一九七八年）『批判的信仰の論拠——宗教批判に耐え得るものは何か』というタイトルの小さな書物にして公にした。その基礎となっているのは、宗教とは共鳴経験に基づくものであり、不条理経験と対決しようとするものだという考えであった。そのきっかけとなったのは、E・トロピッシュの『形而上学の起源と終焉』（一九五八年）と題する著作であった。トロピッシュによれば、宗教と哲学は心理的、技術的、社会的な形のモデルを現実性へ投影して、その現実性に本来具わってはいない志向性を付与するものだと言う。それに対してわたしが重ねた熟考は次のようなものだった。もしそのような投影が正当化されるとすれば、人間と人間を取り巻いている現実性——その投影によって発見された現実性——の間には或る一致が存在していなければならないはずである。そのような一致においては、現実性の背後に志向性の中心のようなものがあるはずだと想定する必要はない。今ここに一つの音響機器があるとしよう。それは一本の弦に共振することがある。その共振には意図性など存在しないのである。宗教もそうした共鳴経験に依拠している。そのような共鳴経験は人間を取り囲んでいる現実性の中の「客観的に在るもの」への応答なのである。そのような共鳴経験には、まず自然の合理性が属する。われわれの理解力はそれへの微弱な反響〔応答〕に過ぎない。さらに生きとし生けるものに見られる生きようとする意志、とりわけ人間と人間の間の愛がその共鳴経験に属する。もちろん、近代は神のことを「自然秩序」の保証者とか（理神論）、生命への意志の根拠とか（生命の哲学）、あるいは「われわれの共同人間性の根源」とか（実存神学的人道主義）定義してきた。しかしこれらの言い換えはいずれも神そのものを捕まえるものではなく、ただ神の認識可能な側面だけ、それも特殊な側面を摑むに過ぎない。神そのものはすべての共鳴経験の背後に一つの謎として隠れたままである。そうした共鳴経験に捉えられた者はだれでも、ある一つの地点に到達する。その地点では、問題はもはやただ単に現実性はどのようにわたしの必要と合致してくれるかではない。そうではなくて、どうすればこのわたしは現実性からの呼びかけに応答できるかという問いこそが重要になる。この地点こそ、人間が生きる上で起きる決定的な反転なのである。〔他方、〕宗教にとって巨大な挑発となるのは、不条理経験において共鳴が沈黙することである。わたしにとってイエスが重要であり続けたわけは、彼が一方では愛の告知者であり、かつ集中的な共鳴経験の体現者であったと同時に、他方では十字架にかけられた者であり、この上なく深い不条理の象徴であったからである。わたしの定義では、信仰とは生きることへの勇気である。それはキリストとともに十字架につけられるが、そのたびごとにキリストとともに新しく甦るのである。

わたしは以上のようなリベラルな神学を背景にしながら教会においても説教を行った。そしてそれはたしかに無事着地した。しかしわたしはそのようなリベラルさを教会と神学の枠内で何処まで体現し続けられるものかどうか不確かだった。そのためにわたしは教授資格論文（一九七二年）の仕上げを急ぐことになった。それはその終了後さらに別の生きる道を切り開くためだった。しかし、わたしは二十九歳、二人の子持ちになっていた。そして大学でキャリアを積み続ける道は計算していなかったし、そうなりたいという気持ちも基本的にはなかった。その理由はゲッティンゲン大学の最初の助手職での不快な経験であった。そのためわたしはその後数本の社会史的な個別研究を仕上げたものの、書類棚に収めるだけで終わっていた。そして合計五年にわたった助手職を閉じた後は、ふたたびかつてのドイツ語・ドイツ文学の履修を再開した。そのための費用はわれわれは夫婦で貯めてあった。その新たに再開された履修を一九七五年に修了すると、わたしは一九七六年から一九七八年にかけて或るギュムナジウムで宗教科とドイツ語の授業を担当した。わたしは喜んで教師の仕事に励んだ。

新約聖書学の領域でのわたしの研究は、わたし自身が予想した以上に好意的に評価された。そして一九七六年、わたしはキール大学神学部の教授職に推薦された。推薦順位は第一位（*primo loco*）だった。ところがその招聘は教会が非公式に唱えた異議によって頓挫してしまった。わたしはキール大学神学部を含む該当教区を所管する教会上級協議会の議員の一人から事後的に聞いて、初めてその異議申し立てのことを知った。キール大学への招聘は頓挫したとは言え、その優先順位が第一位だったことはその後に向けて大きな推薦状となった。すなわち、わたしはその頓挫とほぼ同時にアメリカ合衆国のヴァンダービルト大学での客員教授職に招かれた。また同時にコペンハーゲン大学からの招聘もやってきた。コペンハーゲン大学で担当することになった最初の授業時間まで、デンマーク語を学習するためにわたしに与えられた時間は十週間だった。わたしは無事それを成し遂げた。わたしはそのことを今なお誇りに思っている。またそうであって然るべきなのである。というのは、コペンハーゲン大学でその後同僚となるはずの文芸学の或る教授が、わたしを招聘することに反対する記事を公にして、大衆受けする主張を展開していたからである。曰く、神学の授業というものは、担当者が母国語でしか行えないものである。なぜなら、母国語のみが人の心を打つからであり、しかも福音こそはまさしく心に向かって語りかけられるべきものだからというのであった。ただし、わたしは同時に付け加えておかなければならない。デンマークでは、人は総体的には、この事例とは違い、はるかに大きな開放性をもって遇せられるのが普通なのである。事実、ドイツ国内でのわたしの招聘が頓挫したことに、あの過激思想家排除条令――当時、資本主義的な社会体制に対して極端な批判を繰り広げた青年たちを西ドイツ共和国内で公共の職業に就くことから排除した条令――は実は何もかかわっていなかったのであるが、デンマークではその消息を説明して分かってもらうことが、しばしば大変むずかしかったのである。わたしは繰り返し、理由なき形で寄せられる同情をあるべき姿に正さなければならなかった。

一九八〇年にわたしはハイデルベルク大学に招聘された。デンマークでは、わたしがたった二年間の在職の後で去ることに、ただ賛同してもらえたというにとどまらない。アールフス大学は二〇〇三年に創設七十五周年を迎えたとき、わたしを記念講演に招待してくれた。ここにも和解がある。コペンハーゲン大学でもわたしはそれ以降繰り返し講演を行っている。さらにまた、ドイツのバーデン州教会がハイデルベルクへのわたしの招聘に対して明確に支持を表明してくれたこともまた和解であった。

わたしは新約聖書に関する自分の学術研究において、わたしがもともと抱いていた研究志望を実現してきた。それは神学研究に集中する必要からしばらく中断しておかざるを得なかったもので、文芸学、社会学、そして心理学に対する憧れのことである。これらの観点を働かせることで、わたしは新約聖書学にいくつかの新しい刺激を注入してきたと思っている。その限りでは、かつてわたしの父がわたしのもともとの研究志望に対して示した抵抗にも、善い点があったことになる。(v)

i 〔訳註〕一九四六年まではプロイセン帝国の州の一つ、それ以降は現在のノルトライン・ヴェストファーレン州とラインラント・ファルツ州に分かれた。

ii G. Theißen, Untersuchungen zum Hebräerbrief, StUNT 2, Gütersloh 1969.

iii 〔訳註〕研究室の主任教授は G. Strecker.

iv 〔訳註〕研究室主任は Ph. Vielhauer.

v 最後の文章はいささか文意が取りにくいかも知れない。父親は社会学と心理学では喰いあぶれると見て反対した。しかし息子ゲルト・タイセンは、その後神学（牧師職）とドイツ語・ドイツ文学研究（教師職）の道に進んで無事喰いつなぎ、ハイデルベルク大学神学部での新約聖書学研究で社会学と心理学へのかつての憧れも合わせて実現できたということ。

《訳者紹介》

大貫 隆（おおぬき・たかし）

1945年静岡県生まれ。1979年ミュンヘン大学にて神学博士号（Dr. theol.）取得。1980年東京大学大学院人文科学研究科西洋古典学博士課程修了。1980-1991年東京女子大学、1991-2009年東京大学大学院総合文化研究科、2009-2014年自由学園最高学部勤務。現在、東京大学名誉教授。

著書 『世の光イエス ヨハネによる福音書──福音書のイエス・キリスト4』（講談社、1984年）、『隙間だらけの聖書』（教文館、1993年）、『神の国とエゴイズム』（教文館、1993年）、『終わりから今を生きる』（教文館、1999年）、『グノーシスの神話』（岩波書店、1999年／講談社学術文庫、2014年）、『ロゴスとソフィア』（教文館、2001年）、『イエスという経験』（岩波書店、2003年／岩波現代文庫、2014年）、『イエスの時』（岩波書店、2006年）、『聖書の読み方』（岩波新書、2010年）、『真理は「ガラクタ」の中に』（教文館、2015年）ほか。

訳書 『ヨハネ文書』（共訳、岩波書店、1995年）、『ナグ・ハマディ文書』（全4巻、共訳、岩波書店、1997-1998年）、ゲルト・タイセン『新約聖書』（教文館、2003年）、同『原始キリスト教の心理学』（新教出版社、2008年）、ハンス・ヨナス『グノーシスと古代末期の精神』（全2巻、ぷねうま舎、2015年）ほか。

パウロの弁護人

2018年4月30日 初版発行

訳 者 大貫 隆
装 丁 桂川 潤
発行者 渡部 満
発行所 株式会社 教文館
〒104-0061 東京都中央区銀座4-5-1
電話 03-3561-5549 FAX 03-5250-5107
URL http://www.kyobunkwan.co.jp/publishing/
印刷所 株式会社 三秀舎

配給元 日キ販 〒162-0814 東京都新宿区新小川町9-1
電話 03-3260-5670 FAX 03-3260-5637

ISBN978-4-7642-6734-3 C0097 Printed in Japan